Ullstein

Mary Balogh
Fröhliche Weihnachten – überall

Auf der Flucht vor der Einsamkeit kehrt der verwitwete Marquess of Bedford mit seiner kleinen Tochter in seinen Heimatort zurück. Als er hier seine Jugendliebe Lilian trifft, erwachen in ihm längst vergessene Gefühle ...

Carla Kelly
Und sie folgten dem Stern

Als sich die kühne Forscherin Lady Sarah 1812 während des Krieges in Spanien in den Offizier Luis Sotomayor verliebt, fühlt sie sich endlich sicher. Doch dann wird Luis verletzt. Sarah fragt sich: Soll sie bei ihm bleiben?

Anita Mills
Das Vermächtnis des Lords

Begierig warten die Neffen des alten Lord Grey darauf, daß er sein Vermächtnis ordnet. Doch kurz vor Weihnachten taucht eine geheimnisvolle Unbekannte auf. Welche Pläne hat der Lord mit der entzückenden Maria?

Sheila Walsh
Ein Prinz und Gentleman

Von einem Mann wie dem russischen Prinzen Andrej hat die romantische Louise schon immer geträumt. Deshalb hilft sie ihm auch, seine ehemalige große Liebe Irina vor ihrem eifersüchtigen Ehemann zu verstecken ...

Mary Jo Putney
Die Reise nach Neapel

Das Erdbeben, das Lord Lennox mit der sensiblen Elizabeth in einer Höhle einschließt, scheint auch in seinem Inneren zu toben. Bis Neapel mußte er reisen, um in Elizabeth endlich die Frau seiner Träume zu finden ...

Fröhliche Weihnachten

Geschichten zum Fest der Liebe

Ullstein

Ullstein Buch
Nr. 23548
im Verlag Ullstein GmbH
Frankfurt/M. – Berlin

Ungekürzte Ausgabe

Umschlagentwurf:
Theodor Bayer-Eynck
Illustration:
© Artbank/BAVARIA
Alle Rechte vorbehalten
Taschenbuchausgabe mit
freundlicher Genehmigung
von Agence Hoffmann, München
© 1990 by Mary Balogh
Unter dem Originaltitel »Playing House«
in der Reihe A Regency Christmas II
Published by arrangement with
New American Library, a division of
Penguin Books, USA, Inc.
Übersetzung: Hartmut R. Zeidler
© 1990 by Carla Kelly
Unter dem Originaltitel »The Three Kings«
in der Reihe A Regency Christmas II
Published by arrangement with
New American Library, a division of
Penguin Books, USA, Inc.
Übersetzung: Hartmut R. Zeidler
© 1990 by Anita Mills
Unter dem Originaltitel »The Last Wish«
in der Reihe A Regency Christmas II
Published by arrangement with
New American Library, a division of
Penguin Books, USA, Inc.
Übersetzung: Hartmut R. Zeidler
© 1990 by Sheila Walsh
Unter dem Originaltitel »The Christmas Star«
in der Reihe A Regency Christmas II
Published by arrangement with
New American Library, a division of
Penguin Books, USA, Inc.
Übersetzung: Hartmut R. Zeidler

© 1990 by Mary Jo Putney
Unter dem Originaltitel »Sunshine for
Christmas«
in der Reihe A Regency Christmas II
Published by arrangement with
New American Library, a division of
Penguin Books, USA, Inc.
Übersetzung: Hartmut R. Zeidler
© Deutsche Erstausgabe
1992 by Cora Verlag GmbH, Berlin
Printed in Germany 1994
Druck und Verarbeitung:
Elsnerdruck, Berlin
ISBN 3-548-23548-4

November 1994
Gedruckt auf alterungsbeständigem
Papier mit chlorfrei
gebleichtem Zellstoff

Die Deutsche Bibliothek – CIP-Einheitsaufnahme

Fröhliche Weihnachten : Geschichten zum Fest der Liebe. –
Ungekürzte Ausg. – Frankfurt/M. ; Berlin : Ullstein, 1994
(Ullstein-Buch ; Nr. 23548)
ISBN 3-548-23548-4
NE: GT

Inhalt

MARY BALOGH

FRÖHLICHE WEIHNACHTEN – ÜBERALL

Nach dem eineinhalb Meilen langen Weg durch den Park von Bedford Hall, in beißender Kälte und starkem Regen, empfand Lilian Angove die Wärme des Salons, in den der Butler sie gebeten hatte, als äußerst wohltuend. Dankbar streckte sie die Hände vor dem Kamin aus, in dem von den knackenden und knisternden Scheiten rote Funken aufstoben.

Ein flüchtiger Blick in den goldgerahmten Pilasterspiegel zeigte ihr, daß Nase und Wangen vom stürmischen Wind gerötet waren und ihr aus den dunkelbraunen Locken, die unter der schmucklosen Schute hervorlugten, das Wasser über die Stirn rann. Erschrocken sah sie auch, daß der Saum des Kleides durchnäßt und voller Schmutzflecke war und an den abgestoßenen Stiefeletten nasse Erde klebte.

Widerstrebend zog Lilian die Hände zurück, strich nervös über den Rock und wünschte sich, sie hätte dem Butler nicht die fadenscheinige Rotonde aus dünner Wolle aushändigen müssen. Nun würde jeder bemerken, daß ihr altes Kattunkleid geflickt und abgetragen war.

Sie wußte, sie hätte nicht kommen dürfen. Sie hatte es in dem Moment begriffen, als Bewick ihr das Portal öffnete, sie eintreten hieß und sich kühl erkundigte, ob sie zu der Haushälterin wolle. Natürlich hatte sie ihm widersprochen und ihm mit aufgesetzter Selbstsicherheit, die ihr jetzt sehr schnell abhanden kam, erklärt, sie wünsche heute, wenn möglich, Seine Lordschaft persönlich zu sprechen.

Im übrigen war es auch ganz und gar unschicklich, als Frau mit einem unverheirateten Gentleman allein sein. In London war es ein Ding der Unmöglichkeit, und selbst hier auf dem Land mußte es unangenehmes Aufsehen erregen. Sie hätte jemanden mitnehmen sollen. Doch leider gab es niemanden, den sie hätte bitten können, höchstens ihre Geschwister, und sie durften auf keinen

Fall erfahren, daß sie sich nach Bedford Hall begeben hatte.

Und überhaupt – mit welchem Recht nahm sie sich heraus, den Marquess of Bedford aufzusuchen, ganz gleich, ob in Begleitung oder nicht? Sie war nur eine einfache junge Frau, wenngleich aus guter Familie, aber so arm, daß sie sich keine bessere Garderobe, ein Pferd oder gar eine Kutsche leisten konnte. Und in zwei Wochen würde sie ohnehin nur eine untergeordnete Bedienstete sein, denn dann trat sie eine Stelle als Gouvernante an.

Es wäre besser gewesen, gleich den Dienstboteneingang zu benutzen und nicht das Hauptportal.

Plötzlich wurde Lilian unbehaglich warm, und ihr kam der Gedanke, Bedford Hall so schnell wie möglich zu verlassen. Wenn sie sich beeilte, konnte sie den Umhang an sich nehmen und auf dem Weg zurück ins Dorf sein, ehe die Situation noch peinlicher wurde. Rasch wandte sie sich vom Kamin ab, entschlossen, keine Sekunde länger zu zögern.

Im selben Moment erschien der Hausherr auf der Schwelle, und leise wurde die Tür hinter ihm geschlossen.

Stephen, Marquess of Bedford, war zu früh gekommen.

Fast hätte Lilian ihn nicht wiedererkannt. Zu schwarzen Lackschuhen und hellbraunen Beinkleidern trug er einen knielangen Überrock aus grünem Tuch, ein kunstvoll geschlungenes Cachenez und ein gelbseidenes Gilet mit kurzen Revers und war, wie einst, auch jetzt eine bestechend elegante Erscheinung. Er hielt sich militärisch straff und aufrecht, obgleich er nie im Krieg gewesen war, und wirkte größer und kräftiger, als Lilian ihn in Erinnerung hatte. Auch im Gesicht schien er sich verändert zu haben. Ein harter, unnachgiebiger Zug lag nun um die schmalen Lippen und betonte das energische Kinn. In den blauen Augen stand ein kalter, abweisender Ausdruck, den Lilian früher nie bemerkt hatte, und eine der Brauen hatte Lord Bedford arrogant fragend gehoben. Das schwarze Haar besaß noch die lockige Fülle, war jedoch an den Schläfen leicht ergraut, obgleich er die Dreißig noch nicht erreicht hatte.

Miss Angove schluckte, reckte unbewußt das Kinn und versank in einen ehrerbietigen Knicks.

Der Marquess of Bedford deutete eine steife Verneigung an. „Miss Angove!" sagte er in einem Ton, der nicht wie sonst warm und herzlich klang. „Welch unerwartete Überraschung! Von all meinen Nachbarn sind Sie die erste, die mir ihre Aufwartung macht. Sind Sie allein?"

„Ja, Mylord", antwortete sie und verschränkte die Finger, um die Nervosität zu verbergen. „Es ist kein Höflichkeitsbesuch, den ich Ihnen abstatte, Sir. Ich möchte Sie um einen Gefallen ersuchen."

Stephen West zog die Braue noch höher, und unversehens lag ein spöttisches Lächeln um seinen Mund. „Tatsächlich? Bitte, nehmen Sie Platz, Madam, und erklären Sie mir, wie ich Ihnen behilflich sein kann." Er wartete, bis Miss Angove sich zaghaft auf der Kante eines Fauteuils niedergelassen hatte, und setzte sich dann gegenüber in einen anderen Sessel.

Sie legte die Hände im Schoß zusammen und erwiderte gezwungen ruhig: „Nun, eigentlich ist es kein Gefallen, um den ich Sie bitten möchte, eher die Einlösung einer Schuld."

Der Marquis schaute Miss Angove nur abwartend an, und seine eindringliche, fast prüfende Art, sie zu betrachten, irritierte sie. Die blauen Augen schienen alles zu bemerken, und natürlich konnte ihm dabei auch nicht entgehen, daß ihr Kleid schmutzig und gestopft war.

„Sie werden sich gewiß erinnern, daß Sie als Junge Schwierigkeiten in Latein hatten und mein Vater Ihre Kenntnisse aufgebessert hat. Zwei Jahre lang sind Sie im Sommer zu uns zum Nachhilfeunterricht ins Rektorat gekommen, am frühen Morgen und heimlich, weil Sie nicht wollten, daß Ihr Vater etwas davon erfuhr. Sie hatten Angst, ihn durch Ihre schulischen Leistungen zu enttäuschen. Und sicher entsinnen Sie sich, daß Papa es damals ablehnte, sich von Ihrem Taschengeld bezahlen zu lassen, und Sie ihm daraufhin erklärten, tief in seiner Schuld zu stehen. Ich selbst habe gehört, daß Sie versprachen, sich eines Tages erkenntlich zu zeigen."

„Das stimmt, Madam", pflichtete der Marquess of Bedford ihr mit unbewegter Miene bei. „Ihr Vater ist jetzt seit einem Jahr tot, nicht wahr? Nun, Ihren Worten entnehme ich, daß Sie nun die Schuld einfordern wollen. Also, was kann ich für Sie tun?"

„Weniger, als der Nachhilfeunterricht Sie seinerzeit gekostet hätte, Sir", antwortete Miss Angove und wünschte sich, ihre Stimme würde ebenso gelassen klingen wie seine. „Ich möchte keinesfalls plötzlich in Ihrer Schuld stehen", fügte sie hastig hinzu.

Lord Bedford kniff leicht die Augen zusammen. „Bitte, kommen

9

Sie zur Sache, Madam!" erwiderte er kühl.

Sie schaute ihm fest in die Augen und erklärte mit Nachdruck: „Auch für meine kleinen Geschwister soll es Weihnachten geben!"

Sichtlich verblüfft hob der Marquis die Brauen. „Das ist ein lobenswerter Wunsch", stellte er belustigt fest. „Wenn Sie noch eine Woche Geduld haben, ist es Weihnachten, ohne daß ich einen Finger gekrümmt hätte!"

„Sie wissen, Sir", erwiderte Miss Angove unbeirrt, „daß meinen verstorbenen Bruder Philip und mich zwei Jahre trennen. Zwischen mir und Edmond besteht jedoch ein Altersunterschied von elf Jahren, und Megan ist noch zwei Jahre jünger. Es wird unser letztes gemeinsames Weihnachten sein, denn in zwei Wochen müssen wir uns trennen und sehen uns vielleicht nie wieder. Ich möchte, daß Edmond und Megan diese Weihnacht in besonders guter Erinnerung behalten."

„Und wie könnte ich dazu beitragen?" Ein unüberhörbar spöttischer Ton schwang in Lord Bedfords Stimme mit. „Soll ich für Sie und Ihre Geschwister ein Fest veranstalten? Ich muß Ihnen leider sagen, Madam, daß große Empfänge mir nicht liegen."

„Nein," entgegnete sie hastig, „das war nicht mein Wunsch. Ich möchte eine Weihnachtsgans."

Sekundenlang herrschte Stille im Salon.

„Papa konnte nicht gut mit Geld umgehen", bekannte Miss Angove. „Nach seinem Tod mußten wir mit sehr geringen Mitteln auskommen, und auch sie sind jetzt so gut wie verbraucht. Mir ist nur soviel geblieben, um in zwei Wochen unsere Reisekosten begleichen zu können. Wüßten die Leute im Dorf um meine Lage, würden sie mir bestimmt unter die Arme greifen. Vater hat jedoch nie Almosen angenommen, und nun sind die Nachbarn so daran gewöhnt, daß sie mir von sich aus keine Hilfe anbieten. Vielleicht ist das auch gut so. Auch ich habe meinen Stolz."

„Und daher wenden Sie sich an mich, weil ich in Ihrer Schuld stehe."

„Ja", gestand Miss Angove und schaute den Marquis unsicher an.

„Ihre Wünsche sind sehr bescheiden, Madam. Eine Weihnachtsgans! Ist das alles?"

„Nein", entgegnete sie fest. „Und eine Puppe für meine Schwester. Sie hat nie eine hübsche besessen, nur eine aus Stoff, die unsere

Mutter für sie gemacht hat, als Megan noch ein Baby war. Bei Miss Pierce im Schaufenster habe ich jetzt eine ganz entzückende Puppe gesehen, aus Porzellan und in einem zauberhaften spitzenbesetzten Seidenkleid, die ich gern für meine Schwester hätte. Ich möchte, daß sie etwas wirklich Schönes und Kostbares hat, das sie mitnehmen kann."

„Und was hätten Sie gern für Ihren Bruder?"

„Eine Uhr!" antwortete Miss Angove unumwunden. „Eine silberne Taschenuhr. Bei uns im Dorf gibt es so etwas jedoch nicht. Aber ich könnte sie ohnehin nicht kaufen. Nun, das läßt sich nicht ändern. Mit elf Jahren ist Edmond schon sehr verständig und wird sich auch über den Schal und die Handschuhe freuen, die ich ihm stricke. Die Ausgaben für die Gans und die Puppe übersteigen doch hoffentlich nicht den Betrag, den Sie für den Nachhilfeunterricht hätten zahlen müssen, Sir?"

„Und was wünschen Sie sich?" erkundigte er sich leise, ohne auf die Frage einzugehen.

Miss Angove blickte auf ihre im Schoß gefalteten Hände. „Ich möchte nichts, das Geld kostet", sagte sie schlicht. „Ich bin mit der Erinnerung an ein schönes Weihnachtsfest zufrieden."

„Wohin werden Sie reisen?"

„Nach Yorkshire", antwortete sie und blickte auf. „Ich trete dort bei einer Familie die Stelle als Gouvernante an."

„Ich verstehe. Und wo bleiben Ihre Geschwister?"

„Ich habe Lord Farley, meinen Großvater, überredet, Edmond zu sich zu nehmen. Ich mußte ihm wiederholt schreiben und ihn anbetteln, doch schließlich hat er eingewilligt, meinen Bruder zu sich zu nehmen und für seine Erziehung zu sorgen. Nach der Hochzeit meiner Eltern war jede Verbindung zwischen Papa und seinem Vater abgebrochen. Und Megan fährt zu meiner Großtante nach Bath. Auch bei ihr hat es mehrerer Briefe bedurft, um ihre Einwilligung zu erhalten." Miss Angove seufzte bedrückt. „Nun, die Trennung von meinen Geschwistern wird nur so lange notwendig sein, bis ich genügend verdient habe, um uns wieder zusammenzubringen."

Lord Bedford erhob sich und bedachte die Besucherin mit einem kalten, geringschätzigen Blick. „Eine wahrlich zu Herzen gehende Geschichte, Miss Angove!" sagte er kalt. „Ich bin beeindruckt, mit welcher Eindringlichkeit Sie das vorgetragen haben! Sie sollen die

Gans bekommen, Ihre Schwester die Puppe und Ihr Bruder die Uhr. Ich werde dafür sorgen, daß Sie ein bemerkenswertes Weihnachtsfest verleben und schöne Erinnerungen nach Yorkshire mitnehmen können. Guten Tag, Madam!"

Lilian war überrascht, wie schnell der Marquess of Bedford einwilligte, ihre Bitte zu erfüllen. Sie stand auf, knickste und sagte bewegt: „Ich danke Ihnen, Sir."

„Sie müssen mir nicht danken", widersprach er. „Ich trage lediglich eine Schuld ab. Und bitte, nehmen Sie doch wieder Platz. Ich werde veranlassen, daß man Ihnen eine Erfrischung serviert und meine Kutsche Sie dann ins Dorf fährt, da Sie vermutlich zu Fuß hergekommen sind."

Lilian versuchte, das Angebot abzulehnen, doch der Marquis ließ ihre Einwände nicht gelten. Er verabschiedete sich knapp und sehr förmlich, und wenige Minuten später kam eine Zofe, brachte Tee und Gebäck und zog sich diskret zurück.

Lilian blieb mit sehr gemischten Gefühlen im Salon. Einerseits freute sie sich über Lord Bedfords Entgegenkommen, andererseits fühlte sie sich beschämt und sehr unbehaglich. Nun hatte sie doch den Eindruck erweckt, um Almosen zu betteln! Offenbar glaubte der Marquis ihren Worten nicht. Sonst hätte er wohl kaum in diesem herablassenden Ton geäußert, sie habe ihm eine zu Herzen gehende Geschichte aufgetischt. Nun, das konnte sie nicht ändern. Wenigstens hatte sie erreicht, was sie wollte, und sogar mehr, als ursprünglich beabsichtigt. An sich hatte sie gar nicht um die Puppe für Megan oder die Uhr für Edmond bitten wollen.

Dennoch bedauerte Lilian, daß Lord Bedford sie so distanziert und desinteressiert behandelt und ihr nicht einmal ein frohes Fest gewünscht hatte. Dabei hatte er sie, fast auf den Tag genau vor sieben Jahren, zum ersten Male geküßt.

Damals war sie fünfzehn, und er sechs Jahre älter. Es war eines jener seltenen Weihnachten gewesen, an denen die Landschaft vom Schnee und Frost verzaubert wurde und der See am Fuße des Hügels zugefroren war. Am Tage vor Weihnachten hatten einige junge Leute sich damit vergnügt, den Abhang hinunter und auf das Eis zu schlittern. Alle kamen bereits zurück, um es noch einmal zu versuchen, als die Reihe an Stephen West und Lilian Angove war. Lilian rutschte aus und landete, quietschend und lachend, im

12

Schnee. Kichernd ließ sie sich von Stephen auf die Füße helfen, und errötend erlaubte sie, daß er ihr den Schnee vom Kopf und aus dem Gesicht wischte.

Unversehens hatte er sie durch einen ungestümen, feurigen Kuß zum Schweigen gebracht, einen Kuß, der ihr den Atem raubte und sie verwirrte. Doch dann hatte er irgendeine hingeworfene Bemerkung gemacht, und die wundervolle Stimmung des Augenblicks war zerstört.

Aber das hatte alles keine Bedeutung mehr. Lilian hatte sich verändert. Aus dem unbeschwerten, sorglosen Mädchen von einst, das glaubte, das ganze Leben sei ein einziges Fest, war eine ernste junge Frau geworden.

Auch Stephen West war nicht mehr der gleiche Mann wie früher. Und zum ersten Male an diesem Tag dachte Lilian jetzt an seine kleine Tochter.

★

„Papi! Wasser läuft über meinen Hals!" jammerte Lady Dora West und bemühte sich, die Hand aus der ihres Vaters zu befreien. „Und über meinen Arm! Ich will nach Haus! Heb mich hoch!"

Stephen, Marquess of Bedford, bückte sich und nahm seine vierjährige Tochter auf die Arme. Sie verschränkte die Finger hinter seinem Hals und schmiegte das Gesicht an den Pelzkragen der Redingote.

„Gleich bist du im Trocknen, Schätzchen", versicherte er ihr zärtlich und gestand sich ein, daß es auch ihm keinen Spaß machte, bei Wind und Wetter im Park herumzulaufen. Er spürte die Kälte des beißenden Windes bis auf die Haut, und die Nässe schien durch alle Sachen zu dringen. „Sei unbesorgt, Dora, mein Liebling! Zu Weihnachten wird es schneien. Dann bauen wir einen Schneemann, oder wir machen eine Schnellballschlacht. Und wenn du möchtest, fahren wir mit dem Schlitten aus."

„Dein Mantel ist naß!" beschwerte sich das kleine Mädchen und kuschelte die Nase tiefer in das Bisamfell. „Ich friere!"

Geduldig öffnete Lord Bedford die obersten zwei Riegel der Redingote, damit seine Tochter den Kopf unter den breiten Schalkragen stecken konnte. Unwillkürlich fragte er sich auf dem Weg zum Haus, warum er vor dem Kind den Eindruck erweckte, sich

13

auf Weihnachten zu freuen. Für ihn würde es kein Weihnachten geben. Sicher, der fünfundzwanzigste Dezember kam und ging wie das Amen in der Kirche, und so würde es auch in Zukunft sein. Doch das hieß noch lange nicht, daß er je wieder das Gefühl von Weihnachten haben würde.

Das letzte, wirklich schöne Weihnachtsfest hatte er vor sechs Jahren verlebt. Damals waren sein Vater und sein älterer Bruder Claude noch am Leben, und auch sein Freund Philip Angove. Zu dieser Zeit war das Leben noch voller Verheißungen, Erwartungen und Hoffnungen gewesen. Es waren weiße Weihnachten, wie in all den vergangenen Jahren auch, in der Geborgenheit der Familie, am knisternden Kaminfeuer, bei erlesenen Speisen und fröhlicher Musik. Lachen hatte durch das mit Stechpalmzweigen, Misteln und glitzernden Kugeln festlich dekorierte Haus geschallt, und liebe Freunde waren gekommen, mit denen man Schlittschuh lief, durch die weiße Pracht tollte oder wilde, vergnügliche Schneeballschlachten machte.

Danach hatten Schnee und Frost nie wieder die Landschaft verzaubert, und Weihnachten war auch nicht mehr so unbeschwert, sorgenfrei und heiter gewesen.

Nein, weihnachtlicher Stimmung konnte Stephen, Marquess of Bedford, nicht mehr sein. Philip Angove hatte in der Schlacht von Waterloo das Leben verloren, und Claude, Stephens großer Held, war bei Badajoz in Spanien gefallen. Ein knappes Jahr später starb der Vater, und dann mußte Stephen feststellen, daß in seiner Welt plötzlich ein ganz anderer Wind wehte. Kaum in den Besitz des Titels gelangt, entwickelten unversehens eine Fülle von Verwandten, von deren Existenz er bis dahin nichts gewußt hatte, große Anhänglichkeit für ihn. Freunde scharten sich zuhauf um ihn, und unzählige Frauen, die ihn unwiderstehlich, außerordentlich charmant und in höchstem Maße unterhaltsam fanden.

Aus Unwissenheit hatte er das alles als sehr schmeichelhaft empfunden. In seiner Unerfahrenheit hatte er sich in die schönste und umschwärmteste der Damen verliebt, die vor fünf Jahren in London ihr gesellschaftliches Debüt gaben, und sie noch vor dem Ende der Saison geheiratet.

Lorraine war eine hinreißende Frau von bezauberndem, gewinnendem Wesen, der nur eines fehlte: Herz. Gleich zu Beginn der

Ehe hatte sie kein Geheimnis mehr um ihre Affären gemacht, ihren Gatten nur höhnisch ausgelacht und einen rückständigen Trampel aus der Provinz genannt, als er sie zornig mit Vorwürfen überschüttete.

„Papi, mach den Mantel weiter auf! Ich will die Arme darunter schieben!" hörte er sein Töchterchen undeutlich sagen, da sie das Gesicht in den Falten des Cachenez verborgen hatte.

Nachdenklich blickte er auf das von der Kapuze umrahmte Köpfchen und öffnete zwei weitere Riegelverschlüsse der Redingote. Er wußte nicht einmal mit Sicherheit, ob Dora sein Kind war, auch wenn seine Gattin das stets behauptet hatte.

Zu der Zeit, als Lorraine schon kurz vor der Niederkunft stand und es leid war, ans Haus gebunden zu sein, hatte sie ihrem Mann gereizt erklärt: „Glaubst du wirklich, ich würde diese unsägliche Mühe auf mich nehmen und die gräßliche Langeweile ertragen, wenn ich nicht wüßte, daß ich deinen Erben unter dem Herzen trage?"

Dann erblickte statt eines Stammhalters nur eine Tochter das Licht der Welt, und Lorraines Mißmut und Enttäuschung kannten keine Grenzen.

Zwei Jahre später war sie in Italien ertrunken, wo sie sich mit Freunden, darunter auch ihr letzter Liebhaber, auf Reisen befunden hatte.

Und wieder hatten die Frauen die Netze nach Stephen, Marquess of Bedford, ausgeworfen, ihn mit glühenden Blicken verfolgt und schreckliches Aufheben um die meist schmollende, nicht sehr hübsche Dora gemacht.

Erleichtert, endlich aus dem Regen zu kommen, lief der Marquis die Freitreppe hinauf und ging, vorbei an dem Lakaien, der ihm dienstbeflissen die Tür aufhielt, in die Halle.

„Sollen wir nachsehen gehen, Schätzchen, ob in deinem Zimmer ein Feuerchen brennt?" fragte er seine Tochter, während er sie auf dem Marmorboden absetzte, ihr die pelzgefütterte Kapuze abstreifte und aus der Pelisse half. „Und was hältst du von frischgebackenen Plätzchen und einem Stück Butterkuchen?"

„Ja, bitte, Papi!" antwortete Dora und griff nach seiner Hand. „Wann ist endlich Weihnachten?" nörgelte sie, während sie mit ihm die Treppe hinaufstapfte. „Es ist so langweilig. Niemand ist hier. Du hast versprochen, es würde großen Spaß machen!"

15

„Es stimmt, das habe ich gesagt", erwiderte Lord Bedford, schaute auf den feuchten Lockenkopf seiner Tochter hinunter und verspürte einen Stich im Herzen. „Aber Weihnachten ist erst in fünf Tagen. Dann jedoch wird es wunderschön sein. Das ist es immer. Du wirst sehen."

Stephen West wußte, die vielen Gaben, die er für seine Tochter erstanden hatte, würden ihr natürlich Entzückensschreie entlocken, doch das größte und bedeutsamste Geschenk war seine Anwesenheit. Er hatte darauf verzichtet, eine der vielen Einladungen anzunehmen, Weihnachten bei Freunden zu verbringen, und sich dafür entschieden, das Fest zum ersten Male mit Dora zu verleben. Und mit diesem Entschluß hatte er gleichzeitig auch sich selbst ein Geschenk gemacht.

„Wann hört der Regen auf, Papi?" quengelte sie.

„Bald", versprach er. „Vielleicht schon morgen."

„Es schüttet seit Tagen."

„Ja, mindestens schon eine Woche." Der Marquis öffnete die Zimmertür, und wohltuende Wärme empfing ihn. Seine Tochter strampelte und zappelte und lief, nachdem er sie abgesetzt hatte, rasch zum Tisch, auf dem eine Schale mit goldbraunem Gebäck stand. Eifrig griff sie nach den Keksen, während Lord Bedford sich einen Sessel vor das flackernde Kaminfeuer rückte, Platz nahm und in die zuckenden Flammen schaute.

Stephen West sagte sich, daß es wahrscheinlich doch ein Fehler gewesen war, nach sechsjähriger Abwesenheit wieder nach Bedford Hall zurückzukehren. Er hätte sich die Erinnerung an sein Zuhause bewahren sollen, wie es vor dem Tode seines Bruders und des Vaters gewesen war. Das Heim einer glücklichen Familie, ein Hort, der Geborgenheit vor den Stürmen des Lebens bot. Schon bald nach der Ankunft mußte er jedoch feststellen, daß Bedford Hall ihm fremd geworden war und die Zeit die Erinnerungen wohl nur vergoldet hatte.

Alles war anders, als er es erwartet hatte. Es goß in Strömen, der Wind fegte über das Land, und Sturmwolken jagten über den bleiernen Himmel. Von der weihnachtlichen Stimmung seiner Kindheit und Jugend war jedenfalls nichts zu spüren. Das Unangenehmste jedoch war der überraschende Besuch, den Lilian Angove ihm vor zwei Tagen abgestattet hatte.

16

Auch sie war nicht mehr wie früher. Sie war die erste große Liebe seines Lebens gewesen. Plötzlich, Weihnachten vor sieben Jahren, hatte er bemerkt, daß sie eine erblühende junge Frau und nicht nur die hübsche und unterhaltsame Schwester seines Freundes Philip war. Mit einem spontanen, stürmischen Kuß hatte die Beziehung begonnen und sich bis zum nächsten Christfest hingezogen. Es war eine unschuldige Liebe, die sie verbunden hatte, mit schwärmerischen Träumereien und flüchtigen, harmlosen Küssen, aber eine Zeit herrlicher Freundschaft und jugendlich unkomplizierter Zuneigung.

Bevor Stephen nach Bedford Hall reiste, hatte er sich natürlich gefragt, wie das Wiedersehen mit Lilian Angove sein mochte, falls sie sich begegnen sollten. Von sich aus hatte er nicht den Wunsch verspürt, sie aufzusuchen. Auch bei ihr wollte er sich lieber die Erinnerungen bewahren, wie er sie im Herzen trug. Um so größer war sein Erstaunen, als ihm zwei Tage nach der Ankunft gemeldet wurde, Miss Lilian Angove wünsche ihn zu sprechen. Bei jedem Schritt, den er sich zum Empfangssalon begab, hoffte er, das Bild des fröhlichen, liebenswerten sechzehnjährigen Mädchens, das seine Erinnerungen prägte, möge ihm nicht zerstört werden.

Und dann hatte er einen Schock erlebt.

Was war aus der Lilian von einst geworden? Eine Heuchlerin, die es darauf angelegt hatte, Mitleid zu wecken. Eine raffinierte Schauspielerin, die sich perfekt in Szene setzte, angefangen vom schmutzigen, verschlissenen und geflickten Kleid und den wirr in die Stirn hängenden Locken bis hin zu der mit bleichem Gesicht vorgetragenen rührenden Geschichte, dem lächerlichen Hinweis auf die nicht eingelöste moralische Schuld und der in unterwürfigem, bescheidenem Ton vorgebrachten Bitte um eine milde Gabe. London war voll von solchen Schmierenkomödiantinnen, und die meisten hätten Miss Angove nicht einmal das Wasser reichen können.

Enttäuschung, Zorn und Abscheu über diese Farce, die nur dazu diente, an sein Mitgefühl und sein Gewissen zu appellieren, hatten Stephen überwältigt und ihn bewogen, kein freundliches oder persönliches Wort des Willkommens zu äußern. Mit diesem Auftritt hatte Lilian Angove ihm im Nu einen der wenigen verbliebenen Träume zerstört.

Wie naiv, dreist und unverfroren mußte sie sein, falls sie glaubte, er würde auf die peinliche Posse hereinfallen. Es lag auf der Hand, daß sie diesen verlogenen Weg nur gewählt hatte, um sich wieder in seine Gunst einzuschleichen. Sie hatte ja nicht einmal den Anstand besessen, einige Zeit zu warten, ehe sie sich in Bedford Hall blicken ließ. Nein, sie war als erste der Nachbarn gekommen.

„Papi!"

Tief in Gedanken versunken, hatte der Marquess of Bedford nicht gemerkt, daß seine Tochter ihm auf den Schoß geklettert war und mit der goldenen Uhrkette an seinem Gilet spielte. „Papi! Ich langweile mich! Ich will mit anderen Kindern spielen!"

„Morgen, mein Schatz!" versicherte er. „Mr. Banting hat zwei kleine Jungen, die sich gewiß freuen werden, dich zu sehen. Und Mr. Fairbairn hat fünf Kinder, von denen einige in deinem Alter sein dürften. Wenn du möchtest, fahren wir sie morgen besuchen."

„Ja, gern, Papi."

„Ich habe ohnehin etwas im Dorf zu erledigen", fügte Lord Bedford hinzu und blickte auf die diamantbesetzte Uhr, die Dora ihm aus der Westentasche gezogen hatte. „Ich muß zu einem Jungen und einem Mädchen, die allerdings schon etwas größer sind als du, Liebling."

„Oh, fein!" jubelte Dora. „Ganz bestimmt morgen?"

„Ich verspreche es", bestätigte der Marquis und gab ihr einen Kuß auf die Wange. „So, nun lauf zu Emily und laß dir das Haar bürsten. Dein Papa ist noch ganz naß vom Regen und möchte sich umziehen gehen."

★

Lilian Angove stellte drei Paar schmutzverkrusteter Stiefel vor die Tür des Cottage und warf einen besorgten Blick zum wolkenverhangenen Himmel. Im Moment regnete es nicht, aber es sah ganz so aus, daß bald neue Fluten herunterprasseln würden.

Sie drehte sich um und wollte ins Haus zurückkehren, als sie aus dem Augenwinkel eine sich nähernde Kutsche wahrnahm. Es war dieselbe Equipage, die sie vor drei Tagen aus Bedford Hall zurückgebracht hatte. Hastig schloß sie die Tür. Sie wollte nicht, daß der Marquess of Bedford den Eindruck gewann, sie würde ihn beobachten. Sie konnte sich jedoch nicht versagen, in das Wohnzimmer zu gehen und aus sicherem Abstand vom Fenster auf die Dorfstraße zu blicken.

„Puuh!" hörte sie ihre Schwester Megan in der kleinen Küche stöhnen. „Alles ist klatschnaß, Lilian!"

„Aua! Gibt es denn keine bessere Art, Stechpalmzweige anzufassen, ohne sich gleich zu Tode zu pieken?" schimpfte Edmond laut.

„Du liebe Güte!" flüsterte Lilian und hielt sich erschrocken die Hand vor den Mund. „Kommt her und seht euch das an!" rief sie dann den Geschwistern zu.

Sofort kamen Megan und Edmond in die Stube gerannt und schauten staunend nach draußen. Die Karosse hatte vor dem Haus gehalten, und einer der begleitenden Lakaien klappte die Trittstufen herunter. Er öffnete den Wagenschlag, und Lord Bedford verließ mit einem kleinen Mädchen die Kutsche.

„Ist das der Marquess of Bedford mit seiner Tochter?" fragte Megan und machte große Kulleraugen. „Ihr Mantel ist wunderbar! Aus Samt! Die Kapuze ist sogar mit Fell gefüttert!"

„Seht euch die rassigen Pferde an!" Anerkennend pfiff Edmond durch die Zähne. „Bestimmt sind das Vollblüter!"

Nervös feuchtete Lilian sich die Lippen an und versuchte mit raschem Griff, das vom Wind zerzauste Haar zu ordnen. War Stephen West gekommen, um ihr die Uhr für Edmond persönlich zu überbringen? Denn tags zuvor war die für Megan bestimmte Puppe von einem der Bediensteten abgegeben worden, glücklicherweise zu einem Zeitpunkt, als die Geschwister sich im Schulhaus aufhielten und mit den Kindern des Rektors spielten. Bewundernd hatte Lilian über das seidenweiche Haar und das kostbare Kleid der Porzellanpuppe gestrichen und sie dann eilends versteckt. Eine Stunde später war der Junge des Fleischers gekommen und hatte ausgerichtet, Miss Angove könnte sich bei seinem Vater eine Weihnachtsgans abholen.

Hastig wandte Lilian sich ab, lief zur Tür und öffnete sie, ehe der Lakai klopfen konnte. Nach einem flüchtigen, unangenehm berührten Blick auf die sechs schmutzigen Stiefel erwies sie dem Marquess of Bedford die Ehre.

„Guten Tag, Madam", begrüßte er sie, zog den schmalkrempigen Zylinder und verneigte sich. Er trug eine engtaillierte Redingote mit großem, breitem Reverskragen aus braunem Nerz und sah darin unglaublich imposant und beeindruckend aus. „Ich war mit meiner Tochter bei einigen Nachbarn", erklärte er ruhig. „Das ist Miss Angove, Dora", wandte er sich dann an das Mädchen.

„Ich freue mich, dich kennenzulernen, Lady Dora", sagte Lilian und schaute das Mädchen an, das sich an die Hand des Vaters klammerte. Lady Dora West war kein besonders hübsches Kind, aber sehr modisch in eine blaue Samtwitzschoura mit silbernen Kordelschließen gekleidet, die an Saum und Kapuze kostbaren Chinchillabesatz hatte.

Unverhohlen neugierig sah Dora zu der fremden Dame hoch. „Wir haben Ihnen etwas mitgebracht", verkündete sie und wies mit einer Hand auf den diskret im Hintergrund wartenden Lakaien. „Einen Korb mit Essen aus der Küche."

„Bitte treten Sie doch ein, Mylord", murmelte Miss Angove verlegen, als ihr bewußt wurde, daß sie die Herrschaften noch nicht ins Haus gebeten hatte. Der Bedienstete überreichte ihr den mit einem weißen Tuch zugedeckten Weidenkorb, und zögernd nahm sie ihn entgegen. „Ich danke Ihnen für die Freundlichkeit, Eure Lordschaft", fügte sie errötend hinzu. „Aber das war wirklich nicht nötig."

„Wir haben jedem einen Geschenkkorb mitgebracht, den wir heute besucht haben", erwiderte der Marquis mit unbewegter Miene und jenem kühlen Ausdruck in den blauen Augen, der Lilian schon beim ersten Mal so verwundert hatte. „Betrachten Sie es als eine kleine Aufmerksamkeit zu Weihnachten und nicht als Almosen."

Miss Angove ließ die Gäste vorangehen, stellte ihre Geschwister vor und lud Lord Bedford ein, in einem Sessel vor dem Kamin Platz zu nehmen.

Lady Dora zog sich die Kapuze vom Kopf, sah Megan und Edmond einen Moment mit kindlicher Befangenheit an und fragte den Buben dann: „Findest du alle Mädchen dumm?"

„Nicht alle", antwortete er verblüfft.

„Mrs. Bantings Söhne sagen, alle Mädchen sind dumm", erklärte Lady Dora.

„Nun, es gibt auch Jungen, die nicht sehr klug sind", entgegnete Edmond mit offenkundiger Verachtung.

„Und du?" wandte Lady Dora sich an seine Schwester. „Kreischst du auch so und zankst dich und petzt bei deiner Mutter?"

Megan kicherte schüchtern.

„Dora, du vergißt deine Manieren!" warf der Marquess of Bedford mahnend ein.

„Die Kinder im Schulhaus machen das!" sagte seine Tochter trotzig.

„Wir haben keine Mutter", erwiderte Megan und kicherte wieder. „Und wenn Ed und ich uns streiten, gehen wir vor die Tür und tragen die Sache da aus. Dann kann Lilian uns nicht hören und sich nicht einmischen. Soll ich dir etwas zeigen? Wir haben Stechpalmzweige geholt! Sie sind voller roter Beeren. Aber sie sind naß und pieken! Zieh den schönen Mantel aus! Du kannst ja eine von meinen Schürzen umbinden, damit du keine Flecke auf das Kleid bekommst."

„Megan!" Lilian entsetzte die Vorstellung, Lady Dora West in einer von Megans abgetragenen und geflickten Schürzen zu sehen.

„Ja, gern", willigte Lady Dora strahlend ein. „Was macht man mit Piekspalmen, Megan? Ich darf doch mit ihr gehen, Papi? Wo hast du sie gefunden, Megan? Schade, daß ich nicht dabei war!"

„Sag das nicht!" brummte Edmond. „Meine Finger sind ganz zerstochen. Wir haben auch Misteln mitgebracht. Sie sind in der Küche. Komm und sieh sie dir an."

Im Nu waren die Kinder aus der Stube gestürmt, und Lilian fand sich mit dem Marquis allein im Raum vor. „Darf ich Ihnen eine Erfrischung anbieten, Mylord?" fragte sie schnell, um das Unbehagen zu überspielen.

„Nein danke", lehnte er ruhig ab. „Wir haben erst vor einer halben Stunde im Schulhaus den Tee eingenommen."

Eine leichte Röte überzog Miss Angoves Wangen. „Ich fürchte, etwas anderes kann ich Ihnen nicht offerieren, Sir."

„Bitte setzen Sie sich doch", forderte er sie auf und warf einen raschen Blick durch das kleine Vestibül zur Küche, aus der die Stimmen der Kinder herüberklangen. „Ich habe einen der Lakaien in die Stadt geschickt, um neben anderem die Uhr für Ihren Bruder zu kaufen, Madam. Sie wird Ihnen morgen gebracht."

Lilian spürte, daß sie noch mehr errötete. „Sie sind zu gütig, Sir", sagte sie. „Ich danke Ihnen für die Großzügigkeit."

Er lächelte nicht und schien nicht im mindesten gewillt, etwas umgänglicher zu werden. Im Gegenteil, nach wie vor sah er sie mit einem Ausdruck an, der sehr verärgert auf sie wirkte, und mehr denn je hatte sie das Empfinden, ihn um ein Almosen angebettelt zu haben.

„Dora ist einsam", erklärte er übergangslos. „Sie hatte nie gleichaltrige Kinder zum Spielen. Sie ist erst seit einem knappen Jahr bei mir. Vorher hat sie bei den Großeltern gelebt."

Lilian wußte nicht, was sie darauf erwidern sollte.

„Leider hat meine Tochter eine Unart", fuhr der Marquis ruhig fort. „Sobald sie ein anderes Kind kennenlernt, setzt sie gleich voraus, daß es so ist, wie sie sich einen Freund vorstellt. Ich fürchte, unsere Besuche in der Nachbarschaft waren heute für alle Beteiligten kein sehr großer Erfolg."

Miss Angove lächelte schwach.

„Papi!" Lady Dora sauste in die Stube und streckte ihm den kleinen Zeigefinger entgegen, auf dessen Spitze ein winziger Blutstropfen zu sehen war. „Papi! Ich habe mir weh getan!" Sie steckte das Fingerchen in den Mund, und Lord Bedford zog rasch ein Schnupftuch aus der Manteltasche. „Megan und Edmond wollen die pieksigen Dinger überall aufhängen! Kann ich bleiben und zusehen?"

„Es wird Zeit, nach Hause zu fahren, Liebling", antwortete der Marquis.

„Ich will nicht nach Haus!" widersprach seine Tochter störrisch und schob schmollend die Unterlippe vor. „Ich will hierbleiben und zusehen!"

„Wir holen uns auch Stechpalmzweige, ja?" schlug er vor. „Dann können wir auch unser Haus schmücken. Das wird dir bestimmt Freude machen!"

„Nein!" nörgelte Lady Dora. „Nur du und ich ist kein Spaß! Ich will Megan und Ed zusehen! Er macht Püppchen aus Holz. Solche Figuren haben wir nicht!"

„Nein", sagte Lord Bedford ungeduldig und stand auf. „Wir haben keine Krippe. Und nun zieh die Schürze aus, Dora! Ich helfe dir in den Mantel."

„Sie haben Mistelzweige, Papi!" erwiderte seine Tochter und blieb widerspenstig stehen. „Sie werden aufgehängt, und man küßt sich darunter. Ist das nicht komisch?"

„Ja!" entgegnete der Marquis scharf, zog Lady Dora zu sich heran und band ihr die Schürze ab. „Ja, das ist wirklich komisch."

„Können wir auch Misteln haben, Papi?"

„Ja. Wir gehen morgen auf die Suche."

„Allein macht das keinen Spaß!" maulte das Mädchen.

„Wir könnten ja mitkommen", schlug Megan nach einem fragenden Blick auf ihren Bruder vor. „Nicht wahr, Ed? Wir wissen, wo die meisten Misteln zu finden sind. Lilian hat es uns heute gezeigt. Möchtest du, daß wir dich begleiten?"

Lady Doras Gesicht erhellte sich, und einen Moment lang wirkte sie direkt hübsch und niedlich. „Ja, das will ich! Wir brauchen eine Menge von dem kratzigen Zeug und den Mistelzweigen. Unser Haus ist viel, viel größer als eures, nicht wahr, Papi? Und Ed kann mir auch solche Figuren machen. Ganz allein für mich."

„Nein", wehrte Edmond ab. „Dazu habe ich nicht mehr die Zeit. Ich werde dir einen der Hirten mitbringen, damit du ihn dir anschauen kannst. Morgen habe ich ihn bestimmt fertig."

Unbehaglich sah Miss Angove den Marquis über die Köpfe der Kinder hinweg an. Er erwiderte ihren Blick, doch in seinen Augen stand keine Wärme. Ein dünnes Lächeln lag auf seinen Lippen, und auch dieses Lächeln wirkte irgendwie kalt und geringschätzig.

„Es wäre bedauerlich, Madam", sagte er kühl, „wenn Sie als einzige nicht an dem aufregenden Abenteuer teilnehmen würden. Ich werde Ihnen daher morgen nach dem Lunch meine Kutsche schicken, damit wir alle gemeinsam auf die Suche nach den Misteln gehen können. Sie werden mir die Ehre geben, anschließend zum Tee in Bedford Hall zu bleiben."

Das war keine Bitte, eher ein Befehl. Am liebsten hätte Lilian die Einladung abgelehnt, denn inzwischen hatte sie begriffen, daß Stephen West sie nicht mochte. Vielleicht verabscheute er sie, weil sie ihn an eine längst vergessene Ehrenschuld erinnert hatte. Eine andere Erklärung für seine unübersehbar feindselige Einstellung konnte sie sich nicht denken.

Und plötzlich fühlte sie sich erleichtert, daß er sie aufgesucht und sie aus nächster Nähe miterlebt hatte, was aus ihm geworden war. So fiel es ihr leichter, einen über Jahre gehegten Traum zu begraben, der sie seit jenem Tag verfolgt hatte, an dem sie zwei Stunden lang Hand in Hand mit Stephen im Park spazierengegangen war, Pläne für den Sommer schmiedend. Der unbekümmerte, lebenslustige junge Mann, in den sie damals verliebt gewesen und der einen Tag später überstürzt fortgefahren war, existierte nicht mehr. Jetzt sah sie es, und sie begriff, daß sie nur der Erinnerung an einen Menschen nachgehangen hatte, den es nicht mehr gab.

Abwartend schaute er sie an, und ihr wurde bewußt, daß sie seine Einladung bis jetzt noch nicht angenommen hatte. Doch bei drei

Kindern, die sie mit strahlenden Augen anblickten und sich sichtlich auf den Ausflug freuten, war es nicht möglich, Stephen West die Absage zu erteilen, die ihr auf der Zunge lag.

„Danke, Mylord", sagte sie leichthin. „Ja, ich komme gern."

★

Lady Dora West war viel zu aufgeregt, um einschlafen zu können.

„Du hältst, was du versprochen hast, Papi?" fragte sie ängstlich, nachdem Stephen, Marquess of Bedford, sich zu seiner Tochter auf das Bett gesetzt und fürsorglich die Decke um sie festgestopft hatte.

„Ja!" versicherte er. „Selbstverständlich gehen wir die Mistelzweige holen."

„Wirst du mich küssen, Papi?"

Er neigte sich vor und drückte ihr einen zärtlichen Kuß auf die Stirn.

„Nein, unter dem Zweig", sagte sie kichernd.

„Ja, das werde ich! So, und nun mach die Guckaugen zu."

Sie schloß die Lider und riß sie gleich wieder auf. „Meinst du, Edmond vergißt, den Mann aus Holz mitzubringen, Papi?"

„Das denke ich nicht."

Eine Weile schien es so, als sei Dora eingeschlafen, und Lord Bedford war im Begriff, auf Zehenspitzen das Zimmer zu verlassen.

„Papi!" ertönte ihre Stimme, und etwas mißmutig drehte er sich um. „Papi, was ist denn eine Krippe? Das, was die Pferde im Stall haben?"

„Das auch, Schätzchen. Ich erzähle dir ein andermal, was es damit auf sich hat. Schlaf jetzt!"

„Regnet es morgen?"

„Das will ich nicht hoffen. Gute Nacht, Dora!"

Kopfschüttelnd zog der Marquis sich zurück und überließ seine Tochter der Obhut des Kindermädchens. So aufgeregt hatte er Dora noch nie erlebt. Ihr war die Vorfreude auf den Ausflug ins Gesicht geschrieben, und sie war viel quirliger als zu Beginn des Frühjahres, nachdem er sie bei Lorraines Eltern abgeholt hatte. Es war ein mürrisches, lustloses und übellauniges Kind gewesen, das er zu sich nach London genommen hatte.

Am nächsten Morgen hatte der Regen tatsächlich aufgehört. Bis dann am frühen Nachmittag die ins Dorf entsandte Kutsche endlich mit den Angoves in Bedford Hall eintraf, sah Stephen West durch Doras quengelnde Fragen seine Geduld auf eine harte Probe gestellt.

Edmond und Megan nahmen Lady Dora in die Mitte und stampften den beiden Erwachsenen durch den Park, vorbei am See, in das angrenzende Wäldchen voraus.

Miss Lilian Angove trug eine Rotonde, die für das Wetter viel zu dünn war, und darunter dasselbe Kleid, das sie beim ersten Besuch angehabt hatte. Es war genauso schäbig und fadenscheinig wie das einfache Kleid, das sie tags zuvor im Hause getragen hatte. Innerlich widerstrebend, hatte der Marquis ihr aus reiner Höflichkeit den Arm gereicht und folgte den juchzenden und lachenden Kindern. Die Dinge hatten eine Wende genommen, die nicht günstiger für Miss Angove hätte sein können. Bestimmt würde sie nun versuchen, Nutzen aus der Situation zu ziehen, ihn mit Wehklagen über die bevorstehende Trennung von den Geschwistern langweilen, diskret auf die mißliche finanzielle Lage hinweisen und unterschwellig andeuten, daß sie nur gezwungen sei, eine Stelle als Gouvernante anzunehmen, um die Familie eines Tages wieder zusammenführen zu können.

Stephen hätte nicht damit gerechnet, daß es soweit mit Lilian Angove kommen würde. Er warf ihr einen flüchtigen Blick von der Seite zu. Sie reichte ihm knapp bis zur Schulter und schritt schweigend, mit leicht gesenktem Kopf, neben ihm aus. Die breite Schute verhüllte halb das verhärmte Gesicht, in dem die grauen Augen übernatürlich groß wirkten. Sie war schmal geworden und machte den Eindruck, wirkliche Not zu leiden.

„Ich wollte, daß es in diesem Jahr auch für Dora ein schönes Weihnachtsfest gibt", äußerte Lord Bedford und merkte überrascht, daß er fast die gleichen Worte benutzt hatte wie Miss Angove vor vier Tagen im Empfangssalon. „So, wie ich es in Erinnerung habe. Eine weiße Weihnacht. Deshalb bin ich nach Bedford Hall gekommen, doch ausgerechnet in diesem Jahr regnet es unaufhörlich."

„Es hat nicht immer Schnee zu Weihnachten gegeben", erwiderte Miss Angove und schaute den Marquis an. „Eigentlich sehr selten. Trotzdem war Weihnachten immer wunderbar."

„Ach ja?"

Sie setzte zu einer Antwort an, atmete dann plötzlich durch und schien sich eines anderen zu besinnen. „Ja", sagte sie schlicht.

„Ich habe die Uhr für Ihren Bruder, Madam. Ich werde Sie Ihnen geben, bevor Sie ins Dorf zurückfahren."

„Danke!" sagte sie, und ihre grauen Augen strahlten.

Unversehens empfand Stephen ein gewisses Schuldgefühl. Lilian Angove war sichtlich in finanziellen Schwierigkeiten, und es gab auch keinen Zweifel daran, daß sie sich nach dem Fest von ihren Geschwistern trennen mußte. Er wünschte nur, sie hätte einen weniger theatralischen Weg gewählt, ihn zu umgarnen. Er war ein gebranntes Kind und ließ sich nicht mehr unbedacht in die Falle der Ehe locken.

Miss Angove sah den Kindern nach und schmunzelte plötzlich.

Erstaunt stellte der Marquis fest, daß seine Tochter munter und ausgelassen an den Händen der beiden Angoves auf und ab hüpfte und lachend zwischen den Bäumen verschwand.

„Hier haben wir gestern die Stechpalmzweige geholt", verkündete Megan Angove in der Nähe eines dichten Gebüsches, hielt unversehens die Hand vor den Mund und kicherte.

Auch ihr Bruder grinste. „Das hätten wir wohl nicht sagen sollen, Sir", gestand er verlegen. „Wir sind ja hier auf Ihrem Besitz."

Eine leichte Röte überzog Miss Angoves Wangen, und von einem Moment zum anderen wirkte sie sehr jung und mädchenhaft.

„Oh. Dieses Gestrüpp hat ja nicht so viele Beeren wie eures!" beklagte sich Lady Dora.

„Die schönen Zweige sind noch oben", erklärte Edmond. „Wir konnten sie nicht erreichen, auch Lilian nicht."

„Mir scheint, der Retter aus der Not bin wohl ich", murmelte der Marquis. „Ein Glück, daß ich Lederhandschuhe anhabe. Na, hoffentlich bin ich hinterher nicht restlos zerkratzt!"

Er zog ein kurzes Messer aus der Manteltasche, nahm es aus der Scheide und drängte sich zwischen die tief herabhängenden Zweige. Er mußte sich beträchtlich recken und mehrmals den Mantel von hakenden Ästen befreien, ehe er eine Stelle erreichte, die voller roter Beeren war. Er griff nach dem Zweig, und ein kleiner Regenschauer rieselte ihm ins Gesicht. Die Kinder lachten, und auch Lilian konnte sich eines kleinen Lächelns nicht erwehren.

Rasch trat sie hinter Lord Bedford und nahm die abgeschnittenen Zweige entgegen. Megan, Edmond und selbst die kleine Dora rafften so viele Zweige zusammen, wie sie halten konnten.

„Aua!" quietsche Lady Dora auf. „Das piekt. Aber ich habe viel mehr als du, Megan. Oh, das hat schon wieder gestochen!"

„Du darfst das stachelige Zeug nicht auf die Arme nehmen!" warnte Edmond. „Faß nur unten um die Stiele und halt sie weit genug von dir ab."

„Nanu?" Schmunzelnd drehte der Marquess of Bedford sich um, nachdem er genügend Beeren tragende Zweige geschnitten hatte. „Wen haben wir denn da? Vier wandelnde Ilexbäumchen?"

Drei kleine kichernde Büsche und ein etwas größerer stummer Strauch nickten eifrig.

„Glaubt ihr denn, das alles tragen zu können? Erst jetzt kommt mir der Gedanke, daß es besser gewesen wäre, einen der Stallburschen mit einem Handkarren mitzunehmen."

„Oh, nein!" platzte Edmond heraus. „Das wäre längst nicht so lustig, Sir!"

„Papi, das macht solchen Spaß!" quietschte seine Tochter vergnügt.

„Gestatten Sie, Madam, daß ich Ihnen einen Teil abnehme", sagte der Marquis. „Man kann Sie ja gar nicht mehr hinter all den Zweigen sehen!" Ohne auf Miss Angoves Einwände zu achten, griff er nach einigen, klemmte sie sich unter den Arm und wollte sich auf den Rückweg machen.

„Papi! Wir haben die Misteln vergessen!" protestierte Lady Dora.

„Auch das noch!" brummte ihr Vater. „Nun gut, geht voraus, und ich schneide sie. Hm, vielleicht ist es besser, Sie bleiben bei mir, Lilian, und zeigen mir, wo das Zeug wächst. Lauft los, Kinder! Wir kommen gleich nach."

Im selben Moment ärgerte er sich, daß er so unvorsichtig gewesen war, Miss Angove wie in alten Zeiten mit dem Vornamen anzusprechen, und preßte verstimmt die Lippen zusammen.

Lilian ließ ihre Zweige auf die Erde fallen, ging um das Ilexdickicht herum und führte Lord Bedford zu einer Gruppe verwitterter alter Eichen.

Beim Anblick der Bäume fiel ihm unwillkürlich ein, daß er in seinen Jugendtagen mit Lilian auf die knorrigen Äste geklettert war, neben ihr gesessen, zum blauen Himmel hochgeschaut und mit ihr Luftschlösser gebaut hatte. Er entsann sich, daß er sie

einmal von einem tiefhängenden Ast einer der Eichen herunterge-
hoben, gegen den rissigen Stamm gedrängt und, sie mit den Händen gefangenhaltend, geküßt hatte. Er wußte auch noch, daß er
über ihre Verwirrung gelacht hatte, weil es kein sehr harmloser
Kuß gewesen war.

„Das ist lange her", hörte er sich sagen und kam sich im selben
Moment sehr albern vor. Schließlich konnte Lilian nicht wissen,
woran er gedacht hatte.

„Ja", erwiderte sie leise.

Er schnitt die Misteln, sammelte sie ein und trug sie zu der Stelle,
an der die Stechpalmzweige lagen. Ungeachtet des mit Nachdruck
vorgebrachten Protestes gab er Miss Angove die Misteln zu Tragen, nahm die Ilexzweige an sich und erklärte mit einem entschul-
digenden Lächeln: „Mein Mantel und die Handschuhe sind dicker
als Ihre und schützen mich besser davor, zerkratzt zu werden."

Sie antwortete nicht, hob die Misteln an das Gesicht und ging
schweigend neben dem Marquess of Bedford zum Haus zurück.

„Mir scheint, Sie essen nicht genug, Madam", äußerte er nach
einer Weile.

Überrascht sah sie ihn an. „Wie kommen Sie darauf, Sir?"

„Ihre Geschwister machen keinen unterernährten Eindruck. Ich
glaube, Sie geben ihnen auch das, was eigentlich Ihnen zusteht."

Miss Angoves vom kalten Wind geröteten Wangen wurde noch
eine Spur roter. „Welch unsinniger Einfall, Sir! Ich wäre längst vor
Hunger gestorben!"

„Ihrem Aussehen nach zu urteilen, wird es nicht mehr lange
dauern, bis es soweit ist", erwiderte er und erschrak über seinen
Mangel an Takt und Zurückhaltung.

„Was ich tue, ist einzig und allein meine Angelegenheit, Mylord",
entgegnete Miss Angove steif. „Ich habe nicht die Absicht, meine
persönliche Lage mit Ihnen zu diskutieren!"

„Vor vier Tagen waren Sie dazu noch sehr bereit", wandte er kühl
ein.

„Nur weil ich Ihnen erklären mußte, warum ich die alte Ehrenschuld überhaupt zur Sprache brachte. Ich finde es peinlich, daß
Sie eine Sache, die ich Ihnen nur mit dem größten Widerstreben
vorgetragen habe, jetzt erneut anschneiden."

Der Marquis wußte, daß er sich im Ton vergriffen hatte, und hielt
es für ratsamer, sich in Schweigen zu hüllen.

„Warum hassen Sie mich, Stephen?" fragte Miss Angove plötzlich und bemühte sich, seinen weitausholenden Schritten zu folgen.

Er glaubte, sich verhört zu haben. Jetzt hatte sie ihn beim Vornamen genannt. „Ich hasse Sie nicht, Madam", antwortete er und verlangsamte das Tempo, damit sie nicht hinter ihm herkeuchen mußte und weil sie fast beim Haus waren. „Warum sollte ich?"

„Ich weiß es nicht."

Höflich ließ Lord Bedford sie über die Freitreppe zum Portal und in die Halle vorangehen, aber mehr denn je war er überzeugt, daß Miss Angove nur ein Spiel mit ihm trieb, ein sehr durchsichtiges Spiel. Alles stimmte, selbst das leichte Zittern in der Stimme, die Vertraulichkeit der Anrede, der scheue Blick. Bitter dachte Stephen daran, um wieviel leichter, freier und ungezwungener sein Leben verlaufen könnte, wäre sein älterer Bruder nicht gestorben. Die Frauen würden ihm heute nicht so eindeutig nachstellen, da er dann nicht der Marquess of Bedford wäre.

★

Lilian machte die letzten Stiche am Saum des Kleidchens, das für die Figur der Maria gedacht war, während Megan sorgfältig die Krippe mit Stroh auslegte. Konzentriert die Stirn runzelnd, schnitzte Edmond an einem Tier, das allerdings wenig Ähnlichkeit mit einem Schaf hatte.

„Der Joseph ist dir sehr gelungen, Ed", stellte Megan anerkennend fest. „Er sieht wirklich wie ein Mann aus."

„Laßt uns ein Lied singen", schlug Lilian lächelnd vor.

„In ferner Krippe, keine Wiege zum Bett, ruht süß das Jesuskind sein Haupt", begann Megan, und Lilian fiel in die alte Volksweise ein. Edmond hingegen hielt sein Schaf auf Armeslänge von sich und betrachtete es mit halb zusammengekniffenen Augen.

Es klopfte, und im Nu brachen die Schwestern den Gesang ab. Lilian legte das Gewand auf den Tisch, stand auf und ging die Tür öffnen.

Auf der Schwelle stand, gehüllt in eine entzückende, mit Schneehasenfell besetzte und gefütterte Douillette aus rotem Samt, Lady Dora West neben ihrem Vater. Hinter den beiden sah Lilian zwei Pferde, einen Braunen und einen prächtigen, rassigen Rappen, der von einem Reitknecht am Zügel gehalten wurde.

„Heute sind wir auf Wildfang gekommen!" verkündete Lady Dora mit leuchtenden Augen und zeigte auf den schwarzen Hengst. „Wir wollten sehen, ob ihr die Zweige aufgehängt habt. Hat Edmond die Figur gemacht?"

„Ich bitte sehr um Vergebung, Miss Angove, falls wir ungelegen sind", entschuldigte sich der Marquess of Bedford.

Lilian begriff nicht, warum er gekommen war. Der vergangene Nachmittag hatte in einer einzigen Peinlichkeit geendet. Eingedenk ihres ungehörigen Verhaltens beim Spaziergang hatte es ihr nach dem Tee davor gegraust, mit Lord Bedford allein im Salon zu bleiben. Deshalb hatte sie vorgeschlagen, den Kindern dabei zuzusehen, wie sie die mitgebrachten Misteln und Stechpalmzweige in allen Räumen verteilten, und sichtlich erleichtert war der Marquis auf die Anregung eingegangen. Der Abschied war dann sehr kühl ausgefallen, und Lilian hatte nicht damit gerechnet, Stephen noch einmal zu sehen.

„Meine Tochter ist ganz begeistert von Ihren Geschwistern, Madam", erklärte er. „Natürlich können weder ich noch Doras Kindermädchen mit ihnen konkurrieren! Länger als zehn Minuten möchte ich Sie jedoch nicht stören."

„Bitte treten Sie ein, Mylord", sagte Lilian etwas beklommen und ließ den Marquis vorangehen. Die Schute und der geschlitzte Mantel seiner Tochter lagen achtlos hingeworfen auf einem Sessel in der Stube, und Lady Dora selbst war eifrig damit beschäftigt, sich die Schürze umzubinden, die sie tags zuvor getragen hatte.

„Guck mal, Papi", sagte sie aufgeregt. „Die stechenden Palmen! Hier sehen sie viel hübscher aus. Das Zimmer ist auch viel kleiner als unseres. Und da, die Misteln!" Sie lief unter die Tür und forderte ihren Vater kichernd auf: „Küß mich, Papi!"

Er hockte sich hin, nahm ihr Gesicht zwischen die Hände und drückte ihr einen Kuß auf die gespitzten Lippen.

Lilian wandte sich ab. Der Anblick machte sie eigenartig verlegen. „Das tut man eigentlich erst zu Weihnachten, Schätzchen", hörte sie den Marquis sagen. „Und das dauert noch zwei Tage." Beim herzlichen Klang seiner Stimme fühlte Lilian sich unwillkürlich an früher erinnert, doch diese Zeiten waren längst vergangen. Langsam drehte sie sich wieder um, als ihr Bruder Lady Dora die Krippenfiguren zeigte. Staunend, mit offenem Mund und großen Kulleraugen betrachtete das Kind die ungelenk gefertigten Gestalten und lachte fröhlich über das angeblich ein Schaf darstellende Tier.

Lord Bedford hatte sich unaufgefordert gesetzt und beobachtete voll väterlichen Stolzes seine Tochter, der das blaue Kleidchen der Marienstatuette einen entzückten Ausruf entlockte.

„Bevor du gekommen bist, Dora, haben wir gesungen", sagte Megan und summte leise die Melodie des Volksliedes vor sich hin.

„Die Sterne im Himmel", fiel Edmond mit kindlich hoher Stimme ein, „sehn auf ihn herab, den schlafenden Jesus hier unten im Heu."

„Sie müssen auch singen, Miss Angove", forderte Dora.

Lilian errötete. „Später, Lady Dora", erwiderte sie ausweichend und warf dem Marquis einen bestürzten Blick zu.

„Früher haben Sie immer gesungen, Madam", stellte er mit unbewegter Miene fest. „Am Weihnachtsvorabend sind Sie vor dem Mitternachtsgottesdienst mit uns allen, mit Claude, Susan und Henrietta Price, den Hendays und Ihrem Bruder Philip, im Dorf von Haus zu Haus gezogen und haben Weihnachtslieder gesungen."

Ein flüchtiges Lächeln huschte über Miss Angoves Gesicht. „Das machen wir immer noch", sagte sie. „Manchmal gehen wir auch zu abgelegeneren Gehöften, falls dort jemand krank ist und nicht zur Kirche kommen kann."

Edmond blickte kurz von der Schnitzarbeit auf. „Ja, morgen abend ist es wieder soweit. Letztes Jahr war es sehr lustig. Mr. Campbell hat jedem von uns ein Glas Glühwein ausgeschenkt, ehe er merkte, daß nicht nur Erwachsene vor seinem Haus standen."

„Warum kommst du diesmal nicht mit, Dora?" fragte Megan und strahlte das Mädchen an. „Ich halte dich bei der Hand. Und vielleicht möchte dein Vater auch dabeisein."

Dora klatschte in die Händchen. „Darf ich, Papi?" fragte sie begeistert, und ihr Gesicht leuchtete vor Freude. In diesem Moment sah sie allerliebst aus. „Sag ja, Papi! Oh, bitte, bitte, erlaube es mir!"

„Du kennst die Lieder doch nicht, Schätzchen", wandte er ruhig ein. „Und außerdem wird es viel zu spät. Zu dieser Zeit mußt du längst im Bett sein."

„Megan kann mir sagen, was ich singen muß. Oder Miss Angove!

31

Sie helfen mir, nicht wahr? Ich schlafe nachmittags, Papi! Ganz bestimmt! Ich bin brav. Ich verspreche es. Oh, bitte, laß uns mitziehen!"

„Ich werde es mir überlegen", erwiderte er in steifem, beinahe verärgert klingendem Ton, wie es Lilian schien. „Und nun komm, Dora. Wir halten Miss Angove nur auf. Außerdem habe ich noch etwas im Dorf zu erledigen."

„Ich will aber nicht!" entgegnete sie störrisch. „Es ist langweilig, wenn du mit den Leuten redest. Geh allein! Ich will hierbleiben. Miss Angove kann mir die Lieder . . ."

„Zieh die Schürze aus und bring sie dorthin, wo du sie gefunden hast", unterbrach der Marquis und stand abrupt auf. „Und dann komm her, damit ich dir in den Mantel helfen kann."

Schmollend starrte Lady Dora ihren Vater an.

„Ich möchte mich nicht ungebührlich einmischen, Sir, aber es würde mich nicht stören, wenn Sie Ihre Tochter hierlassen", schlug Lilian zögernd vor. „Es ist schön, zu Weihnachten das Haus voller Kinder zu haben."

Lord Bedford warf ihr einen unergründlichen Blick zu und verneigte sich dann leicht. „Also gut", willigte er ein. „Dora, du kannst eine Stunde bleiben. Doch dann erwarte ich, daß du mir widerspruchslos gehorchst, wenn ich dich holen komme!"

Lady Dora ergriff Megan bei den Händen und tanzte jubelnd mit ihr durch den Raum. Selbst Edmond machte ein zufriedenes Gesicht.

Der Marquess of Bedford verabschiedete sich von Miss Angove, und sie begleitete ihn zur Tür. „Habe ich etwa noch eine moralische Schuld abzutragen?" fragte er eisig, drehte sich um und ging zu seinem Pferd. Er schwang sich in den Sattel und ritt, gefolgt vom Reitknecht, die Straße ins Dorf hinunter.

Unwillkürlich fragte Lilian sich, ob es soeben nicht doch ein Fehler gewesen war, sich für Lady Dora West zu verwenden. Und was mochte Stephen mit der rätselhaften Bemerkung gemeint haben? Erneut grübelte sie einen Moment vergebens darüber nach, warum er sie so zu hassen schien, ehe sie sich in das Wohnzimmer zurückbegab.

Sie sang fast eine Stunde mit den Kindern, während sie Josephs Gewand zu Ende nähte, Edmond mit geschickten Handgriffen einem Hirten den letzten Schliff verlieh und Megan die fertigen

Figuren probeweise aufstellte und wieder neu arrangierte.

Nachdem sie „Oh, komm, oh, komm, Emmanuel" geübt hatten, sah Lady Dora Miss Angove mit leuchtenden Augen an und sagte: „Papi hat mir die Geschichte erzählt von dem Stall und dem Kind, das in den Windeln in der Krippe lag. Das hat mir gefallen. Er muß sie mir heute abend noch einmal erzählen. Und nächstes Jahr, wenn ich fünf bin, lerne ich auch, mit Nadel und Faden umzugehen."

„Wirklich?" fragte Lilian lächelnd. „Meinst du, das wird dir Spaß machen?"

„Emily zeigt mir, wie das geht", erklärte Lady Dora. „Aber ich will, daß Sie mir helfen. Mit Ihnen ist die Sache viel lustiger."

Lilian senkte den Blick und stimmte rasch ein anderes Weihnachtslied an.

★

Das Sternsingen war nicht das einzige, an das Stephen, Marquess of Bedford, nicht mehr gedacht hatte. Nun entsann er sich wieder, daß jeder junge Mann, der daran teilgenommen hatte, unbedingt an Miss Angoves Seite sein wollte, weil Lilian die schönste Stimme von allen besaß und so reizend war. Er selbst hatte diesen gutmütigen Wettstreit fast immer gewonnen.

„Papi!" Die Stimme seiner Tochter schreckte ihn beim Lesen in der Bibliothek auf. Lady Dora West sauste an dem Lakaien vorbei, der ihr die Tür aufhielt, und rief lebhaft: „Papi! Komm auf den Dachboden! Mrs. Morgan und ich haben gestöbert! So schöne Glöckchen! Und den Stern haben wir gefunden. Können wir auch einen Weihnachtsbaum haben? Mrs. Morgan meinte, es hätte immer einen gegeben."

Der Marquis legte das Buch zur Seite und ließ sich von seiner aufgeregt plappernden Tochter zum Dachgeschoß zerren. So munter, fröhlich und ausgelassen war sie sonst nie, und überrascht merkte er, wie sehr sie sich in den letzten Tagen verändert hatte.

Natürlich hatte er auch nicht mehr an die Dekorationen gedacht, die hier oben aufgehoben wurden, das Lametta, die Kerzenhalter, bemalten Kugeln und Strohsterne, die Holzfigürchen und die geschnitzten Bögen mit den winzigen Glöckchen, die bei jedem Luftzug klingelten. Und es fiel Stephen auch wieder ein, daß er einmal, als sie vor vielen Jahren zu Weihnachten Blindekuh gespielt hatten, unversehens in den Christbaum gerannt war und ihn umgeworfen hatte. Die Zweige hatten sofort Feuer gefangen, und die Aufregung war groß gewesen. Lakaien hatten unverzüglich die Flammen erstickt, aber der Teppich war bereits versengt worden. Halb ersticktes Gelächter war an Stephens Ohr gedrungen, und als er die Binde abnahm, sah er, daß Lilian Angove die größte Mühe hatte, nicht in helles Lachen auszubrechen.

„Können wir einen Tannenbaum haben, Papi?" fragte Dora und blickte ihn erwartungsvoll an.

„Hier sind so viele Kugeln, Zapfen und Glassterne, daß wir einen ganzen Wald damit schmücken könnten", antwortete er lächelnd. „Wir hatten in allen Räumen Bäumchen, und ein besonders hoher und prächtiger Christbaum stand im Salon."

„Papi, ich will einen Weihnachtsbaum im Zimmer haben." Dora streckte ihrem Vater die Arme entgegen und ließ sich glücklich hochheben.

„Gut, dann stellen wir ihn bei dir auf", versprach Lord Bedford. „Weißt du was? Es regnet nicht mehr. Bevor wir heute abend mit den anderen singen gehen, spazieren wir in den Wald und suchen uns einen richtig schönen Tannenbaum aus. Was hältst du davon?"

„Ja, ja, ja!" erwiderte Dora und strampelte vergnügt mit den Beinen.

Warm angezogen, stiefelte sie einige Minuten später neben ihrem Vater durch den Park und verkündete nach einem Moment unvermutet: „Wir nehmen auch einen Baum für Miss Angove und ihre Geschwister mit! Keinen großen, einen, der in die kleine Stube paßt. Und bunte Kugeln bringen wir ihnen auch. Wir haben so viele! Das machen wir gleich nach dem Lunch, Papi. Dann kann ich noch schlafen und bin heute abend nicht müde."

„Ich weiß nicht recht", erwiderte der Marquis ausweichend. „Sie feiern das Fest auf ihre Art. Vielleicht wollen sie die Sachen gar nicht."

„Oh, doch!" widersprach Dora heftig. „Du hast gesagt, zu Weihnachten schenkt man sich etwas. Sie freuen sich bestimmt, wenn wir ihnen einen Baum schenken. Außerdem will ich die Krippe sehen. Gestern war sie nicht fertig. Miss Angove hat noch die Windeln für das Christkind gemacht."

„Ach ja?" murmelte Lord Bedford. Er fühlte sich in der Zwick-

34

mühle. Er hatte seiner Tochter tatsächlich erklärt, zu Weihnachten würden die Leute sich etwas schenken, und nun nahm sie ihn beim Wort. Jetzt konnte er nicht gut einen Rückzieher machen. „Gut", stimmte er Doras Bitte zu. „Aber nur einen kleinen Baum. Dein Papa hat nur zwei Hände, Schätzchen."

„Wycombe kann ihn tragen", erwiderte sie und drehte sich zu dem Gärtnerburschen um, der ihnen, mit Axt und Säge ausgerüstet, folgte. „Wenn ich fünf bin, zeigt Miss Angove mir, wie man näht."

„Wirklich?"

„Ja", versicherte Dora. „Mit ihr habe ich viel mehr Spaß als mit Emily."

Die Bäume wurden geschlagen, und eine Stunde später stand der Marquess of Bedford erneut mit seiner Tochter vor Miss Angoves Tür.

„Nichts verraten, Papi!" bat Dora inständig. „Ich will es Miss Angove sagen!" Die Schachtel mit dem Weihnachtsschmuck und die Fichte lagen noch in der Kutsche.

Kaum ging die Tür auf, verkündete Lady Dora der verdutzten Miss Angove: „Wir haben euch einen Christbaum mitgebracht, und viele glänzende Kugeln. Und einen leuchtenden goldenen Stern." Im nächsten Moment war sie in der Küche verschwunden, als habe sie ihr ganzes Leben in diesem Hause verbracht. Etwas irritiert ließ Lord Bedford sich in die Stube bitten und nahm Platz, während Miss Angove hastig die Nähsachen vom Tisch forträumte und eine alte Spitzendecke darüber breitete.

Bald erscholl fröhliches Kinderlachen, und Edmond brachte, umtollt von den beiden Mädchen, die Schachtel mit dem Weihnachtsschmuck herein. Dann wurde, mit viel Getue, Kichern und scherzhaften Bemerkungen, der von Lord Bedfords Lakai in einem eisernen Fuß befestigte Baum geschmückt.

„Papi, für den Baum ist der Stern viel zu groß", stellte Dora kopfschüttelnd fest. „Du mußt ihn an der Decke aufhängen."

Ehe der Marquis recht wußte, wie es geschehen war, stand er auf einem Stuhl und klopfte über dem für die Krippe vorgesehenen Platz einen Haken in einen der breiten Holzbalken.

„Papi, guck dir das niedliche Kindchen an", rief Dora.

„Gleich, Schätzchen", erwiderte er schmunzelnd. „Laß mich erst den Stern festmachen. Sonst verliere ich womöglich das Gleichgewicht." Er verknüpfte das Seidenband und sprang vom Stuhl.

Und dann bestaunte jeder das geschmückte Zimmer, die Misteln und die Stechpalmzweige, die schillernden Glassternchen, kristallenen Zapfen, die seidenen Schleifen und strahlenden Kugeln, in denen sich das Tageslicht und der Schein des flackernden Kaminfeuers fing. Und natürlich auch die etwas unbeholfen geschnitzten Krippenfiguren, das in winzige Windeln gehüllte Jesuskind und den großen, über allem schwebenden goldenen Stern.

„Lilian steht unter dem Mistelzweig", bemerkte Megan plötzlich und grinste verschmitzt.

Lady Dora West klatschte in die Händchen.

Stephen, Marquess of Bedford, schaute Miss Angove an, sah die Röte der Verlegenheit auf ihren schmalen, blassen Wangen und den erschrockenen Ausdruck in den großen grauen Augen und war sich nicht mehr sicher, ob Lilian ein bestimmtes Ziel verfolgte.

„Dann werde ich sie küssen", erklärte Edmond, aber es klang ein wenig enttäuscht. Er drückte ihr einen geräuschvollen Kuß auf die Wange und blickte seiner großen Schwester erstaunt nach, weil sie rasch zum Tannenbaum gegangen war und eines der schwankenden, klingelnden Glöckchen festhielt.

„Es ist Zeit zu gehen, Liebling", wandte der Marquis sich an seine Tochter.

Stürmischer Protest aus drei kindlichen Kehlen war die Folge.

„Gut, gut, ich gebe mich geschlagen", meinte er lächelnd. „Dora kann noch etwas bleiben. Aber dann müssen wir weiter."

Eine halbe Stunde später lehnte er sich erleichtert in die Polster der Kutsche zurück. Er hatte geglaubt, gefeit zu sein gegen jede Art weihnachtlicher Gefühlsduselei, und auch gegen weiblichen Charme. Aber Lilian Angove hatte bezaubernd schön unter dem Mistelzweig ausgesehen.

Dabei war Stephen sich so sicher gewesen, nie wieder auf die Ränke einer Frau hereinzufallen. Die Vernunft sagte ihm, daß alles nur Absicht war, dazu bestimmt, ihn mit List und Tücke einzufangen und vor den Traualter zu schleppen, damit Miss Angove und ihren Geschwistern eine Zukunft in Armut und Drangsal erspart blieb.

Doch dann sah er Lilian Angove vor sich, mit ausgestreckten Armen, bereit, ihn aufzufangen, falls er vom Stuhl fallen sollte, und ihren glücklich strahlenden Blick, als sie den Tannenbaum betrachtete und merkte, welche Freude ihre Geschwister hatten. Er erinnerte sich, wie schüchtern sie wirkte, nachdem Edmond sie darauf hingewiesen hatte, daß sie unter dem Mistelzweig stand. War ihr das vorher bewußt gewesen? Stephen hätte gern die Antwort gekannt. Es überraschte ihn, daß er überhaupt darüber nachdachte, warum nicht er Lilian geküßt hatte. Verstimmt darüber, daß er über Miss Angoves Beweggründe für ihr Verhalten nachgrübelte, schloß er die Augen.

„Muß ich den ganzen Nachmittag schlafen?" riß die Stimme seiner Tochter ihn aus den Gedanken. „Können wir nicht erst unseren Christbaum schmücken?"

„Nein", antwortete er und schaute Dora streng an. „ Du gehst ins Bettchen, damit du heute abend ausgeschlafen bist!"

„Ja, Papi", erwiderte sie folgsam.

Miss Angove war inzwischen die Älteste, die am Sternsingen teilnahm. Ihre vor zwei Jahren geäußerten Absichten, sich nicht mehr zu beteiligen, waren auf den heftigen Widerstand der anderen Sänger gestoßen.

„Sie sind die einzige, Miss Angove", hatte Mrs. Simmonds protestiert, „die wirklich den Ton halten kann! Was würden wir ohne Sie tun?"

„Hm, ganz einfach", hatte Henry Hammett die Frage beantwortet und seinem Freund Leonard Small einen verschmitzen Blick zugeworfen. „Wir müßten einen Spaten mitnehmen, um die tiefen Töne zu erreichen, oder eine Leiter, damit wir das hohe C treffen!"

Schließlich hatte Lilian Angove sich bereit erklärt, auch in Zukunft mit den Sängern durch das Dorf zu ziehen.

In diesem Jahr war der Marquess of Bedford der Älteste der Gruppe. Zunächst waren die jüngeren Leute etwas zurückhaltend, da sie ihn entweder gar nicht kannten oder nur aus der Ferne gesehen hatten. Die meisten wußten nicht einmal, daß er sich früher oft am Dorfleben beteiligt hatte.

Nachdem die Sternsinger jedoch vor einigen Häusern gesungen hatten und mit dampfendem Glühwein bewirtet worden waren, fand man die Anwesenheit des Marquis nicht mehr einschüch-

37

ternd. Scherzend, lärmend und in bester Stimmung zogen die Sänger, allen voran die Kinder und Lady Dora West an Megan Angoves Hand, in der Dunkelheit durch das Dorf.

Lord Bedford hielt, sobald man vor einem Haus eintraf, Miss Angove wie einst die Laterne hoch über die Schulter, damit sie genügend Licht zum Lesen der Noten hatte.

Sie war sich seiner Nähe sehr bewußt und fühlte sich in zunehmendem Maße durch ihn beunruhigt. Irgendwie kam es ihr vor, in vergangene Zeiten zurückversetzt worden zu sein, und sie mußte sich immer wieder vorhalten, daß es nicht der Stephen West von früher war, der rechts neben ihr sang, sondern der heutige Marquess of Bedford, ein Mann, der sich sehr zu seinem Nachteil verändert hatte. Aber sie gestand sich auch ein, daß er sich bei weitem nicht mehr so kalt und spröde benahm wie noch vor einer Woche.

Auch jetzt, während er einem alten und gebrechlichen Mann, in dessen Flur sie Lieder vorgetragen hatten, die Hand drückte und einige freundliche Worte sagte, besaß seine Stimme den gleichen herzlichen, mitfühlenden Ton wie vor sechs Jahren.

Kurz vor elf Uhr begannen die Glocken zu läuten, doch keines der Kinder, die vom vielen Laufen müde waren, wollte zu Bett.

Lady Dora West gähnte und klammerte sich an Miss Angoves Mantel.

„Ich bringe dich nach Haus, Schätzchen", sagte Lord Bedford, bückte sich und wollte sie auf die Arme heben. „Für heute genügt es."

Seine Tochter entwischte ihm jedoch und versteckte sich hinter Miss Angove. „Du hast versprochen, ich könnte aufbleiben. Ich war so brav und habe den ganzen Nachmittag geschlafen!" meuterte sie.

„Ja, du warst ein liebes Mädchen", erwiderte er. „Also gut, du mußt nicht ins Bett." Er nahm sie bei der Hand, und Dora griff nach Miss Angoves Fingern. Zu dritt, als seien sie eine Familie, stiegen sie die wenigen Stufen zum Portal hinauf und betraten das Kirchenschiff. Neugierig blickten die Gläubigen zu ihnen hinüber, und Lord Bedford nickte den Leuten lächelnd zu.

Edmond und Megan setzten sich in die erste Reihe, in der die Angoves auch sonst saßen, und der Marquis begab sich mit seiner Tochter und Miss Lilian Angove zu der ersten gepolsterten Bank im rechten Chorgestühl, dem angestammten Platz derer von Bedford. Lilian wollte zurückgehen, doch Dora hielt sie an der Hand zurück und sagte sehr laut: „Ich will, daß Sie neben mir sitzen, Miss Angove!"

Vor Verlegenheit errötend, versuchte Lilian, sich von Lady Doras Fingern zu befreien, aber die Kleine zerrte sie weiter, und sie war genötigt, sich in die Bank zu setzen, um nicht noch mehr Aufsehen zu erregen. Zu ihrer Überraschung winkte der Marquis ihre Geschwister heran und rückte einige Plätze weiter, um den Kindern Raum zu schaffen.

Die Orgel intonierte einen festlichen Choral, und dann begann der Mitternachtsgottesdienst. Die Kerzen flackerten, und ihr Schein reflektierte in den bunten Glasfenstern des Chores und ließ die goldenen Stickereien des Altartuches erglänzen. Die frommen Worte des Geistlichen hallten durch das spitzbogige Kirchenschiff, und andächtig sang die Gemeinde die volkstümlichen Weihnachtslieder.

So war es stets gewesen, doch so würde es nie wieder sein. Mit feucht werdenden Augen schaute Lilian in ihr Gesangbuch und schluckte. Unversehens hob Lord Bedford die Hand und schien nach ihrer greifen zu wollen, ließ sie jedoch sinken und legte sie auf sein Knie.

Seine Tochter gähnte laut und anhaltend und ließ das Köpfchen an Lilians Schulter und die mit dem Wappen der Bedfords verzierte Rückbank sinken. Lächelnd hob Lilian behutsam Lady Dora an und setzte sie sich auf den Schoß, schmiegte ihr Gesicht an sich und streichelte ihr sanft die Wange. Im nächsten Moment war das Kind eingeschlafen.

Ein Ausdruck, den Lilian nicht zu deuten wußte, sprach aus den blauen Augen des Marquis, als sie ihn danach anschaute, und rasch senkte sie den Blick. Die Orgel stimmte den Schlußchoral an, und sofort erhob Lord Bedford sich und nahm seine Tochter auf die Arme, damit Miss Angove stehend mitsingen konnte.

Unter dem Geläut der Glocken verließen sie die Kirche, gefolgt von den vielen Freunden, guten Bekannten und Nachbarn, die ergriffen der Verkündigung der Weihnachtsbotschaft beigewohnt hatten.

„Ich werde Sie und Ihre Geschwister nach Hause fahren", sagte

Lord Bedford.

„Nein danke, Mylord", wehrte Miss Angove ab. „Wir haben es nicht weit."

Vorsichtig setzte er seine schlafende Tochter in die weichen Polster der Equipage, wandte sich noch einmal um und reichte Megan die Hand. „Danke, daß du Dora eingeladen hast. Ich glaube, du weißt nicht, welche Freude du ihr damit gemacht hast." Dann schüttelte er Edmond die Hand. „Falls Miss Angove nichts dagegen haben sollte, kannst du übermorgen zu dem versprochenen Ausritt nach Bedford Hall kommen."

„Wunderbar!" erwiderte Edmond Angove voller Begeisterung.

Der Marquis nahm Miss Angoves Hände in seine, schaute Lilian einen Moment bewegt an und öffnete den Mund, als wolle er etwas ganz Bestimmtes äußern. Doch dann gab er ihr nur einen herzlichen Händedruck, verneigte sich und sagte schlicht: „Fröhliche Weihnachten!"

„Ein frohes Fest!"

Er stieg in die Karosse, und der Lakai schloß den Wagenschlag. Minuten später war die Equipage nicht mehr zu sehen.

Langsam kehrte Lilian mit den übermüdeten Geschwistern nach Hause zurück. Ein glückliches Lächeln lag um ihren Mund, auch wenn in ihren Augen Tränen schimmerten. An diesem Abend hatte sie von vielen Leuten fröhliche Weihnachten gewünscht bekommen und es ihnen ihrerseits gewünscht, doch dieses letzte Mal würde sie nicht vergessen.

Lady Dora West wiegte die Puppe in den Armen, die ihr Vater ihr zu Weihnachten geschenkt hatte, und sang ihr ein Liedchen vor. Stephen, Marquess of Bedford, betrachtete seine Tochter und fand, daß sie selbst fast wie eine Puppe aussah. Sie trug ein hübsches Seidenkleid mit vielen Spitzen und Rüschen an den Säumen, und das Kindermädchen hatte ihr das Haar zu niedlichen, wippenden Löckchen frisiert.

Der Marquis warf einen Blick aus dem Fenster und bedauerte, daß es noch immer nicht geschneit hatte. Graue Wolken jagten über den trüben Himmel, aber wenigstens regnete es nicht. Vielleicht wäre es doch besser gewesen, sich wie früher Gäste nach

Bedford Hall einzuladen, damit Dora etwas Abwechslung hatte. Da Lord Bedford jedoch erst kurz vor dem Fest eingetroffen war, hatten die Nachbarn bereits andere Verpflichtungen. Und die Einladungen, die in der kurzen Zeit an ihn ergangen waren, hatte er deshalb nicht angenommen, weil er seine Tochter weder zu Hause noch bei den Gastgebern in der Obhut einer Zofe lassen wollte, während die Erwachsenen sich bei Kartenspiel und Tanz vergnügten. Nachdem er Dora von den Großeltern abgeholt hatte, stellte er fest, wie viel sie ihm bedeutete, wie sehr er an ihr hing und welches Bedürfnis es ihm war, das Weihnachtsfest mit ihr zu verleben.

Nun jedoch hatte er das Gefühl, daß der Tag sich endlos in die Länge zu ziehen drohte.

„Wollen wir spazierengehen, Dora?" schlug er vor, ging zu ihr und nahm sie auf die Arme. „Oder möchtest du lieber einen kleinen Ausflug mit der Kutsche machen?"

„Zu Megan?" fragte Dora eifrig.

„Heute ist Weihnachten", wandte er ein. „Da sollten wir sie nicht stören. Morgen kommt Edmond Angove zu Besuch, und dann laden wir auch Megan ein. Einverstanden?"

„Ich will aber heute zu ihr!" widersprach Dora heftig. „Jetzt! Ich möchte Miss Angove meine Puppe zeigen."

„Morgen!" erwiderte er fest und drückte seine Tochter an sich. „Soll ich dir eine Geschichte erzählen?"

„Nein!" lehnte Dora schmollend ab. „Ich will die Krippe bei Megan sehen."

„Wir haben doch auch einen schön geschmückten Weihnachtsbaum", sagte der Marquis, nahm wieder Platz und setzte sich sein Töchterchen auf den Schoß.

„Der Baum bei den Angoves ist hübscher. Bitte, Papi, laß uns zu Megan fahren. Bitte, bitte!"

Lord Bedford hatte längst gemerkt, daß Dora ihn um den Finger wickeln konnte. Er wußte, daß es nicht gut war, ständig ihren Einfällen nachzugeben, zu ihrem Besten nicht und auch nicht zu seinem. Aber er konnte dem flehentlichen Blick einfach nicht widerstehen.

Es galt, so vieles an seiner Tochter wiedergutzumachen. Fast vier Jahre lang hatte er sie nur selten zu Gesicht bekommen und sie der wenig liebevollen Aufsicht von Lorraines Eltern überlassen. Seine verstorbene Gattin hatte das Kind nicht um sich haben wollen, weil

41

es ein Mädchen war. Und nun mußte er bei Dora auch die Mutterstelle vertreten, da er keine Gemahlin hatte, die seiner Tochter die für ein kleines Kind so notwendige Wärme, Zuneigung und Liebe schenken konnte. Er wußte, Dora fehlte ein Mensch, der die Zügel etwas straffer hielt, damit sie kein verhätscheltes, launisches Geschöpf wurde.

Seufzend blickte er in ihre bittenden Augen. Wahrscheinlich wäre es ihm leichter gefallen, ihr den Wunsch abzuschlagen, hätte er selbst nicht das Bedürfnis empfunden, der großen Leere des Hauses zu entfliehen. Das kleine Cottage im Dorf war viel gemütlicher und anheimelnder.

Und Lilian Angove zog ihn magisch an.

„Du bist ein kleiner Trotzkopf, Dora", erwiderte er. „Gut, wir fahren zu den Angoves und wünschen ihnen frohe Weihnachten. Aber wir bleiben höchstens eine halbe Stunde und keine Minute länger. Sie wollen heute bestimmt unter sich sein."

Dora strahlte und hüpfte ihrem Vater vom Schoß. „Schenken wir ihnen auch etwas? Megan soll meine Perlenkette haben, und Miss Angove die Diamantbrosche. Und was bekommt Edmond? Kann ich den neuen Muff mitnehmen, Papi?"

„Langsam, langsam, Kindchen", antwortete der Marquis lachend. „Ja, du kannst den Angoves Geschenke machen, aber nichts Wertvolles. Das würde sie nur in Verlegenheit bringen."

Dora war sichtlich enttäuscht, doch dann erhellte sich ihre Miene. „Dann gebe ich Megan das neue blaue Seidenband von meinem weißen Kleid."

„Ja, das ist eine gute Idee."

„Und Miss Angove schenke ich das Bild, das ich von dir auf Wildfang gemalt habe."

„Darüber wird sie sich bestimmt freuen", erwiderte Lord Bedford und hoffte im stillen, daß Dora darauf verzichten würde, Lilian Angove zu erklären, wen der Mann auf dem Pferd darstellen sollte.

Dora legte die Stirn in nachdenkliche Falten. „Und was bekommt Edmond?"

„Ich könnte mir denken, daß er Gefallen an der Muschel haben wird, die wir in Brighton gefunden haben. Weißt du, die große, in der es so rauscht, wenn du sie an das Ohr hältst. Glaubst du, dich davon trennen zu können?"

„Ja!" antwortete das Mädchen und wirbelte davon, um die kostbaren Schätze zu holen.

Der Marquis war nicht sehr mit sich zufrieden. Diesmal hätte er eigentlich hart bleiben und den Launen seiner Tochter nicht nachgeben sollen. Lilian Angove legte gewiß keinen Wert darauf, ihn ausgerechnet zu Weihnachten zu sehen. Er tröstete sich mit dem Gedanken, daß er sie ja nur eine halbe Stunde stören würde. Das würde ihr sicherlich nicht gleich den ganzen Tag verderben. Dora jedoch konnte er an diesem Tag keine größere Freude machen.

★

Edmond war der erste, der das Schnauben der Pferde in der morgendlichen Stille hörte. Er lief zum Fenster und winkte seine Schwester heran.

„Da kommt Lord Bedfords Kutsche!" rief er aufgeregt. „Lilian! Er hat vor unserem Haus gehalten! Wunderbar! Ich werde ihm die neue Uhr zeigen!"

„Dora ist bei ihm, Lilian!" fiel Megan ein. „Hübsch sieht sie aus. Und sie hält eine Puppe im Arm! Sieh dir das an, Lilian!"

Lächelnd stand ihre Schwester auf, band rasch die Schürze ab und strich sich nervös über den Rock des blauen Seidenkleides. Es war zwar nicht sehr modern, aber immer noch präsentabel, da sie es in den letzten Jahren selten getragen hatte. Sie ging zur Tür, öffnete sie und war innerlich etwas überrascht, wie steif Stephen West vor ihr stand, und wie hölzern seine Miene wirkte, als fühle er sich fehl am Platz.

„Wir sind nur vorbeigekommen, um Ihnen allen ein fröhliches Weihnachtsfest zu wünschen", begrüßte er Miss Angove in höflichem Ton. „Wir wollen Sie auch gar nicht lange stören."

„Wir haben euch Geschenke mitgebracht!" verkündete Lady Dora West so laut, daß man sie wahrscheinlich in sämtlichen Cottages der Nachbarschaft hören konnte, riß sich ungeduldig von der Hand ihres Vaters los und flitzte ins Haus. „Ich habe eine Puppe bekommen, Megan! Oh, du auch! Die ist aber schön! Wie heißt sie? Miss Angove, das ist mein neuer Muff. Papi hat ihn mir in London gekauft. Das hat er mir heute morgen erzählt. Ich möchte die Krippe sehen! Guckt mal, wie der Stern schimmert! Was riecht hier so gut? Hier sind eure Geschenke. Schnell, macht sie auf. Nun macht doch schon!"

„Nicht so stürmisch, Schätzchen", sagte der Marquis, hockte sich vor sie hin, nahm ihr den Muff ab und zog ihr die pelzbesetzte blaue Samtwitzschoura aus. Dann drückte er seiner Tochter einen Kuß auf jede Wange, und wieder fühlte Lilian sich bei diesem Anblick eigenartig gerührt.

Megan und Edmond öffneten die hübsch eingewickelten Schachteln, während Lady Dora lauthals erklärte, das Seidenband sei eigentlich für ihr weißes Kleid bestimmt gewesen, sie habe es jedoch unbedingt ihrer Freundin schenken wollen. Und Ed müsse einfach die Muschel, die sie und ihr Papa bei einem Spaziergang am Strand von Brighton gefunden hatten, ans Ohr halten und dem Rauschen des Meeres lauschen. Lilian bat Lord Bedford, Platz zu nehmen, setzte sich und löste das um das eingerollte Blatt Papier geschlungene Bändchen.

„Oh, ist das hübsch!" sagte sie beeindruckt. „Hast du das gezeichnet, Lady Dora?"

„Ja", bestätigte sie mit leuchtenden Augen, krabbelte auf Miss Angoves Schoß und zeigte auf den Reiter. „Das soll Papi sein. Er ist mir nicht sehr gut gelungen. Papi ist viel schöner! Nicht wahr, Miss Angove? Und das ist Wildfang. Eigentlich ist er überall ganz schwarz, aber mir ist der Stift abgebrochen, und deshalb mußte ich das eine Bein braun anmalen. Guck mal, hier sind Blumen, und da ist die Sonne! Sie ist ganz gelb im Gesicht und lächelt."

„Das ist wunderschön!" sagte Lilian bewegt und drückte Lady Dora einen Kuß auf die Stirn. „Es ist das hübscheste Bild, das ich je besessen habe. Ich werde es in Ehren halten."

„Wirklich?" fragte Dora und schaute Miss Angove aus großen Augen glücklich an. „Gefällt dir mein Muff?"

Ohne auf die Antwort zu warten, hüpfte sie auf den Boden und lief zu Megan. Im nächsten Moment waren die beiden Mädchen damit beschäftigt, sich gegenseitig Vorträge zu halten, wie man kleine Kinder anziehen, ihnen die Nase putzen und die Locken kämmen müsse.

Der Marquess of Bedford ließ sich Edmonds Taschenuhr zeigen und gab sich gekonnt den Anschein, das Wunderwerk noch nie im Leben gesehen zu haben.

Lilian teilte den von Lord Bedford mitgebrachten Apfelkuchen und bot dem Marquis ein Stück an. Er lehnte dankend ab, doch seine Tochter streckte verlangend die Hand aus. Lilian band Lady Dora eine kleine Schürze um, setzte das Mädchen dann neben Megan auf einen Stuhl und rückte ihn ihr am Tisch zurecht.

„In eurem Haus ist Weihnachten viel netter als bei uns", sagte das Kind, nachdem es das Kuchenstück aufgegessen und bereits nach dem nächsten gegriffen hatte. „Ich wünschte, wir könnten den ganzen Tag bleiben."

Lilian warf einen Blick zu Lord Bedford hinüber, der ihrem Bruder erzählte, wie es bei Londons berühmtestem Pferdehändler zuging. Edmond hörte ihm gebannt zu, und Lilian wußte, Stephen West würde sich einen Freund fürs Leben schaffen, denn Edmond war ein Pferdenarr.

„Du kannst den ganzen Tag bleiben, wenn du möchtest", antwortete Megan auf Lady Doras Bemerkung. „Nicht wahr, Lilian? Die Gans, die wir zum Dinner haben, reicht bestimmt für uns alle. Wir könnten Familie spielen. Ich bin die Mutter, du meine Schwester und die Puppen sind unsere Kinder. Wir könnten Ed bitten, der Vater zu sein, aber er wird nicht wollen. Nun, wir kommen auch ohne ihn aus, meinst du nicht?"

„Ich bin sicher, Seine Lordschaft hat für den heutigen Tag andere Pläne", warf Lilian ruhig ein und sah ihre Schwester etwas vorwurfsvoll an.

Lady Dora war jedoch bereits vom Stuhl gerutscht, zu Lord Bedford gelaufen und zupfte ihn heftig am Ärmel.

„Papi, Miss Angove und Megan möchten, daß wir hierbleiben. Ich spiele mit Megan Familie, und zu essen ist auch genug da, wie Miss Angove sagt. Du hast doch nichts dagegen? Sag, daß du einverstanden bist! Bitte!"

„Oh, fein!" äußerte Edmond und schaute den Marquis erwartungsvoll an.

Stephen West drehte sich um und richtete die Augen auf Miss Angove. Sie wußte nicht recht, wie sie seinen Blick deuten sollte. War er mißbilligend, abwägend oder erstaunt? Unwillkürlich stieg ihr die Röte in die Wangen.

„Das ist unmöglich, Dora!" sagte ihr Vater. „Wir dürfen uns nicht aufdrängen. Das gehört sich nicht."

Lautes Protestgeschrei seiner Tochter war die Folge, und auch Megan und Edmond machten enttäuschte Gesichter.

„Ich würde mich freuen, wenn Sie blieben, Mylord", schlug Lilian, für sie selbst etwas überraschend, leise vor. „Wir haben wirklich genügend zu essen, und die Kinder hätten Gesellschaft."

Und ich auch, fügte sie in Gedanken hinzu. Plötzlich hatte sie nicht mehr das unbestimmte Empfinden, daß dem Fest etwas fehle. Unversehens war es wie in früheren Zeiten, mit fröhlichen Menschen im Haus und dem Gefühl, wieder die einzigartige weihnachtliche Stimmung zu erleben.

Dieses Christfest würde sie in guter Erinnerung behalten können, denn zum ersten Male war Stephen West in ihren Augen der Mann, in den sie sich einst verliebt hatte und den sie noch immer liebte, auch wenn er sich nach außen hin so kühl, abweisend und beinahe feindselig benommen hatte.

„Dora!" murmelte er kopfschüttelnd. „Was soll denn Miss Angove von uns denken?"

„Hurra!" jubelte Edmond. „Lord Bedford hat ja gesagt!"

Die Mädchen freuten sich unbändig, ergriffen sich an den Händen und tanzten durch das Zimmer. Flugs lief Dora dann zu ihrem Vater, krabbelte ihm auf den Schoß und gab ihm, die Arme um seinen Hals schlingend, einen lauten Kuß auf den Mund.

Auch Megan wollte nicht zurückstehen, setzte sich auf sein Knie und drückte ihm überschwenglich die Hand. „Danke, Sir", sagte sie strahlend. „Vielen, vielen Dank!"

„Deine Schwester wird mir alle Haare einzeln ausreißen, du kleiner Schelm", erwiderte er lächelnd, schmiegte Megan überraschend an sich und küßte sie auf die Wange. „So, und nun laßt mich los, ihr Rasselbande. Ich werde Gillmore Bescheid geben, daß er nicht auf uns warten muß. Sonst stirbt er uns womöglich auf dem Kutschbock vor Langeweile, oder wir finden ihn halberfroren vor, wenn wir zurückfahren wollen."

Er verließ das Haus einen Moment, wies Gillmore an, ihn um acht Uhr abends abzuholen, und schickte ihn dann nach Bedford Hall zurück.

Die Kinder tobten und lärmten durch das Haus und amüsierten sich königlich. Den Mädchen war es sogar gelungen, Edmond zu überreden, den Vater zu mimen. Geduldig hockte er auf einem Stuhl und ließ sich von Dora die Haare in alle Himmelsrichtungen kämmen.

Der Marquis beobachtete das muntere Treiben mit einem lachenden und einem weinenden Auge. Die Kinder hatten viel Spaß, und nur darauf kam es an. Was mochte jedoch Lilian von ihm denken, daß er den Wünschen seiner Tochter so schnell nachgegeben hatte? Verwundert merkte er, daß er sogar gern in diesem Hause weilte. Und noch mehr erstaunte es ihn, daß er Lilian keine unlauteren Absichten mehr unterstellte. Sie und ihre Geschwister waren tatsächlich in einer bedauernswerten Lage, und es wäre verständlich gewesen, wenn Lilian versucht hätte, einen Ehemann zu finden, der ihr die Verantwortung abnahm.

Etwas unsicher, ob sein Verhalten nicht mißverstanden werden könne, stand der Marquess of Bedford nach einer Weile auf und ging nachsehen, wo Miss Angove geblieben war.

„Oh, wie gut, daß Sie kommen, Mylord", sagte sie, als er die Küche betrat. „Ich . . . hm . . . könnten Sie mir helfen?"

Verblüfft starrte der Marquis auf die braungebratene Gans und das lange Tranchiermesser, das Miss Angove ihm reichte.

„Du meine Güte", murmelte er betreten. „So etwas habe ich noch nie gemacht!"

„Ich auch nicht", gestand Lilian lächelnd. „Deshalb habe ich den Schwarzen Peter ja Ihnen zugeschoben."

„Nun, bis heute ist eben noch kein Meister vom Himmel gefallen", meinte der Marquis trocken, zog sich den Überrock und das seidene Gilet aus und krempelte sich die Ärmel des weißen Hemdes hoch.

„Moment, warten Sie bitte, Sir! Ich möchte nicht, daß Ihr Hemd Fettflecke bekommt." Rasch nahm Miss Angove eine Latzschürze vom Türhaken und forderte Lord Bedford schmunzelnd auf: „Sie werden sich etwas bücken müssen, Sir!"

Er senkte den Kopf, und sie streifte ihm die Schürze über. Dann trat sie hinter ihn, und flüchtig spürte er ihre Arme, als sie nach vorn griff, die Seitenbänder nahm und ihm auf dem Rücken verknotete.

„Fertig", sagte sie, stellte sich vor Lord Bedford und begutachtete ihr Werk. „Der Marquess of Bedford, als Köchin verkleidet!" bemerkte sie und konnte sich des Lachens nicht mehr erwehren. „Entschuldigen Sie, Mylord, aber Sie sehen wirklich komisch aus!"

Plötzlich schwand das Lächeln aus ihrem Gesicht, und eine zarte Röte überzog ihre Wangen. Sie schluckte und senkte die Lider.

Die Stimmen der Kinder schienen wie aus weiter Ferne in die

Küche zu dringen, und eine fast atemlose, gespannte Stille hing unversehens in dem kleinen Raum. Unwillkürlich wanderte Stephens Blick zu Lilians vollen roten Lippen, doch dann holte er tief Luft und sagte in leichtem Ton: „So, dann will ich den Taten des Herkules eine weitere hinzufügen!" Er nahm das Messer und begann, die Gans zu teilen.

Die Spannung legte sich erst, nachdem alle zum Dinner am Tisch Platz genommen hatten. Die beiden Mächen saßen an einer Seite, Edmond hatte sich an die andere gesetzt, und Miss Angove und der Marquess of Bedford präsidierten die Tafel an jeweils einer Stirnseite, genau wie bei einer richtigen Familie. Lächelnd schaute er Lilian an, und sie erwiderte sein Lächeln.

Das Essen verlief in sehr angenehmer Atmosphäre, und nach dem Plumpudding halfen alle, das Geschirr abzuräumen und in die Küche zu tragen. Lord Bedford wollte sich wieder die Schürze umbinden lassen, um Miss Angove beim Abwasch zu helfen, doch sie wehrte errötend ab.

„Nicht doch, Sir!" sagte sie erschrocken. „Das ist meine Aufgabe! Die Kinder können mir behilflich sein."

„Nein, ruh du dich aus", widersprach Edmond. „Seine Lordschaft kann abwaschen, und ich trockne mit Megan ab."

„Du hast mir das Wort aus dem Munde genommen, junger Mann", stimmte der Marquis dem Buben zu. „Mir scheint, eure Schwester glaubt, ich hätte zwei linke Hände. Wir werden ihr das Gegenteil beweisen, nicht wahr, Edmond?"

„Ich will auch etwas tun!" rief Lady Dora und fuchtelte mit den Ärmchen, um sich bemerkbar zu machen.

„Oh, Schätzchen", sagte Miss Angove. „Du kannst mir helfen, die Stube in Ordnung zu bringen. Dann ist jeder von uns beschäftigt."

Megan band Lord Bedford die Schürze um, und eine halbe Stunde später erklärte Edmond, während er die Handtücher zum Trocknen aufhängte, der Abwasch habe nie soviel Spaß gemacht wie heute. Kichernd fegte Megan die Scherben der Tasse zusammen, die dem Marquis zu guter Letzt aus der Hand gerutscht war, und schlug dann vor, wieder mit den Puppen zu spielen.

„Nein, laßt uns spaziergehen", wandte Edmond ein.

„Au ja!" Lady Dora klatschte in die Hände.

„Der Gedanke ist nicht schlecht", stimmte Lord Bedford zu. „Nach dem reichlichen Mahl kann ein Spaziergang nichts schaden.

Aber Sie sind schon den ganzen Tag auf den Beinen, Miss Angove. Wollen Sie sich nicht etwas ausruhen, solange ich mit den Kindern draußen bin? Oder möchten Sie gern mitkommen?"

„Frische Luft ist immer gut", antwortete sie lächelnd.

Der Marquis wußte nicht recht, ob er sich über ihre Entscheidung freuen sollte oder nicht, und ermahnte sich, während er seiner Tochter in den Mantel half, sich von der familiären Atmosphäre der letzten Stunden nicht allzusehr mitreißen zu lassen. Nur Dora war sein Kind. Edmond und Megan Angove waren Lilians Geschwister, und Miss Angove gehörte nicht zu seiner Familie.

★

Lady Dora West hielt sich mit einer Hand bei Miss Angove und mit der anderen bei Megan fest, hüpfte ausgelassen auf und ab und plapperte fröhlich über das, was sie mit ihrem Vater in London und Brighton erlebt hatte. Edmond Angove und der Marquess of Bedford gingen voran, in ein angeregtes Gespräch vertieft, das sich bestimmt um Pferde drehte.

Lilian freute es, daß ihr Bruder sich mit einem Mann unterhalten konnte und das Gefühl bekam, wie ein Erwachsener behandelt zu werden. Doch dann dachte sie daran, daß Edmond schon sehr bald unter dem Einfluß ihres Großvaters stehen würde, und seufzte bedrückt.

Die kleine Gruppe schlug die Richtung zum Park von Bedford Hall ein und gelangte nach einer Weile an das Ufer des Sees, der von einer leichten Eisschicht bedeckt war.

„Wenn es weiterhin so kalt bleibt", meinte Edmond, „können wir in einigen Tagen vielleicht Schlittschuh laufen."

Lilian warf einen Blick zum grauen, wolkenverhangenen Himmel.

„Es sieht nach Schnee aus", bemerkte Lord Bedford.

„Ja", pflichtete sie ihm bei, im kalten Wind fröstelnd, und sah den Kindern nach, die weitergegangen waren. Unversehens empfand sie wieder dieses Gefühl der Verlegenheit, das sie immer dann überkam, wenn sie mit Stephen West allein war.

„Lilian", sagte er, und sie war überrascht, daß er sie beim Vornamen ansprach, „die Rotonde ist viel zu dünn. Wann haben Sie sich zum letzten Mal einen warmen Mantel gekauft?"

„Der Umhang reicht vollkommen aus", antwortete sie steif. „Ich friere nur, weil wir im Wind stehen."

„Wann haben Sie zum letzten Mal etwas für sich gekauft?" Ein vorwurfsvoller Ton schwang in Lord Bedfords Stimme mit. „Haben Sie nur Ihren Geschwistern neue Sachen erstanden?"

„Ich wüßte nicht, was Sie das angeht, Mylord", entgegnete sie kühl.

„Und das Kleid, das Sie gestern getragen haben!" fuhr er beharrlich fort. „So etwas war vor sechs Jahren modern."

Sie fühlte sich beschämt und erniedrigt und sah ihn an, ohne ihn richtig wahrzunehmen. Sie hatte dieses Kleid absichtlich gewählt, weil Sie sich besonders schön machen wollte, für Stephen, der sie jetzt so kränkte. Innerlich verletzt, wandte sie sich ab und erwiderte: „Was ich trage und wofür ich unser Geld ausgebe, Sir, ist meine Angelegenheit! Ich bin Ihnen keine Rechenschaft schuldig."

„Nein, das sind Sie nicht", stimmte er zu und stellte sich vor sie, um sie vor dem Wind zu schützen. „Edmond!" rief er dann laut. „Miss Angove und ich gehen zurück. Komm mit den Mädchen nach. Und paß auf, daß niemand auf das Eis geht! Es ist viel zu dünn, und ihr würdet einbrechen!"

„Ja, Sir!" antwortete der Junge.

Lord Bedford reichte Miss Angove den Arm, und widerstrebend hakte sie sich bei ihm ein. Sanft zog er sie näher und beschleunigte den Schritt. Auf dem Weg zum Dorf stellte er Fragen über die Familie, bei der sie als Gouvernante arbeiten sollte, wie viele Kinder sie zu betreuen hätte und wo die Leute lebten. Er erkundigte sich, ob für Edmonds Erziehung gesorgt sei, in welche Schule er gehen sollte und ob er es bei den Großeltern gut haben würde. Dann wollte er wissen, in wie weit die in Bath lebende Großtante der beinahe neunjährigen Megan ein geeignetes Heim bieten und Mutterstelle an ihr vertreten könne.

Lilian antwortete kurz und bündig.

„Und warum hat Ihr Großvater Sie nicht alle drei zu sich genommen?"

„Nach Papas Heirat bestand kein Kontakt mehr zu seinen Eltern", erklärte Lilian. „Ich war froh, daß ich Lord Farley überreden konnte, Edmond aufzunehmen."

„Sie alle sind seine Enkelkinder!" wandte der Marquis ein. „Haben Sie ihn denn nicht gebeten, für sie zu sorgen?"

50

„Bitte, bedrängen Sie mich nicht mit Fragen, Sir! Unsere Zukunft ist geregelt, und zu meiner vollen Zufriedenheit."

„Mit anderen Worten, ich soll mich nicht einmischen", stellte Lord Bedford in leicht verärgertem Ton fest. „Sie haben recht, Lilian. Aber Ihre Geschwister brauchen Sie! Es sind doch noch Kinder."

Starr blickte sie auf das Cottage, von dem sie nicht mehr weit entfernt waren. Am liebsten hätte sie den Kopf an Stephens Schulter gelegt, die Augen geschlossen und die Sorgen vergessen, die ihr das Leben so schwer machten. Doch das verbot sich von selbst.

Nachdem sie im Haus waren und sich die Mäntel ausgezogen hatten, legte Lord Bedford einige Scheite auf das heruntergebrannte Kaminfeuer, und Lilian setzte das Teewasser auf. Glücklicherweise trafen kurz darauf die Kinder ein und ersparten es ihr, vor Unbehagen nicht zu wissen, worüber sie sich mit dem Marquis unterhalten sollte. Sofort herrschte wieder eine gelöste, fröhliche Atmosphäre, und die Mädchen streckten lachend die klammen Finger vor das Feuer, während Edmond sich die rotgefrorenen Wangen rieb.

„Erzähl mir die Geschichte von Weihnachten, Papi", bat Lady Dora.

„Schon wieder?"

„Ja, bitte", sagte Megan.

Der Marquess of Bedford schaute sie lächelnd an, zog die Mädchen zu sich heran und setzte jedes auf ein Knie. Edmond hockte sich zu seinen Füßen, und dann berichtete Lord Bedford, einen Arm um Megan und einen um Dora gelegt, was sich vor vielen, vielen Jahren in Bethlehem zugetragen hatte.

Die Zeit verstrich wie im Fluge. Stephen, Marquess of Bedford, hätte gern die Zeiger der Uhr angehalten, aber irgendwann schlug es acht Uhr, und der Moment zum Gehen war gekommen.

„Ich will nicht fort, Papi!" jammerte seine Tochter und gähnte herzhaft. „Kann ich noch eine Stunde bleiben?"

„Ja, bitte!" fiel Megan ein.

Stephen West schaute zu Miss Angove hinüber. Sie saß in einem Sessel vor dem Kamin, beobachtete lächelnd die Kinder und sah bezaubernd aus. Unwillkürlich fragte Stephen sich, warum er ihr nicht draußen am See gesagt hatte, wie hübsch sie war und daß sie, selbst in dem unmodischen Kleid, viel reizvoller war als vor sechs Jahren. Warum hatte er bei ihr diesen barschen Ton angeschlagen? Ärgerte es ihn, daß das Schicksal ihr so übel mitgespielt hatte? Eigentlich hätte die Welt ihr zu Füßen liegen sollen, statt dessen mußte sie um das Überleben kämpfen! Stephen begriff nicht, daß er Lilian nicht erklärt hatte, wie schön sie in seinen Augen sei.

„Nein, keine Minute mehr!" lehnte er den Wunsch der beiden Mädchen ab und stand auf. „Ich möchte wissen, wo Gillmore mit der Kutsche bleibt!"

Er ging zum Fenster, zog die Vorhänge zurück und sah in die Nacht hinaus.

„Unfaßbar!" rief er verdutzt. „Es schneit!"

„Es schneit!" Die drei Kinder sprangen auf, stürmten zum Fenster und drängelten, um möglichst als erster die Schneeflocken fallen zu sehen.

„Nun, wenigstens weiß ich jetzt, warum Gillmore noch nicht da ist", brummte Lord Bedford.

„Papi, Papi! Können wir dann hierbleiben?" jubelte seine Tochter.

Er wandte sich um und schaute Miss Angove an.

„Lady Dora könnte bei meiner Schwester schlafen", sagte Lilian rasch, „falls Ihr Kutscher nicht rechtzeitig eintreffen sollte."

„Und Sie, Sir, können mein Bett haben", bot Edmond großmütig an.

„Danke, Edmond", erwiderte der Marquis lachend. „Ich werde zu Fuß nach Bedford Hall zurückkehren. Seit Tagen warte ich darauf, daß es schneit, und ich freue mich, durch den Schnee zu stapfen. Aber ich bin einverstanden, daß Dora bis morgen früh bei euch bleibt. Vielen Dank, Miss Angove."

Lilian begab sich umgehend mit ihrer Schwester in das obere Stockwerk, um das Zimmer herzurichten, und nach einer Weile brachte Lord Bedford sein übermüdetes Töchterchen hinauf. Schluchzen tönte ihm entgegen, und abrupt blieb er im Korridor stehen.

„Nicht doch, Megan", hörte er Miss Angove sagen. „Du mußt nicht weinen. Wir hatten verabredet, bis nach Weihnachten nicht daran zu denken oder darüber zu sprechen! Es war doch ein sehr schönes Fest, nicht wahr?"

„Ja", antwortete Megan mit halberstickter Stimme. „Ich will aber nicht fort, Lilian!"

„Megan, nimm dich zusammen! Gleich wird Lady Dora hiersein. Du willst doch nicht, daß sie dich weinen sieht, oder?"

„Nein!"

Lord Bedford runzelte die Stirn und betrat dann kurz entschlossen das Zimmer. „Hier sind wir!" sagte er betont fröhlich. „Hoffentlich ist das Bett für die beiden jungen Damen auch breit genug!"

Megan kicherte und hielt sich verschämt die Hand vor das Gesicht.

„Wir sind zu viert!" widersprach Lady Dora, fuchtelte mit ihrer Puppe herum und wies auf Megans, die am Fußende des Bettes lag.

„Nun gut, dann also für vier junge Damen! Und nun marsch! Ab in die Federn!"

Lilian half den Kindern beim Ausziehen und kam rechtzeitig herunter, um auch ihrem Bruder eine gute Nacht zu wünschen. Wenige Minuten später herrschte tiefe Stille im Haus.

Lilian setzte sich in einen Sessel vor den Kamin, und der Marquess of Bedford trat wieder zum Fenster. Schweigend schaute er auf die niederschwebenden Schneeflocken und überlegte, wie er es Lilian sagen könne. Noch vor zwanzig Minuten hatte er sich so schöne Worte zurechtgelegt, doch nun wußte er nicht mehr, wie er sich ausdrücken sollte.

„Lilian", sagte er plötzlich, ohne sich umzudrehen. „Heirate mich! Ich kann nicht zulassen, daß du bei fremden Leuten Gouvernante wirst und ihr alle euch trennen müßt. Heirate mich, das ist der einzige Ausweg." Er wandte sich um und sah sogleich, daß er die völlig falschen Worte gewählt hatte.

Lilian war blaß geworden und starrte ihn aus großen Augen entsetzt an. „Nein", antwortete sie mit bebender Stimme. „Nein, ich werde Sie nicht heiraten, Mylord. Mitleid ist keine Grundlage für eine Ehe."

Stephen West wußte nicht, wie er sie überzeugen konnte, aber sie mußte überzeugt werden. Begriff sie nicht, was ihn zu seinem Antrag bewogen hatte?

„Ich glaube, dir bleibt keine andere Wahl", entgegnete er und zog sich wieder hinter die Mauer kühler Distanz zurück, die er in den letzten Jahren um sich errichtet hatte. „Meinst du ernsthaft, daß du als Erzieherin je soviel Geld verdienst und die Zeit hättest, zu deinen Geschwistern reisen zu können? Nein, schlag dir das aus dem Kopf. Wenn du abreist, hast du Megan und Edmond wahrscheinlich zum letzten Male gesehen."

Lilian verkrampfte die Hände im Schoß und straffte sich. „Haben Sie angenommen, Sir, ich wüßte das nicht selbst?"

„Edmond wird man nie gestatten, Umgang mit dir zu pflegen. In Anbetracht der Abneigung, die seine Großeltern gegen die Ehe ihres Sohnes hatten, werden sie dafür sorgen, daß Edmond mit der Zeit auf dich hinuntersieht. Bist du dir darüber im klaren?"

„Ja", flüsterte sie kaum hörbar.

„Und Megan gerät ganz unter die Fuchtel deiner Großtante", fuhr Stephen eindringlich fort. „Ihr steht eine schreckliche Zeit bevor, und am Ende wird aus ihr vermutlich auch nur eine Gouvernante oder Gesellschafterin. Hast du dir das überlegt?"

„Ja."

„Dann mußt du mich heiraten, wenigstens deinen Geschwistern zuliebe! So könnt ihr zusammenbleiben." Lord Bedford machte eine kurze Pause, musterte Lilian einen Moment und fügte dann ruhig hinzu: „Und du wärest in der Lage, dir neue Sachen zu kaufen."

Er sehnte sich danach, Lilian prächtige Kleider zu erstehen und die Freude in ihren Augen zu sehen, wenn er ihr seidene Balltoiletten, duftige Musselingewänder und kostbare Abendroben aus Damast, Flor und Moiré schenkte. Und natürlich auch die passenden Kolliers, Armbänder und Ringe, die Broschen, Agraffen und Diademe.

„Du mußt mich heiraten!" wiederholte er fest.

„Ach, wirklich?" Langsam stand Lilian auf. „Muß ich das? Haben Ihr Rang, die gesellschaftliche Stellung und der Reichtum Sie so verblendet, daß Sie nicht mehr merken, wie Sie auf andere Menschen wirken? Ist das die Art, wie Sie mit den Leuten umgehen, ganz gleich, ob Dienstbote oder nicht? Erwarten Sie, daß jeder Ihnen die Füße küßt und nach Ihrer Pfeife tanzt, Sir? Haben Sie Ihre Gattin auf diese Weise überredet, sich mit Ihnen zu vermählen? Und ist Sie Ihnen sofort und auf der Stelle schmachtend an die Brust gesunken? Nun, ich werde es nicht, Mylord! Ich bin nicht gezwungen, Sie zu heiraten, Sie oder irgendeinen anderen. Selbst

54

wenn meine Geschwister kein luxuriöses Dasein haben sollten, so bewahren wir uns doch wenigstens den Stolz und können den Kopf hoch tragen. Nicht einmal Edmond und Megan zuliebe würde ich mich verkaufen!"

Stephen hatte gelernt, innere Erregung hinter einer Maske kalter Gelassenheit zu verbergen. „Stolz ist ein sehr schlechter und ungenügender Weggefährte", erwiderte er ruhig.

„Mag sein. Mitleid ist jedoch noch schlimmer."

Der Marquis nickte. „Dann wünsche ich Ihnen eine gute Nacht, Madam. Und vielen Dank, daß Sie meine Tochter heute beherbergen. Ganz besonders danke ich Ihnen, daß Sie ihr den schönsten Tag des Lebens bereitet haben. Ich weiß, daß ich damit nicht übertreibe. Hoffentlich haben wir Ihnen das Weihnachtsfest nicht verdorben."

„Nein, das haben Sie nicht", erwiderte Miss Angove bereits sehr viel gefaßter. Der Zorn in ihren Augen hatte sich gelegt, und sie sah verlorener und hilfloser denn je aus. „Die Kinder hatten viel Spaß zusammen."

Ein schwaches Lächeln erschien auf Lord Bedfords Lippen. Lilian hatte „die Kinder" gesagt und sich ausgenommen. Er ging ins Vestibül, nahm die Redingote vom Haken und zog sich den Mantel an.

„Gute Nacht, Madam", sagte er noch einmal. „Es ist nicht nötig, mich zur Tür zu begleiten. Ich möchte nicht, daß Sie sich erkälten."

Er verneigte sich leicht und schlug dann mit langen Schritten durch den sanft rieselnden Schnee den Rückweg nach Bedford Hall ein.

★

Lautes Pochen an der Tür ließ Lilian zusammenschrecken. Ein rascher Blick auf die Kaminuhr zeigte ihr, daß nicht einmal eine Viertelstunde vergangen war, seit der Marquess of Bedford ihr Haus verlassen hatte.

Mit wild klopfendem Herzen lief sie zur Tür, riß sie auf und sah ihn vor sich stehen. Wortlos ging er an ihr vorbei ins Vestibül, nahm den Zylinder ab, warf ihn achtlos auf eine Kommode und zog sich den Mantel aus.

„Hör mir gut zu, Lilian", sagte er, nachdem er die Redingote aufgehängt hatte, hielt unversehens inne, schloß die Tür und nahm Miss Angove bei der Hand. „Nein, hör mir nicht zu. Komm einfach mit!" Sanft zog er sie ins Wohnzimmer, blieb kurz hinter der Schwelle stehen und schlang den anderen Arm um Lilian. „So ist es schöner weihnachtlicher Brauch", erklärte er, neigte den Kopf und küßte sie.

Wie erstarrt ertrug sie seinen Kuß.

„Nicht, Lilian", flüsterte Stephen und schaute sie bittend an. „Verschließ dich nicht vor mir."

Und plötzlich brach ihr Widerstand zusammen. Sie klammerte sich an Stephen, schmiegte sich an seine breite, mächtige Brust und schlang die Arme um seinen Hals. Seine Küsse waren wild und ungestüm, fordernd und verlangend, heißblütig und feurig und erinnerten in nichts mehr an die Liebkosungen, die er ihr vor sechs Jahren geschenkt hatte.

Und dennoch war es der Stephen, in den sie sich damals verliebt, von dem sie geträumt und nach dem sie sich gesehnt hatte. Auf den sie gewartet hatte und den sie lieben würde, solange die Vorsehung es zuließ.

Sie erwiderte seine Zärtlichkeiten voll Inbrust und wachsender Leidenschaft und rang um Atem, als er nach langer Zeit die Lippen von ihrem Mund löste.

„Lilian", sagte er und sah ihr in die grauen Augen, „ich habe alles falsch gemacht, von Anfang an. Ich hätte dich nie verlassen dürfen. Nach Claudes Tod hat Vater mir jedoch vorgehalten, ich sei nun sein Erbe und müsse Rücksicht nehmen auf meinen zukünftigen Rang. Dann starb Vater, doch ich war so von der eigenen Bedeutung und Wichtigkeit durchdrungen, daß ich dich vergaß und Lorraine heiratete."

„Ich wußte, warum du dich so verhalten hattest, Stephen", erwiderte Lilian und streichelte sanft seine Wange. „Ich war mit deiner Freundschaft und unserer zarten Beziehung zufrieden. Schon vor deiner Abreise hatte ich nicht erwartet, daß du dich für mich entscheiden könntest."

„Manchmal, wenn ich an Bedford Hall zurückdachte und an die wundervolle Kindheit, die ich hier verbracht habe, sah ich dich wieder vor mir. Du warst Teil meiner schönsten Erinnerungen."

„Mir erging es ebenso", bekannte Lilian. „Auch du warst für mich ein liebgewonnener Traum."

„Es gibt nur eines, das mich in den letzten Jahren glücklich gemacht hat, und das ist Dora."

„Das kann ich mir denken."

„Sie ist seit dem vergangenen Frühjahr bei mir. Kurz vor dem Fest habe ich mich dann entschlossen, sie nach Bedford Hall zu bringen, damit auch sie einmal weiße Weihnachten verleben konnte. Ich dachte, es würde schneien, und ich könnte mit ihr Schlitten fahren oder eine Schnellballschlacht machen. Nun, in diesem Punkt habe ich mich geirrt. Aber in einem anderen nicht. Die Weihnachtsfeste hier waren immer herrlich, und auch in diesem Jahr war es wunderschön, obgleich es erst heute zu schneien begonnen hat. Es war deinetwegen so schön, Lilian, durch deine Gegenwart, deine Wärme und Herzlichkeit."

Lilian schmiegte das Gesicht an Stephens Schulter. „Ich wollte meinen Geschwistern ein Fest bereiten, das sie in guter Erinnerung behalten würden. Ich wußte nur nicht, wie. Dann hörte ich, daß du in Bedford Hall eingetroffen seist, und wußte, daß du mir helfen konntest. Ich wollte dich nicht um Geld bitten, obgleich es irgendwie darauf hinauslief. Ich hatte einfach das Gefühl, du würdest mir beistehen. Doch dann sah ich, wie sehr du dich verändert hattest, und das hat mich tief betroffen gemacht."

„Lilian." Zärtlich strich Stephen ihr über die dunkelbraunen Locken. „Ich hoffe, daß ich diesmal die richtigen Worte finde. Heirate mich! Nicht deinen Geschwistern zuliebe. Nein, um meinetwillen, auch wenn ich es vielleicht nicht wert bin, und Doras wegen. Sie braucht eine Mutter. Du kannst dir nicht vorstellen, welch übellauniges, unausgeglichenes Kind sie war, als sie zu mir kam, und wie störrisch sie wird, wenn sie merkt, daß sie den Kopf nicht durchsetzen kann. Ich bin einfach nicht imstande, hart bei ihr durchzugreifen, obwohl ich es müßte. Sie braucht eine Mutter, Lilian. Dich! Sie liebt dich bereits. Ich möchte, daß du ihre Mutter wirst, Lilian. Willigst du ein, mich zu heiraten?"

Sie blickte Stephen in die blauen Augen und sah den verletzbaren Ausdruck, der aus ihnen sprach. „Nein", antwortete sie und schüttelte den Kopf. „Dora zuliebe werde ich nicht deine Gattin, Stephen! Das wäre falsch. Und auch nicht, um meinen Geschwistern ein besseres Leben zu ermöglichen. Das wäre ebenfalls kein hinreichender Grund. Ich heirate dich nur, wenn wir beide sicher sind, daß wir uns lieben."

„Ich bin mit Dora aus den verschiedensten Gründen nach Bedford Hall gekommen, Lilian", erwiderte er bewegt, „doch der wichtigste war, dich wiederzusehen. Das habe ich erst später begriffen. Jetzt ist mein Traum Wahrheit geworden, und ich möchte diese wunderbare Wirklichkeit festhalten, sie nicht wieder verlieren und nicht mehr in eine Welt zurück müssen, die ich verabscheue. Ich kann und möchte nicht ohne dich leben! Ich liebe dich, Lilian!"

„Wie oft habe ich mir vorgehalten, ich sei dumm, den Erinnerungen an dich nachzuhängen", sagte sie leise. „Ich mußte für meine Geschwister sorgen. Seit Papas Tod habe ich zwei Heiratsanträge erhalten und ausgeschlagen, weil ich dich nicht vergessen konnte, Stephen. Heute weiß ich, daß ich nicht dumm war."Plötzlich lag ein verschmitztes Lächeln um seine Lippen, und seine blauen Augen leuchteten auf. „Ich möchte ganz sicher sein, daß ich dich jetzt richtig verstanden habe", sagte er und schaute sie aufmerksam an. „Hieß das eben ja oder nein?"

Lilian lachte ihn an. „Das hieß ja", antwortete sie schlicht.

„Wirklich?" Im Nu hatte er sie um die Taille gefaßt, wirbelte sie schwungvoll herum und trug sie dann zum Sofa. Er setzte sich und zog sie auf den Schoß. „Du bist leicht wie eine Feder! Als erstes bestehe ich darauf, daß du vernünftig ißt!"

Lilian drückte ihm lächelnd einen Kuß auf die Nasenspitze.

„Später fahren wir nach London, und ich kaufe dir so viele Kleider, wie dein Herz begehrt. Du wirst sie alle tragen müssen, hast du gehört? Und auch die Juwelen, die ich dir schenke!"

Lilian lachte glücklich auf.

„Eigentlich bin ich ein Narr", fügte Stephen kopfschüttelnd hinzu. „Die aufwendigste und kostbarste Balltoilette könnte an dir nicht schöner aussehen als dieses blaue Seidenkleid. Und überhaupt, das alles wird warten müssen, denn an allererster Stelle habe ich ganz etwas anderes im Sinn."

„Was denn?" flüsterte sie zärtlich.

„Ich werde es dir gleich verraten", antwortete er. „Zunächst mußt du mir jedoch sagen, wann du mich loswerden möchtest."

„Hmmm", erwiderte sie. „Was hattest du denn im Sinn?"

Schmunzelnd rieb Stephen die Nasenspitze an Lilians. „Dir zu zeigen, wie man richtig Familie spielt, mein Liebling!"

— ENDE —

CARLA KELLY

UND SIE
FOLGTEN
DEM STERN

Lady Sarah Bolton Comstock ermahnte sich, die Gedanken nicht abschweifeń zu lassen und General Bertrand Clauzel aufmerksam zuzuhören.

Er sprach betont langsam und deutlich und schaute sie gespannt an, nachdem er seinen Vortrag beendet hatte. Schließlich seufzte er resigniert, winkte eine Ordonnanz herbei und ließ sich die Schreibgarnitur zum Tisch bringen. Er nahm ein Blatt Papier zur Hand und begann nach einem weiteren, nunmehr etwas freundlicheren Blick auf die vor ihm stehende schlanke junge Dame, sehr gemächlich, als habe er alle Zeit der Welt, den Passierschein zu verfassen.

Nach einer Weile blickte er hoch und sagte: „Ihren Namen bitte, Mademoiselle."

Lady Sarah schrak aus der Erschlaffung hoch und versuchte, sich endlich zu konzentrieren. Es hatte wenig Sinn, in Gegenwart eines hochrangigen Befehlshabers aus dem feindlichen Lager nicht bei der Sache zu sein. Ihr Bruder hatte oft gescherzt, sie könne sich ausruhen, sobald sie unter der Erde sei, wenn sie vor Zorn über die Langatmigkeit und Pedanterie in der Universitätsbibliothek von Salamanca die Geduld verlor.

Die Bibliothek! Lady Sarahs große braune Augen füllten sich mit Tränen. Seit zwei Tagen hatte sie nicht mehr geschlafen, weil die Ereignisse im Archiv der Universität sie immer noch aufwühlten und nachts nicht zur Ruhe kommen ließen.

Beim Kopieren vergilbter, aus dem fünfzehnten Jahrhundert stammender Dokumente war plötzlich die französische Soldateska in den Saal eingedrungen, ein Schuß fiel, und Lady Sarahs Bruder taumelte, aus nächster Nähe tödlich getroffen, rückwärts in den Raum zurück. „Oh, Gott, Sarah!" hatte James gekeucht. „Rette unsere Aufzeichnungen!" Und dann hatte er in den Armen seiner Schwester das Leben ausgehaucht.

Lady Sarah biß sich auf die Unterlippe, sah den General an und merkte, daß er sie mit unverhohlen männlichem Interesse betrachtete. Hätte sie vor einem russischen oder deutschen Offizier gestanden, wären Tränen völlig fehl am Platz gewesen. So aber, da sie einen Franzosen vor sich hatte, tat sie sich keinen Zwang an und laß ihnen freien Lauf. Sie schluchzte jämmerlich, warf General Clauzel einen herzerweichen Blick zu und war nicht überrascht, als der französische Offizier plötzlich aufsprang, sie in die Arme nahm und ihr tröstend auf den Rücken klopfte.

Sie ließ ihn gewähren, ertrug es willig, daß er sie linkisch streichelte, und lehnte sogar matt den Kopf an seine Brust. Der angenehme Duft eines herben Eau de toilette umgab den General, und seine stummen, unbeholfenen Beschwichtigungsversuche waren ihr lieber als die salbungsvollen Worte des alten, übelriechenden Priesters, dessen Obhut sie den Leichnam ihres Bruders hatte anvertrauen müssen. Sie brauchte einen Menschen, an den sie sich lehnen konnte, denn sie wußte nicht mehr ein noch aus, und General Clauzel war der Mann, der ihr den dringend benötigten Passierschein ausstellen konnte.

Erst nach mehreren Minuten hob sie den Kopf, und der Offizier ließ sie los. Dankbar nahm sie sein Taschentuch entgegen, tupfte sich mit zitternden Händen die geröteten Augen aus und sagte in bestem Französisch: „Merci, mon général. Vergeben Sie mir diesen Moment weiblicher Schwäche. Aber ich habe entsetzlich viel durchgemacht."

„Ja, es sind harte Zeiten, Mademoiselle", erwiderte General Clauzel und nickte. „Bitte, nehmen Sie doch Platz."

Er wartete, bis die junge Dame sich schwach auf einem Stuhl niedergelassen hatte, setzte sich dann wieder hinter den Schreibtisch und tauchte den Federkiel in das eiserne Tintenfäßchen. „Also, Mademoiselle, Ihren Namen, wenn ich bitten darf."

„Lady Sarah Bolton Comstock", hauchte sie.

Er schrieb, hielt inne und blickte fragend hoch. „Bolton Comstock", wiederholte sie und buchstabierte ihm den Namen.

„Der wievielte ist heute?" wandte der General sich dann an den Adjutanten.

„Der zweiundzwanzigste Dezember, mon général", antwortete der junge Mann in der schmucken Uniform.

General Clauzel unterzeichnete das Dokument und bestäubte es mit feinem Sand. Sobald die Tinte getrocknet war, hob er das Papier an, schüttelte den Löschsand auf den Boden und hielt das Blatt mit gönnerhafter Miene hoch.

„So, Mademoiselle, hier ist der Geleitbrief. Damit werden Sie unbehelligt von Salamanca zur portugiesischen Grenze kommen." Ein leichtes Lächeln huschte über sein Gesicht. „Ich empfehle Ihnen, sich auf dem kürzesten Wege nach Ciudad Rodrigo zu begeben und keinen Abstecher nach Madrid oder Sevilla zu unternehmen. Die Bilder, die wir den Spaniern im Escorial gelassen haben, sind es nicht wert, ein Risiko einzugehen, ma chère, und Sie sollten auch nicht auf den Einfall kommen, Sevillas Sehenswürdigkeiten malen zu wollen."

„Wie Sie wünschen, mon général", stimmte Lady Sarah zu und starrte wie gebannt auf das rettende Dokument.

„Ich bestehe darauf, daß Sie umgehend abreisen."

Sie nickte wortlos. Am liebsten hätte sie dem Franzosen den Passierschein aus der Hand gerissen und fluchtartig das Weite gesucht, doch sie zwang sich, das Papier so gelassen wie möglich entgegenzunehmen, und hoffte, der General möge die Schweißperlen nicht bemerken, die ihr trotz der Kälte im Raum auf die Stirn getreten waren.

„Ich fürchte, Mademoiselle, Ihre Landsleute haben vor der etwas überstürzten ... hm ... vor dem hastigen Rückzug dafür gesorgt, daß Sie in ganz Salamanca kein vernünftiges Pferd auftreiben werden, höchstens einen alten Klepper. Doch selbst bei einem ausgemergelten Gaul können Sie nicht sicher sein, daß man Sie nicht zwingt, ihn herauszugeben. Wie dem auch sei, ich bestehe darauf, daß Sie die Stadt unverzüglich verlassen."

Lady Sarah erhob sich, dankte dem General noch einmal für sein Entgegenkommen und folgte der Ordonnanz aus dem Zimmer.

Lady Sarah Bolton Comstock betrat den Raum in der Universität von Salamanca, in den sie nach dem Mord an ihrem Bruder verschleppt worden war. Alle Einwände, sie müsse erst das Gepäck aus dem Hotel holen, hatten nichts genützt. Die französischen Soldaten hatten nur verständnislos mit den Schultern gezuckt, die Augen verdreht und lachend unflätige und rohe Bemerkungen gemacht. Lady Sarah glaubte, ihre Besitztümer nie wiederzusehen, doch nun stellte sie fest, daß die Taschen und Portemanteaux hergebracht worden waren.

Rasch lief sie zu der großen Reisetruhe, die an der Wand des fensterlosen Raumes stand, hockte sich hin und hob den Deckel. Hastig durchwühlte sie die Sachen, bis sie auf den Boden der eisenbeschlagenen Kiste gelangte. Enttäuscht richtete sie sich auf, knallte den Deckel zu und trommelte zornig auf das Holz. Das gesamte Geld war verschwunden. Nun besaß sie nur noch die wenigen Münzen, die ihr von den Soldaten nicht abgenommen worden waren und die sie im Réticule bei sich trug.

Sie setzte sich auf die Hacken, zu mutlos, um mehr als grenzenlose innere Leere zu verspüren, eine beinahe lähmende Benommenheit, die seit dem Tode ihres Bruders nicht von ihr abgefallen war.

Die Kälte des Fliesenbodens riß sie aus der Erstarrung. Sie öffnete die Kiste ein zweites Mal und suchte nach einer für die Flucht zur Grenze geeigneten Garderobe. Schließlich entschied sie sich für ein einfaches blaues Kattunkleid und eine Spenzerjacke aus braunem Flanell. Sie nahm eine weitere Chemisette und ein zusätzliches Paar Pantalettes aus dem Gepäck und kleidete sich in aller Eile um.

Dröhnende Schritte hallten durch den Bogengang vor dem Zimmer. Hastig lief sie zu der Pritsche, die ihr als Nachtlager gedient hatte, und hob den Strohsack an. Die blutbefleckten Abschriften, die sie und James im Archiv der Universitätsbibliothek von Christoph Kolumbus' Logbucheintragungen gemacht hatten, lagen noch dort, wo Sarah sie versteckt hatte.

Eilends nahm sie die Papiere an sich, die ihrem Bruder nach dem Schuß aus der Hand geflattert waren und die sie in dem nachfolgenden Durcheinander rasch eingesammelt hatte. Auch den Siegelring mit dem Familienwappen hatte sie James noch vom Finger ziehen und retten können, ehe einer der Marodeure es bemerkte. Irgend etwas, das ihren Vater an seinen Sohn erinnerte, mußte sie ihm doch nach Kent mitnehmen.

Nachdem sie die Kopien in einer flachen Ledertasche verborgen hatte, streifte sie sich den Riemen über den Kopf und schob den Beutel unter das Kleid.

Wieder wurden ihr die Augen feucht. War es erst zwei Tage her, daß ihr Bruder geäußert hatte, wie sehr er sich freue, diese sensationellen Erkenntnisse über den Ort, an dem der spanische Entdecker tatsächlich zum ersten Male den Fuß auf amerikanischen Boden setzte, der Bodleian Bibliothek in Oxford zur Verfügung zu stellen?

„Stell dir vor, Sarah", hatte James mit leuchtenden Augen gesagt, obgleich er von der anstrengenden Übersetzungsarbeit müde und abgespannt gewesen war, „wahrscheinlich ist das letzte Kapitel über die Reisen des Kolumbus doch noch nicht geschrieben, nachdem wir nun genau wissen, wo er zuerst an Land gegangen ist. Ich brenne darauf, diese Dokumente der Öffentlichkeit vorzustellen!"

Die Wachen rissen die Tür auf und blieben abwartend auf der Schwelle stehen. Müde strich Lady Sarah sich über die Stirn und fragte sich, warum sie sich vom Enthusiasmus ihres Bruders hatte mitreißen lassen.

Ein ihm befreundeter Wissenschaftler hatte seine Vermutung bestätigt, daß in der Universitätsbibliothek von Salamanca bisher nicht gebührend ausgewertete Aufzeichnungen des Kolumbus vorhanden seien. Ebenso begeistert wie ihr Bruder, war Sarah zu ihrem Vater gegangen, hatte ihn bestürmt und gedrängt, seinen beträchtlichen Einfluß als Earl of Cranbrook geltend zu machen und dafür zu sorgen, daß sie und James im Namen der Wissenschaft im Troß von Wellingtons Armee nach Spanien ziehen konnten.

William, Earl of Cranbrook, hatte seinen Kindern die Bitte erfüllt, wenngleich nicht ohne Widerspruch. Ganz gegen seine sonstigen Gepflogenheiten hatte er Sarah beim Abschied auf die Wangen geküßt und lächelnd gemeint, durch die Nachforschungen, die sie und James im Sommer in Salamanca vorzunehmen gedachten, würden seine Kinder sicherlich bald ebenso berühmt sein wie Lord Elgin und seine von der Athener Akropolis mitgebrachten Marmorstatuen.

Nun war James tot, und Sarah oblag es, die Ergebnisse dieser Untersuchungen einer staunenden Öffentlichkeit zu präsentieren. Der Gedanke erfüllte sie jedoch keineswegs mit Stolz.

Sie setzte sich die breitkrempige Schute auf, legte sich die wollene crèmefarbene Rotonde um die Schultern und ging bedrückt, ohne sich noch einmal umzuschauen, auf die Wachsoldaten zu, die in der offenen Tür standen.

Es hatte zu schneien begonnen, als sie in den Innenhof der

Universität kam. Ein magerer, dürrer Gaul stand für sie bereit. Fröstelnd schlug sie den Kragen des Umhanges hoch, warf einen letzten Blick auf die kunstvoll gemeißelten Türmchen, Fialen und durchbrochenen Mauerkronen, die figurengeschmückten Rundbögen und ornamentierten Säulen des mittelalterlichen Universitätsgebäudes und nahm im stillen Abschied von ihrem Bruder, der jetzt auf dem Friedhof von San Miguel al Muro begraben lag.

Nur aus dem Augenwinkel registrierte sie, daß der Hof voller Artilleriesoldaten in grünweißen Uniformen war und General Bertrand Clauzel sich ihr näherte.

„Kennen Sie die Straße nach Lissabon?" erkundigte er sich besorgt.

„Ja, mon général", antwortete Lady Sarah leise.

„Ich bin überzeugt, Sie werden bald auf Ihre Landsleute stoßen, Mademoiselle Bolton", meinte der Offizier, half ihr in den Sattel und gab dem Pferd einen Klaps auf das knochige Hinterteil. „Ich wünsche Ihnen eine sichere Reise!"

Eigentlich hätte Lady Sarah sich nun mit einem Lächeln verabschieden sollen, denn General Clauzel hatte sich in den vergangenen Tagen sehr um ihr Wohlergehen bemüht und sich, zumindest in ihrer Gegenwart, sehr schockiert über den Tod ihres Bruders gezeigt. „Ma chère", hatte er wiederholt betroffen versichert, „es ist nicht unsere Art, harmlose und unbeteiligte Wissenschaftler zu ermorden. Ich kann mir nicht erklären, wie dieser Irrtum geschehen konnte!"

Auch Sarah hatte es bis heute nicht begriffen.

Sie nickte dem französischen General zu, gab dem Klepper einen Tritt in die magere Flanke und verließ den Ort, mit dem sich so viele aufregende und nun auch entsetzliche Erinnerungen für sie verbanden.

Unbehelligt von feindlichen Soldaten, ritt Lady Sarah Bolton Comstock bis zum frühen Nachmittag durch die rauhe Gegend der Cordilleren. Die anfängliche Furcht, jemand könne sie überfallen und ihr das Pferd stehlen, hatte sie inzwischen überwunden. Da fast überall Truppen der Franzosen oder Engländer zugegen waren und Repressalien befürchtet werden mußten, verwunderte

es Lady Sarah nicht, daß niemand sich ihr näherte und Dorfbewohner sie nur aus respektvoller Distanz beobachteten.

Schließlich hielt sie, erschöpft und hungrig, außerhalb einer
Ortschaft neben einem der schlichten Bilderstöcke an, denen sie
auf ihrem Weg schon häufiger begegnet war.

Vor dem verwitterten Bildnis des bärtigen Heiligen, der gütig
auf sie herablächelte, lagen ein Laib Brot und einige Oliven. Sie
nahm das Brot, blickte dem Gnadenbild in die großen, gemalten
Augen und murmelte entschuldigend: „Vergib mir, frommer
Mann, aber mir knurrt der Magen mehr als dir."

Sie sprach Spanisch, in der Hoffnung, der Martyrer, oder was
immer er sein mochte, möge sie hören, Verständnis für ihre Nöte
haben und sich vielleicht bei der göttlichen Vorsehung dafür verwenden, daß ihr auf der Weiterreise kein Unheil widerfuhr.

Sie setzte sich auf die Stufen des Bilderstockes, der am Ufer eines
wild dahinschäumenden Bergbaches stand, und begann zu essen.
Das Brot war alt und trocken, aber es sättigte. Der Schneefall war
stärker geworden, und es schien ihr geraten, nicht länger zu säumen, da sie das müde Pferd einige Zeit am Zügel führen mußte.

Langsam wanderte sie über die Straße nach El Cabaco, densel-
ben Weg, den zwei Wochen vorher Wellingtons Armee auf dem
Rückzug vor den Franzosen genommen hatte. Allerorten waren
noch die von den englischen Bataillonen angerichteten Zerstörun-
gen zu sehen.

Nach einer Weile saß Lady Sarah wieder auf und ritt durch die
länger werdenden Schatten der Dämmerung weiter.

Fahles Licht hüllte die Berggipfel ein, und das Schneegestöber
wurde immer dichter. Das entkräftete Pferd trottete einen Hügel
hinauf, und nachdem es die Kuppe erreicht hatte, sah Lady Sarah
in der Senke plötzlich flackernden Lichtschein. Sie strengte die
Augen an, um in der Düsternis etwas zu erkennen, und trieb das
Pferd zu beschleunigter Gangart an.

Beim Näherkommen stellte sie fest, daß die Soldaten dunkelblaue Uniformjacken und hellblaue Hosen trugen und somit spanische Verbündete der Engländer waren. Außerdem erkannte sie
die roten Jacken und weißen Hosen der Engländer. Vermutlich
handelte es sich um eine versprengte Nachhut des Heeres, die hier
mit ihrem Troß lagerte. Der Duke of Wellington saß gewiß schon in
einem der Paläste Lissabons vor einem knisternden Kaminfeuer

und schrieb seinem König einen Bericht über die fehlgeschlagene Belagerung der Stadt Burgos und den wenig rühmlichen Rückzug nach Portugal.

Angelockt von der Gegenwart anderer Tiere, trabte Lady Sarahs Pferd schneller auf das Feldlager zu. Der Geruch brennenden Holzes und der Duft frisch gekochten Essens schlug ihr entgegen, und unwillkürlich lief ihr das Wasser im Mund zusammen. Zum ersten Male merkte sie, wie hungrig sie tatsächlich war.

Einige Soldaten liefen auf sie zu, als sie im Lager eintraf und absaß. Verblüfft erkannte sie ein vertrautes Gesicht, obgleich Schmutz und ein tagealter Bart es fast unkenntlich machten.

„Gott sei Dank! Dean!" sagte sie, unglaublich erleichtert. „Ich hätte nie damit gerechnet, Sie hier zu sehen!"

„Lady Sarah!" erwiderte Lord Wetherhampton überrascht. „Was hat Sie hierher verschlagen? Hm, und nennen Sie mich bitte Lieutenant Markwell!"

„Oh, entschuldigen Sie, Lieutenant Markwell!" sagte sie verlegen und nahm flüchtig einen hochgewachsenen, kräftigen Mann in blauroter Uniform wahr, der hinter Viscount Wetherhampton neben einem Lagerfeuer stand und sie beobachtete.

„Um Himmels willen, Lady Sarah, erklären Sie mir bitte, warum Sie nicht in Salamanca sind! Hat Ihr Bruder Sie etwa allein reiten lassen? Das wäre unglaublich!"

Lady Sarah seufzte. Da Dean Markwell auf einem benachbarten Besitz in Kent groß geworden war, kannte sie ihn recht gut und ahnte, daß er sich gleich schrecklich aufregen würde.

Besänftigend legte sie ihm die Hand auf den Arm. „Lieutenant, die Ereignisse . . . James . . ." Sie hielt inne, starrte einen Moment auf den schneebedeckten Boden und richtete die Augen dann auf den spanischen Offizier, der sie noch immer interessiert betrachtete. „Mein Bruder ist tot", fuhr sie mit bebender Stimme fort. „Französische Soldaten haben ihn erschossen. Lieutenant, ich hoffe, Sie können mich über die Grenze nach Portugal bringen."

Erstaunen und Mitgefühl wechselten sich in Lord Wetherhamptons Miene ab. Statt jedoch etwas zu äußern, ein Wort der Anteilnahme oder die Zusage, selbstverständlich behilflich zu sein, schaute er Lady Sarah nur schweigend und unentschlossen an.

Sie mußte sich zwingen, ihn nicht zu schütteln, damit er endlich einen Ton von sich gab.

„Ich werde tun, was ich kann", äußerte er schließlich, doch es klang ratlos, und auch sein Gesicht hatte einen unschlüssigen Ausdruck.

Unversehens rannte eine dunkelhaarige Frau unbestimmbaren Alters herbei, gestikulierte wild und sagte flehend: „Wir haben Hunger, Señor!"

Lieutenant Markwell sah die Spanierin griesgrämig an und zuckte achtlos mit den Schultern.

„Wir haben Hunger!" wiederholte die Frau eindringlicher. „Was soll aus uns werden, Señor? Aus uns, die zurückgeblieben sind und Ihre Verwundeten gepflegt haben?"

Andere Frauen gesellten sich zu ihr, und auch Kinder, die jammernd um Brot bettelten. Das Wehgeschrei und Klagen wurde bald so unerträglich, und Lieutenant Markwell wirkte derart hilflos und unentschlossen, daß Lady Sarah sich unangenehm berührt abwandte.

Schweigend schaute Viscount Wetherhampton in die Runde und schien nach jemandem zu suchen, der ihm aus der mißlichen Lage helfen würde. Dann sah er zu dem spanischen Offizier hinüber, der betreten zur Seite blickte, und brummte mißmutig: „Das sind Ihre Landsleute, Colonel Sotomayor! Sagen Sie ihnen, was sie zu tun haben!"

„Lieutenant, Sie haben das Kommando", erwiderte Oberst Sotomayor. „Sie haben Ihren Auftrag, und ich meinen. Das wissen Sie doch!"

Nervös drehte der Viscount sich um, sah einen anderen Offizier an und befahl barsch: „Sergeant Lockhart, sorgen Sie dafür, daß diese Leute zu essen bekommen!"

Der Sergeant machte ein ernstes Gesicht und salutierte, doch kaum hatte Lord Wetherhampton ihm wieder den Rücken gekehrt, grinste er und scheuchte die Frauen und Kinder zu einem etwas abseits stehenden Packesel.

Der Lieutenant schaute ihm einen Moment nach und winkte dann den spanischen Oberst heran. „Wie Sie sehen, Colonel, habe ich alle Hände voll mit meinen Leuten und diesem lästigen Pack zu tun, das uns auf Schritt und Tritt folgt. Ich bitte Sie daher, Lady Sarah Bolton Comstock nach Lissabon zu eskortieren."

Oberst Sotomayor deutete vor Lady Sarah eine höfliche Verneigung an und entgegnete kopfschüttelnd: „Lieutenant Markwell, Sie wissen, daß ich nur bis Ciudad Rodrigo und von dort aus an der Grenze entlang nach Barcos reite, weil ich das Weihnachtsfest mit meinen Kindern verbringen möchte. Ich bedauere außerordentlich, Doña Sarah, aber ich kann Ihnen nicht zu Diensten sein."

„Dann werden Sie Lady Sarah bis Ciudad Rodrigo begleiten", befand Lieutenant Markwell mit der größten Selbstverständlichkeit und nickte knapp seinem Burschen zu, der ihm einen Becher heißen Tees gebracht hatte. „Sind Sie einverstanden, Madam?"

„Ich . . . ja, wenn es Colonel Sotomayor recht ist", antwortete sie. Ein überraschtes Lächeln huschte über das Gesicht des Offiziers, als er sie in seiner Muttersprache reden hörte.

Der Bursche des Lieutenants reichte auch Lady Sarah einen Becher Tee. Sie lächelte dankbar, trank vorsichtig einen Schluck und fragte dann: „Haben Sie viele Kinder, Coronel?"

„Zwei Töchter. Mariana, die ältere, ist vier und die jüngere zwei Jahre alt. Ich fürchte, Elena wird sich kaum an mich erinnern." Der Oberst verneigte sich kurz, wandte sich dann ab und ging steifbeinig auf das nächste Lagerfeuer zu.

Lady Sarah bemerkte, daß er hinkte.

Viscount Wetherhampton stemmte die Hände in die Seiten und schaute dem Colonel nach. „So viel hat er bisher ja noch nie geredet", murmelte er verdutzt, fast gekränkt, und lachte plötzlich auf. „Offenbar haben Sie großen Eindruck auf ihn gemacht, Madam. Mein Gott, diese Leute sind so mürrisch. Man könnte meinen, in Schottland zu sein!"

Lady Sarah wußte nicht, was sie darauf erwidern solle. Sie konnte sich nicht vorstellen, daß sie auf den spanischen Oberst eine besondere Wirkung ausgeübt hatte, denn sie war müde und abgespannt. Vom langen Ritt fühlte sie sich wie zerschlagen, und sie war so überhungert, daß ihr der Magen weh tat.

Der Bursche des Viscounts brachte ihr auf einem Zinnteller ein Stück gebratenen Fleisches, und eine der spanischen Frauen bot ihr Salz an. Sie setzte sich auf einen Felsbrocken und merkte rasch, daß der Appetit beim Essen zurückkam. Coronel Sotomayor beachtete sie gar nicht, und unwillkürlich fragte sie sich, ob sie ihn beleidigt hatte. Letzten Endes war es ihr gleichgültig. Wichtig war nur, daß er sie sicher nach Ciudad Rodigro geleitete.

„Ich kann nicht behaupten, daß es ein kulinarisches Mahl war", sagte sie lächelnd zu Lieutenant Markwell, „aber ich bin zumindest satt geworden."

Dean Markwell rieb sich die Augen und gähnte. „Nein, wie in England geht es hier wirklich nicht zu. Wenn wir wieder in London sind, Madam, werde ich Sie mit dem größten Vergnügen ins Claridge zum Souper ausführen."

„Einverstanden", erwiderte sie, leerte den Teebecher und stellte ihn neben sich in den Schnee. Sie stützte die Ellbogen auf die Knie, legte das Kinn auf die verschränkten Finger und betrachtete neugierig den spanischen Obristen, der auf der anderen Seite des Feuers saß und sich nicht im mindesten für sie zu interessieren schien.

Coronel Sotomayor war schlank und nicht sehr groß. Das scharfgeschnittene Gesicht wirkte etwas abgezehrt, nicht sehr verwunderlich in diesen harten, rauhen Kriegszeiten. Unter dem schwarzen, an der umlaufenden Goldborte mit roter Kokarde und grünem Federbusch besetzten Tschako lugten schwarze Haare hervor. Die goldenen Epauletten und Knöpfe der dunkelblauen Uniformjacke und die rot abgesetzten Rockschöße und Ärmelaufschläge schimmerten im Schein des flackernden Lagerfeuers.

Der Colonel sprach mit niemandem, winkte nach dem Essen einen der spanischen Soldaten herbei und ließ sich von ihm die schwarzen Stiefel ausziehen. Der Füsilier massierte dem Obristen die Waden, insbesondere das kranke Bein, half ihm wieder in die Stiefel und in den dunkelblauen Feldmantel, salutierte und entfernte sich. Coronel Sotomayor ließ den Kopf auf die Brust sinken und blieb regungslos hocken.

Lieutenant Markwell gesellte sich zu Lady Sarah, folgte ihrem Blick und sagte trocken: „Das ist eine Kunst, die ich noch nicht beherrsche, Madam. Ich bringe es nicht fertig, im Sitzen zu schlafen." Er lachte leise und fügte belustigt hinzu: „Dabei wäre es von größtem Vorteil, wenn ich einmal meinen Sitz im Oberhaus einnehme, nicht wahr? Ich glaube, James wird sich bei dem Gedanken, daß ich eines Tages im House of Lords sitzen werde, vor Lachen bie . . ." Abrupt hielt Lord Wetherhampton inne. „Verzeihen Sie, Lady Sarah", entschuldigte er sich. „Das war sehr gedankenlos von mir. Es erscheint mir einfach unmöglich, daß Ihr Bruder nicht mehr am Leben sein soll."

Begütigend legte sie dem Viscount die Hand auf den Arm. „Ich habe es auch noch nicht recht begriffen, Dean. Aber ich habe James' Arbeit retten können. Wir haben in Salamanca wunderbare Erkenntnisse über Kolumbus' erste Reise gewonnen!"

Unversehens hob Coronel Sotomayor den Kopf und schaute zu den beiden Engländern herüber. Lady Sarah war keine eitle, eingebildete Frau, aber sie wußte genau, daß der Spanier nur sie ansah.

„Wollen Sie die Dokumente der Universität von Oxford zur Verfügung stellen?" erkundigte sich Lord Wetherhampton.

„Ja, das werde ich!" antwortete Lady Sarah mit größtem Nachdruck. „Niemand wird mich daran hindern können!"

„Nun, Sie werden ja bald in Lissabon sein", erwiderte der Lieutenant. Der Colonel und ich sorgen dafür."

„Dean, Sie haben ihn mir bisher nicht vorgestellt", sagte Lady Sarah und schaute Lieutenant Markwell etwas vorwurfsvoll an. „Ich kenne nicht einmal seinen vollen Namen."

„Oh, entschuldigen Sie, Madam", entgegnete der Viscount zerknirscht. „Unglaublich, wie schnell man in diesem gräßlichen Land seine Manieren vergißt! Der Colonel heißt Luís", fügte er reichlich laut hinzu. „Luís Sotomayor. Wie alle diese Spanier hat auch er noch etliche andere Namen, aber sie sind mir entfallen."

„Alargosa de Menem", klang eine tiefe, dunkle Stimme herüber, und überrascht blickte Lady Sarah auf den spanischen Obristen. Er saß da wie vorher und hatte nicht einmal den Kopf gehoben. „Und Spanien ist kein gräßliches Land", fügte er hinzu. „Der Teufel soll euch Engländer holen!"

„Oh, ich bitte um Verzeihung, Colonel", rief Dean Markwell ihm zu. „So war es natürlich nicht gemeint."

Coronel Luís Sotomayor Alarogosa de Menem antwortete nicht.

Lady Sarah blieb noch etwa eine Stunde in der Nähe des Feuers sitzen und schaute in die verlöschenden Flammen. Einer nach dem anderen hatten die Grenadiere, Dragoner und Füsiliere sich in ihre feldgrauen oder dunkelblauen Militärmäntel gehüllt und zur Ruhe begeben.

Auch Lady Sarah erhob sich schließlich, schüttelte den Schnee von der Schute und klopfte sich die Rotonde ab. Mit der Spitze der Stiefelette reinigte sie neben den verglimmenden Scheiten eine

72

Stelle vom Schnee, legte sich hin und zog die Knie an. Sie hielt sich den hohen Kragen des Umhanges fester vor das Gesicht und bemühte sich, nicht an die vergangenen Tage zu denken.

Doch die Erinnerungen an ihren Bruder ließen sich nicht verdrängen, und wider Willen wurden ihr die Augen feucht. Sie sah James vor sich, zu Pferd und lachend hinter Wellingtons Armee herreitend; später emsig in die Logbücher des spanischen Seefahrers vertieft, erregt und begeistert von den Entdeckungen, die er machte; dann reglos zu Boden gestreckt, inmitten der herabflatternden Notizen, die blicklosen Augen weit geöffnet.

Lady Sarah atmete tief durch und zwang sich, die Nerven nicht zu verlieren. Sie legte den Kopf in die Arme, schloß die Augen und versuchte zu schlafen.

Eine Bewegung schreckte sie auf. Coronel Sotomayor hockte neben ihr und deckte sie mit seinem Wollmantel zu. Er sah sie ernst an und sagte ruhig: „Señora, weinen Sie ruhig. Das erleichtert, und dann werden Sie sich viel wohler fühlen."

Lady Sarah schluckte und wußte nicht, wie sie sich verhalten sollte.

Der Oberst schaute sich um und fügte beinahe verächtlich hinzu: „Niemand wird Sie hören. Alle schlafen, selbst die Wachen, die aufzustellen der Lieutenant fast vergessen hätte! Ich mußte ihn erst daran erinnern!"

Und wieder schossen Lady Sarah die Tränen in die Augen. Luís Sotomayor ließ sie einen Moment weinen, setzte sich dann neben sie und hob sie behutsam zu sich hoch. Er schlang die Arme um sie und schmiegte sanft ihren Kopf an seine Schulter. Verhalten begann er vor sich hin zu summen, eine melancholische, getragene Weise, die Lady Sarah beruhigte und tröstete.

Nach einer Weile versiegten ihre Tränen, und sie empfand eine Ausgeglichenheit und einen Frieden, von dem sie wünschte, er möge sie nie verlassen.

Und plötzlich wurde sie sich der Unschicklichkeit der Situation bewußt. Unangenehm berührt, straffte sie sich, und sogleich ließ der Colonel sie los.

„Sie haben erstaunlich viel Einfühlungsvermögen für eine weinende Frau", flüsterte sie befangen.

„Ich sagte Ihnen doch, Doña Sarah", erwiderte er schmunzelnd, „daß ich zwei Töchter habe. Zwei sehr temperamentvolle Töchter."

Er seufzte leise, nahm schweigend sein Taschentuch und gab es ihr.

Sie tupfte sich die Augen aus, reichte ihm das Tuch und lächelte ihn dankbar an. Dann legte sie sich wieder zum Schlafen hin, zum ersten Male seit dem Tode ihres Bruders mit einem beruhigenden Gefühl der Zuversicht und der Geborgenheit.

★

Eine Bewegung riß Lady Sarah Bolton Comstock aus dem tiefsten Schlaf. Im ersten Moment merkte sie nur, daß ihr kalt war, denn Colonel Sotomayor hatte seinen Uniformmantel wieder an sich genommen. Noch halb benommen, zog sie die eigene wollene Rotonde fester um sich und machte wieder die Augen zu.

„Stehen Sie auf, Señora!" hörte sie die leise Stimme des Oberst, und gleich darauf bekam sie einen harten Stoß in den Rücken.

Erbost setzte sie sich auf, um dem spanischen Offizier deutlich zu verstehen zu geben, was sie von seinem Benehmen hielt. Er lief jedoch bereits zu den Pferden, die unruhig geworden waren und aufgeschreckt wieherten.

Im ersten Licht der Morgendämmerung, die den wolkenverhangenen Himmel fahl erhellte, sah Lady Sarah, daß die englischen und spanischen Soldaten noch schlafend neben den ausgeglühten Feuerstellen lagen. Ein eigenartiges, unbestimmtes Geräusch hing in der Luft, als sei eine Kavalkade Reiter in der Nähe, und verwirrt sprang Lady Sarah hastig auf die Füße. Ängstlich schaute sie sich um und erkannte entsetzt auf der Kuppe des Hügels die Silhouette einer Reiterschar.

Eilends raffte sie den Rock und lief mit heftig pochendem Herzen zu den angepflockten Pferden. Sekunden später dröhnten Gewehrsalven, und die Schreie verwundeter Männer gellten ihr in den Ohren. Bisher hatte sie nie einen Angriff miterlebt, und die grauenvollen Schmerzenslaute ließen ihr das Blut gefrieren.

Der Klepper, den General Clauzel ihr in Salamanca überlassen hatte, riß und zerrte an den Stricken, die ihn festhielten, und bäumte sich, die Augen angstvoll aufgerissen, immer wieder auf. Colonel Sotomayor war es inzwischen gelungen, ihm das Zaumzeug überzustreifen, doch er brachte es nicht fertig, dem ständig scheuenden Tier den Sattel aufzulegen.

Von allen Seiten rannten nun die durch den Lärm des Überfalles geweckten Soldaten herbei und bemühten sich in großer Hast, den Pferden die Fesseln abzunehmen. Verzweifelt versuchte Lady Sarah, in dem schrecklichen Durcheinander verstörter Menschen und panisch auskeilender Tiere irgendwo Lieutenant Dean Markwell zu entdecken. Doch er war nirgends zu sehen.

Ein lauter, in Spanisch ausgestoßener Fluch lenkte ihre Aufmerksamkeit wieder auf Colonel Sotomayor. Er schleuderte soeben ihren Sattel zu Boden, schwang sich auf einen Rappen und streckte Lady Sarah die Hand entgegen.

„Mein Bündel liegt noch neben der Feuerstelle", wandte sie ein. „Das muß ich erst holen. Ich kann meine Sachen und den Proviant nicht zurücklassen!"

Gewehrsalven krachten, und die französischen Kavalleristen ritten, weit schwingende Säbelhiebe austeilend, in die wild auseinanderstiebende Menge. Einige der feindlichen Dragoner waren abgesessen, hatten sich hingekniet und schossen gezielt auf die überraschten englischen und spanischen Soldaten.

„Señora, kommen Sie!" rief Coronel Sotomayor drängend, beugte sich im Sattel vor und versuchte, sie am Arm zu fassen und zu sich hochzuheben.

Vollkommen kopflos geworden durch das Knallen der Gewehre, die grauenvollen Schreie der Verwundeten und das Klirren der Säbelhiebe, drehte Lady Sarah sich auf der Stelle um und lief, ungeachtet der ihr drohenden Gefahren, zu ihrer Lagerstatt neben dem erloschenen Feuer zurück, um ihre wenigen Habseligkeiten zu retten. Die Angst saß ihr im Nacken, während sie sich zwischen den kriegerischen Parteien, den schnaubenden Pferden und kämpfenden Männern, einen Weg bahnte.

Jammernde Frauen und weinende Kindern irrten durch das Getümmel und flehten um Gnade. Blutende Soldaten wankten umher und trachteten, dem Gemetzel lebend zu entkommen. Rauch hing in der kalten Morgenluft, und der Gestank verbrannten Pulvers.

„Dios mio!" hörte Lady Sarah hinter sich den Colonel ausrufen. Ehe sie wußte, wie ihr geschah, war er neben ihr vom Pferd gesprungen, hob sie schwungvoll auf den Rücken des Tieres und saß sofort wieder auf.

Er griff an ihr vorbei nach den Zügeln, gab dem Hengst die

Sporen und preschte, ohne einen Blick nach rechts oder links zu werfen, durch das hin und her wogende Gefecht auf eine kleine Anhöhe zu.

Ein breites, ausgetrocknetes Flußbett lag am Fuße der Kuppe, und der Rappe stieg, vorsichtig die Hufe setzend, den steilen Abhang hinunter.

Kaum zu ebener Erde angekommen, schwang der Oberst sich aus dem Sattel, half Lady Sarah vom Pferd und drängte sie in den Schutz der überhängenden Steilkante. „Vielleicht haben wir Glück und werden hier nicht entdeckt", sagte er in gedämpftem Ton und pfiff zweimal leise durch die Zähne. Sofort ging der Rappe in die Knie und legte sich hin. „Wären wir weitergeritten", flüsterte Coronel Sotomayor, „hätte man uns bestimmt verfolgt. So aber haben wir die Chance, daß der Feind abgelenkt ist und uns vergißt."

Starr vor Schreck schaute Lady Sarah den Oberst aus weit aufgerissenen Augen an. Schrille Schreie, Wehklagen und ersterbendes Gewimmer war zu vernehmen, und sie wehrte sich nicht, als er ihr die Ohren zuhielt. Haltsuchend klammerte sie sich an seine breiten Schultern, preßte die Lider zu und drückte sich noch enger an den gefrorenen Steilhang.

Nach einer Weile nahm der Colonel die Hände fort und raunte Lady Sarah zu: „Kein Wort! Nicht bewegen!"

Tödliches Schweigen hatte sich über die Landschaft gesenkt, und Lady Sarah wagte nicht zu atmen. Die lastende Stille zerrte ihr an den Nerven, und unwillkürlich machte sie eine fahrige Geste.

„Nicht!" warnte sie der Obrist. „Ganz ruhig bleiben!" Er drückte sich eng an sie und schlang die Arme um sie.

Einen Herzschlag später hörte sie die rauhen Stimmen einiger Franzosen. Der mit obszönen Witzen und gemeinen Bemerkungen durchsetzten Unterhaltung entnahm Lady Sarah, daß die Soldaten sich auf der Suche nach den Entflohenen befanden.

Furchtsam, vor Angst zitternd, richtete sie den Blick in die Höhe, doch das überhängende Erdreich schützte sie vor Entdeckung. Bang schaute sie ihren Retter an.

Seine Miene war ausdruckslos. Behutsam löste er die Hände von Lady Sarahs Rücken, zog vorsichtig einen kurzen Dolch aus dem Waffengurt und ließ leicht einen Finger über die Klinge gleiten.

Nach einer Weile, die Lady Sarah wie eine Ewigkeit erschien, vernahm sie das Geräusch eines Säbels, der in die Scheide zurückgestoßen wurde, und zuckte wider Willen zusammen.

„Sie sind weg!" sagte einer der Kavalleristen enttäuscht. „Und wie erklären wir das General Clauzel?"

„Keine Sorge", erwiderte ein anderer Soldat. „Weit können sie nicht sein. Sie entkommen uns nicht. Im Winter ist der Weg zur Grenze sehr weit und beschwerlich, und bis dahin haben wir sie längst eingeholt."

Schadenfrohes, hämisches Gelächter mehrerer Grenadiere folgte diesen Worten. Trampelnde Schritte entfernten sich, und die unflätigen, höhnischen Bemerkungen über die Truppen des Herzogs von Wellington wurden zunehmend leiser. Bald herrschte wieder tiefe Stille.

Lady Sarah atmete erleichtert auf. Vorläufig waren sie der Gefahr entronnen. Doch da Colonel Sotomayor sich nicht bewegte, blieb auch sie reglos stehen. Nach einer Weile hörte sie, daß die Kavalkade der Franzosen sich in Marsch gesetzt hatte und offenbar in westlicher Richtung weiterritt.

Lady Sarah wollte den Unterschlupf verlassen, doch der Oberst schüttelte verneinend den Kopf. „Noch nicht", sagte er warnend. „Es ist besser, etwas zu warten, bis die Luft ganz rein ist."

Die Zeit schien nicht verstreichen zu wollen, bis der spanische Obrist sich endlich aus dem Schutz des Abhanges löste, mißtrauisch nach allen Seiten spähte und, bedachtsam jeden Lärm vermeidend, den Steilhang hochkletterte. Oben angekommen, pfiff er dem Pferd, das sofort folgsam aufstand und die Geröllhalde hinaufstieg.

Nun wagte es auch Lady Sarah, den Zufluchtsort zu verlassen. Sie klopfte sich den Schmutz vom Umhang, ging zögernd auf die Böschung zu und streckte dem Colonel die Hand entgegen. „Helfen Sie mir, Colonel", bat sie ihn leise.

Er stand, die Hände auf die Hüften gestemmt, auf der Anhöhe und starrte auf die Stelle, wo vorher das Lager der englischen Truppen gewesen war. Langsam drehte er sich um und schüttelte den Kopf. „Nein, Doña Sarah! Bleiben Sie unten."

Erschöpft hockte sie sich auf einen großen Felsbrocken. Der Gedanke, welcher Anblick sie dort oben erwarten würde, bedrückte sie zutiefst. Was mochte aus Lieutenant Dean Markwell geworden sein? Traurig stützte sie die Ellbogen auf die Knie und barg das

Gesicht zwischen den Händen.

Geraume Zeit später polterten Erdbrocken und Steine den Abhang herunter, und der Colonel kehrte zurück. Er brachte einen Offiziershelm mit, der verbeult und schmutzig war, und reichte ihn Lady Sarah.

Dem Rangabzeichen nach zu urteilen mußte es Lieutenant Markwells Helm sein. Bekümmert strich sie über den schwarzen Roßschweif und die Stelle am Kamm, wo vorher die rote Troddel gesteckt hatte. Auch der weiße Federbusch an der Rosette der Schuppenkette war abgebrochen, und der Augenschirm von einem Huftritt zerbeult.

„Diese Leichenfledderer haben alles gestohlen!" sagte Coronel Sotomayor zornig und spuckte verächtlich aus. „Ich hasse die Franzosen!"

Betrofffen schaute Lady Sarah ihn an, und er begriff die stumme Frage in ihren Augen.

„Ja", murmelte er und nickte. „Es gibt keine Überlebenden. Niemand wurde verschont. Die Frauen und Kinder sind offenbar geflohen, oder sie wurden verschleppt." Er seufzte schwer, verschränkte die Arme vor der Brust und schien zu überlegen. „Der Trupp hat die Straße nach Ciudad Rodrigo genommen. Das heißt, daß wir einen Umweg machen müssen."

Lady Sarah schluckte. „Ich . . .", begann sie verlegen, „ich bedauere . . . es tut mir leid, daß ich Ihnen solche Schwierigkeiten bereitet habe, weil ich mein Gepäck nicht zurücklassen wollte."

„Ach, nicht der Rede wert", erwiderte Luís Sotomayor. „Kommen Sie, Señora!"

Sie ergriff seine ausgestreckte Hand und ließ sich den Abhang hinaufhelfen. „Aber Sie hätten längst fort sein können", sagte sie in entschuldigendem Ton, nachdem sie auf der kleinen Anhöhe stand. „Nur durch mich sind Sie aufgehalten worden."

„Ich habe versprochen, Sie nach Ciudad Rodrigo zu bringen, und mein Versprechen halte ich!" erklärte der Oberst und schaute sie überrascht an. „Ist es bei Engländern denn nicht Sitte, zu seinem Wort zu stehen?"

„Selbstverständlich!" antwortete Lady Sarah mit Nachdruck und spürte, daß ihr vor Verlegenheit die Röte in die Wangen stieg. „Es tut mir leid, falls ich den Eindruck erweckt habe, an Ihrer Integrität zu zweifeln."

„Das haben Sie", bestätigte Luís Sotomayor gelassen. „Aber ich verzeihe Ihnen", fügte er großmütig hinzu.

Der Coronel holte das Pferd, hob Lady Sarah hoch und setzte sie hinter den Sattel. Dann saß er auf, zog an der Kandare und lenkte den Rappen vorsichtig zwischen den verstreut liegenden Toten hindurch.

Lady Sarah schlang die Arme um die Taille des Oberst und barg das Gesicht an seinem Rücken, um sich den schrecklichen Anblick zu ersparen.

Schweigend ließen sie das Schlachtfeld hinter sich und folgten der Straße nach Ciudad Rodrigo. Es gab auch nichts zu sagen. Lady Sarah hing ihren Gedanken nach und fragte sich, warum von General Clauzel die Rede gewesen war. Hatte er etwa Order erteilt, sie zu verfolgen? Wußte er, welche Nachforschungen sie und ihr Bruder in Salamanca vorgenommen hatten? Möglicherweise war ihm zu Ohren gekommen, daß sie alte Aufzeichnungen kopiert hatten.

Er konnte jedoch unmöglich wissen, daß es ihr gelungen war, diese Unterlagen mitzunehmen. Selbst wenn er es vermutete, blieb immer noch die Frage offen, welche Bedeutung diese Abschriften für ihn haben mochten. Und wenn er von vornherein einen Argwohn gegen Sarah gehegt hatte, warum war sie dann nicht in Salamanca festgehalten worden? Im Gegenteil, der General hatte sie mit ausgesuchter Noblesse behandelt und ihr sogar den Passierschein ausgestellt.

Nach etwa einer Meile bog der Colonel in südlicher Richtung auf einen schmalen Pfad ab, der durch dichtes Gestrüpp führte. Der Himmel war bleigrau und schneeverhangen, und ein beißender Wind fegte über die kahle Landschaft.

Lady Sarah setzte sich so bequem, wie es ihr möglich war, wagte es jedoch nicht, den Oberst loszulassen. Da er, wie Lieutenant Markwell erklärt hatte, ein sehr wortkarger Mensch zu sein schien, entschloß sie sich, die Unterhaltung zu beginnen.

„Colonel Sotomayor, sagten Sie nicht, Sie hätten zwei Töchter?" fragte sie zaghaft.

Er nickte und ließ es dabei bewenden.

Die karstige Gegend, die felsübersäte Ebene mit den windzerzausten, krummen Bäumen ging in ein weites, offenes Tal über.

Lady Sarah ließ einige Zeit verstreichen, ehe sie die nächste Frage stellte.

„Wenn ich mich richtig erinnere, Colonel, heißen Ihre Töchter Mariana und Elena, nicht wahr?"

Eine ganze Weile bekam sie keine Antwort, und als sie schon gar nicht mehr damit rechnete, antwortete er plötzlich: „Ja, das stimmt, Señora."

„Es sind sehr schöne Namen", bemerkte sie.

„Ja, meine Gattin hat sie ausgesucht."

„Und wie heißt sie?" erkundigte Lady Sarah sich, um die Unterhaltung nicht gleich wieder versiegen zu lassen.

„Liria." Der Oberst schwieg einen Moment und fügte dann ruhig hinzu: „Sie ist tot."

„Oh, das tut mir leid", murmelte Lady Sarah und fröstelte im eisigen Fallwind, der von den zerklüfteten Berggipfeln durch das Tal fegte.

Luís Sotomayor versank wieder in Schweigen, und sie fühlte sich nicht versucht, ihn mit weiteren Fragen zu bedrängen. Die klirrende, alles durchdringende Kälte schien sie zu lähmen, und sie fürchtete, bald kein Gefühl mehr in den Gliedern zu haben.

„Liria starb eine Woche nach Elenas Geburt. Sie hatte versucht, die Franzosen daran zu hindern, unser Haus in Brand zu setzen."

Lady Sarah zuckte bei der unerwarteten Äußerung des Colonels zusammen, und unwillkürlich ließ sie ihn los. Sofort griff er nach ihrer Hand und legte sie wieder um seine Taille.

„Ich war damals bei Wellingtons Armee", fuhr er in bitterem Ton fort. „Meine Schwester hat meine Töchter zu sich genommen. Ich besuche sie, wann immer ich kann."

„Das wird nicht ganz einfach für Sie sein", murmelte Lady Sarah.

Luís Sotomayor nickte, schwieg und starrte auf den steinigen Weg.

„War Ihre Gattin hübsch?"

Kaum hatte Lady Sarah die Worte ausgesprochen, erschrak sie über sich selbst. Es war ungehörig, eine solche Frage zu stellen. Schließlich gingen sie die privaten Angelegenheiten des Oberst nichts an.

Er straffte sich leicht und sagte langsam: „Liria war . . . sie hatte ungefähr Ihre Statur, Señora." Er machte eine kurze Pause, zuckte mit den Achseln und setzte ruhig hinzu: „In meinen Augen war

Liria eine schöne Frau."
Damit war die Unterhaltung beendet.

★

Meile auf Meile wurde zurückgelegt, und Lady Sarah merkte, daß
sie mit der Zeit hungrig wurde. Irritiert und unbehaglich preßte
sie schließlich die Hand auf den laut knurrenden Magen.
„Entschuldigen Sie, Colonel", murmelte sie verlegen.
„Ihr Engländer mit eurem übersteigerten Sinn für Förmlich-
keit!" erwiderte Luís Sotomayor, und zum ersten Male hatte seine
Stimme einen belustigten Klang.
Der Oberst setzte den Weg fort, bis sie ein Wäldchen erreichten.
Am Rande eines rauschenden Wildbaches saß er ab, holte einen
Zinnbecher aus der Säbeltasche und hockte sich an das Ufer. Er
füllte den Becher und reichte ihn Lady Sarah.
Das kristallklare, eiskalte Wasser tat ihr im Magen weh, und
unwillkürlich verzog sie gequält das Gesicht. Nach einigen Schluk-
ken gab sie dem Colonel den Trinkbecher zurück.
„Trinken Sie mehr!" forderte er sie ungerührt auf. „Dann spü-
ren Sie nicht, wie hungrig Sie sind."
„Danke, nein", wehrte sie ab. „Davon allein werde ich nicht satt."
Ein flüchtiges Lächeln umspielte ihre Lippen. „Mir läuft das Wasser im Mund zusammen, wenn ich mir vorstelle, welche Köstlichkeiten ich zu Hause bekäme. Warme Suppen und zarten Braten,
Fasan oder Ente mit knusprig braun gerösteter Haut, Pasteten und
Plumpudding, Apfelkuchen und . . ." Lady Sarah hielt kurz inne.
„Ich darf gar nicht daran denken!"
Der Oberst hatte ihr offenbar gar nicht zugehört. Er stand in
tiefem Nachdenken versunken da, rieb sich plötzlich die Hände
und griff dann noch einmal in die Säbeltasche. Er holte einen in ein
weißes Tuch eingehüllten Gegenstand heraus, schlug das Tuch
zurück und zeigte ihn Lady Sarah.
Sie blickte auf eine Birne, eine hübsch in zartem Grün und
einem Hauch Rot bemalte Birne aus Marzipan.
„Ich habe zwei gekauft, für jede meiner Töchter eine!" erklärte
Luís Sotomayor, zog den kurzen Dolch aus der Scheide und teilte
die Marzipanfrucht.
„Danke, nein", wehrte Lady Sarah ab, als er ihr eine der Hälften

reichte. „Das ist doch ein Geschenk für Ihre Kinder." Doch die Frucht sah so verlockend aus, daß sie ihm am liebsten beide Teile aus der Hand gerissen und aufgegessen hätte.

„Zieren Sie sich nicht", entgegnete er lächelnd und biß in eine Hälfte. „Die andere Birne ist mehr als genug, selbst wenn Elena und Mariana sie sich teilen müssen."

Zögernd akzeptierte Lady Sarah die ihr zugedachte Hälfte, brach ein Stückchen ab und ließ es genüßlich auf der Zunge zergehen. Im selben Moment dachte sie daran, daß sie noch vor einem Jahr in England die Nase gerümpft hätte, wäre ihr eine Marzipanfrucht angeboten worden.

Der Colonel gab ihr das Tuch zum Reinigen der Finger und steckte es dann wieder in die Säbeltasche. „Nun ist es uns ergangen wie den Heiligen Drei Königen", bemerkte er lächelnd.

„Den Heiligen Drei Königen?" wiederholte Lady Sarah verständnislos.

„Ja, es waren drei Weise, die aus dem Morgenland nach Bethlehem zogen, um dem allmächtigen König zu huldigen, dessen Geburt die Propheten vorhergesagt hatten. Sie brachten ihm kostbare Geschenke mit, doch unterwegs verteilten sie viele der Gaben an die Bedürftigen."

Unversehens warf der Oberst sich in Pose, stemmte die Hände in die Seiten und sang mit tiefer, vollklingender Stimme: „Dort kommet die Alte, den Korb voller Gaben in den Armen sie hält. Die Mutter Maria, sie soll damit laben das Kind in der Krippe, den Erlöser der Welt."

„Dieses Lied habe ich vor kurzem noch in Salamanca gehört", sagte Lady Sarah lächelnd, nachdem Luís Sotomayor zu Ende gesungen hatte. „Die Straßenkinder trugen es vor und bettelten um eine Münze."

„Ich werde Sie nicht um einen Real anbetteln", erwiderte der Coronel und zwinkerte Lady Sarah verschmitzt zu. „Andere Dinge könnte ich vielleicht von Ihnen erbitten, Doña Sarah, aber Geld ganz sicher nicht!"

Sie spürte, daß ihr die Röte in die Wangen stieg, und verlegen senkte sie den Blick.

„Es ist Zeit, uns auf den Weg zu machen", sagte Coronel Sotomayor. „Wir werden eine Weile gehen, damit das Pferd sich etwas erholen kann."

Stets im Schutz der Bäume bleibend, bewegten sie sich weiter. Der Oberst führte den Hengst am Zügel, warf hin und wieder einen besorgten Blick zum trüben Himmel und hielt wachsam Ausschau, ob irgendwo Gefahr im Verzug sei. Nicht eine Sekunde ließ seine Aufmerksamkeit nach.

„Anders als in der Gegend, in der ich lebe, sind wir hier in einem sehr armen Teil Spaniens", erläuterte er plötzlich. „Alle durchziehenden Truppen plündern und nehmen den Leuten auch noch das letzte Hab und Gut fort. Kein Wunder, wenn die Bauern mißtrauisch geworden sind. Doch selbst wenn es Proviant gäbe, könnte ich nichts kaufen, denn meine Geldkatze ist leer. Ich habe Burgos in ziemlicher Hast und Eile verlassen."

„Sie kommen aus Burgos? Das ist mittlerweile in der Hand der Franzosen, nicht wahr?"

Der Oberst antwortete nicht, und Lady Sarah machte sich darauf gefaßt, daß er wieder eine ganze Weile schweigend neben ihr hergehen würde.

Gegen den Hunger ankämpfend, der durch das Stückchen Marzipan nicht besänftigt war, blickte sie sich sehnsüchtig nach einer Ortschaft um. Doch in der endlosen Weite der Hochebene war nirgendwo ein Dorf, nicht einmal eine Finca zu sehen, wo man etwas Eßbares hätte kaufen können. Glücklicherweise besaß Lady Sarah ja noch die wenigen Münzen, die ihr von den Franzosen nicht abgenommen worden waren, und auch die goldenen Ohrringe mit den tropfenförmigen Pendeloques aus Perlen, Rubinen und roten Diamanten, über denen zwei Täubchen einen großen Topas im Schnabel hielten. Damit ließe sich gewiß etwas Nahrhaftes erstehen.

„Machen Sie sich keine Sorgen, Señora", sagte Colonel Sotomayor plötzlich und sah sie mitfühlend an. „Heute und morgen werden Sie nicht gleich vor Hunger sterben."

Nach einiger Zeit beschloß er, die Reise zu Pferd fortzusetzen. Er hob Lady Sarah hinter dem Sattel auf den Rappen, saß auf und trieb das Tier zu schnellem Trab an. Doch es dauerte Stunden, bis in der Dunkelheit endlich die Umrisse eines Klosters auftauchten.

In einiger Entfernung von dem hohen Eichenportal der Abtei zügelte der Oberst den Hengst, schwang sich aus dem Sattel und half Lady Sarah vom Pferd.

„Warum sind Sie nicht näher herangeritten?" fragte sie verwundert. „Jetzt müssen wir so weit laufen!"

Luís Sotomayor schüttelte den Kopf. „So ist es besser, Señora", erwiderte er leise. „Ich vertraue niemandem. Nicht einmal den Mönchen."

„Zu mir können Sie Vertrauen haben", sagte sie spontan.

„Das weiß ich."

Schleppenden Schrittes, da ihr vom langen Ritt die Beine weh taten, ging sie etwas mißmutig neben dem Oberst zum Tor. Er zog am Klingelzug, und hinter der kleinen Seitentür ertönte eine helle Glocke. Im selben Moment schlugen irgendwo im Kloster die Wachhunde an.

Ängstlich raffte Lady Sarah die Rotonde fester um die Brust und schaute besorgt auf das Portal, darauf gefaßt, daß gleich eine wüste Horde französischer Soldaten herausstürmen und sie gefangennehmen würde.

Die Sprechklappe des Seitentürchens wurde geöffnet, und das faltige, verwitterte Gesicht eines alten Ordensbruders war zu sehen.

„Guten Abend, mein Sohn", begrüßte er den Coronel, kniff die Augen zusammen und schaute Lady Sarah blinzelnd an. „Willkommen, meine Tochter", fügte er nach kurzem Zögern mit sanfter Stimme hinzu.

Luís Sotomayor nahm Lady Sarah bei der Hand und zog sie näher an das Tor heran. „Sind Franzosen bei euch, Padre?" erkundigte er sich leise.

Der Mönch warf ihm einen warnenden Blick zu und flüsterte: „Sie waren hier. Jetzt sind sie fort, aber bestimmt noch in der Nähe. Kommt herein, meine Kinder!"

Gleich darauf wurde ein Riegel zurückgeschoben, die Seitentür ging auf, und der Pförtner in der schwarzen Kutte winkte die Besucher in den Klosterhof.

Der Colonel führte den Hengst am Zügel und wartete, bis der Mönch den schweren Eisenriegel wieder in die Halterung geschoben hatte.

Der Pförtner ging zum Stall voran und zeigte dem Oberst, wo er das ermattete Tier versorgen konnte. Anschließend bedeutete er dem Coronel und seiner Begleiterin mit einer freundlichen Geste, ihm zu folgen.

Die hohen, spitzen Bögen des Kreuzganges warfen das Echo der Schritte zurück, die auf den ausgetretenen Steinfliesen hohl und dumpf klangen. Der Mönch öffnete eine schmale, von kunstvoll gemeißelten Säulen flankierte Tür und bat die Gäste in das Haus. Er führte sie durch einen endlos scheinenden, dämmrigen Korridor und über eine breite Treppe in einen von Kerzen erleuchteten Saal.

In hochlehnigen, geschnitzten Holzsesseln saßen mehrere Ordensbrüder lesend vor dem flackernden Kaminfeuer. Alle waren betagt, hatten graue oder weiße Haare und Bärte, knochige Hände und zerfurchte, vom Alter gezeichnete Gesichter. Der eine oder andere warf den Fremden einen flüchtigen Blick zu, ehe er sich wieder in sein Stundenbuch vertiefte.

„Können wir etwas zu essen bekommen, Padre?" fragte Luís Sotomayor in gedämpftem Ton.

„Gleich, mein Sohn", antwortete der Mönch. „Hab Geduld. Setzt euch, meine Kinder." Er wies auf die lange Holzbank neben dem schweren blankpolierten Eichentisch, der weit vom Feuer entfernt stand, nickte den Besuchern kurz zu und verließ das Refektorium.

Lady Sarah nahm Platz und kuschelte sich fröstelnd in den wollenen Umhang. Bis der Padre zurückkam, verging eine geraume Weile, doch schließlich wurde die Tür geöffnet, und der alte Mönch trat mit zwei dampfenden Schalen ein.

Er stellte die irdenen Schüsselchen auf den Tisch und legte zwei Löffel daneben. Der Duft der Hafergrütze ließ Lady Sarah das Wasser im Mund zusammenlaufen, und sie schenkte dem Bruder Pförtner ein dankbares Lächeln.

„Kann ich mir irgendwo die Hände waschen, Padre?" fragte sie leise und wunderte sich, warum die anderen Mönche plötzlich zu ihr herüberblickten und auf die Eßnäpfe schauten.

Der Ordensbruder nickte und zeigte ihr und dem Coronel den Weg in die Küche.

Auf der Schwelle blieb Lady Sarah wie angewurzelt stehen. Vier kleine Kinder mit schmalen, blassen Gesichtern starrten sie an. Sie waren so ausgemergelt, daß ihnen die ärmlichen Sachen um die mageren Körper schlotterten.

„In diesen schlechten Zeiten ist Nahrung knapp", murmelte Luís Sotomayor. „Die Padres teilen das Wenige, das ihnen geblieben ist, mit diesen halbverhungerten Geschöpfen."

Plötzlich fühlte Lady Sarah sich beschämt. Noch bis vor einigen Tagen hatte sie keinen Gedanken daran verschwendet, was der Krieg für die darbende Landbevölkerung bedeuten mußte, und auch jetzt dachte sie nur daran, ihren eigenen leeren Magen so schnell wie möglich zu füllen.

„Unser allmächtiger Herr Jesus sagte", äußerte der Bruder Pförtner ruhig, „daß die Ärmsten der Armen mitten unter uns sind. Das war immer so, Señora, und wird stets so sein. Kommen Sie, dort am Becken können Sie sich die Hände reinigen."

Sie nickte, machte jedoch keine Anstalten, einen Schritt weiter in den Küchenraum zu gehen. Unter den vier Kindern war ein noch sehr junges Mädchen, das sie aus dunklen, in dem hohlwangigen Gesichtchen viel zu großen Augen ansah, während es sich an die Hand eines anderen älteren Mädchens klammerte.

„Haben diese Kinder etwas gegessen?" fragte Lady Sarah, nachdem sie die innere Starre überwunden hatte.

„Gott der Herr wird sie ernähren", antwortete der Bruder Pförtner achselzuckend.

Lady Sarah warf ihm einen irritierten Blick zu, drehte sich dann spontan um und lief in das Refektorium zurück. Sie nahm die beiden Tonschalen und das Besteck, trug alles in die Küche und winkte die Kinder zu sich heran. Sie nahm auf einer abgescheuerten Holzbank Platz, zog das kleine Mädchen auf den Schoß, bedeutete dem anderen, sich neben sie zu setzen und gab ihm einen der Löffel.

„Ist das deine Schwester?" erkundigte sie sich mitfühlend.

„Sí, Señora. Sie heißt Cardona, und ich bin Isaura."

„Gut, Isaura. Du wirst Cardona füttern. Ein Löffelchen für sie und zwei für dich."

Wortlos tauchte Isaura den Löffel in den Haferschleim und hielt ihn Cardona an den Mund. Das kleine Wesen öffnete die Lippen wie ein Vögelchen den winzigen Schnabel und schlang gierig den warmen Brei herunter. Lady Sarah hielt das dürre Kind an sich geschmiegt und schaute den Coronel an.

„Geben Sie den beiden Jungen die andere Schale, Colonel", sagte sie in bestimmendem Ton. „Und hatten Sie nicht noch eine zweite Marzipanbirne?"

Ein flüchtiges Lächeln huschte über Luís Sotomayors Gesicht.

„Ja. Ich werde sie in vier gleiche Stückchen teilen, und wir begnügen uns mit dem Duft, wie mir scheint", erwiderte er schmunzelnd.

Lady Sarah lachte auf, doch das Lachen verging ihr, als Cardona sie erschrocken anblickte. „Oje, mein Kleines", murmelte sie betroffen. „Hast du noch nie einen Menschen lachen gehört? Dieser furchtbare Krieg!"

Der Obrist reichte den beiden Jungen die zweite Schale Hafergrütze, holte die Marzipanbirne aus der Säbeltasche und zerschnitt die Süßigkeit in vier gleiche Teile.

Bald war kein Rest des Haferschleims in der irdenen Schüssel verblieben, und Luís Sotomayor gab jedem der Kinder ein Stückchen Marzipan. Die Jungen und Mädchen leckten sich die Finger ab, und behaglich seufzend kuschelte Cardona sich an Lady Sarah.

Unwillkürlich traten ihr die Tränen in die Augen, und rasch nahm der Colonel ihr das Mädchen ab und drückte es sanft an die Brust. Gemächlich in der Küche hin und her gehend, begann er, eine besänftigende Melodie zu summen.

Lady Sarah tupfte sich die Augen aus und stand auf. Entschlossen öffnete sie das Réticule, entnahm ihm einen Real und reichte ihn dem Bruder Pförtner.

„Gott vergelte es Ihnen, Señora", bedankte er sich und schob die Münze in die Brustfalten der schwarzen Kutte.

„Es ist gut, Padre, auf die Hilfe des Allmächtigen zu bauen", erwiderte sie, „aber manchmal ist es geraten, sich irdischer Mittel zu bedienen."

Der Mönch nickte, ging zu dem über dem verglimmenden Feuer hängenden Kessel und schöpfte die letzten Reste der Hafergrütze in zwei weitere flache Tonschalen.

Lady Sarah war ihm für das Wenige, das er ihr bieten konnte, von Herzen dankbar und widmete sich schweigend dem Essen.

Luís Sotomayor setzte sich auf die Bank und wiegte die kleine Cardona in den Armen, während er sich sättigte. Es dauerte nur einen Moment, bis das Kind eingeschlummert war.

„Legen Sie Cardona doch auf die Bank, Colonel", sagte Lady Sarah. „Dann kann sie dort in Ruhe schlafen."

Er strich dem Kind über den schwarzen Lockenschopf, hielt es jedoch nur noch fester an der Brust geborgen. Sein Blick war in die

Ferne gerichtet, und unwillkürlich fragte Lady Sarah sich, ob er an seine Töchter dachte.

Plötzlich hatte sie das Bedürfnis, das Kloster so schnell wie möglich zu verlassen. Am liebsten hätte sie den Colonel aufgefordert, sie auf dem kürzesten Weg nach Lissabon zu bringen. Sie wußte, sobald sie bei den englischen Truppen war, würde sie den Duke of Wellington notfalls auf den Knien anflehen, ihr die Möglichkeit zu verschaffen, mit dem nächsten Schiff nach Portsmouth zu segeln.

Isaura zupfte den Oberst am Mantelärmel und streckte ihm die Hände entgegen. So in die Wirklichkeit zurückgebracht, lächelte er schwach und übergab dem Mädchen die kleine Schwester. Der Bruder Pförtner scharte die Kleinen um sich und führte sie aus der Küche.

Luís Sotomayor blickte ihnen einen Moment hinterher, lehnte sich dann an den Tisch und schloß die Augen.

Lady Sarah wollte ihn bitten, dem Kloster auf der Stelle den Rücken zu kehren und die Reise fortzusetzen, doch sie merkte, daß der Colonel eingeschlafen war. Eine kleine Falte stand zwischen seinen Brauen, und Lady Sarah sah seiner erschöpften Miene an, wie sehr er des Schlafes bedurfte.

Die verglimmende Glut in der Esse verströmte wenig Wärme, und der Raum wurde zunehmend kühler. Schließlich streckte Lady Sarah sich auf der Bank aus, raffte die Rotonde fester um sich und legte den Kopf auf den Oberschenkel des Colonels.

Luís Sotomayor zuckte zusammen, wurde wach und straffte sich. Sekunden später entspannte er sich wieder, und gleich darauf hörte Lady Sarah seine regelmäßigen Atemzüge.

Sie spürte den Lederbeutel mit den in Salamanca angefertigten Abschriften auf der Brust und legte, schon von bleierner Müdigkeit überkommen, die Hand darauf. Nur wenige Minuten vergingen, bis auch sie tief und fest eingeschlafen war.

Ein Geräusch ließ Lady Sarah wach werden. Zögernd schlug sie die Lider auf. Der Raum war noch in Dunkelheit gehüllt, doch vor dem Herd erkannte sie einen Ordensbruder, der sich hingekniet hatte und durch starkes Pusten das fast ganz erloschene Feuer anzufachen trachtete.

Er hustete, blies wieder kräftig auf die schwach glimmende Glut und warf einige trockene Reiser in die bläulich zuckenden Flämmchen. Dann klopfte er sich die Hände ab, stand auf und legte größere Scheite von einem Stoß nach, der neben der Esse aufgeschichtet war.

Coronel Sotomayor war munter und schaute sich mit verständnislosem Blick um, als müsse er sich erst wieder in Erinnerung rufen, wo er sich befand. Er schien wenig geschlafen zu haben und wirkte übernächtigt und abgespannt.

Langsam richtete Lady Sarah sich auf, dehnte die verspannten Glieder und erhob sich von der Bank.

Der Mönch drehte sich um und schaute den Oberst an. „Guten Morgen, mein Sohn", begrüßte er ihn. „Heute früh haben wir erfahren, daß die Franzosen aus ihrem Lager südwestlich von hier fortgezogen sind. Es wäre besser, wenn auch Sie mit Ihrer Begleiterin das Kloster unverzüglich verlassen würden."

„Können Sie Colonel Sotomayor Ihre Gastfreundschaft nicht ein wenig länger gewähren?" fragte Lady Sarah verstimmt. „Sie sehen doch, daß er der Ruhe bedarf!"

Der Ordensbruder neigte leicht den Kopf, und ein dünnes Lächeln lag auf seinen schmalen Lippen. „Señora, auch wir möchten unseren Frieden haben!"

Lady Sarah lag eine scharfe Antwort auf der Zunge, doch der Colonel erhob sich und machte eine abwehrende Geste. Er nahm Lady Sarah beim Arm und drängte sie zum Ausgang.

„Aber das verstößt doch gegen das Gebot der christlichen Nächstenliebe!" murmelte sie verärgert.

„Señora, ich will mein Glück nicht unnötig auf die Probe stellen!" entgegnete der Oberst ruhig.

„Colonel, Sie sind . . ."

„Hören Sie, Señora", unterbrach er sie. „Auch für die Mönche sind es harte Zeiten! Sie leiden unter dem Krieg ebenso wie wir alle! Und wir beide stellen für Sie ein großes Risiko dar, wenn die Franzosen erfahren sollten, daß man uns hier Unterschlupf gibt."

„Das ist lächerlich!" widersprach Lady Sarah. „Diese Ordensbrüder sind Ihre Landsleute. Es wäre eine Selbstverständlichkeit, zu Ihnen zu halten!"

Mit einer hilflosen Gebärde hob Luís Sotomayor die Hände.

„Seien Sie nicht so starrköpfig, und mischen Sie sich nicht in Dinge ein, von denen Sie nichts verstehen, Señora!" Er öffnete die Küchentür, zog Lady Sarah mit Nachdruck in den dämmrigen Korridor und strebte der Treppe zu, die in den Innenhof hinunterführte.

Wider Willen spürte Lady Sarah, daß ihr die Augen feucht wurden, und mit einer ärgerlichen Bewegung wischte sie die Tränen von den Wangen. „Entschuldigen Sie, Colonel", sagte sie steif. „Spanier sind wirklich schwer zu verstehende Menschen. Wie gut, daß Engländer nicht so gefühlsbetont sind und viel nüchterner denken!"

Plötzlich, ehe sie recht wußte, wie ihr geschah, hatte Luís Sotomayor sie in die Arme genommen und drückte sie sanft an die Brust. „Sie hätten nicht so lange in staubigen Archiven hocken sollen, Doña Sarah", erwiderte er leise. „Hätten Sie mehr Kontakt mit Spaniern gehabt, würden Sie unsere Mentalität gewiß besser verstehen! Nein, wir sind tatsächlich nicht wie die Engländer. Ist das denn so schlimm?"

„Ich wollte Sie nicht kränken, Colonel", antwortete Lady Sarah betroffen. „Aber hier ist alles so fremd für mich."

„Ich weiß, für Sie ist es schwer, sich mit unseren für Sie ungewohnten Sitten und Gebräuchen zurechtzufinden, und vor allem mit unserem gänzlich anders gearteten Wesen." Luís Sotomayor schob Lady Sarah ein Stückchen von sich fort und schaute sie ernst an. „Eigentlich wollte ich es Ihnen nicht erzählen. Die vier Kinder, die gestern abend in der Küche waren, mußten mit ansehen, wie ihre Eltern umgebracht wurden, weil sie einem Deserteur aus Wellingtons Armee Zuflucht gewährt haben."

„Oh, nein!"

„Leider ist es wahr. Jetzt verstehen Sie vielleicht, warum ich die Mönche nicht in Gefahr bringen will."

Lady Sarah nickte und sagte spontan: „Gehen Sie voraus, Colonel. Ich bin gleich bei Ihnen."

Sie löste sich aus seinen Armen, drehte sich um und lief rasch zum Refektorium.

„Señora! Wo wollen Sie hin?" hörte sie den Oberst ihr erstaunt nachrufen.

Unbeirrt eilte sie in den Remter. Die Kinder lagen, eng aneinandergekuschelt, vor dem erloschenen Kaminfeuer. Die Luft im Speisesaal war so kalt, daß Lady Sarah den Hauch sehen konnte. Sie kniete sich neben Isaura, die ihre kleine Schwester eng an den mageren Körper geschmiegt hielt, und schaute die beiden Mädchen einen Moment unschlüssig an.

„Und nun seid ihr auf den guten Willen und die Hilfsbereitschaft fremder Menschen angewiesen", flüsterte sie mitleidig. „Dann ergeht es euch genau wie mir."

Impulsiv machte sie das Réticule auf, schüttete die ihr noch verbliebenen Münzen heraus und drückte sie Isaura in die Hand. Fest schloß sie die Finger des schlafenden Kindes um das Geld, strich dem Mädchen über die schwarzen Locken und fühlte sich glücklich, als ihm im Schlaf ein schwaches Lächeln über das schmale, hohlwangige Gesichtchen huschte.

„Geh sparsam damit um, Kleines", sagte sie in gedämpftem Ton, streichelte kurz Cardonas blasse Wange und stand auf. Nach einem letzten Blick auf die vier Waisen verließ sie auf Zehenspitzen den Refektoriumssaal und eilte, begleitet vom Morgenchoral der Mönche, der aus der Klosterkapelle herübertönte, in den Innenhof.

Colonel Sotomayor hatte den Rappen bereits aufgezäumt. Er überprüfte soeben den Sitz des Sattelgurts und richtete sich auf, als Lady Sarah neben ihn trat.

„Ich glaube, heute werden wir es fast bis zur Grenze schaffen", meinte er zuversichtlich. „Nun bitte ich Sie, Señora, mich einen Moment zu entschuldigen." Energischen Schrittes kehrte er in das Klostergebäude zurück.

Ein eisiger Wind fegte durch den Hof, und fröstelnd nestelte Lady Sarah sich tiefer in die Rotonde. Ihre Gedanken kreisten um das bevorstehende Christfest. Wie viele Tage waren es eigentlich noch bis Weihnachten? Oder war es gar schon vorbei? Seit den schrecklichen Ereignissen in Salamanca hatte sie jedes Zeitgefühl verloren.

Frierend rieb sie sich die Arme, während sie auf den Oberst wartete. Jetzt schämte sie sich ihres Betragens. Auch sie würde lernen müssen, sich mit der Realität abzufinden und die Dinge so zu nehmen, wie sie kamen. Spanier waren eben bessere Lebenskünstler als Engländer und gewohnt, sich widrigen Gegebenheiten anzupassen. Und wenn sie die Abschriften, die sie in dem Ledertäschchen unter dem Kleid versteckt trug, sicher in die Heimat bringen wollte, konnte sie sich keine Gefühlsausbrüche erlauben. Sie nahm sich fest vor, sich in Zukunft im Beisein des Oberst nicht mehr gehenzulassen.

Endlich kam er zurück und streifte sich im Gehen die Handschuhe über. Bei seinem Anblick entschlüpfte ihr ein Seufzer der Erleichterung, und sie schenkte dem Colonel ein strahlendes Lächeln.

Überrascht erwiderte er es. „Ihr Engländer seid eigenartige, unberechenbare Menschen", stellte er trocken fest.

„Sie würden uns besser verstehen, Colonel", erwiderte sie schmunzelnd, „wenn Sie mehr Umgang mit Engländern hätten. Im übrigen möchte ich mich für mein verständnisloses Benehmen entschuldigen."

Luís Sotomayor deutete eine knappe Verneigung an. „Nicht nötig, Señora. Ich hatte den kleinen Zwischenfall längst vergessen." Unversehens schwand seine unbeschwerte Miene, und ein besorgter Ausdruck trat in seine Augen. „Ist etwas nicht in Ordnung, caria? Sie machen einen bedrückten Eindruck, wie ich finde."

Im ersten Moment glaubte sie, sich verhört zu haben. Der Oberst schien sich nicht bewußt zu sein, daß er sie in sehr vertraulicher Form angesprochen hatte. „Ich habe Angst", antwortete sie beklommen. „Angst davor, was die Zukunft bringen mag."

„Das kann ich gut verstehen", erwiderte Luís Sotomayor. „Ich würde auch lieber mit einer meiner Töchter vor mir im Sattel durch meine Orangenhaine reiten statt durch diese rauhe Einöde. Aber das Vaterland braucht mich!"

„Fürchten Sie sich nie?"

„Mir sitzt ständig die Angst im Nacken, Señora", gestand der Coronel achselzuckend. „Das kann ich nicht ändern. Es ist besser, die Zähne zusammenzubeißen und tapfer zu sein, wenn man keine andere Wahl hat. So, und nun sollten wir abreisen. Nanu, warum starren Sie mich so fassungslos an?"

„Colonel, wo ist Ihr Feldmantel? Haben Sie ihn absichtlich im Kloster gelassen? Vor wenigen Minuten hatten Sie ihn doch noch an!"

„Ich wollte ein gutes Werk tun und fand, den beiden halbverfrorenen Burschen würde er bessere Dienste leisten als mir. Also, können wir jetzt losreiten?"

Lady Sarah schaute den Oberst nachdenklich an, knöpfte dann

kurz entschlossen die Rotonde auf und gab sie ihm. „Hier, nehmen Sie meinen Umhang, Colonel, wenn Sie unbedingt bei den Kindern Weihnachtsmann spielen wollen. Ich werde vor Ihnen aufsitzen, und dann können wir beide uns einhüllen."

Verblüfft nahm er die Rotonde entgegen, hielt sie einen Augenblick unentschlossen in der Hand und warf sie sich dann um die breiten Schultern. Er hob Lady Sarah auf das Pferd, schwang sich hinter ihr in den Sattel und griff an ihr vorbei nach den Zügeln, die er lose um den Knauf geschlungen hatte.

„Wie Sie meinen, Señora", sagte er gelassen. „Ich werde mich deswegen nicht mit Ihnen streiten. Sie scheinen jedoch nicht zu wissen, daß es den Weihnachtsmann in Spanien nicht gibt. Hier freuen die Kinder sich auf das Kommen der Heiligen Drei Könige." Luís Sotomayor lehnte sich vor, und sein Atem streifte Lady Sarahs Wange. „Der kleinen Isaura waren die Münzen aus der Hand gefallen. Ich habe sie ihr unter den Rockzipfel geschoben. Auf diese Weise bleiben sie wenigstens dem Mönch verborgen, und wenn das Mädchen aufwacht, wird es das Geld finden. War das Ihre ganze Barschaft?"

Lady Sarah zuckte mit den Schultern. „Ja, aber ich habe es Isaura gern gegeben. Sie sagten doch, wir würden heute die Grenze erreichen. In Portugal begebe ich mich dann in den Schutz der englischen Armee. Sie wird für mich sorgen, bis ich in Lissabon bin, zu einer Bank gehen und mir mit einer Schuldverschreibung auf das Konto meines Vaters die nötigen Mittel besorgen kann. Und wenn alle Stricke reißen sollten, habe ich immer noch ein recht wertvolles Ohrgehänge, das sich zu Geld machen ließe, damit wir uns durchschlagen können."

Luís Sotomayor schlug die Zipfel des Umhanges um Lady Sarah und sagte: „Halten Sie die Enden gut fest, Señora!" Dann gab er dem Hengst die Sporen und ließ ihn zum Ausgang trotten.

Der Bruder Pförtner stand bereits neben dem Portal, öffnete die beiden Flügel und winkte den Besuchern freundlich nach, als sie an ihm vorbei in die trübe Morgendämmerung ritten.

★

Wabernder Dunst hing über der weiten, kahlen Ebene, und behutsam lenkte der Oberst das Pferd über den steinigen Pfad. In der nebligen Luft zeichneten sich die Umrisse der Berggipfel als graue zerklüftete Silhouetten ab, die bald näher waren und dann wieder ganz am Horizont verschwanden.

Nach einiger Zeit hielt Luís Sotomayor den Rappen an, stellte sich in die Steigbügel und schaute angestrengt nach vorn in die sich langsam lichtenden Dunstschleier.

„Sehen Sie dort, Señora!" sagte er und wies in die Ferne. „Wenn ich mich nicht täusche, ist das da ein französisches Bataillon. Wie gut, daß wir den Feind zuerst bemerkt haben! Ich werde einen anderen Weg einschlagen müssen."

Der Colonel setzte sich wieder in den Sattel und lenkte das Pferd nach rechts auf eine mit kahlem Buschwerk bewachsene Geröllhalde zu. Minuten später legte er Lady Sarah den Arm um die Taille und hielt sie fest, während der Rappe den Abstieg über einen steinigen Abhang begann.

„Nanu, was ist denn das?" fragte Luís Sotomayor erstaunt und drückte die Rechte gegen den flachen Lederbeutel, den Lady Sarah unter dem Kleid trug. „Ich weiß, es geht mich nichts an, aber ich bin doch neugierig."

„Lassen Sie das Tasten!" erwiderte sie scharf, und unverzüglich nahm der Oberst die Hand fort. „Ich sage es Ihnen auch so!"

Nachdem sie den Steilhang hinter sich hatten und in den Schutz eines ausgedehnten Wäldchens gelangt waren, berichtete sie dem Colonel in knappen Worten von den Nachforschungen, die sie und ihr Bruder in der Universitätsbibliothek von Salamanca vorgenommen hatten.

„Seit Jahrhunderten war die Wissenschaft davon überzeugt", fügte sie zum Schluß mit steigender Begeisterung hinzu, „daß alle Niederschriften, die Kolumbus auf seinen Seefahrten gemacht hat, in den Archiven von Cádiz und Simancas liegen. James hatte jedoch schon seit geraumer Zeit vermutet, daß auch in Salamanca Logbucheintragungen zu finden seien, die bisher nicht ausgewertet wurden. Er versicherte sich der Mithilfe eines Freundes, der seine Annahme bestätigte. Und nun trage ich die Kopien der Aufzeichnungen in diesem Ledertäschchen bei mir. Wir haben jedes Wort abgeschrieben!"

„Sie sind viel zu lange in Salamanca geblieben! War das die Sache wert?"

„Nein, natürlich nicht!" entgegnete Lady Sarah. „Aber niemand konnte damit rechnen, daß mein Bruder unter solchen Umständen den Tod finden würde! James wurde ohne Vorwarnung von den Soldaten erschossen. Sie ließen uns gar nicht die Zeit zu erklären, daß wir harmlose Wissenschaftler waren. Und jetzt sind diese Niederschriften das einzige, womit ich in der Öffentlichkeit die Erinnerung an meinen Bruder wachhalten kann."

Lady Sarah schwieg einen Moment gedankenverloren und dachte an die Äußerung, die der französische Kavallerist nach dem Überfall auf das Lager der Engländer gemacht hatte. Nach kurzem Zögern entschloß sie sich, dem Oberst ihre Befürchtungen mitzuteilen.

„Colonel Sotomayor", sagte sie, drehte sich halb zu ihm herum und schaute ihn ernst an, „ich muß Ihnen etwas gestehen. Es ist nur recht und billig, daß Sie Bescheid wissen. Ich glaube, die Franzosen verfolgen mich, weil Sie irgendwie herausgefunden haben, daß ich im Besitz der Aufzeichnungen bin. Eine andere Erklärung kann ich mir nicht denken."

Luís Sotomayor erwiderte nichts.

„Ich weiß wirklich nicht, was an diesen Dokumenten für General Clauzel so von Bedeutung sein kann", fuhr Lady Sarah bedrückt fort, „aber offensichtlich legt er großen Wert darauf, sie in die Hände zu bekommen. Es tut mir leid, Colonel, daß Sie durch mich nun noch mehr Schwierigkeiten haben."

„Als ich mich bereit erklärte", sagte der Oberst, „Sie nach Ciudad Rodrigo zu bringen, hatte ich keine Ahnung, daß Sie eine so gefährliche Frau sind, Señora!"

„Ich bedaure es außerordentlich, daß ich Ihnen solche Umstände mache. Bitte, lassen Sie mich jetzt nicht im Stich!"

„Wie kommen Sie auf diese Idee?" fragte er irritiert. „Muß ich Ihnen noch einmal erläutern, was Spanier unter Ehrgefühl verstehen?"

„Nein!" entgegnete Lady Sarah kleinlaut und lächelte plötzlich. „Ich wünschte, Sie würden mich Sarah und nicht dauernd Señora oder Doña Sarah nennen!"

„Dann bestehe ich darauf, daß auch Sie mich mit dem Vornamen ansprechen, . . . Sarah. Ich heiße Luís."

Lady Sarah setzte sich wieder gerade hin und schaute nach vorn in die Ferne. „Ich vermute, Luís, die Liste Ihrer Titel ist wahrscheinlich noch viel länger als die meines Vaters."

„Das ist gut möglich", murmelte der Colonel. „Ich entstamme tatsächlich einer sehr alten, einflußreichen spanischen Adelsfamilie und trage viele ehrwürdige Titel. Mein Besitz ist groß, doch die meisten meiner Ländereien sind durch den Krieg verwüstet und der Viehbestand vernichtet worden."

„Eines Tages werden Sie gewiß in der Lage sein, Ihre zerstörten Häuser wiederaufzubauen und sich neue Herden zuzulegen."

„Sicher", stimmte Luís Sotomayor zu. „Im Moment würde ich jedoch selbst die letzte Ackerkrume für ein Schälchen Hafergrütze tauschen."

„Und ein Stück Wurst!" sagte Lady Sarah lachend.

„Und etwas Käse!"

„Und eine Orange!" fügte Lady Sarah sehnsüchtig hinzu.

Auch der Oberst lachte. „Sie können sich nicht vorstellen, Sarah, wie viele Orangen ich Ihnen geben könnte! Nur leider sind sie im Augenblick in unerrreichbarer Ferne!" Er legte den Arm fester um Lady Sarah. „Im Frühling, wenn die Haine blühen, ist die Luft von einem unglaublich schweren, betörenden Duft erfüllt. Liria hat stets die Fenster und Flügeltüren weit offengelassen, und dann war der Fußboden immer mit weißen Blütenblättern übersät. Es war wundervoll!"

„Vermissen Sie Ihre Gattin, Luís?" fragte Lady Sarah mitfühlend und errötete im selben Moment über ihre Dreistigkeit.

Der Oberst war nicht verstimmt. „Selbstverständlich!" erwiderte er mit Nachdruck. „Als Liria starb, hatte ich keine Möglichkeit, nach Hause zurückzukehren. Die Umstände ließen es nicht zu. Ich war . . . sehr beschäftigt und viel zu weit fort." Luís Sotomayor seufzte. „Was hätte ich gegeben, meine Frau noch einmal sehen zu können! Sie fehlt mir, Tag und Nacht, Sarah. Besonders nachts, wenn ich mich umdrehe und sie nicht neben mir liegt. Ich habe sie immer geneckt, sie würde das ganze Bett mit Beschlag belegen und mich ständig an den Rand drängen. Heute würde ich mich darüber nie mehr beschweren, könnte ich sie wieder bei mir haben."

„War es Liebe auf den ersten Blick?" erkundigte Lady Sarah sich bewegt.

Der Colonel lachte auf. „Nein! Unsere Väter hatten diese Ehe arrangiert. Ich habe Liria zum ersten Male an unserem Hochzeitstag gesehen. Wir hatten eben Glück, daß wir gut zueinanderpaßten und uns hervorragend verstanden. Es hätte auch anders sein können."

Luís Sotomayor rutschte unruhig im Sattel hin und her, straffte sich dann und zog die Zügel fester an.

„Wissen Sie, was mir eigentlich am meisten fehlt, Sarah?" fuhr er nachdenklich fort.

„Nein, natürlich nicht, Luís."

„Wenn ich etwas tat, das Lirias Mißfallen erregte, bekam sie einen liebevoll tadelnden Ausdruck in die Augen und nannte mich einen dummen Bauerntrampel."

„Das können Sie doch nicht wirklich vermissen, Luís!" wandte Lady Sarah lächelnd ein.

Er beugte sich vor, blickte sie aufmerksam von der Seite an und erwiderte ernst: „Sarah, wenn jemand mit einem anderen schimpft und ihn rügt, heißt das, es liegt ihm etwas an diesem Menschen. Verstehen Sie, was ich meine? Denn wäre der andere ihm gleichgültig, würde er sich nicht die Mühe machen, ihn auf den Fehler oder Irrtum hinzuweisen."

„Unter diesem Gesichtspunkt habe ich das noch nie betrachtet", gab Lady Sarah zu.

„Und dann, wenn ich reumütig und zerknirscht war, nahm Liria mich in die Arme, drückte mich herzlich und gab mir einen Kuß. Ja, sie fehlt mir."

„Sehr?"

„Nun, die Zeit hat manches geändert. Ich bewahre mir die schönen Erinnerungen an meine Gattin und bin dankbar für die wundervollen Stunden, die wir gemeinsam verleben konnten. Und natürlich bin froh, daß sie mir zwei Töchter geschenkt hat. Aber es hat keinen Sinn, in der Vergangenheit zu leben, mag sie noch so wunderbar gewesen sein."

Der Wind hatte aufgefrischt, fegte über den harten, gefrorenen Boden des kahlen Plateaus und verwehte die dünne Schneedecke, die der Landschaft ein etwas freundlicheres Aussehen gegeben hatte. In der Ferne erhoben sich die bizarren Felsmassive der Cordilleren, halb verborgen hinter schweren, grauen Wolken, die über den fahlen Himmel jagten.

Lady Sarah fröstelte, zupfte die Enden der crèmefarbenen Rotonde enger vor der Brust zusammen und fragte sich, wie diese jetzt so öde, unwirtliche Gegend im Frühjahr aussehen mochte, wenn frisches Grün die Hochflächen bedeckte, Wildblumen im Grase erblühten und der Sonnenschein sich im klaren Wasser der Bergbäche spiegelte, die rauschend zu Tal strömten.

Stundenlang ging der Ritt über karge, menschenleere Ebenen, bis schließlich die ersten Gehöfte zu sehen waren. Die weißgekalkten Fincas lagen zunächst noch verstreut in der karstigen Landschaft, schutzlos Wind und Wetter ausgesetzt. Bald gruppierten die niedrigen Häuser sich jedoch zu kleinen Ortschaften, umgeben von verfallenden Mauern, aus deren Mitte eine alte, trutzige Kirche aufragte.

Der Oberst wich den Ansiedlungen stets in weitem Bogen aus und machte keine Anstalten, irgendwo anzuhalten und nach etwas Eßbarem zu fragen.

Schließlich konnte Lady Sarah die Ungeduld nicht länger bezähmen und sagte mißmutig: „Luís, können wir nicht in eines der Dörfer reiten und um Proviant bitten?"

„Nicht, solange die Franzosen noch vor uns sind", lehnte er barsch das Ansinnen ab. „Dort, wo die Armee durchgezogen ist, hat bestimmt jeder Einwohner den Auftrag bekommen, nach einem . . . nach einer Ausländerin Ausschau zu halten, auf die Ihre Beschreibung zutrifft, und die wahrscheinlich in Begleitung eines spanischen Soldaten ist. Noch schlimmer wäre es, würden die feindlichen Truppen uns folgen. Denn dann wären Sie uns gleich auf der Spur, wenn wir irgendwo einkehren würden. Bitte haben Sie Verständnis, Sarah, daß wir keinem Menschen vertrauen dürfen."

Sie nickte betroffen und versank in teilnahmsloses Schweigen. Es fiel ihr schwer, die Augen offenzuhalten, denn der Hunger, die Kälte und der lange Ritt machten sie müde.

Plötzlich verspürte sie einen unsanften Stoß in der Seite.

„Wachen Sie auf, Sarah!" sagte der Colonel unwirsch. „Sie dürfen nicht einschlafen!"

Im nächsten Moment hatte er den Rappen zum Stehen gebracht, sich aus dem Sattel geschwungen und sie vom Pferd gehoben. „Verteten Sie sich die Beine!" forderte er sie eindringlich auf. „Das wird Sie etwas beleben."

Widerspruchslos kam sie dem Befehl nach, hielt sich am Zaumzeug fest und ging tapfer, den Blick starr geradeaus gerichtet, neben dem Hengst her. Ohne den Umhang fror sie bald jämmerlich, aber die Kälte verfehlte die gewünschte Wirkung nicht.

„So, ich hoffe, Sie werden mir nun nicht gleich wieder einnikken", meinte der Oberst nach einer Weile, hielt das Pferd an und half Lady Sarah wieder hinauf. Dann saß er hinter ihr auf, breitete die Rotonde um sie und drückte ihr die Zipfel in die Hände.

„Ist Ihnen warm genug?" erkundigte er sich besorgt.

Sie nickte, lehnte den Kopf an seine Brust und genoß das Gefühl, sicher und geborgen zu sein.

Langsam stieg das Gelände an, wurde steiniger und unwegsamer. Der Rappe erklomm einen steilen Ziegenpfad, der hoch in die Berge führte. Ängstlich blickte Lady Sarah auf dem engen Felsengrat in die zerklüftete Tiefe der Klamm, doch das Tier setzte vorsichtig Schritt für Schritt, bis der gefährliche Aufstieg beendet war, und trabte dann schneller über die gewundenen Kehren des Passes.

„Verdammt!" murmelte der Oberst, sobald er freie Sicht hatte. „Das war ein Fehler!"

Nichts, kein Reiter oder gar eine Kavalkade, geschweige denn eine ganze Armee, waren zu sehen. Menschenleer erstreckte sich die ausgedehnte Ebene, so weit der Blick reichte.

„Wo sind die Truppen geblieben?" brummte Luís Sotomayor verblüfft. „Sie können sich doch nicht in Luft aufgelöst haben!"

„Vielleicht sind sie umgekehrt", meinte Lady Sarah hoffnungsvoll.

„Das wage ich zu bezweifeln", antwortete der Colonol. „Nun, wir werden eben besonders wachsam sein müssen."

Die schräg fallenden Strahlen der langsam sinkenden Sonne warfen lange Schatten über das Land. Das karstige Plateau ging jetzt in eine mehr und mehr bewaldete Gegend über. Zugefrorene Teiche schimmerten zwischen den Bäumen, und Coronel Sotomayor legte öfter eine Rast ein, damit das müde Pferd sich erholen und grasen konnte. Rauhreif glänzte an den Halmen, am Schilf und an den Binsen, doch der Hengst fand selbst unter diesen Bedingungen noch die Möglichkeit, sich Futter zu verschaffen.

Lady Sarah kniete sich ans Ufer, durchbrach die dünne Eisschicht mit einem Ast oder einem Stein und füllte den Zinnbecher bis zum Rand mit kaltem, klarem Wasser. Abwechselnd tranken sie und der Oberst, doch das inzwischen schon schmerzhafte Gefühl nagenden Hungers verließ sie nicht.

„Wir sind nicht mehr weit von der Grenze entfernt", bemerkte der Colonel. „Es wundert mich, daß wir bisher keine spanischen oder englischen Truppen gesehen haben. Hier war ein Kommando stationiert, früher jedenfalls."

„Wollen Sie damit andeuten, Luís, daß die Franzosen . . ."

„Ich weiß nicht, was das Fehlen jeglicher heimischer oder verbündeter Verbände zu bedeutend hat", unterbrach er sie kopfschüttelnd. „Ich weiß überhaupt nicht mehr, was ich von der Sache halten soll. Das schlimmste ist, daß ich keine Ahnung habe, wo der Feind sich im Moment befindet."

Lady Sarah legte dem Oberst die Hand auf den Arm. „Sie haben sich tapfer geschlagen, Luís", sagte sie anerkennend. „Ohne Sie wäre ich nie so weit gekommen! In Lieutenant Markwells Begleitung ganz gewiß nicht!"

„Sie sind eine liebenswürdige und liebenswerte Frau, caria", erwiderte Luís Sotomayor lächelnd, stand auf und zog sie auf die Füße. „Ich wundere mich", fügte er rauh hinzu und schaute ihr ernst in die Augen, „daß Sie nicht verheiratet sind. Verzeihen Sie mir die ungehörige Frage, aber stimmt mit den Kavalieren Ihres Heimatlandes etwas nicht?"

Sie lachte, fröhlich und unbeschwert, und hielt sich nach einem Moment die schmerzenden Seiten. „Natürlich ist mit den englischen Männern alles in Ordnung!" entgegnete sie und rang nach Atem. „Bisher hat jedoch keiner für mich Interesse gezeigt, weil ich den Herren der Schöpfung vermutlich zu belesen und gebildet bin! Ich fand es stets viel amüsanter und wichtiger, meine Nase in Bücher zu stecken, statt langweilige Aquaralle zu malen, Kissen zu besticken oder auf Bällen, die einer wie der andere sind, höfliche und nichtssagende Konversation zu machen!" Lady Sarah hielt inne, sah sich bedeutungsvoll um und setzte mit einer ausholenden Geste hinzu: „Ich würde jedoch sehr gern im Frühjahr wiederkommen, wenn alles grünt und blüht und die Sonne diese Landschaft überflutet. Das Spiel von Licht und Schatten, die gebrochenen Farben der Erde, die weißen Tupfer der Häuser vor dem dunklen Hintergrund der Berge, das alles eignet sich nicht gut für Pastellzeichnungen oder Aquarelle. Die mannigfachen Nuancen dieser herben Gegend kann man nur in Öl richtig einfangen."

Luís Sotomayor schmunzelte und deutete eine leichte Verneigung an. „Falls es je Frieden in meiner Heimat geben sollte, Sarah, haben Sie meine Erlaubnis, meine Orangenhaine im Süden zu malen. Ich bestehe sogar darauf, daß Sie dann wieder den Fuß auf spanische Erde setzen!"

„Sie bestehen darauf?" wiederholte Lady Sarah belustigt und fand es wunderbar, wie die blauen Augen des Colonels glänzten, sobald er lächelte.

„Ja! Ich bin dafür bekannt, daß ich die Leute herumkommandiere und meinen Willen durchsetze. Zu ihrem eigenen Besten, wie ich anmerken möchte!"

Sie warf ihm einen schelmischen Blick zu. „Ich könnte mich überreden lassen, Luís, nach Spanien zurückzukommen, aber nur, wenn es in Ihrer Nähe Universitätsbibliotheken, Klosterarchive oder sonstige wissenschaftliche Dokumentensammlungen gibt!"

„Unsinn!" entgegnete er, doch ein verschmitztes Lächeln lag um seinen Mund. „Hat Ihnen denn noch niemand gesagt, Sarah, daß Männer bei Frauen den Verstand als ganz überflüssige Zugabe empfinden?"

„Oh, viele Leute!" bestätigte sie gelassen und schmunzelte. „Das bekomme ich dauernd zu hören. Aber ich achte nicht auf solches Geschwätz!"

„Sehr klug gehandelt!" stellte der Colonel zufrieden fest. „Liria war auch eine sehr scharfsinnige, kultivierte und intelligente Frau. Viel vernünftiger jedenfalls als ich! So, und nun sollten wir uns wieder auf den Weg machen."

„Luís", sagte Lady Sarah langsam, während sie neben ihm zum Pferd zurückging, „wenn wir in Ciudad Rodrigo sind, sollten Sie sich den Fuß einmal von einem englischen Arzt untersuchen lassen."

Überrascht blieb der Colonel stehen. „Wie bitte? Was meinen Sie?"

„Nun, mir ist aufgefallen, daß Sie hinken", antwortete Lady Sarah etwas verlegen.

Er schüttelte den Kopf. „Ach, das gibt sich von selbst", erwiderte er leichthin. „Kein Grund zu Sorge."

Lady Sarah ließ das Thema auf sich beruhen. Nachdem der Oberst ihr auf den Rappen geholfen hatte, saß er selbst auf und hielt das Tier zu schnellem Trab an.

Die Abenddämmerung senkte sich über das Land, und nach einem langen Ritt blinkten plötzlich Lichter durch die Düsternis.

„Ist das Ciudad Rodrigo?" fragte Lady Sarah eifrig.

„Nein", antwortete Coronel Sotomayor. „Vermutlich ist es La Calera oder Cailloma. Wir . . ." Ein erschrockener Laut kam über seine Lippen, und im nächsten Moment sackte er nach vorn.

Lady Sarah wurde durch den Stoß fast vom Pferd geworfen, klammerte sich geistesgegenwärtig am Sattelknauf fest und griff nach den Zügeln, die dem Oberst aus den Händen gefallen waren. Sie hörte ihn röcheln und spürte seinen Kopf an ihre Schulter sinken.

„Luís!" schrie sie entsetzt auf, zerrte an den Zügeln und brachte den Rappen zum Stehen.

Blutgeruch lag in der Luft, und der Hengst warf unruhig den Kopf hin und her. Lady Sarah hatte Mühe, das nervöse Tier zu bändigen, da der Körper des Colonel wie eine reglose Masse auf ihr lag.

„Nicht anhalten, Sarah!" hörte sie ihn keuchen. „Ich glaube, jetzt . . . wissen wir, . . . wo die . . . Franzosen sind!"

Entschlossen griff sie hinter sich, tastete nach den Händen des Oberst und zog sie nach vorn. Sie drückte seine Finger fest um ihre Taille und gab dem Pferd durch einen scharfen Ruck an den Zügeln das Zeichen, sich sofort wieder in Bewegung zu setzen. Der erschöpfte Hengst schnaubte unwillig, galoppierte dann aber folgsam weiter.

Lady Sarahs Gedanken überstürzten sich. Der Schuß hatte bestimmt ihr gegolten. Der Schütze, wer immer er war, hatte auf eine Frau in crèmefarbener Rotonde und blauem Kleid gezielt. Was sollte sie jetzt tun? Wie konnte sie dem Colonel helfen? Hoffentlich war er nicht schwer verletzt!

Hastig warf sie einen Blick zurück, und der Anblick ließ ihr das Herz stocken.

Zum Halbkreis ausgeschwärmt, bereit, die Flüchtenden einzukesseln, jagte ihnen eine Horde feindlicher Soldaten nach.

Lady Sarah hielt auf die Lichter zu, doch der Oberst versuchte, ihr die Zügel aus den Händen zu winden.

„Nicht dorthin!" sagte er mit matter Stimme. „Die Leute . . . in den Grenzdörfern . . . sind nicht . . . loyal. Eine Finca, Sarah! Suchen Sie . . . ein einsames Gehöft!"

Sie mißachtete seine Worte und ließ den Rappen in vollem Galopp auf die Häuser zustreben. „Irgendwann ist man gezwungen, Luís, jemandem zu vertrauen", entgegnete sie ruhig und drückte kurz und aufmunternd seine Rechte.

Er atmete stoßweise und röchelnd. „Sarah", stöhnte er, „ich muß Ihnen etwas sagen."

„Nicht jetzt!" widersprach sie. „Überanstrengen Sie sich nicht! Sparen Sie die Kräfte, bis wir in Sicherheit sind."

In wilder Flucht näherten sie sich dem Dorf, doch Lady Sarahs schwache Hoffnung, Rettung zu finden, erstarb im Nu. Schemenhaft erkannte sie hinter der Ansiedlung, direkt am Ufer des Flüßchens und neben den Pfeilern der Brücke, ein Lager französischer Soldaten. Entsetzt schlug sie die Hand vor den Mund und erstickte einen Aufschrei, als sie Sekunden später aus nördlicher Richtung einen Trupp feindlicher Kavallerie heranreiten sah.

Nicht wissend, wohin sie sich wenden sollte, entschloß sie sich, irgendwo in den Gassen des Dorfes Schutz zu suchen.

Kaum zwischen den ersten Häusern angekommen, vernahm Lady Sarah Gesang aus der nächsten Gasse, und flackerndes Licht erhellte die weißgekalkten Wände.

„Eine Prozession!" murmelte der Colonel schwach. „Dem Himmel sei Dank! Sarah, helfen Sie mir bitte vom Pferd!"

Die ersten Teilnehmer eines Umzuges waren zu sehen. An der Spitze ritt, seitlich auf einem Esel sitzend, eine junge Frau in blauem Mantel. Ein bärtiger Mann führte das Tier am Zaumzeug, und Erwachsene mit brennenden Pechfackeln, umringt von aufgeregten Kindern, folgten.

Neun Tage zuvor hatte Lady Sarah in Salamanca eine ähnliche Prozession miterlebt. Es war frommer Brauch, in der Zeit vor Weihnachten bildlich darzustellen, wie Maria und Joseph auf dem Weg nach Bethlehem von Herberge zu Herberge zogen, an alle Häuser klopften und um Unterkunft baten.

Hastig rutschte Lady Sarah vom Pferd, streckte dem Oberst hilfreich die Arme entgegen und stützte ihn, während er sich mühevoll aus dem Sattel schwang. Zu erschöpft, sich auf den Beinen zu halten, knickte er ein und sank kraftlos zu Boden.

„Bitte, helft uns!" rief Lady Sarah verzweifelt und rannte auf die Dorfbewohner zu. „Bitte, ihr müßt uns helfen! Wir werden von den Franzosen verfolgt!"

Erschrocken blieb der Mann stehen, der die Rolle des biblischen Zimmermannes übernommen hatte, starrte Lady Sarah verblüfft an und schüttelte dann den Kopf.

Vor Enttäuschung traten ihr die Tränen in die Augen, doch dann wurde sie sich bewußt, daß sie in der Aufregung Englisch gesprochen hatte. Sie atmete tief durch, nahm sich zusammen und erklärte langsam in Spanisch: „Bitte helft uns. Die Franzosen verfolgen Coronel Luís Sotomayor und mich. Wenn ihr uns nicht beisteht, sind wir verloren!"

Der Gesang war erstorben, und die anderen Teilnehmer der Prozession hatten sich neugierig näher an die Fremde gedrängt. Nach Lady Sarahs Worten herrschte einen Moment Schweigen, ehe unversehens Bewegung in die Leute kam. Männer lösten sich aus dem Umzug, liefen zum Colonel und setzten ihn behutsam auf. Jemand nahm ihm den blutdurchtränkten Umhang ab, während ein anderer Dorfbewohner den Rappen am Zügel ergriff und mit dem Tier um die Häuserecke verschwand.

Eine Frau riß sich die Rüschen vom Unterrock, legte vorsichtig ein Stück Stoff auf die blutende Rückenwunde des Oberst und verband ihn dann mit den langen Streifen.

Die Darstellerin der Jungfrau Maria war vom Esel gesprungen und zerrte sich die lange blaue Pelerine von den Schultern. Sacht hüllte sie den Coronel in den Umhang ein und zog ihm die Kapuze weit über den Kopf.

Zwei kräftige Männer hoben den Verletzten hoch und setzten ihn auf das Maultier. Der als Joseph verkleidete bärtige Mann nahm das Tier wieder am Zaumzeug, und die Prozession formierte sich neu. Die Kinder und Frauen begannen zu singen, und langsam setzte der Zug sich wieder in Bewegung. Es war, als hätte es keine Unterbrechung gegeben.

Plötzlich fühlte Lady Sarah sich von einer starken Hand ergriffen und in den Schatten eines Portals gezogen. Eine alte Frau legte warnend den Finger auf die Lippen, reichte ihr einen schwarzen Umhang und wartete, bis Lady Sarah ihn sich umgeworfen hatte. Dann mischte sie sich mit der Fremden unter die Schar der Menschen, die dem Esel folgten.

„Haben Sie keine Angst, Señora!" flüsterte sie. „Jaime ist ein sehr besonnener Mann! Es wird alles gutgehen!"

Johlend und lärmend fiel die französische Soldateska in das Dorf ein. Ein junger Offizier schrie die Einwohner barsch in seiner Muttersprache an, sofort stehenzubleiben. Niemand achtete auf ihn. Er wiederholte den Befehl noch einmal auf Spanisch, ritt an die Spitze des Zuges und herrschte den Darsteller des Joseph an: „Du da! Ja, du mit dem Bart! Hast du heute Fremde im Ort gesehen?"

Jaime zuckte mit den Schultern, drehte sich zu seiner Begleiterin um und fragte: „Teresa, sind heute Fremde durch das Dorf gekommen?"

Coronel Luís Sotomayor schüttelte schwach den Kopf.

Furchtsam preßte Lady Sarah die Hände unter dem Umhang zusammen und zog die Kapuze tiefer über den Hut.

Gelassen blickte der Spanier den französischen Sergeant an und erwiderte: „Nein, Señor! Wir haben niemanden durchreiten gesehen."

„Lügner!" brüllte der junge Feldwebel und schlug dem Bauern die Reitpeitsche in das Gesicht. „Du verdammter, nichtsnutziger Tölpel! Ich weiß, daß du nicht die Wahrheit sagst. Der Kerl, den wir suchen, muß hier sein, und auch die Frau, die er bei sich hat!"

Jaime berührte den blutigen Striemen, den der Schlag auf seiner Wange hinterlassen hatte, wischte sich das Blut von der aufgeplatzten Lippe und legte die Hand auf den Oberschenkel des Colonel. „Wir sind einfache Leute, Señor", entgegnete er gefaßt. „Wir wollen nur die Herbergssuche fortsetzen, wie es seit Jahrhunderten guter Brauch ist. Lassen Sie uns friedlich des Weges ziehen!"

Der Sergeant fluchte, klopfte sich unschlüssig mit der Reitgerte gegen den schwarzen Stiefel und ritt schließlich ein Stückchen zurück. Langsam trabte er an der Prozession entlang, schaute jeden Teilnehmer eindringlich an und runzelte finster die Stirn.

Lady Sarah wagte kaum zu atmen, als der Franzose sich ihr näherte, und unwillkürlich wurden ihr vor Angst die Hände feucht. Gebeugt, wie eine alte Frau, ließ sie die Musterung des Offiziers über sich ergehen und schickte ein Stoßgebet zum Himmel, der Mann möge nicht erkennen, daß sie keine Dorfbewohnerin war.

Nach einem letzten prüfenden Blick ritt der Offizier wieder zur Spitze des Umzugs und beratschlagte sich mit seinen Kameraden.

Jaime stand ruhig neben dem Esel, hatte schützend den Arm um die Gestalt in der blauen Pelerine gelegt und sah schweigend zu Boden.

Lady Sarah verkrampfte die Finger unter dem schwarzen Umhang, preßte sie auf das Lederbeutelchen und warf sich vor, den Colonel und sich nur durch diese Abschriften in Gefahr gebracht zu haben. Sie hätte die Dokumente längst fortwerfen sollen, schon gleich nach dem Überfall auf das Lager der englischen Truppen. Selbst eine wissenschaftliche Sensation war es nicht wert, das Leben eines Menschen aufs Spiel zu setzen.

Plötzlich wandte der Sergeant sich an Jaime, schaute ihn einen Moment verächtlich an und sagte dann abfällig: „Zieh weiter, lausiger Spanier!" Nach einem weiteren Hieb mit der Reitpeitsche gab er der Prozession den Weg frei.

Jaime war unter dem zweiten Schlag zusammengezuckt, machte jedoch nur eine beinahe unterwürfige Verbeugung und erwiderte in beherrschtem Ton: „Danke, Señor! Euch allen ein fröhliches Weihnachtsfest!"

Unter den wachsamen Blicken der französischen Kavalleristen setzte der Zug sich wieder in Bewegung, bog langsam in eine andere Gasse ein und gelangte zu einem Haus, vor dessen Tor Jaime das Muli anhielt. Er nahm den Arm von den Schultern des Coronels und pochte laut an die Tür. Teresa trat neben den Oberst und legte stützend den Arm um ihn.

Ein dickleibiger Mann in weißer Schürze, die sich über dem feisten Bauch spannte, erschien auf der Schwelle des Hauses. „Was wollt ihr?" fragte er mürrisch. „Das Haus ist voll! Hier ist kein Raum für euch!"

Jaime verneigte sich höflich. „Wir suchen Herberge, Señor!" erwiderte er in melodischem Singsang. „Das ist María, meine Frau. Sie ist guter Hoffnung, und ihre Zeit naht. Oh, bitte, Herr, gewährt uns ein Lager für die Nacht!"

„Señor!" fiel Teresa im gleichen getragenen Tonfall ein. „Ich bin müde und erschöpft! Oh, bitte! Laßt uns ein, meinen Mann und mich und das Kind, das ich unter dem Herzen trage."

Die französischen Soldaten waren dem Zuge gefolgt und drängten sich neugierig vor, um nichts von dem Schauspiel zu verpassen.

Lady Sarah war der Verzweiflung nahe. Sie hoffte inständig, der Oberst möge durchhalten, bis er in Sicherheit war.

Seelenruhig beugte Jaime sich zu ihm vor und zupfte die blaue

Pelerine weiter über die in der Mähne des Maultieres verkrampften Finger des Colonels. „Habt ein Herz mit uns, Señor Ramírez!" sang er klar und vernehmlich und fügte plötzlich einige Sätze in estremadurischem Dialekt hinzu, den Lady Sarah nicht verstand.

Señor Ramírez nickte und erwiderte: „Kommt herein, guter Mann, du und deine Frau! Die Bitte sei euch gewährt!"

Ein Seufzer der Erleichterung entschlüpfte Lady Sarahs Lippen. Vielleicht ging nun doch noch alles gut.

Jaime verbeugte sich tief, hob kraftvoll die Gestalt im blauen Umhang vom Esel und trug sie eilends in das Haus.

Die Franzosen klatschten in die Hände, lachten und riefen den beiden anerkennende Worte für ihre Darbietung nach. Unter albernen Witzen, dummen Bemerkungen und spöttischen Verunglimpfungen wandten sie sich schließlich ab und ritten zu ihrem Lager auf der anderen Seite des Ortes.

Lady Sarah hastete in das Haus, in dem sich bereits einige Leute um den Verletzten kümmerten. Luís Sotomayor lag auf einem Sofa in der Nähe des Kamins und schlug die Lider auf, als Lady Sarah sich neben ihn kniete und seine Hand ergriff. Langsam, sehr geschwächt, hob er sie an die Lippen und küßte ihr die Fingerspitzen. Plötzlich sank sein Kopf zur Seite, und Lady Sarah merkte, daß er ohnmächtig geworden war.

Eine Frau zupfte sie am Ärmel und bedeutete ihr mit einer freundlichen Geste, sich vor das flackernde Feuer zu setzen. Widerstrebend stand sie auf und nahm auf einem schweren hochlehnigen Stuhl Platz.

Jaime und Señor Ramírez zogen dem Coronel die dunkelblaue Uniformjacke und das Unterhemd aus, während die Männer und Frauen die beiden umringten und gute Ratschläge erteilten. Heißes Wasser wurde gebracht und die Wunde ausgewaschen. Danach drehten Jaime und ein Helfer Coronel Sotomayor behutsam auf den Bauch, und Señor Ramírez entfernte mit einem kurzen spitzen Skalpell und einer langen Pinzette vorsichtig und sehr sorgsam die Kugel.

Ein tiefes, gequältes Stöhnen entrang sich der Brust des Bewußtlosen, und unwillkürlich zuckte Lady Sarah bei dem Schmerzenslaut zusammen. Sie sprang auf und wollte zum Colonel laufen, doch jemand hielt sie zurück und drückte sie wieder auf den Stuhl.

Ein Kind kam mit einer dampfenden Tonschüssel und reichte sie ihr. Ausgehungert, wie sie war, ergriff sie hastig den Löffel und begann, den heißen Gries zu essen.

Frauen hatten die Rüschen von den Unterröcken gerissen und verbanden dem immer noch ohnmächtigen Oberst die blutende Wunde.

Im Nu hatte Lady Sarah die Schale geleert und war dankbar, daß ihr das Kind gleich darauf eine zweite Portion brachte. Schlechten Gewissens zwar, daß sie in einem solchen Augenblick, da es für Luís Sotomayor um Tod und Leben ging, essen konnte, noch dazu mit großem Appetit, ließ sie dennoch auch dieses Mal keinen Rest in der irdenen Schüssel zurück.

Nachdem die Dorfbewohner den Oberst versorgt hatten, faßten zwei stämmige Bauern ihm unter Arme und Beine und trugen ihn in den Nebenraum. Sogleich stand Lady Sarah auf, folgte den Leuten, schaute ängstlich zu, wie der Colonel in ein mit erhitzten Ziegelsteinen angewärmtes Bett gelegt wurde.

Erschrocken trat sie beiseite, als ein Priester in schwarzer Soutane und zwei kleine krausköpfige Buben sich an ihr vorbei in das Zimmer drängten. Der Pater sprach ein langes Gebet und salbte dem Kranken dann die Stirn. Señora Ramírez deckte Luís Sotomayor fürsorglich bis zum Kinn zu und drehte sich dann zu Lady Sarah um.

„Morgen wird es ihm sicher bessergehen, Señora!" meinte sie zuversichtlich. „Sie sollten sich jetzt ausruhen!"

Widerstrebend, sich seltsam leer fühlend, kehrte Lady Sarah in die Stube zurück, wo man ihr auf dem Sofa ein Nachtlager gerichtet hatte. Mit ausgestreckter Hand kam Jaime auf sie zu und sagte herzlich: „Seien Sie unser Gast, Señora!"

Sie schüttelte ihm die Hand. „Ich weiß nicht, wie ich Ihnen danken soll, Sir", erwiderte sie tief ergriffen.

„Für uns ist Helfen eine Selbstverständlichkeit", sagte er ruhig. „Ich bin sicher, Sie hätten auch nicht anders gehandelt!"

Lady Sarah nickte. „Nein, natürlich nicht! Trotzdem bin ich Ihnen allen zu großem Dank verpflichtet."

Die Männer und Frauen verließen den Raum, und sie setzte sich, niedergeschlagener denn je zuvor in ihrem Leben, auf das Sofa und starrte schweigend in die zuckenden Flammen.

Einen Augenblick später kam die Wirtin in das Zimmer und

reichte ihr ein fest zusammengefaltetes und mit einer Kordel verschnürtes Päckchen Papiere.

„Señora", sagte sie leise. „Nehmen Sie das an sich. Es war in einem Stiefel des Coronels."

Überrascht nahm Lady Sarah das Päckchen entgegen, löste die Schnur und entfaltete die Schriftstücke. Die Seiten waren eng mit Zahlen und Großbuchstaben beschrieben. Im ersten Moment schienen sie keinen Sinn zu ergeben, doch plötzlich begriff Lady Sarah, was sie vor sich hatte.

Ein Frösteln rann ihr über die Haut. Das war eine Aufstellung von Regimentsnummern, vermutlich feindlicher Truppen. Und danach kamen in französischer Sprache abgefaßte Dokumente, unterzeichnet von General Ney und . . . Lady Sarah glaubte, den Augen nicht trauen zu können. Selbst Bonapartes Unterschrift stand unter einem der Schriftstücke.

Sie ließ die Papiere sinken und atmete tief durch. Von einer Sekunde zur anderen wurde ihr klar, daß die Franzosen nicht ihr auf den Fersen waren, sondern Coronel Luís Sotomayor. Er war ein Spion, wahrscheinlich in Diensten der Engländer. Es war unglaublich.

Bedächtig faltete sie die Dokumente und verknüpfte sie mit dem Band. Das Päckchen hatte beträchtlichen Umfang und Gewicht. Kein Wunder, daß der Oberst gehinkt hatte, da es in seinem Stiefel verborgen gewesen war!

Señora Ramírez sah Lady Sarah besorgt an und erkundigte sich ängstlich: „Ist alles in Ordnung, Señora?"

„Ja", versicherte Lady Sarah. „Ich würde es jedoch vorziehen, wenn ich bei dem Coronel schlafen könnte, falls es möglich ist."

„Gewiß", stimmte die Frau zu, und gemeinsam bereiteten sie im Nebenraum am Fußende des Bettes aus Kissen und Decken ein Lager für Lady Sarah.

Sie legte sich zur Ruhe, die Dokumente fest an die Brust gedrückt, und war im nächsten Moment schon vor Erschöpfung tief eingeschlafen.

Von einem Geräusch geweckt, schlug Lady Sarah die Lider auf. Morgenlicht fiel in den Raum, und vom Kopfende des Bettes ertönte leises Geflüster. Sie erhob sich und sah Luís Sotomayor aufrecht in den Kissen sitzen. Sein schwarzes Haar war zerzaust, und die Augen lagen tief in den Höhlen. Fieberflecken brannten auf seinen Wangen, aber sein Appetit schien nicht gelitten zu haben. Eifrig löffelte er Weizengrütze aus einer Schüssel, die ihm von Señora Ramírez vor die Brust gehalten wurde.

Er lächelte schwach, als er Lady Sarah erblickte, und sie erwiderte sein Lächeln.

„Wie fühlen Sie sich, Luís?" fragte sie besorgt.

„Sehr viel besser als gestern", antwortete er matt. „Ich hatte Glück im Unglück. Señor Ramírez ist Bader und Barbier. Ich muß sagen, er versteht sein Handwerk."

Lady Sarah nahm das Päckchen mit den Schriftstücken an sich, verbarg es in den Falten des Kleides und setzte sich zu Luís Sotomayor auf die Bettkante.

Nachdem er das Essen beendet und sich die Lippen mit einem weißrot karierten Tuch abgewischt hatte, nickte Señora Ramírez dem Oberst freundlich zu und verließ mit der Schüssel das Zimmer.

Wortlos hielt Lady Sarah dem Colonel das Päckchen hin.

Er beugte sich vor und zuckte vor Schmerz zusammen, während er nach den Dokumenten griff. „Du meine Güte!" murmelte er erstaunt. „Wie ist Ihnen denn das in die Hände gefallen?"

Lady Sarah warf ihm einen verärgerten Blick zu. „Sie wissen genau, Luís, wo Sie das Päckchen versteckt hatten", erwiderte sie vorwurfsvoll. „Warum haben Sie mir nicht gesagt, in welche Gefahr ich mich begebe, wenn ich mich Ihnen anvertraue?"

„Ich fürchtete, Sie unnötig zu erschrecken", antwortete er ruhig.

„Wie konnten Sie so etwas tun?" fuhr sie kopfschüttelnd fort. „Nachdem ich den Inhalt des Päckchens gestern abend durchgesehen habe und erkennen mußte, welches Spiel Sie treiben . . ."

„Das ist kein Spiel, Sarah", unterbrach sie der Coronel rasch. „Das ist bitterer Ernst!"

„Ich war wütend auf Sie, Luís. Sie können froh sein, daß ich Rücksicht auf Ihre augenblickliche Verfassung genommen habe, auch wenn es mich in den Fingern juckte, Ihnen eigenhändig den Hals umzudrehen! Sie sind ein . . . ein . . ."

„Ein dummer Bauerntrampel?" half Luís Sotomayor nach.

Sie starrte ihn an und wußte im ersten Moment nicht, was sie

110

erwidern sollte. Der zärtliche Ausdruck seiner Augen verwirrte sie, und auch der liebevolle spitzbübische Glanz, der aus ihnen leuchtete. Plötzlich spürte sie eine große Wärme im Herzen, und sie begriff, was sie in all den Tagen nur unbewußt gefühlt hatte. Sie hatte sich in Coronel Luís Sotomayor verliebt.

„Ja", stimmte sie ihm lächelnd zu. „Sie sind ein dummer, eigensinniger, dickköpfiger Mann, Luís! Es wundert mich nicht, daß Ihre Gattin dauernd mit Ihnen geschimpft hat."

„So wie Sie jetzt, querida!"

„Nun, jemand muß Ihnen doch die Leviten lesen!" entgegnete sie schmunzelnd.

Der Oberst lehnte sich vorsichtig in die Kissen zurück und verzog dennoch gequält das Gesicht. „Ich wünschte, ich wäre im vollen Besitz meiner Kräfte, Sarah", sagte er trocken. „Dann würde ich Ihnen zeigen, wer wem die Ohren lang zieht! Aber lange wird es nicht dauern, bis ich wieder auf dem Posten bin. Im allgemeinen werde ich sehr schnell gesund!"

Lady Sarah lächelte und bewunderte die Selbstsicherheit, die dem Colonel zueigen war, seine Zuversicht und seinen männlichen Stolz. Und es freute sie, daß seine Worte Hoffnung ausdrückten, eine stille Erwartung, die der ihren entsprach. Ihr fiel die Bemerkung ein, die Jaime gemacht hatte, ehe er sich am vergangenen Abend verabschiedete, und in derselben Sekunde faßte sie einen Entschluß. Auch für sie war Helfen eine Selbstverständlichkeit, erst recht, wenn sie sich dadurch bei dem Mann erkenntlich zeigen konnte, der ihr so viel zu bedeuten begann.

Sie streckte die Hand nach dem Päckchen aus und winkte nachdrücklich mit dem Zeigefinger, da Luís Sotomayor keine Anstalten machte, ihr die Dokumente zu übergeben.

Schließlich seufzte er resignierend und reichte ihr widerstrebend die Papiere.

Sie zog den Lederbeutel aus dem Kleid, öffnete ihn und entnahm ihm das Schriftstück, das General Clauzel ihr auf die Reise mitgegeben hatte. „Ich bin im Besitz eines Passierscheins", erklärte sie. „Und das Päckchen hier kann ich ebensogut wie Sie verstekken. Ich werde also Señora Ramírez bitten, mir den Weg nach Ciudad Rodrigo ausführlich zu beschreiben, und dann so bald wie möglich allein weiterreiten."

„Oh!"

„Ist das alles, was Sie dazu zu äußern haben, Luís?"

Er streckte die Hand aus, und Lady Sarah stand auf und trat an das Kopfende des Bettes. „Beugen Sie sich zu mir herunter!" forderte er sie auf.

Unversehens schlang er den Arm um ihren Nacken und drückte ihr einen Kuß auf den Mund. „Der soll dir Glück bringen, Sarah!" flüsterte er und gab ihr einen zweiten, feurigen und sehr besitzergreifenden Kuß. „Und der war für mich zur Erinnerung an dich", raunte er ihr ins Ohr. „Am liebsten würde ich . . ." Mit schmerzerfüllter Miene hielt er inne und versuchte dann, sich mühsam aufzurichten. „Zu dumm, daß ich nicht aufstehen kann", fügte er hinzu, nachdem Sarah ihm zu sitzender Position verholfen hatte. „Komm, setz dich zu mir. Bitte!"

Er bewegte die Beine zur Seite, und Sarah hockte sich auf das Bett. „Ich habe schon einmal versucht, dich zu fragen", sagte er verlegen. „Gestern, nachdem ich vor dem Dorf angeschossen wurde. Doch nun weiß ich nicht, wie ich es in Worte fassen soll."

„Denk dir die richtigen aus!" erwiderte sie schmunzelnd.

„Ich liebe dich! Heirate mich!"

„Kurz und knapp wie immer, Luís!" bemerkte sie lächelnd und küßte ihn, weich, zärtlich und hingebungsvoll. „Aber sehr wirkungsvoll und beeindruckend. Ja, ich werde dich heiraten!"

„Das war die schönste Antwort, die du mir geben konntest! Du sollst deinen Entschluß nie bereuen, querida. Ich bin sicher, aus dir wird noch eine prachtvolle Spanierin!"

Er küßte sie, wieder und wieder, zart und empfindsam, heißblütig und stürmisch, und jeder Kuß schenkte ihr neue Wonnen.

„Ich komme zurück, Luís!" versprach sie, als sie endlich Atem schöpfen konnte.

„Sei vorsichtig, caria!" warnte er sie. „Riskiere es erst, wenn die Lage sicherer ist!"

Sarah stand auf und stemmte entrüstet die Arme in die Seiten. „Denkst du, ich bin feige? Du kannst reden, was du willst, bei mir würdest du nur tauben Ohren predigen! Ich komme wieder, sobald ich das Päckchen sicher in den Händen meiner Landsleute weiß!"

„Eine andere Einstellung hätte ich auch nicht von dir erwartet", stellte Luís lächelnd fest. „Oder heißt das jetzt vielleicht, daß du mich am Gängelband zu führen gedenkst?"

„Nun ja, für eine Weile", gestand sie und schaute ihn spitzbübisch an. „Zumindest so lange, bis es dir bessergeht. Irgend jemand muß doch dafür sorgen, daß du wenigstens zum Dreikönigsfest in Barcos bist. Auf die göttliche Vorsehung allein können wir uns nicht immer verlassen!"

„Oh, wir Spanier haben Gott dem Herrn stets sehr nahe gestanden", entgegnete Luís verschmitzt. „Auch wenn wir der Heiligen Mutter Kirche so manches Mal Ungelegenheiten bereitet haben." Er ergriff Sarahs Hand, drückte sie und fügte in warmherzigem Ton hinzu: „Paß gut auf dich auf, corazón mio!"

„Das werde ich!" versicherte Sarah, warf Luís eine Kußhand zu und verließ rasch das Zimmer.

★

Jaime stand vor dem Haus, als Lady Sarah, zur Reise gekleidet, sich von den Ramírez' verabschiedete und ins Freie trat. Angestrengt schaute er zum Lager der Franzosen hinüber, die sich zum Aufbruch bereit machten.

„Es ist nicht ratsam, den Rappen des Coronels zu reiten, Señora", sagte er warnend. „Aber ich kann Ihnen ein Muli zur Verfügung stellen. Sehen Sie, die französische Kavallerie setzt sich in Richtung auf Ciudad Rodrigo in Bewegung. Lassen Sie ihr einen Vorsprung, und reiten Sie dann langsam hinterher."

„Danke, Jaime."

„Und achten Sie auf das, was Sie dem Feind erzählen. Auf dem Weg in die Stadt müssen Sie an französischen Truppen vorbei. Wenn man Sie befragt, und das wird bestimmt der Fall sein, dann erwähnen Sie nicht, wo Sie sich aufgehalten haben."

„Selbstverständlich nicht!" versprach Lady Sarah, zog die Kordel des Réticule auf und nahm einen der Ohrringe heraus. „Bitte, Jaime, nehmen Sie diese kleine Gabe für Ihre Hilfsbereitschaft und Freundlichkeit von mir an."

Der Spanier hob abwehrend die Hände. „Nicht doch, Señora!" lehnte er betroffen ab. „Wir haben Ihnen doch nicht geholfen, weil wir eine Bezahlung dafür erwarteten!"

Lady Sarah versuchte, ihm den Ohrring in die Hand zu drücken. „Das weiß ich. Meine Geste ist auch nicht so zu verstehen.

Wenn Sie die Juwelen verkaufen, könnten Sie jedoch für das ganze Dorf Lebensmittel besorgen."

„Wir sind zwar arme Leute, Señora", entgegnete Jaime, „aber nicht habgierig. Was wir getan haben, kam von Herzen! Bitte behalten Sie den Schmuck."

Widerstrebend steckte Lady Sarah den Ohrring in das Réticule, setzte sich auf das Maultier und gab ihm einen Tritt in die Flanke.

„Auf Wiedersehen, Jaime!" rief sie ihm zu, als das Tier vorwärts trottete. „Und frohe Weihnachten!"

Jaime winkte ihr nach, bis sie die Brücke überquert hatte. Das Lager des französischen Bataillons war verlassen, und aus den verlöschenden Feuerstellen stieg der Rauch in die klare Morgenluft.

Bis zum Spätnachmittag verlief die Reise ohne unangenehme Ereignisse. Gewohnt an steinigen Boden, trottete das Maultier beständig die zerfurchte Straße entlang. Nach einiger Zeit ging es bergabwärts, und die felsige Gegend wich einer zunehmend flacheren Landschaft. Die gezackten Gipfel der Berge im Hintergrund waren nur noch als schwache Konturen am Horizont auszumachen, und vor sich erkannte Lady Sarah, gegen das Licht der schräg stehenden Wintersonne anblinzelnd, die Umrisse von Ciudad Rodrigo.

Und plötzlich, wie aus dem Nichts, tauchten französische Soldaten hinter einer Wegbiegung auf und ritten gemächlich auf Lady Sarah zu.

Sie zwang sich, die Ruhe zu bewahren, und ließ klopfenden Herzens das Maultier weitertrotten. Kurz vor der Reiterschar hielt sie an, saß ab und blieb neben ihm stehen. Rasch verschränkte sie die Finger, damit niemand sah, wie sehr ihr die Hände zitterten.

Die Kavalleristen näherten sich, zügelten die Pferde und starrten die einsame Frau und das dürre, klapprige Tier verblüfft an.

Lady Sarah hielt den neugierigen Blicken stand und atmete innerlich auf. Keinen der Männer hatte sie tags zuvor im Ort gesehen. Erleichtert suchte sie die Gruppe mit den Augen ab, bis sie am orangegrünen Westenrock, der unter dem feldgrauen Mantel zu sehen war, und dem goldenen, mit einem langen Roßschweif versehenen Kolpack erkannte, daß dieser Mann der Kommandierende der Rotte war.

Er hatte ein kantiges, grobflächiges, von Wind und Wetter ge-

gerbtes Gesicht und einen harten, unnachgiebig wirkenden Zug
um den Mund. Lady Sarah sah dem Offizier an, daß er aus bäuerlichen Verhältnissen stammte und sich wahrscheinlich vom einfachen Soldaten hochgedient hatte. Sie ahnte, daß ihr Schwierigkeiten bevorstanden, und seufzte tief.

„Sie sind die gesuchte Engländerin!" stellte der Franzose in bar-
schem Ton fest.

„Ja, das stimmt", gab sie unumwunden zu. „Ich bin Lady Sarah
Bolton Comstock aus Kent, Tochter des Earl of Cranbrook, und
auf dem Wege zu meinen Landsleuten nach Lissabon. Ich verfüge
über einen Passierschein!"

„Dann zeigen Sie ihn!" Auch die unkultivierte Sprechweise ver-
riet Lady Sarah, daß sie sich in ihrer Vermutung nicht getäuscht
hatte.

Sie machte das Réticule auf, entnahm ihm das Dokument und
händigte es dem Offizier aus.

An der Art, wie er das Papier anstierte, merkte sie, daß er nicht
lesen konnte. Rasch trat sie zu ihm, zog ihm das Blatt aus den
Fingern und wies auf ihren Namen. „Sehen Sie, Sir, hier steht
Sarah Bolton Comstock, und General Bertrand Clauzel hat den
Passierschein unterzeichnet." Sie gab dem Franzosen das Schrift-
stück zurück.

Er starrte es noch eine Weile mit leerem Blick an, nickte dann
und hielt es ihr wieder hin. „Ich bin Lieutenant Barbaux vom
Dritten Dragonerregiment. Wo ist Colonel Sotomayor?"

Lady Sarah versuchte nicht erst, Ausflüchte zu machen. Sie
setzte eine kummervolle Miene auf und antwortete in gekonnt
tragischem Ton: „Er ist tot, Lieutenant. Er wurde gestern am
frühen Abend aus dem Hinterhalt erschossen!"

„Geben Sie mir die Papiere, die der Verräter bei sich hatte!"
befahl Lieutenant Barbaux herrisch. „Wir verfolgen ihn schon von
Burgos aus und wissen genau, daß er dafür sorgen würde, sie in
den richtigen Händen zu wissen."

Lady Sarah würdigte den Franzosen keiner Antwort.

Er ritt näher zu ihr heran, zog den geraden Säbel aus der
Scheide und hielt Lady Sarah die Spitze der Klinge an den Hals.
„Madame, ich rate Ihnen, uns die Aufzeichnungen freiwillig zu
übergeben! Sonst würde ich mich gezwungen sehen, Sie hier mit-

115

ten auf der Straße zu entkleiden!"

Sie wußte das Päckchen sicher im rechten Stiefel geborgen, griff mit zitternden Fingern nach dem Lederriemen und zerrte das Beutelchen aus dem Kleid. Die Tränen schossen ihr in die Augen, als sie dem Lieutenant betont widerstrebend die Abschriften reichte, die sie und ihr Bruder in Salamanca von den Logbucheintragungen des Kolumbus angefertigt hatten.

Mit einer rüden Geste riß er ihr die Schriftstücke aus der Hand.

„Coronel Sotomayor beschwor mich, sie Ihnen niemals zu überlassen", schluchzte sie und rang die Hände.

„Aber nun habe ich sie!" erwiderte Lieutenant Barbaux triumphierend und schaute verständnislos auf die erste Seite. „Sie haben mir und der gesamten französischen Armee in Spanien ein ausgesprochen willkommenes Weihnachtsgeschenk gemacht, Madame! Damit ist mir die Beförderung sicher!"

Er drehte sich zu seinen Kameraden um und wedelte stolz mit den Papieren hin und her, ehe er sie, genüßlich lächelnd, in die breite Tasche seines grauen Feldmantels schob. Die Dragoner grölten vor Freude und lachten Lady Sarah hämisch aus.

Geziert tupfte sie sich die Augenwinkel aus. „Kann ich meine Reise jetzt fortsetzen, Lieutenant Barbaux?"

Der Franzose überlegte einen Moment, wiegte unschlüssig den Kopf und sagte dann gönnerhaft: „Warum nicht. Heute ist Weihnachten, und ich bin in Geberlaune!" Er beäugte das magere Maultier, grinste frech und fügte spöttisch hinzu: „Ich lasse Ihnen sogar Ihr stattliches Roß, Madame! Für meine Leute ist es als Festtagsbraten viel zu fett!"

Die Dragoner johlten, und Lady Sarah murmelte in geziemend ehrerbietigem Ton: „Zu gütig, Lieutenant!" Im stillen lächelte sie jedoch bei dem Gedanken, was dem eingebildeten Offizier widerfahren würde, sobald seine Vorgesetzten in Burgos erkannten, welch nutzlose Unterlagen er ihnen präsentiert hatte.

Sie setzte sich auf das Maultier, nickte Lieutenant Barbaux kühl zu und machte sich auf die Weiterreise nach Ciudad Rodrigo.

★

Unbehelligt von feindlichen Patrouillen, gelangte Lady Sarah bei Anbruch der Dunkelheit in die Stadt. Die Mauerkronen und das

Stadttor wurden von Soldaten des East Kent Regiments bewacht.

Nach einigem Hin und Her gewährte man ihr Einlaß, und einen Moment später sah sie sich von mehreren Offizieren umringt, die sie mit Fragen bestürmten.

Jemand half ihr vom Muli und führte es fort. Ein anderer reichte ihr galant den Arm und geleitete sie in einen hohen, gewölbten Raum, der offensichtlich zum Hauptquartier der hier stationierten Truppen gehörte.

Ein junger Kommandant kam auf sie zu, verneigte sich und sagte höflich: „Ich bin Major Williams, Madam. Bitte, nehmen Sie doch Platz und ruhen Sie sich aus. Mit wem habe ich die Ehre?"

„Ich bin Lady Sarah Bolton Comstock", antwortete sie, setzte sich in einen abgeschabten Gobelinsessel und streckte das rechte Bein aus. „In diesem Stiefel ist etwas, Major, das gewiß Ihr Interesse finden wird."

Major Williams warf einen verblüfften Blick auf den Stiefel, bückte sich jedoch wortlos und zerrte ihn Lady Sarah vom Fuß.

Sie bedankte sich, griff in den Schuh und holte das Päckchen Papiere heraus. „Coronel Luís Sotomayor läßt dem Marquess of Wellesley ein frohes Weihnachtsfest wünschen und bedauert, daß er diese Unterlagen nicht persönlich nach Lissabon bringen konnte", erklärte sie lächelnd.

Bei der Erwähnung von Colonel Sotomayors Namen schaute der Major sie noch erstaunter an, nahm die Schriftstücke entgegen und löste die Kordel. Er legte die Papiere auf einen alten, abgenutzten Eichentisch, breitete sie vor sich aus und pfiff dann leise durch die Zähne.

Sofort umringten ihn seine Kameraden, betrachteten die Aufzeichnungen und brachen in begeisterte Rufe aus. Sie klopften sich vor Freude auf die Schultern und strahlten über das ganze Gesicht.

Plötzlich drehte Major Williams sich abrupt um, sah Lady Sarah ernst an und fragte leise: „Und was ist aus Colonel Sotomayor geworden, Mylady?"

„Er wurde bei einem heimtückischen Überfall angeschossen, befindet sich jedoch bereits auf dem Wege der Besserung. Ich versprach ihm, dafür zu sorgen, daß dieses Päckchen sicher nach Ciudad Rodrigo gelangt. Kann ich mich darauf verlassen, daß Sie es nach Lissabon weiterleiten, Major?"

„Selbstverständlich, Madam!" antwortete er mit Nachdruck. „Seien Sie versichert, daß ich auch Ihnen eine Eskorte mitgeben werde! In allerkürzester Zeit werden Sie sich auf einem Schiff befinden und die Heimreise nach England antreten."

„Das glaube ich nicht!" entgegnete Lady Sarah und schüttelte ablehnend den Kopf.

Fassungslosigkeit und mangelndes Verständnis spiegelten sich in der Miene des Majors, aber er enthielt sich jeder Bemerkung. Lady Sarah sah ihm jedoch deutlich an, was er dachte.

„Nein, Major", sagte sie fest, „ich fahre nicht nach Lissabon! Ich kehre zu Colonel Luís Sotomayor zurück und werde ihn auf der Reise nach Barcos zu seinen Kindern begleiten. Nein, widersprechen Sie mir nicht, Major", fügte sie ungeduldig hinzu, als er offensichtlich einen Einwand machen wollte. „Ich bin fast zweiundzwanzig Jahre alt und weiß genau, was ich will! Ich bitte Sie lediglich, mir ein gutes, ausdauerndes Maultier zur Verfügung zu stellen."

„Ein Maultier?" widerholte Major Williams ungläubig. „Ich verschaffe Ihnen selbstverständlich ein kräftiges Pferd, Madam!"

„Danke, nein, Major", lehnte sie das Angebot lächelnd ab. „Ich würde nicht weit damit kommen, ehe mir irgendein streunender Marodeur oder eine wilde Horde feindlicher Soldaten das Tier abnimmt. Nein, ich ziehe ein Muli vor. Und wenn Sie ein übriges für mich tun wollen, Major, dann besorgen Sie mir bitte etwas Proviant."

„Das versteht sich von selbst, Madam", willigte er ein. „Aber Sie werden mir verzeihen, wenn ich Ihnen sage, daß ich mit Ihrem Plan nicht einverstanden bin!"

„Ich weiß, Sie meinen es nur gut", erwiderte Lady Sarah. „Ich danke Ihnen für Ihr Entgegenkommen. Trotzdem ist mein Entschluß gefaßt. Ich kehre zu Colonel Sotomayor zurück und reise mit ihm nach Barcos. Niemand, Sie nicht, Major, noch irgendein anderer, kann mich von dieser Absicht abhalten!"

Verwundert über so viel Eigensinnigkeit, schüttelte Major Williams den Kopf und lächelte nachsichtig. „Nun gut, Madam, wenn Sie darauf bestehen!"

„Ja. Sehen Sie, wenn ich den Colonel nicht zu seinen Töchtern bringe, bekommen sie von den drei Weisen aus dem Morgenland keine Gabe. Auch in dieser Hinsicht wäre ich Ihnen für eine kleine

Aufmerksamkeit sehr verbunden. Sie verstehen, was ich meine?"

Der Major verneigte sich. „Ich bin sicher, Madam, es wird sich etwas Geeignetes auftreiben lassen." Er schaute seine Kameraden der Reihe nach an und rief dann einem jungen Offizier zu: „Sergeant Monroe, Sie tragen ein hübsches buntes Tuch um den Hals. Wäre das nicht etwas für ein spanisches Mädchen? Hm, wie alt sind die Damen eigentlich?"

„Zwei und vier Jahre, soweit ich weiß", antwortete Lady Sarah.

Unter dem fröhlichen Gelächter seiner Freunde band Sergeant Monroe das Tuch ab und reichte es ihr.

„Danke, Sergeant, sehr freundlich", sagte sie und schenkte ihm ein liebenswürdiges Lächeln.

„So, und was gäbe es noch?" murmelte der Major nachdenklich.

„Ich habe eine niedliche Stoffpuppe, Major", warf ein Lieutenant ein. „Ich wollte sie meiner Tochter mitbringen, aber Mylady kann sie gern haben. Es dürfte mir nicht schwerfallen, eine andere Puppe zu finden."

„Ausgezeichnet, Lieutenant Billington!" sagte Major Williams.

„Und ich könnte Ihnen zwei Ketten aus Muscheln geben, Madam", rief ein blonder Jüngling aus dem Hintergrund. „Sie waren an sich für meine . . ."

„Ich kann mir denken, für wen sie bestimmt waren", unterbrach Lady Sarah lächelnd. „Die Dame wird mir und hoffentlich auch Ihnen verzeihen, Sir, daß der Schmuck nicht an ihr, sondern an zwei kleinen spanischen Mädchen prangt."

Wieder lachten die Soldaten, und dem jungen Mann stieg unwillkürlich die Röte in das Gesicht.

„Sie bleiben doch über Nacht, nicht wahr, Madam?" fragte der Major.

„Gern, wenn meine Anwesenheit Sie nicht stört. Ich muß unbedingt einen Brief schreiben."

Das würde ihr gewiß nicht leicht von der Hand gehen. Ihrem Vater den Tod des Bruders mitzuteilen und die Umstände, die dazu geführt hatten, war schon schwer genug, doch die Entscheidung, auf dem Kontinent zu bleiben und einen Spanier zum Gatten zu nehmen, war noch schwieriger in Worte zu fassen.

Ihr Vater würde gewiß kein Verständnis für diesen Schritt aufbringen. Er war so traditionsbewußt in seinem Denken, daß es für ihn ein Ding der Unmöglichkeit sein mußte, wenn seine Tochter

119

keinen hochrangigen englischen Peer heiratete. Da half es auch nicht, ihm zu erklären, daß Luís Sotomayors Familie ein sehr altes, angesehenes und ehrwürdiges spanisches Adelsgeschlecht war. Vielleicht ging der Earl of Cranbrook sogar so weit, seine Tochter im Testament nicht mehr zu berücksichtigen. Nun, wenigstens hatte er keinen Zugriff auf das Vermögen, das Lady Sarah von ihrer Mutter hinterlassen worden war. Dieses Geld würde reichen, um Luís' zerstörte Besitzungen und die verwüsteten Plantagen wiederaufzubauen. Und eines Tages, wenn die Zeiten friedlicher waren, konnte Sarah mit ihrem Gatten und den Kindern, die sie ihm dann geschenkt hatte, zu ihrem Vater nach England reisen und ihm die hübschen Enkel vorstellen.

„Gestatten Sie, Mylady, daß ich Sie zu Tisch führe?"

Abrupt fand sie in die Wirklichkeit zurück. Major Williams stand vor ihr, verneigte sich und reichte ihr galant den Arm.

„Mit dem größten Vergnügen, Major", antwortete sie lächelnd, stand auf und ließ sich von ihm in den angrenzenden Raum geleiten, wo die anderen Offiziere sich bereits um eine notdürftig weihnachtlich geschmückte Tafel versammelt hatten.

Major Williams bot Lady Sarah Bolton Comstock den Ehrenplatz zu seiner Rechten an, offerierte ihr einen Becher dunkelroten Weines und prostete ihr zu.

„Auf ein schönes Weihnachtsfest, Madam", sagte er herzlich. „Und auf ein gutes, friedliches neues Jahr!"

Sie hob den Zinnbecher, dachte an Luís Sotomayor, den sie bald in den Armen halten würde, und erwiderte heiter und gelöst: „Auf unser aller Glück, Gentlemen! Auf eine freudvolle, ungetrübte Zukunft, und daß uns nie Zuversicht, Vertrauen und Lebensmut verlassen mögen!" Sie hielt inne, schaute strahlend in die Runde und fügte verschmitzt lächelnd hinzu: „Und auf wahre Liebe und unverbrüchliche Treue, meine Herren!"

— ENDE —

ANITA MILLS

DAS VERMÄCHTNIS DES LORDS

„Also, ich bleibe nicht! Ich weiß nicht, warum wir überhaupt hier sind, Win!" schimpfte George Allyn, ein schmaler, blasser junger Mann. „Und was Andrew angeht, er braucht das Geld doch wirklich nicht!"

„Sprich nicht so laut, George", erwiderte sein Bruder Edwin gedämpft. „Noch ist Onkel John nicht tot!"

„Nein, und wenn du mich fragst, so habe ich auch nicht den Eindruck, daß er bald das Zeitliche zu segnen gedenkt!" maulte Mr. Allyn. „Ich wette, das war alles nur eine Finte, damit wir zu Weihnachten in Cheshire sind! Verdammt, ich wäre zehnmal lieber woanders, nur nicht hier!"

„Dann reise doch ab."

Verdutzt blickten die Brüder ihren Cousin an, der lässig am Sims des Marmorkamins lehnte. Neiderfüllt musterte George die modische Garderobe seines Vetters, den dunkelbraunen Überrock aus edelstem Tuch, das seidene, makellos geschlungene Cachenez und das lindgrüne, zartgestreifte Gilet. Die beigefarbenen Gamaschenhosen hatten einen tadellosen Sitz, und blankpolierte schwarze Lackschuhe rundeten das Bild des eleganten Mannes von Welt perfekt ab.

„Ich möchte wissen, was dich veranlaßt hat, nach Greystone Manor zu kommen, Drew!" erwiderte George Allyn gehässig. „Du schwimmst doch im Geld, bei weitem mehr als Onkel John! Behaupte nicht, daß du Weihnachten unbedingt bei ihm verbringen wolltest. Das würde ich dir nicht glauben!"

„Raffgier!" bemerkte Edwin Allyn bissig. „Reine Habsucht hat ihn dazu bewogen!"

Andrew, Viscount Swynford, schien über den Vorwurf nachzudenken, und dann zuckte ein belustigtes Lächeln um seinen Mund. „Um ehrlich zu sein", sagte er trocken, „bin ich im Moment tatsächlich nicht sehr flüssig."

„Du?" fragte George Allyn gedehnt. „Ach, das kannst du einem anderen erzählen! Selbst wenn du Schulden in halb England hättest und sie auf einen Schlag bezahlen müßtest, wären deine Taschen immer noch nicht leer!"

„Es liegt doch auf der Hand, warum er hier ist", warf Edwin spitz ein. „Er will uns Onkel Johns Vermögen vor der Nase wegschnappen!"

Das Lächeln in Andrew Carstairs feingeschnittenem Gesicht schwand, und ein kalter Ausdruck erschien in seinen nußbraunen Augen. „Ganz und gar nicht! Aber in meinem Portemonnaie herrscht tatsächlich Ebbe. Miss Marchbanks Vater hat sich zu früh gefreut."

Die beiden Brüder tauschten einen Blick, und dann platzte George Allyn verblüfft heraus: „Soll das heißen, daß du nicht um Melissa Marchbanks Hand anhalten wirst? Eure Verlobung war doch so gut wie abgemacht! Das weiß ich von Revenham, und er hat mir . . ."

„George! Kannst du nicht leiser sprechen?"

„Warum denn, Win? Onkel John kann mich ja doch nicht ausstehen! Wenn er mich sieht, reißen gleich wieder unliebsame Erinnerungen auf! Ich hätte es mir wirklich ersparen können, nach Greystone Manor zu reisen! Weiß der Himmel, was Bagshot sich dabei gedacht hat, mich herzuzitieren. Der alte Pfeffersack da oben tut bestimmt nicht seinen letzten Seufzer, und alle Mühe war umsonst! Und jetzt hört man auch noch ganz beiläufig, daß unser lieber Vetter Miss Marchbank keinen Heiratsantrag machen wird! Merkst du denn nicht, Win, daß alles eine abgekartete Sache ist?"

„Darf ich dich daran erinnern, daß ich dich gleich gewarnt habe, du würdest die Wette verlieren!" antwortete sein Bruder gelassen. „Ich habe den Braten sofort gerochen! Mir kann niemand etwas vormachen."

„Und trotzdem hast du in die Wette eingewilligt", entgegnete George erbost, sah den Viscount verlegen an und fügte kleinlaut hinzu: „Verdammt, Drew, ich bin nun einmal knapp bei Kasse. Wie soll ich denn über die Runden kommen? Was ist überhaupt in dich gefahren? Melissa Marchbanks ist doch ein verflucht hübsches Ding!"

„Sie ist ein Einfaltspinsel!" sagte Edwin lakonisch. „Und Drew hat nichts übrig für hübsche, aber dumme und kichernde Backfische!"

„Nein, und die Tochter eines Emporkömmlings heiratet er natürlich auch nicht!" bemerkte George Allyn ironisch. „Dabei bist du fast vierzig, nicht wahr, Drew? Was stimmt denn mit Melissa Marchbanks nicht? Sie bringt doch alles mit, worauf es ankommt. Niedliches Aussehen, gute Herkunft, und . . ."

„Und du hast tausend Pfund gewettet, daß Drew sie heiratet!" fiel Edwin boshaft ein.

„Halt den Mund, Win. Du hast fünfhundert dagegen gesetzt!"

„Ich habe nur gewettet, daß Drew nicht vor Ablauf eines Jahres heiratet", widersprach sein Bruder. „Um keinen Preis der Welt möchte ich einer jungen Dame, selbst wenn sie nicht viel im Kopf hat, durch eine despektierliche Wette zu nahe treten."

„Es wird aber Zeit, daß Drew für einen Stammhalter sorgt!" entgegnete George Allyn beharrlich.

„Kann ich auch etwas zu diesem Thema äußern?" fragte der Viscount amüsiert. „Ich bin erst dreiunddreißig, George, und nicht im mindesten geneigt, mich auf dem Traualtar zu opfern, damit du deine Wette gewinnst."

„Du bist ein herzloser Mensch, das ist alles! Dir ist es gleich, wenn ich im Schuldturm ende!"

Ein Räuspern veranlaßte die drei Vettern, zur Tür zu blicken. „Hm, Gentlemen, es tut mir leid, Sie zu stören", sagte Josiah Bagshot, nachdem er den Salon betreten hatte. „Ein sehr bedauerlicher Anlaß . . ."

„Bedauerlich?" wiederholte George wütend. „Hätte die Sache nicht bis nach Weihnachten Zeit gehabt? Onkel John sieht wirklich nicht wie jemand aus, der in den letzten Zügen liegt!"

„George!"

„Ach, sei still, Win! Du wärest ja auch nicht in Greystone Manor, wenn du nicht denken würdest, es ginge um das Testament des alten Knaben!"

„Vielleicht möchte Onkel John das letzte Weihnachtsfest seines Lebens nur im Kreise seiner liebevollen Verwandten feiern", warf Lord Swynford spöttisch ein.

„Unsinn!" entgegnete George grob. „Er kann mich nicht ausstehen, und Win auch nicht. Und daß er dich mag, wäre mir ganz etwas Neues. Unser Onkel kann niemanden leiden, und wir, das muß ja einmal gesagt werden, haben ihn auch nicht besonders gern. Wie kann ein Vater den eigenen Sohn verstoßen! Nun, falls der alte Griesgram erwarten sollte, daß ich vor ihm zu Kreuze krieche, dann . . ."

„Hüte deine Zunge!" warnte Edwin seinen Bruder. „Wir beide werden ihm nach dem Munde reden, wenn es nötig ist! Drew ist der einzige, der nicht darauf angewiesen ist."

„Ganz recht", sagte der Viscount gelassen und wandte sich an den Anwalt. „Bitte, sprechen Sie weiter, Sir."

„Ich hatte die Absicht", setzte Mr. Bagshot die unterbrochene Rede in steifem Ton fort, „Ihnen zu sagen, meine Herren, daß Seine Lordschaft tatsächlich sehr krank ist. Die Diagnosen Dr. Hatchs und anderer bedeutender Ärzte haben ergeben, daß keine Aussicht auf Genesung besteht. Im Gegenteil, der Kranke befindet sich in einem Stadium, in dem seine Leiden nur noch durch Betäubungsmittel gelindert werden können." Der Anwalt hielt inne und richtete den Blick auf George Allyn. „Vor zwei Wochen wurde ich davon in Kenntnis gesetzt, Sir, daß Ihr Onkel das Weihnachtsfest wahrscheinlich nicht überleben wird. Daraufhin entschloß ich mich, Ihnen allen zu schreiben und Sie über Lord Rowells Befinden zu informieren. Eine überraschende Besserung seines Zustandes läßt nun jedoch hoffen, daß er noch einige Zeit unter uns weilen wird."

„Wie lange?" erkundigte George Allyn sich mißtrauisch.

„Das, Sir, liegt in den Händen der Vorsehung. Dr. Hatch ist der Meinung, die Furcht erhalte Seine Lordschaft am Leben."

„Nie im Leben habe ich einen solchen Quatsch gehört!" sagte George verächtlich. „Würde jeder aus Angst vor dem Sterben am Leben bleiben, die Erde wäre hoffnungslos übervölkert! Nun, ich habe keine Lust zu warten, bis der alte Muffel in die Grube fährt. Ich wette zehn zu eins, daß er nicht daran denkt, die Augen für immer zu schließen." Rüde drängte Mr. Allyn sich an Mr. Bagshot vorbei und ging zur Tür. „Falls du gehst, George, setze ich alle Hebel in Bewegung, daß du im Testament nicht berücksichtigt wirst!" drohte ihm sein Bruder. „Ich übernehme auch nicht die tausend Pfund, mit denen du dann bei Brooks in der Kreide stehst! Und Drew wird deine Interessen ganz sicher nicht vertreten. Dann kannst du sehen, wo du das Geld auftreibst!"

Die Hand schon auf dem Griff, drehte George Allyn sich abrupt um. „Verdammt, Win, er erbt doch sowieso alles! So ist es immer. Die Armen gehen leer aus, und den Reichen gibt es der Herr im Schlaf! Edwin, ich habe keine Lust, in Greystone Manor zu bleiben. Eigentlich wollte ich Weihnachten bei Wilmington verbringen. Seine Schwester Sandra hat ein Auge auf mich geworfen, und sie ist mindestens zehntausend wert!"

„Ein Tropfen auf den heißen Stein", warf der Viscount ein.

„Für dich vielleicht, aber nicht für mich!" entgegnete George erbost. „Ich muß wieder das nötige Kleingeld haben, ehe die Gläubiger mir das Haus einrennen! Sandra hat es! Ich kann nur jemanden heiraten, der so in mich vernarrt ist wie sie und der es nicht auffällt, daß ich keine gute Partie bin."

„Das persönliche Vermögen Seiner Lordschaft übersteigt siebzigtausend Pfund", erklärte der Anwalt seelenruhig. „Der Betrag kann sogar noch erheblich größer sein, je nachdem, wie hoch der Wert von Greystone Manor geschätzt wird."

„Siebzig..." George Allyn verschlug es die Sprache. „Siebzig... tau... send?" stammelte er dann fassungslos.

„Ja", bestätigte Mr. Bagshot.

George ließ sich in den nächsten Sessel fallen. „Na ja, Sandras Sommersprossen finde ich ohnehin scheußlich!" sagte er achselzuckend.

„Wie gut für Wilmingtons Schwester!" murmelte Lord Swynford und unterdrückte ein Lächeln.

Beklommen schaute Maria Jeffries durch das abendliche Schneegestöber auf die imposanten Säulen des herrschaftlichen Anwesens, vor dem die Droschke gehalten hatte.

„Das muß ein Irrtum sein", sagte sie unbehaglich. Bisher war sie überzeugt gewesen, ihre Schwester Jennifer habe stark übertrieben, wenn sie behauptete, die Familie ihres Gatten sei äußerst wohlhabend.

„Sie wollten doch nach Greystone Manor, Madam", erwiderte der Kutscher und rieb sich die klammen, in verschlissenen Fingerlingen steckenden Hände. „Nun, das ist es."

„Tante Mia, ist das groß!" Mit staunenden Augen schaute ihre

127

Nichte Rebecca auf das beeindruckende Gebäude.

„Ich begreife nicht, warum Seine Lordschaft Ihnen nicht die Equipage geschickt hat, wenn er Sie erwartet, Madam", brummte der Kutscher kopfschüttelnd. „Aber richten Sie Simpson aus, Willie Howell hätte Sie hergefahren. Das macht zwei Shillinge, wenn es recht ist."

Miss Jeffries zog die Kordel des Réticules auf, holte einige Münzen heraus und drückte dem Mann den geforderten Betrag in die ausgestreckte Hand.

William Howell zählte nach, nickte zufrieden und steckte das Geld ein. Dann stapfte er zur Rückseite des Wagens, löste die Stricke um die beiden Portemanteaux und stellte das Gepäck auf die Erde. „Fröhliche Weihnachten, Madam", sagte er freundlich. „Ihnen und Ihrer netten kleinen Tochter." Er tippte grüßend an die Krempe des abgetragenen Filzhutes, kletterte rasch auf den Kutschbock und knallte mit der Peitsche. Der alte Klepper setzte sich müde in Bewegung, und die Droschke rollte davon.

„So, Becca, nun wirst du deinen Großvater kennenlernen", versprach Miss Jeffries unverzagt, auch wenn sie sich bei weitem nicht so zuversichtlich fühlte. Sie nahm die ledernen Reisetaschen hoch und ging langsam die breite Freitreppe hinauf. „Komm, Kind. Sei so lieb und melde unsere Ankunft."

Rebecca Grey hüpfte die verschneiten Stufen hinauf, hob den schweren Türklopfer an und pochte mehrmals laut gegen die Messingplatte.

In der Kälte und im beißenden Wind zitternd, warteten Maria Jeffries und ihre Nichte eine Weile, bis das Portal endlich von einem älteren Butler geöffnet wurde. Miss Jeffries nahm ihren ganzen Mut zusammen und sagte mit Nachdruck: „Bitte, informieren Sie Lord Rowell, seine Enkelin sei in Begleitung ihrer Tante eingetroffen. Ich hatte Seiner Lordschaft geschrieben, ohne ihm jedoch den genauen Tag unserer Ankunft mitzuteilen."

Der Butler schüttelte nur den Kopf und machte keine Anstalten, Miss Jeffries und das Mädchen eintreten zu lassen. „Ich fürchte, Madam, das ist nicht möglich", erwiderte er unfreundlich.

„Wieso? Sind wir nicht in Greystone Manor?"

„Gewiß, Madam, aber . . ."

„Hören Sie, Simpson! Der sind Sie doch, nicht wahr?" unterbrach Miss Jeffries und fügte, als der Bedienstete nickte, scharf hinzu: „Ich bin nicht den weiten Weg aus Kent hergekommen, um mich von Ihnen zurückweisen zu lassen! Ich bestehe darauf, daß Sie Seiner Lordschaft unseren Besuch melden!"

„Ich bedauere . . ."

„Tante Mia, ich friere!" jammerte Rebecca Grey.

„Nicht nur du!" erklärte ihre Tante, ging an dem verdutzten Butler vorbei in die Halle und stellte das Gepäck ab. Mit selbstverständlicher Gelassenheit zog sie sich die Handschuhe aus, schaute den Diener mit hochgezogenen Brauen an und sagte kühl: „Vielleicht haben Sie mich nicht richtig verstanden, Simpson. Dieses Kind ist Lord Rowells Enkelin, die Tochter seines Sohnes David."

„Auf Anordnung der Ärzte darf Seine Lordschaft keinen Besuch empfangen, Madam", entgegnete der Butler in weniger frostigem Ton.

In diesem Moment kam aus einem der an die Halle grenzenden Räume ein Gentleman, der dem Alter nach nicht John Grey, Baron Rowell, sein konnte. Überrascht schaute Miss Jeffries ihn sekundenlang an. Er sah sehr gut aus, war elegant gekleidet und hatte die gleichen schwarzen Locken wie ihre Nichte. Gleich beim ersten Blick begriff Maria, daß dieser Herr ein vornehmer, kultivierter Mann von Welt war. Seine unpersönliche Miene und der Ausdruck der nußbraunen Augen zeigten ihr jedoch, daß der Gentleman von ihr längst nicht so beeindruckt war wie sie von ihm.

Dennoch hielt sie es für geraten, sich an ihn zu wenden, da der Butler nicht willens zu sein schien, ihrem Wunsche zu entsprechen. „Verzeihen Sie, Sir!" rief sie ihm eindringlich zu. „Würden Sie die Güte haben, Lord Rowell zu benachrichtigen, daß seine Enkelin Rebecca eingetroffen ist? Ich bin Maria Jeffries, ihre Tante mütterlicherseits. Wir werden erwartet."

Der Herr näherte sich, und flüchtiges Interesse flackerte in seinen Augen auf. „Es tut mir leid, Madam. Zur Zeit ist mein Onkel nicht in der Verfassung, gestört zu werden."

„Ich habe ihn am achtundzwanzigsten November brieflich von unserer bevorstehenden Ankunft informiert", erwiderte Miss Jeffries irritiert. Es ärgerte sie, daß auch dieser Gentleman so abweisend war.

Andrew, Viscount Swynford, schaute das kleine Mädchen an und hatte nicht mehr das Gefühl, daß die Frau eine Lügnerin war. Die Ähnlichkeit mit seinem verstorbenen Cousin war unübersehbar, und das Kind hatte auch die gleichen grauen Augen wie David. Unschlüssig betrachtete Andrew die Dame. Unwillkürlich fühlte er sich an eine Gouvernante erinnert, die ihre Schutzbefohlene begleitete. Maria Jeffries war nicht mehr die Jüngste, vermutlich Mitte Zwanzig, und keine überwältigende Schönheit. Ihr Gesicht, die recht gut gewachsene Figur und das äußere Erscheinungsbild hatten nichts an sich, das einen Mann veranlaßt hätte, ihr einen zweiten Blick zu gönnen.

„Wie war der Name der Kleinen?" fragte er schließlich. „Rebecca?"

„Ja. Soweit ich weiß, wurde sie nach der Mutter ihres Vaters genannt."

Der Gentleman verneigte sich leicht. „Gestatten Sie, daß ich mich vorstelle. Ich bin Andrew Carstairs, Lord Rowells Neffe."

„Sie sind Viscount Swynford? Es freut mich, Ihre Bekanntschaft zu machen, Mylord. Mein Schwager hat oft von Ihnen gesprochen und erklärt, Sie seien sein Lieblingsvetter."

Der Viscount zog eine Braue hoch. „Das ist ein etwas zweifelhaftes Kompliment, Madam."

„Sie wissen sicher, daß Ihr Cousin vor ungefähr sechs Jahren gestorben ist, Sir", sagte Miss Jeffries. „Seine Gattin, meine Schwester Jennifer, wurde im Oktober durch eine schleichende Krankheit dahingerafft, und nun steht Rebecca ganz allein da. Deshalb habe ich mich an Lord Rowell gewandt und ihn gebeten, seine Enkelin zu ihm bringen zu dürfen."

„Und er hat Ihnen geantwortet, Madam?" fragte Lord Swynford ungläubig.

„Nein", gab Maria Jeffries ehrlich zu. „Doch da mein Bruder William uns nicht helfen will, hoffte ich, daß Seine Lordschaft Rebecca nicht zurückweist, wenn er sie erst einmal gesehen hat." Erwartungsvoll blickte Miss Jeffries den Viscount an, doch er hüllte sich in Schweigen. „Ich weiß", fügte sie seufzend hinzu, „daß es vermessen von mir ist zu denken, Lord Rowell könne Rebecca Sympathien entgegenbringen. Schließlich ist sie das Kind aus einer Verbindung, die ihm seinen Sohn entfremdet hat.

Aber nach so vielen Jahren läßt sich vielleicht auch sein Herz erweichen. Ich muß es versuchen, Mylord, Rebecca zuliebe!"

Andrew Carstairs betrachte noch einmal das kleine Mädchen. Schwarze Locken quollen unter dem schäbigen Hütchen hervor, und eine schlichte Rotonde aus brauner Wolle bedeckte das einfache blaue Kattunkleidchen. Irgendwie taten das Kind und Miss Jeffries ihm leid. Wahrscheinlich war es das beste, ihnen Geld zu geben und sie fortzuschicken. „Mein Onkel ist sehr krank, Madam", sagte er und runzelte die Stirn. „Sein Befinden hat sich so verschlechtert, daß wir stündlich mit seinem Ableben zu rechnen haben."

Maria Jeffries wurde blaß. Sekundenlang schien der Boden unter ihr zu schwanken. Haltsuchend griff sie nach einem Stuhl und sank kraftlos darauf nieder. „Oh, wie schrecklich!" flüsterte sie erschüttert. „Ich . . . ich dachte, Rebecca könne hier leben. Ich wußte ja nicht . . . Aber ich muß Lord Rowley sprechen, Sir! Unsere Mittel . . . ich weiß nicht, wohin, und . . ."

„Er liegt im Sterben, Madam", unterbrach der Viscount schroff. „Ich wiederhole, wir müssen stündlich mit seinem Ableben rechnen."

Erschrocken riß Rebecca die Augen auf. „Tante Mia, ich will nicht hierbleiben. Bitte, laß uns fortgehen."

Maria wußte, sie war am Ende ihrer Möglichkeiten. Sie hatte ihr letztes Geld verbraucht, um nach Greystone Manor zu gelangen, und nun mußte sie hören, daß Rebeccas Großvater auf dem Sterbebett lag. Allein konnte sie ihre Nichte nicht versorgen. Ihr Bruder hatte ihr unumwunden erklärt, er müsse bereits fünf Mäuler stopfen, und Lady Ransome, bei der sie die Stellung einer Gesellschafterin bekleidete, würde ihr nie gestatten, Rebecca bei sich zu behalten.

„Da es spät ist, Mylord", sagte sie bedrückt, „muß ich Sie bitten, uns für die Nacht Unterkunft zu gewähren. Selbstverständlich werden wir in der Frühe abreisen, falls Sie die Güte haben, uns eine Droschke zu besorgen, die uns nach Chester zurückbringt. Aber ich möchte Sie ersuchen", fügte sie unter Wahrung all ihrer Würde hinzu, „Lord Rowleys Testamentsvollstrecker zu veranlassen, Rebecca einen entsprechenden Betrag für ihre Erziehung auszusetzen."

In diesem Moment wurde die Tür des Raumes ein weiteres Mal geöffnet, und ein anderer junger Mann kam auf die kleine Gruppe zu. „Wer zum Teufel sind denn diese Leute, Drew?" fragte er barsch.

„Rebecca Grey, Davids Tochter, und ihre Tante", antwortete der Viscount ruhig.

„Wer?" George Allyn starrte das Mädchen an, und auf seinem Gesicht spiegelte sich ahnungsvolles Begreifen. „Da soll doch gleich ... Edwin!" brüllte er durch die Halle. „Komm her! Sofort!"

Ein älterer Gentleman in grauem Überrock und hellen Beinkleidern erschien auf der Schwelle des Raumes und sagte entrüstet: „Ich muß doch bitten, Mr. Allyn! Nehmen Sie Rücksicht auf Ihren Onkel!"

„Das haben Sie alles eingefädelt, nicht wahr, Mr. Bagshot?" entgegnete George, ohne die Stimme zu dämpfen. „Nun, mit uns können Sie so etwas nicht machen! Sagen Sie dieser ... dieser Hochstaplerin, sie soll das Balg dahin bringen, wo es hergekommen ist!"

„George, was um Himmels willen ist denn hier los?" Ein dritter junger Mann betrat den Raum, kam näher und starrte Rebecca unverblümt an.

„Darf ich vorstellen, Madam?" sagte der Viscount amüsiert. „Edwin Allyn, mein Cousin, und dieser ... hm ... Herr hier mit dem hochroten Kopf ist sein Bruder George."

„Das sieht doch ein Blinder, was hier los ist!" beantwortete George die Frage seines Bruders. „Dieses Gör hat angeblich unser lieber Vetter David in die Welt gesetzt! Und nun wollen die beiden da sich in Onkel Johns Gunst einschleichen!"

„Rebecca ist David Greys legitime Tochter", entgegnete Maria Jeffries eisig. „Ich habe die Geburtsurkunde bei mir, um das zu beweisen."

„Ja, ja, natürlich", warf der Anwalt beschwichtigend ein. „Wie ich Lord Swynford soeben erklärte, hatte ich Rebeccas Großvater geschrieben, und ..."

„Seine Lordschaft ist schon seit einiger Zeit nicht mehr fähig gewesen, sich persönlich um die Korrespondenz zu kümmern", unterbrach Mr. Bagshot. „Ich fürchte, dadurch ist einiges Durcheinander entstanden. Dafür haben Sie, Mylord, als Haupterbe

Ihres Onkels, doch sicher Verständnis, nicht wahr?"

„Moment mal!" protestierte George Allyn wütend. „Edwin und ich sind ebenso erbberechtigt wie er!"

„Ich nehme an", murmelte Edwin Allyn, „Mr. Bagshot bezog sich darauf, daß Drews Mutter Onkel Johns älteste Schwester war. Vielleicht hat er dadurch einen gewissen Vorrang."

Der Viscount war sicher, daß weder die verstorbene Mrs. Grey noch ihre Tochter Rebecca im Testament berücksichtigt sein würden, da zwischen dem Baron und der Gattin seines Sohnes kein Kontakt bestanden hatte. Dennoch konnte er sich nicht entschließen, Maria Jeffries und ihre Nichte herzlos vor die Tür zu setzen. Dem ärmlichen Aussehen nach zu urteilen, ging es der Dame und der Kleinen nicht sonderlich gut. Außerdem war bald Weihnachten, und da gehörte es sich, eine gewisse Nächstenliebe zu zeigen.

„Ich kann Ihnen nichts versprechen, Madam", wandte er sich an Miss Jeffries, „aber ich will versuchen, mit meinem Onkel über die Angelegenheit zu sprechen. Vermutlich ist ihm bekannt, daß er eine Enkelin hat. Ob er sie jedoch als solche anerkennen wird, ist eine andere Sache."

„Nein!" rief George Allyn unbeherrscht.

„Drew, findest du nicht, daß du . . ."

„Ich glaube, das ist ein guter Gedanke, Mylord", sagte der Anwalt rasch. „Schon allein der Gerechtigkeit zuliebe."

„Ich werde der Haushälterin mitteilen, daß sie zum Dinner zwei weitere Gedecke auflegen soll", fuhr der Viscount gelassen und von den Einwänden seiner Vettern unbeirrt fort. „Und morgen früh wird Mr. Bagshot Ihnen sagen, wie dieser Fall am besten zu handhaben ist."

„Den Teufel wird er tun!" George Allyns Miene war wutverzerrt. „Nur weil du es dir leisten kannst, ein Vermögen in den Wind zu schreiben, hast du noch lange nicht das Recht, mich durch solche Manöver um mein Erbe zu betrügen!"

„Nein danke, Mylord", erwiderte Maria Jeffries und schüttelte den Kopf. „Rebecca und ich sind müde."

„Aber ich habe Hunger, Tante Mia", seufzte das kleine Mädchen. „Zu Hause hätten wir längst gegessen."

„Nun, vielleicht ist die Haushälterin dann so nett und macht uns einen kleinen Imbiß, den wir im Zimmer zu uns nehmen können", räumte Miss Jeffries ein.

„Das wird sich gewiß einrichten lassen", versicherte der Anwalt und winkte Mrs. Crawford heran, die im Hintergrund der Halle auf dem Weg in die Küche war. Er klärte sie über die Situation auf, und bald war alles geregelt. Ein Lakai trug die beiden abgestoßenen Ledertaschen in ein Zimmer, gefolgt von Miss Jeffries und ihrer Nichte.

Rebecca klammerte sich an die Hand ihrer Tante, blickte staunend und mit offenem Mund auf die Damen und Herren in farbenprächtigen Kostümen, die ernst oder heiter aus den Goldrahmen im Treppenhaus blickten, und fragte neugierig: „Ist einer davon mein Papa?"

„Das bezweifele ich, Schätzchen", antwortete Miss Jeffries. „Vermutlich sind das die Bilder deiner Ahnen, und sie haben vor langer, langer Zeit gelebt."

„Wer beweist uns denn, daß dieses Wurm wirklich Davids Kind ist?" hallte George Allyns dröhnende Stimme aus der Halle herauf.

„Es wäre schwierig, das zu bestreiten", hörte Miss Jeffries seinen Bruder antworten.

„Und diese Person! Sie sieht wie eine Gouvernante aus!"

„Wahrscheinlich ist sie es", erwiderte Lord Swynford.

„Willst du etwa, daß sie hierbleibt?" Edwin Allyn klang betroffen.

„Zur Hölle mit ihm, Win", entgegnete George. „Er ist nicht der einzige Erbberechtigte! Wir sind drei, vergiß das nicht, Drew! Du hast hier nicht allein das Sagen!"

„Wir sind vier, mein Lieber", korrigierte ihn sein Cousin gelassen. „Inzwischen sind wir offensichtlich vier Erben, George!"

★

„Ist mein Onkel wach?" flüsterte Andrew, Viscount Swynford, an der offenen Tür des Schlafgemaches.

„Ja", antwortete Dr. Hatch leise, erhob sich aus dem Fauteuil, der neben dem Bett stand, und kam in den Korridor hinaus. „Seine Lordschaft ist jedoch nicht bei klarem Verstand, Sir. Ich mußte ihm gegen die starken Schmerzen eine zusätzliche Dosis

Laudanum geben. Er tut mir leid, daß er so leiden muß. An sich hätte alles schon vor Wochen vorüber sein müssen, aber er wehrt sich gegen das Ende."

„Das ist doch nicht verwunderlich."

„In diesem Falle schon. Ihr Onkel, Mylord, muß schreckliche Qualen erdulden. Im allgemeinen sehnt ein Kranker dann den Tod herbei."

„Glauben Sie, er ist soweit bei Bewußtsein, daß ich ihm mitteilen kann, die Tochter seines Sohnes sei hier?"

„Es gibt Phasen, wo er bei vollem Verstand ist." Der Arzt warf einen Blick zurück in das Zimmer. „Heute nacht jedoch hatte ich nicht diesen Eindruck. Dennoch weiß man nie, was Ihr Onkel begreift und was nicht, Sir. Falls Sie zu ihm hineingehen möchten, bitte ich Sie nur, ihn nicht zu überanstregen. Stellen Sie ihm möglichst wenige Fragen!"

„Gut."

Der Viscount begab sich in das Krankenzimmer, schloß die Tür und wartete einen Moment, bis seine Augen sich an das Dämmerlicht gewöhnt hatten. Dann ging er zum Bett und setzte sich in den Sessel, erschüttert über den Anblick, den sein Onkel bot. Einst ein kräftiger, vitaler Mann, hatte er in starkem Maße abgenommen, und sein Gesicht war grau und eingefallen. Die Augen lagen tief in den Höhlen, und die bleichen Lider waren geschlossen. Andrew Carstairs überlegte, ob es nicht besser sei, den Morgen abzuwarten und dann mit seinem Onkel zu sprechen.

„Wer ist da?" flüsterte Lord Rowell kaum vernehmbar.

„Ich bin es, Andrew Carstairs", antwortete der Viscount leise.

„Andrew!" Der Baron schlug die Augen auf und versuchte mühevoll, sich aufzurichten. Die Anstrengung war jedoch zu groß, und matt sank er auf das Lager zurück. „Bagshot hat nach dir geschickt, nicht wahr?"

„Ja, und George und Edwin Allyn sind auch hier."

„Warum?" murmelte Lord Rowell schwer atmend und fügte schwach hinzu: „Kann man mich nicht in Ruhe sterben lassen?"

Sekundenlang war Lord Swynford um eine Antwort verlegen. Schweigend betrachtete er den Mann, für den er nie große Sympathie empfunden hatte, und erwiderte schließlich: „Wir sind da, um Weihnachten mit dir zu feiern, Onkel. Diese Freude wirst du uns doch nicht verderben wollen."

„Ach, trag nicht so dick auf, Andrew!" sagte der Baron und schaute seinen Neffen ernst an. „Der verdammte Quacksalber hat mich gepiesackt und endlos oft zur Ader gelassen, aber ohne jeden Erfolg. Jetzt ist er mit seiner Weisheit am Ende und trichtert mir Laudanum ein. Aber ich will in meinen letzten Stunden nicht nur vor mich hin dämmern. Mein Verstand ist noch sehr rege. Nur mein alter Körper will nicht mehr wie ich!"

„Das tut mir leid, Onkel."

Flüchtig erschien wieder der scharfsinnige Ausdruck in Lord Rowells Augen, der seinen Blick früher so durchdringend gemacht hatte. „Was tut dir leid? Das ist doch nicht deine Schuld!" Ein plötzlicher Schmerz ließ den Baron qualvoll das Gesicht verziehen, und keuchend rang er um Atem. „Außerdem erhältst du alles, wenn ich nicht mehr bin. Also tu nicht so, als würdest du mich vermissen."

„Ich verfüge über das Vermögen der Carstairs", widersprach der Viscount ruhig. „Folglich nage ich nicht am Hungertuch."

„Ja, die Carstairs waren immer gut gepolstert. Ich dachte eigentlich, deine Mutter würde alles verschleudern, aber sie hat nicht lange genug gelebt."

„Sprich doch nicht soviel, Onkel", mahnte Andrew Carstairs besorgt.

„Welchen Tag haben wir heute?" flüsterte der Baron mit fahlen Lippen.

„Den achtzehnten Dezember."

„Eine Woche vor Weihnachten." Lord Rowell machte eine kurze, nachdenkliche Pause, ehe er fragte: „Edwin und George Allyn sind ebenfalls hier?"

„Ja."

„Diese Aasgeier!" Der Baron schniefte verächtlich. „Sie wollten nicht kommen, nicht wahr? Ich bin auch überrascht, daß du in Greystone Manor bist, ein lebenslustiger Kerl wie du! Du hast Besseres zu tun, als mir beim Sterben zuzusehen."

„Hm, es war das kleinere Übel, Onkel, nach Cheshire zu kommen", erwiderte Lord Swynford in bewußt leichtem Ton. „Dadurch bin ich der Gefahr entronnen, mir Ehefesseln anlegen zu lassen."

Ein neuer Schmerzanfall plagte den Baron, und angstvoll preßte er die Hand auf das Herz. „Du hättest . . .", röchelte er,

136

„ . . . deine Pflicht . . . tun sollen." Mit zitternden Fingern bemühte er sich, nach dem Fläschchen auf dem Nachttisch zu greifen, sank jedoch ermattet auf das Kissen zurück. „Ich brauche einige Tropfen von dem verfluchten Zeug", wisperte er tonlos.

„Hast du das Medikament nicht erst vor kurzem eingenommen?"

Schweißperlen standen dem Baron auf der Stirn, untrügerisches Zeichen, daß er litt. „Ja", keuchte er, „aber es hilft nicht immer. Ich muß von Zeit zu Zeit mehr einnehmen, auch wenn ich nicht will. Nachts ist es am schlimmsten."

Der Viscount griff nach dem Flakon. „Wieviel benötigst du?"

„Zwölf Tropfen."

Andrew Carstairs zählte die Hälfte in ein leeres Glas ab und goß etwas Wasser aus einer geschliffenen Karaffe hinzu. Die zusätzliche Menge mußte genügen, um seinem Onkel die unerträglichen Beschwerden zu erleichtern. Er hob ihn leicht an, hielt ihm das Glas an die Lippen und wartete, bis es geleert war. Dann ließ er ihn sacht auf das Lager zurücksinken.

Eine Weile lag Lord Rowell still da und schien eingeschlafen zu sein. Plötzlich schlug er jedoch die Augen auf und äußerte mit sehr viel kräftigerer Stimme: „Es heißt, die Seele eines Menschen würde im Jenseits von den Geistern seiner Anverwandten begrüßt. Glaubst du das, Andrew?"

Im ersten Moment war der Viscount viel zu verblüfft, um gleich zu antworten. Über diese Philosophie hatte er noch nie nachgedacht. Er zauderte einige Sekunden und sagte dann: „Ich weiß es nicht. Aber ich hätte nichts dagegen, wenn es so wäre."

„Auf mich wird niemand warten."

„Doch, Tante Rebecca!"

„Auch das noch!"

„Onkel, ich kann nicht viel zu diesem Thema beitragen. Du solltest jetzt wirklich ruhen."

„Dazu habe ich eine Ewigkeit Zeit. Nein, meine Gattin wird mich nicht willkommen heißen, und Johnny auch nicht. Weder Rebecca noch mein ältester Sohn haben mir verziehen, daß ich mich von David losgesagt hatte." Lord Rowell drehte den Kopf zur Seite, bis er seinem Neffen in die Augen sehen konnte. „Aber ich wollte meinem Jüngsten eine Lehre erteilen. Woher sollte ich wissen, daß er vor mir sterben würde?"

„Onkel, es ist nicht gut, wenn du soviel sprichst", mahnte Lord Swynford.

Der Baron achtete nicht auf ihn, und die Tränen traten ihm in die Augen. „Ich glaubte, diese Heirat verhindern zu können. Mehr wollte ich gar nicht. Er sollte sich nicht an irgendeine hergelaufene Frau wegwerfen."

„Das ist lange her", sagte der Viscount beschwichtigend.

„Er war mein Sohn und wollte meinen Segen", fuhr der Baron unbeirrt fort. „Später, nachdem er abgereist war, schrieb er mir. Ich habe seine Briefe verbrannt."

So wenig Andrew Carstairs seinen Onkel mochte, so sehr dauerte er ihn jetzt. „Niemand kann rückgängig machen, was er einmal getan hat. Nicht das Gestern zählt, nur das, was heute oder morgen geschieht."

„Nachdem ich David verstoßen hatte, tröstete ich mich damit, ja noch einen Sohn zu haben", murmelte der Baron mit leiser werdender Stimme vor sich hin, und der Viscount war genötigt, sich etwas vorzubeugen, um besser verstehen zu können. „Dann fiel Johnny, und diese Frau schrieb mir, auch David sei nicht mehr unter uns. Jetzt liegt er in fremder Erde begraben. Ich wollte seine Gattin nicht sehen. Ihretwegen ist meine Rebecca an gebrochenem Herzen gestorben. Das weiß ich." Das Selbstmitleid überkam Lord Rowell, und mit schwacher Geste strich er sich eine Träne von der faltigen Wange. „Könnte ich David doch noch einmal sehen! Mehr wünsche ich mir nicht." Erschöpft drehte er das Gesicht zur anderen Seite und schloß die Augen.

Lord Swynford lehnte sich im Sessel zurück und dachte an die Zeit zurück, als er soeben aus Oxford zurückgekommen war. Damals, vor zwölf Jahren, war sein Vetter David mit der Gouvernante einer Familie aus Bath durchgebrannt. Eigentlich hatte David, mit dem Segen und Einverständnis seines Vaters, um die Hand der ältesten Tochter dieser Familie anhalten sollen, und natürlich war es dann zu einem furchtbaren Skandal gekommen. Lord Rowell hatte David enterbt, und das Ergebnis war eine dauerhafte Entfremdung zwischen Vater und Sohn. Innerhalb von sechs Jahren waren beide Söhne des Barons gestorben, Johnny im Krieg, und David später an einer tückischen Krankheit. „Ich glaube, David hat dir vergeben, Onkel John", sagte Andrew,

Viscount Swynford, nach einer Weile laut. „Es ist wohl ein Zeichen der Vorsehung, daß seine Tochter heute in Greystone Manor eingetroffen ist. Sie ist ihrem Vater wie aus dem Gesicht geschnitten. Ihre Mutter ist inzwischen ebenfalls verstorben, und . . . Onkel John? Hörst du mir zu?"

Da Andrew keine Antwort bekam, berührte er sacht die Schulter des Barons und merkte, daß die zusätzliche Dosis des Betäubungsmittels ihre Wirkung nicht verfehlt hatte. Still blieb er am Bett des Kranken sitzen, starrte schweigend in das flackernde Licht der Kerze und bedauerte, daß er das Gespräch nicht früher auf die Tochter seines Cousins gebracht hatte. Andererseits war es vielleicht jetzt auch nicht mehr von Bedeutung. Wenn sein Onkel der Familie seines Sohnes die Hand hätte reichen wollen, wäre das schon in den vergangenen sechs Jahren möglich gewesen. Trotzdem hatte Lord Rowell jeden Schritt unterlassen, sich mit David oder dessen Familie zu versöhnen. Unwillkürlich fragte Andrew Carstairs sich, warum er sich überhaupt mit Rebecca Grey befaßte. An sich konnte sie ihm vollkommen gleichgültig sein, und noch vor einer Stunde hatte er nichts von ihrer Existenz gewußt. Vielleicht lag es daran, daß er das Gefühl hatte, seinerseits dazu beitragen zu sollen, vergangenes Unrecht wiedergutzumachen, obgleich er sich nicht vorwerfen mußte, die Beziehung zu seinem Cousin abgebrochen zu haben. Kaum waren David und seine geliebte Gouvernante verheiratet, hatten sie jeden Kontakt zu ihren Verwandten abgebrochen.

Die kleine Rebecca mit ihren großen grauen Augen erinnerte den Viscount jedoch an die eigene Kindheit. Und außerdem war Weihnachten. Selbst wenn diesmal das Fest zu den unangenehmsten Erinnerungen seines Lebens zählen würde, so war und blieb es das Fest christlicher Nächstenliebe.

Seit dem Tode ihrer Mutter hatte Rebecca Grey ihre Tante nicht mehr weinen sehen, doch nun liefen ihr die Tränen über das Gesicht. Rebecca ging zum Bett, auf das Maria Jeffries sich verzweifelt hingesetzt hatte, legte tröstend den Arm auf ihre Schulter und sagte zaghaft: „Tante Mia . . ."

„Ich habe eine Dummheit begangen", flüsterte Maria, hob den

139

Kopf und tupfte sich mit einem Spitzentuch die feuchten Wangen ab. „Ich hätte auf die Antwort deines Großvaters warten sollen. Aber ich glaubte, wenn er dich kennenlernen würde, könntest du bei ihm bleiben."

„Ich möchte lieber bei dir sein, Tante Mia", erwiderte das Kind. „Ich will keine vornehme Dame werden."

„Aber du gehörst hierher, Becca", widersprach ihre Tante. „Sieh dir doch an, in welch schöner Umgebung du leben würdest! Der Baron hätte dir viel mehr bieten können als ich. Du bist seine Enkelin und hast das Recht, in Greystone Manor zu leben. Ich weiß, dein Vater hätte es so gewollt!"

Das Mädchen kletterte auf das Bett, kniete sich hin und schlang Miss Jeffries die Arme um den Hals. „Nein, Tante Mia, laß uns zusammenbleiben. Es ist mir gleich, ob Lady Ransome mich mag oder nicht."

Maria biß sich auf die Unterlippe. Die betagte Lady Ransome hatte ihr eindeutig zu verstehen gegeben, daß Rebecca nicht erwünscht sei. Das Kind in fremde Hände zu geben, kam jedoch nicht in Frage. In ihrem achtjährigen Leben hatte das Mädchen schon zuviel durchmachen müssen.

Maria trocknete sich die Augen, zwang sich zu einem Lächeln und sagte betont aufmunternd: „Ich habe Lady Ransome nie besonders gern gehabt, Becca. Wir werden uns eben etwas anderes suchen müssen. Vielleicht finde ich bei einer netten Familie eine neue Anstellung, zum Beispiel als Gouvernante, und wo man keine Einwände gegen dich erhebt."

„Du könntest ja Mr. Perkins heiraten, falls er dich will", schlug Rebecca treuherzig vor.

„Nein, Schätzchen, so aussichtslos ist unsere Situation noch nicht", wehrte Maria lächelnd ab. „Eher mache ich mich selbständig! Mr. Perkins ist genau die Art von Mann, der nur heiratet, weil er sich die Ausgaben für eine Haushälterin ersparen will."

„Du könntest Modistin werden! Dann hätte ich immer schöne Kleider!" erwiderte Rebecca eifrig. „Lady Ransome meinte, du seist sehr geschickt mit Nadel und Faden."

„Ich fürchte, das ist übertrieben. Nein, eine Stellung als Erzieherin wäre mir lieber."

„Ist der Viscount wirklich mein Vetter?" wechselte das Mädchen unversehens das Thema.

„Als Neffe deines Großvaters ist er dein Cousin zweiten Grades. Warum willst du das wissen?"

„Ach, nur so", antwortete Rebecca, hüpfte vom Bett und ging zum Fenster. „Ist er sehr reich?" fragte sie, während sie durch die Scheibe starrte.

„Das weiß ich nicht. Ich hatte weder die Zeit noch das Interesse, mich über das gesellschaftliche Leben auf dem laufenden zu halten. Im übrigen sollte man einen Menschen nie nach dem Äußeren beurteilen, Becca. Die Welt ist voller elegant gekleideter Gentlemen, die mit einem Fuß bereits im Schuldturm stehen."

Rebecca rümpfte die Nase. „Dieser George Allyn ist ein furchtbar unhöflicher Mensch, und sein Bruder ein Langweiler! Der netteste ist Lord Swynford."

„Nun, möglicherweise verbirgt er seine Abneigung nur besser als die beiden anderen. Im übrigen hatte ich keine Ahnung, daß die drei hier sein würden. Ich dachte, du könntest deinen Großvater ungestört kennenlernen."

„Ich will nicht in diesem Haus leben."

„Ich weiß", sagte Maria besänftigend. „Aber es wäre . . ."

„Warum sind wir nicht schon früher einmal zu Großvater gefahren?" unterbrach Rebecca und schaute ihre Tante neugierig an.

„Dein Vater und er kamen nicht gut miteinander aus, Becca", erklärte sie und wußte, daß diese Formulierung eine starke Untertreibung war.

„Aus welchem Grund?"

„Es würde zu lange dauern, dir das zu erzählen, Schätzchen. Komm, es ist besser, wir gehen schlafen, falls wir morgen früh abreisen sollten."

Das Kind drehte sich wieder zum Fenster um und blickte auf die dunkle Auffahrt hinunter. „Auch wenn ich nicht in Greystone Manor wohnen will, Tante Mia, möchte ich Großvater einmal sehen. Er kannte Papa."

„Ja, das verstehe ich. Unter den gegebenen Umständen ist es jedoch ratsamer, ihn nicht zu stören", entgegnete Maria ruhig. „Offenbar ist er sehr krank, und dann ist es besser, wenn du ihn nicht so in Erinnerung behältst."

„Er hätte mir etwas über Papa sagen können."

„Was möchtest du denn wissen? Vielleicht kann ich dir helfen."

„Du warst ja nicht hier, als er noch so klein war wie ich. Sieh mal, Tante Mia, es schneit wieder."

Die Mitteilung trug nicht dazu bei, Marias niedergeschlagene Stimmung zu heben. Selbst die Natur schien sich gegen sie verschworen zu haben. „Laß es schneien, Liebling", erwiderte sie müde. „Meinetwegen könnte draußen der fürchterlichste Schneesturm toben. Das einzig Unangenehme daran wäre nur, daß wir hier dann noch einen Tag verbringen müssen."

„Glaubst du, daß er so aussieht wie Papa?"

„Wer? Oh, du meinst deinen Großvater! Nun, natürlich ist er viel älter, und die Krankheit mag ihn gezeichnet haben."

„So wie Mama?"

„Ja."

„Sie sagte immer, ich hätte nichts von ihr und sähe nur Papa ähnlich. Aber ich entsinne mich nicht mehr genau, wie er aussah."

„Deine Mutter hatte recht, Becca." Maria stand auf, zog die Vorhänge zu und nahm das Kind bei der Hand. „Komm, Schatz, du mußt ins Bett."

Sie half ihrer Nichte beim Ausziehen, kleidete sich dann selbst rasch aus und schlüpfte neben dem Mädchen unter die Decke.

Rebecca kuschelte sich an ihre Tante, die den Arm um sie gelegt hatte. „Ich wünsche mir immer noch, Großvater wenigstens einmal zu sehen", seufzte sie sehnsüchtig.

Die Kerzen waren heruntergebrannt, und zuckende Schatten tanzten über die Wände. Nur das monotone Ticken der Kaminuhr durchbrach die Stille. Erinnerungen plagten den Kranken, Dämonen der Vergangenheit, die ihn verfolgten und gegen die er machtlos war. Ruhelos und schweißgebadet lag er unter den Decken und hoffte, daß jemand kommen und ihm mit einer weiteren Dosis Laudanum von den Schmerzen befreien würde.

Irgend etwas schien sich am Ende des Bettes zu bewegen. Mühevoll quälte er sich in eine halb sitzende, halb liegende Position, starrte in die Düsternis und flüsterte bang: „Wer ist da?"

Niemand antwortete. Die Draperien des Bettes schienen zu schwanken, und dann sah es aus, als husche eine Gestalt vorbei.

„Verdammt! Wer ist da?" wiederholte der Baron lauter, hustete und rang keuchend um Atem.

Ein weißes Schemen geisterte durch den Raum, näherte sich und nahm verschwommene Formen an.

Lord Rowell meinte, die Fantasie gaukle ihm ein Zerrbild vor. Doch es war kein Irrtum! Dort, am Bett zwischen den Vorhängen, stand sein kleiner schwarzlockiger Sohn! David war gekommen! Sein David war hier, um ihm die Hand zu reichen und ihn in das Totenreich zu führen!

„David! David!" flüsterte der Baron bewegt, und Tränen des Glücks rannen ihm über die faltigen Wangen. „David! Komm zu mir, damit ich dich in die Arme nehmen kann! Nein, warte!" fügte Lord Rowell ängstlich hinzu, als das Wesen zurückwich. „Nimm mich mit! Verlaß mich nicht noch einmal!" Mit aller Kraft stützte er sich hoch und streckte bittend die Hände aus.

Das Kind zauderte und machte einen zögernden Schritt. Plötzlich ging die Tür auf, und im flackernden Licht brennender Kerzen zeichneten sich die Umrisse eines Mannes auf der Schwelle ab. Erschrocken blieb des Geschöpf stehen und blickte furchtsam, mit großen glänzenden Augen im schmalen, blassen Gesicht, zum Eingang.

„Was geht hier vor sich?" fragte Dr. Hatch ungehalten, betrat den Raum und schaute das Kind verblüfft an. „Was zum Teufel hast du hier zu suchen?"

„David!" stöhnte der Baron und fiel matt auf das Kissen zurück.

„Was treibst du hier?" herrschte der Arzt das Mädchen an. „Ich habe strikte Anweisung erteilt, Seine Lordschaft nicht zu stören!"

„Ich wollte doch nur Großvater sehen", erwiderte Rebecca Grey kleinlaut.

„Verschwinde!" entgegnete Dr. Hatch brüsk, trat ans Bett und sah den Kranken besorgt an. „Merkst du nicht, daß du ihn furchtbar erschreckt hast?"

„Was ist denn?" erkundigte sich Andrew, Viscount Swynford, während er in das Zimmer kam und rasch die Schlaufen des brokatenen Banyan schloß. „Ist mein Onkel . . ?"

„Nein, das Kind ist hier eingedrungen", antwortete der Doktor unwirsch.

„Ich wollte wissen, ob Großvater wie Papa aussieht", sagte

143

Rebecca trotzig.

„Nun mach und geh wieder ins Bett", befahl Dr. Hatch über die Schulter, griff nach dem Flakon und zählte einige Tropfen in das Glas. „Das ist jetzt nicht der richtige Ort für kleine Mädchen."

Lord Swynford warf der Tochter seines Cousins einen mitfühlenden Blick zu. In dem langen weißen Hemdchen sah sie zierlich und zerbrechlich aus, und die schwarzen Locken hingen ihr offen um das feine Gesicht. Sie machte keine Anstalten, das Schlafgemach zu verlassen, und schaute dem Viscount furchtlos in die Augen. Es rührte ihn, wie traurig und ernst ihr Blick war.

„Du hast doch gehört, was der Doktor sagte, nicht wahr?" fragte er weich.

„Ja", seufzte sie. „Tante Mia wird mir böse sein. Sie werden ihr doch nichts erzählen?"

„Ich fürchte, sie weiß es bereits", sagte der Viscount und wies mit einem Nicken zur offenen Tür.

„Oh!"

Maria Jeffries war sichtlich in aller Eile zum Zimmer des Barons gelaufen und verknotete noch den Gürtel des schlichten Déshabillés. „Becca!" murmelte sie entgeistert. „Ach, du meine Güte!"

„Ich hatte Angst, Großvater nicht zu sehen, falls wir morgen früh abreisen, Tante Mia", erklärte ihre Nichte schüchtern. „Ich wollte ihn nicht erschrecken, wirklich nicht!"

„Natürlich nicht. Trotzdem hättest du hier nicht eindringen dürfen. Geh sofort wieder ins Bett!" entgegnete Miss Jeffries streng.

Rebecca blickte scheu zu dem Kranken hinüber, der reglos und mit geschlossenen Lidern auf dem Kissen ruhte. „Entschuldige, Großpapa", flüsterte sie befangen, knickste vor den Herren und lief rasch aus dem Raum.

„Was hat das zu bedeuten?" fragte George Allyn laut, während er in das Krankenzimmer stürmte. „Ist Onkel John gestorben?"

„Ja, was ist passiert?" fiel Edwin Allyn an, der seinem Bruder auf dem Fuße folgte.

„Geht es Seiner Lordschaft schlechter?" erkundigte Miss Jeffries sich angstvoll.

„Zum Teufel, kann mir jemand sagen, was hier vor sich geht?"

George stapfte an das Krankenlager und lugte dem Arzt über die Schulter. „Hat Onkel John das Zeitliche gesegnet?"

„Nein. Das Mädchen hat ihn erschreckt", antwortete Dr. Hatch, nahm dem Baron das Glas von den Lippen und richtete sich auf.

„Wir hätten das Gör gleich vor die Tür setzen sollen", zischte George Allyn wütend und sah Miss Jeffries empört an. „Das ist alles Ihre Schuld! Glauben Sie nur nicht, weil Sie in Greystone Manor geblieben sind, könnten Sie meinem Onkel Honig um den Mund schmieren! Ich will Sie und das Balg hier nicht mehr sehen! Sie haben kein Recht, den Sterbenden so zu erschüttern!"

„George . . ."

„Halt du dich da raus, Win! Ich denke nicht daran . . ."

„Meine Herren", unterbrach Dr. Hatch und hob beschwichtigend die Hände, „wenn Sie sich streiten wollen, dann tun Sie es bitte nicht hier! Seine Lordschaft braucht unbedingt Ruhe!"

„Es tut mir leid, Mylord", wandte Miss Jeffries sich, gekränkt durch George Allyns Ausbruch, an den Viscount. „Kindliche Neugierde hat Rebecca hergetrieben."

„Machen Sie sich keine Gedanken, Madam. Großen Schaden konnte sie nicht anrichten, da mein Onkel sich von seinem Leiden gewiß nicht erholen wird."

„Mag sein", murmelte Maria Jeffries verlegen. „Dennoch bin ich Ihnen dankbar, daß Sie nicht grob zu meiner Nichte waren."

„Warum sollte ich? Kinder kann man nicht für etwas bestrafen, das Erwachsene sie nicht gelehrt haben. Und Rebeccas Neugierde ist doch sehr verständlich."

„Allerdings, Sir", erwiderte Miss Jeffries. „Ich bin die einzige Verwandte, die sie bisher kannte. Man kann es ihr nicht verargen, daß sie auch die anderen Mitglieder der Familie kennenlernen möchte. Gute Nacht, meine Herren!" Brüsk drehte Maria Jeffries sich um und verließ das Schlafgemach des Barons.

Der Viscount zuckte mit den Schultern und trat zum Bett. Flatternd öffneten sich die Lider des Barons, und Andrew Carstairs beugte sich vor, ergriff behutsam die Hand seines Onkels und drückte sie sanft.

„Hättest du gern, daß ich ein Weilchen bei dir sitzen bleibe?" fragte er leise.

„Ja."

„Nein! Das will ich nicht, Drew!" sagte sein Cousin George scharf.

„Möchtest du ihm auch Gesellschaft leisten?"

„Nein!" Plötzlich schien George bewußt zu werden, wie er auf den Baron wirken mußte, und hastig fügte er hinzu: „Ich will, daß er seine Ruhe hat. Oder wäre es dir lieber, wenn ich bei dir bin, Onkel John?"

„Nein."

„Siehst du, Drew? Ich will auch nicht, daß er von diesem Weib und dem Balg noch einmal behelligt wird. Ich habe dir und Bagshot gleich erklärt . . ."

„Nicht jetzt, George", unterbrach ihn sein Bruder Edwin ungehalten. „Morgen sind sie ohnehin nicht mehr da. So, ich gehe jetzt wieder zu Bett und empfehle euch, das gleiche zu tun." Er wandte sich zum Gehen und verließ mit George den Raum.

„Das Mittel wird bald wirken, Mylord", versicherte der Arzt. „Dann wird Seine Lordschaft einige Stunden durchschlafen."

„Ich will nicht schlafen. Noch nicht", murmelte der Baron schwach und richtete den verschwommenen Blick auf seinen Neffen. „Ich glaubte, meinen kleinen Sohn zu sehen", flüsterte er tonlos. „Meinen David."

„Es war seine Tochter, Onkel John. Sie heißt Rebecca und ist mit ihrer Tante heute abend in Greystone Manor eingetroffen."

„Rebecca", wisperte Lord Rowell, und die Lider sanken ihm zu. „Rebecca", wiederholte er kaum noch vernehmbar.

Andrew Carstairs setzte sich in den Sessel, lehnte sich zurück und entschloß sich zu warten, bis sein Onkel eingeschlummert war. Eine lange Zeit verstrich, und das Ticken der Uhr hallte unnatürlich laut durch das stille Zimmer.

Unversehens meinte der Viscount, den Baron reden gehört zu haben. Er erhob sich, neigte sich über das Bett und fragte leise: „Was hast du gesagt?"

„Andrew", erwiderte der Kranke klar und deutlich, „es ist ein gutes Zeichen, daß Rebecca gekommen ist."

★

Andrew, Viscount Swynford, beschloß, sich nicht gleich in sein Zimmer zurückzubegeben, sondern nach dem Brief zu suchen, den Maria Jeffries angeblich an seinen Onkel geschrieben hatte. Langsam ging er die Treppe zur Bibliothek hinunter, sah überrascht Licht unter der Tür hervorschimmern und war noch erstaunter, als er beim Betreten des Raumes Rebeccas Tante vorfand.

Hastig drehte sie sich um. „Oh, verzeihen Sie mein Eindringen", sagte sie schuldbewußt. „Aber Mr. Bagshot versicherte mir, niemand hätte etwas dagegen, wenn ich mir ein Buch holen würde."

Andrew Carstairs zuckte mit den Schultern. „Falls Sie hier überhaupt etwas Lesenswertes vorfinden, Miss Jeffries! Oder ist es Mrs. Jeffries?"

„Ich bin nicht verheiratet", antwortete Rebeccas Tante.

„An sich hätte ich erwartet, daß Sie jetzt bei Ihrer Nichte sind."

Miss Jeffries errötete leicht. „Sie ist gleich eingeschlafen, Sir. Ich hingegen bekam kein Auge zu."

„Dann ergeht es Ihnen nicht anders als mir, Madam", erwiderte der Viscount ruhig.

Maria warf einen besorgten Blick zur geschlossenen Tür. „Sind die anderen . . ."

„Falls Sie fürchten, man könnte meine Anwesenheit hier mißverstehen, befinden Sie sich im Irrtum. Nicht einmal mein Vetter George käme auf den Gedanken, ich könnte Gefallen an Ihnen finden."

„Wie tröstlich!" entgegnete Maria trocken. „Vermutlich war es als Kompliment gemeint, daß Sie mich nicht für eine leichtfertige Frau halten."

„Die Bemerkung hätten Sie sich ersparen können, Madam." Lord Swynford ließ sich in einen der vor dem noch glimmenden Kaminfeuer stehenden Sessel fallen und griff nach der Cognackaraffe, die neben ihm auf einem Mahagonitischchen stand. „Darf ich Ihnen etwas zu trinken anbieten? Nein, vermutlich nicht. Etwas anderes sehe ich hier jedoch nicht."

„Ich trinke kaum Alkohol, Sir."

„Nein, für eine Gouvernante schickt sich das wohl nicht."

„Ich bin keine Gouvernante", entgegnete Maria irritiert. „Wäre ich es, würde ich mich nicht schämen, es zuzugeben. Ich finde es viel besser, sich den Lebensunterhalt durch ehrbare Arbeit zu verdienen, statt den Lieferanten hohle Versprechungen zu machen, wie es im ‚ton' üblich ist."

Unwillkürlich mußte der Viscount lächeln. „Äußern Sie das nie, wenn mein Cousin George in der Nähe ist", warnte er. „Sonst fühlt er sich in seiner Würde gekränkt." Andrew schenkte sich eine beträchtliche Menge Cognac ein, lehnte sich zurück und betrachtete Miss Jeffries, während er am Glas nippte. „Sagen Sie", fragte er plötzlich, „sind Sie eine Hochstaplerin, wie George vermutet?"

„Wäre ich es, würden Sie dann von mir erwarten, daß ich es Ihnen bestätige?"

„Nein."

Maria nahm ebenfalls Platz, schaute eine Weile in die rotglühende Glut und seufzte dann. „Nein, ich bin Gesellschafterin bei einer älteren Lady, die sehr geizig und launisch ist und dauernd an irgendwelchen eingebildeten Krankheiten leidet. Für die fürstliche Summe von fünfzehn Pfund jährlich darf ich mir ihre Klagen über die schwindende Gesundheit und über sämtliche Verwandten anhören. Und was das Schlimmste ist, Sir, Lady Ransome kann Kinder nicht ausstehen, nicht einmal die eigenen Enkel."

„Äußern Sie sich stets so freimütig, Miss Jeffries?"

„In diesem Fall scheint es mir das beste zu sein. Es fiel mir schwer, mich hilfesuchend an Lord Rowell zu wenden, doch noch schwieriger finde ich es, ihm zu vergeben, wie er sich zu meiner Schwester und ihrem Gatten verhalten hat. Leider bin ich nicht in der Lage, Rebecca so zu erziehen, wie es sich gehört. Seine Lordschaft hingegen könnte ihr das geben, was ihr gebührt."

„Und das wäre?"

Maria warf dem Viscount einen gequälten Blick zu. „Wollen Sie sich über mich lustig machen, Mylord? Sollte der Baron sich von der Krankheit erholen, könnte er seiner Enkelin zumindest eine vernünftige Erziehung angedeihen lassen. Ich möchte, daß Rebecca später einmal ein besseres Leben führt und nicht Gouvernante wie ihre Mutter oder Gesellschafterin wie ich werden muß. Ich hoffe sogar, daß sie eines Tages einen Mann von Stand heiraten kann."

„Und was ist, wenn mein Onkel sterben sollte? Haben Sie es nicht auf sein Erbe abgesehen?"

„Wenn der Wunsch, meine Nichte finanziell abgesichert zu

sehen, mich in Ihren Augen zu einer Abenteurerin macht, kann ich es nicht ändern, Sir", erwiderte Maria ruhig. „Rebecca braucht ein Heim, wo sie eine unbeschwerte Jugend verleben kann. Sie mußte viel zu lange die Aufgaben eines Erwachsenen übernehmen, denn meine Schwester war fast zwei Jahre krank. Dadurch ist ihrer Tochter viel von einer sorgenlosen Kindheit verlorengegangen."

„Nein, Miss Jeffries, ich halte Sie nicht für einen Abenteurerin", widersprach Lord Swynford mit Nachdruck. „Aber gibt es außer Ihnen denn niemanden, der Ihrer Nichte ein Heim bieten könnte?"

Maria lachte bitter auf. „Mein Bruder William, ein sogenannter Diener des Herrn, hat nur ein sehr geringes Einkommen und behauptet, es reiche nicht einmal, die fünf Mäuler seiner Sprößlinge zu stopfen. Und seine Frau würde Rebecca jeden Bissen vorrechnen, den das Kind in den Mund steckt. Wie dem auch sei, wir werden es schon schaffen." Maria erhob sich, nahm das ausgesuchte Buch in die Hand und warf einen Blick darauf. „Bitte entschuldigen Sie mich jetzt, Mylord. Ich bin müde. Vielleicht hilft mir diese Abhandlung über Fauna und Flora Englands beim Einschlafen."

„Haben Sie nichts Besseres gefunden?"

„Nein, die Kabinette, in denen die wertvolleren Bücher stehen, sind leider abgeschlossen."

„Bitte setzen Sie sich doch wieder, Miss Jeffries. Ich glaube, meine Gesellschaft ist unterhaltsamer als das langweilige Naturkundebuch." Abwartend blickte er Rebeccas Tante an und fügte, da sie seinem Wunsch nicht nachkam, aufstehend hinzu: „Sie haben Ihren eigenen Kopf, nicht wahr?"

„Ja. Ich gehöre nicht zu den Menschen, die nach der Pfeife anderer Leute tanzen."

„Oh, von dieser Sorte gibt es genug!" erwiderte der Viscount lächelnd. „Sie scheinen die Ausnahme von der Regel zu sein, Madam. Meinem Charme erliegen Sie jedenfalls nicht so leicht."

„Da ich nicht damit rechnen kann, eine gute Partie zu machen, habe ich es nicht nötig, den Männern schönzutun", erklärte Maria gelassen, doch in ihren nußbraunen Augen schimmerte ein belustigter Funke. „Zumindest habe ich nicht den Ehrgeiz, mich unbedingt zu verheiraten."

„Mit Ihrem Standpunkt kränken Sie die Eitelkeit eines jeden Mannes!"

„Ach, Unsinn! Ich habe einfach keinen Gefallen daran, anderen zu schmeicheln, und möchte in jedem Fall vermeiden, daß ich ein falsches Bild abgebe. Gute Nacht, Sir."

„Bitte warten Sie, Miss Jeffries. Da es ganz den Anschein hat, daß die Pläne, die Sie für Ihre Nichte gemacht haben, sich nicht durchführen lassen, wüßte ich gern, wie wir nach Onkel Johns Tod für Rebecca sorgen sollen."

„Ich hoffte, sie möge hier ein Heim finden, aber da das kaum möglich sein wird, würde ich darum ersuchen, ihr einen gerechten Anteil vom Erbe zuzubilligen und treuhänderisch für sie zu verwalten."

„Und welche Summe erwarten Sie?"

„Da ich mit Rebecca nicht zu Lady Ransome zurück kann, werde ich ein Cottage mieten müssen und dafür wohl hundert Pfund im Jahr benötigen. Selbstverständlich würde ich eine genaue Aufstellung meiner Ausgaben anfertigen."

Der geringe Betrag erstaunte den Viscount. Er gab diese Summe häufig genug für gänzlich unwichtige Kleinigkeiten aus. Ohne seine Überraschung zu zeigen, erwiderte er: „Ja, natürlich. Sie sind eine ungewöhnlich vernünftige Frau, Miss Jeffries."

„Das hoffe ich. Gute Nacht, Mylord." Sie drehte sich um und verließ die Bibliothek.

Lord Swynford blieb noch einen Moment, lehnte sich im Sessel zurück und schaute in die verlöschende Glut. Vielleicht lag es an Weihnachten, doch der Gedanke, Miss Jeffries das Geld zur Verfügung zu stellen, gab ihm ein beruhigendes, zufriedenstellendes Gefühl, der Gerechtigkeit etwas nachhelfen zu können. Törichte, hochgeborene Damen, die ihr Vermögen für Nichtigkeiten verschwendeten, gab es genug in der Welt, während kluge, bescheidene Frauen wie Miss Jeffries sich mit einem untergeordneten Platz begnügen mußten.

Sie war ein eigenartiges Geschöpf. Nicht besonders hübsch, aber nett anzuschauen, und wenn sie lächelte, gewann sie noch. Die nußbraunen Augen waren schön, eigentlich das Bezauberndste an ihrem Gesicht.

Abrupt stand der Viscount auf. Wenn er bereits über Miss Jeffries' Augen nachdachte, war es weit mit ihm gekommen.

Eine Zofe kam und teilte Miss Jeffries höflich mit, Seine Lordschaft wünsche sie und ihre Nichte so schnell wie möglich zu sehen. Da es noch schneite und die Gefahr bestand, daß die Straßen unpassierbar wurden, beeilte Maria Jeffries sich, dem Wunsche des Barons umgehend zu entsprechen.

Im Krankenzimmer angekommen, zupfte sie Rebecca das blaue Jakonettkleidchen zurecht, nahm sie bei der Hand und ging mit sehr gemischten Gefühlen auf das Bett zu. Sie wußte nicht, was sie von dem Mann erwarten durfte, der ihrer Schwester wegen den eigenen Sohn verstoßen hatte. Wäre sie nicht in einer so verzweifelten Lage gewesen, hätte sie Lord Rowell wahrscheinlich verachtet.

Bleich, mit eingefallenen Wangen, das blütenweiße Nachthemd viel zu weit um den abgemagerten Körper, saß er hochaufgerichtet in den Kissen und sah ganz und gar nicht so aus, wie Rebeccas Vater ihn beschrieben hatte. Nur in den Augen stand ein eigenartig leuchtender Glanz.

Der Kammerdiener öffnete die Tür, doch der Baron winkte ihn mit einer herrischen Geste hinaus und sagte brummig: „Ich will das Zeug jetzt nicht nehmen. Ich will einen klaren Kopf behalten. Diese Narkotika machen mich immer ganz benommen", wandte er sich dann an Miss Jeffries. „Nun stehen Sie nicht so herum! Bringen Sie die Kleine endlich zu mir!"

Aufmunternd drückte Maria Jeffries die kleine Hand ihrer Nichte und wagte sich zögernd näher. „Guten Morgen, Mylord", begrüßte sie ihn höflich. „Gestatten Sie mir, Ihnen Ihre Enkelin Rebecca Grey vorzustellen."

Rebecca machte einen Knicks und schaute ihren Großvater neugierig an. Wortlos betrachteten sie sich eine Weile, ehe Lord Rowell leise äußerte: „Ja, es wäre schwer, die Ähnlichkeit zu leugnen, mein Kind. Du bist ganz dein Vater."

„Das hat Mama mir auch erklärt."

Der Baron blickte Miss Jeffries durchdringend an. „Sind Sie die Mutter?"

„Nein, Mylord. Ich bin Miss Maria Jeffries." Ein bitterer Ton schlich sich in ihre Stimme, als sie erklärend hinzufügte: „Meine Schwester ist vor zwei Monaten gestorben, in einem Armenkrankenhaus."

Lord Rowell schloß die Augen, und seine Lippen bebten. „Das

wußte ich nicht."

„Hätte es denn einen Unterschied gemacht, Sir? Hätten Sie ihr geholfen?" fragte Maria vorwurfsvoll, besann sich jedoch rasch und hielt die Tränen zurück, die ihr in die Augen zu steigen drohten. „Verzeihen Sie, Sir. Das hätte ich nicht sagen sollen."

Nachdenklich sah der Baron seine Enkelin an. „Davids Frau hat mich nie um Hilfe gebeten und mir nie geschrieben, daß er ein Kind hat. Ich wußte nichts von der Existenz dieses Mädchens."

„Mein Schwager hat Ihnen die Geburt seiner Tochter mitgeteilt."

„Ich habe seine Briefe nicht gelesen und sie alle verbrannt." Wieder bebten die Lippen des Kranken wie in verhaltenem Schmerz. Er streckte seiner Enkelin die Hand entgegen und flüsterte sehnsüchtig: „Gib mir deine Hand, Rebecca. Ich möchte sie gern halten. Und Sie, Madam, nehmen Sie bitte Platz. Es fällt mir schwer, zu Ihnen hochzuschauen."

Rebecca zauderte sekundenlang, ehe sie zaghaft der Bitte nachkam. Ihr Großvater schloß die knochigen Finger um ihre, hielt sie fest und drückte sie schwach. Langsam betastete er mit der anderen Hand das schmale Gesicht, als wolle er sich vergewissern, daß Rebecca tatsächlich vor ihm stand. „Davids kleines Mädchen", murmelte er, und die Augen wurden ihm feucht. „Hübsch bist du! Wie gemalt!"

„Ihre Mutter war eine schöne Frau", sagte Miss Jeffries betont.

„Ja, ja, das war sie", gab der Baron zu. „Und nun bist du hier, Kindchen, um deinen Großpapa kennenzulernen."

Rebecca warf ihrer im Sessel sitzenden Tante einen Blick zu und sprudelte dann heraus: „Ich wollte bei dir bleiben, aber . . ."

„Sssch, halt den Mund, Becca!" warnte Maria.

„Du wolltest bei mir bleiben?" Erstaunt schaute Lord Rowell erst das Mädchen und dann Miss Jeffries an. „Stimmt das?"

„Ja!" antwortete sie knapp.

„So, so! Nach allem, was geschehen ist? Hätten Sie mir das Kind denn anvertraut?"

„Es tut mir leid, Großpapa, daß du krank bist. Deshalb werde ich bei Tante Mia bleiben", erklärte Rebecca freimütig. „Auch wenn das Schwierigkeiten macht."

Er zuckte plötzlich zusammen und verlor die Farbe. „Hol den

Arzt, Rebecca", keuchte er, nach Atem ringend. „Schnell!"

„Ich werde gehen", erbot sich Miss Jeffries und wollte sich erheben.

„Nein. Schicken Sie das Kind. Ich muß mit Ihnen reden!"

„Becca, lauf schnell hinunter und hole Dr. Hatch, ja?"

Das Mädchen nickte und lief rasch aus dem Raum.

Nachdem Rebecca das Zimmer verlassen hatte, zwang Lord Rowell sich, den Schmerz zu verbergen, schaute Miss Jeffries an und sagte unumwunden: „Wir haben keine Zeit, um die Sache herumzureden, Madam! Was wollen Sie?"

Verblüfft über seine Offenheit, wußte Maria im ersten Moment nicht, was sie antworten sollte. „Es geht nicht darum, Mylord, was ich möchte!" erwiderte sie steif. „Ich würde Sie nicht einmal um einen Penny bitten, hätte ich eine andere Wahl. Ich habe miterlebt, wie Ihr Sohn vor sechs Jahren starb, ohne daß Sie ihm bis dahin die geringste Hilfe gewährt hätten. In diesem Jahr ist seine Gattin verstorben, und auch sie mußte bis zu ihrem Tod ohne Unterstützung für sich selbst oder ihr Töchterchen auskommen."

„Ich sagte Ihnen doch, Miss Jeffries, daß ich nichts gewußt habe", wandte der Baron ein.

„Sie hätten sich eben kümmern sollen", entgegnete sie, hielt inne und besann sich auf den Grund ihres Kommens. „Nun, jetzt ist nichts mehr zu ändern. Viel wichtiger ist, was aus Ihrer Enkelin werden soll. Mein eigenes Einkommen ist sehr klein, Sir. Zur Zeit bin ich Gesellschafterin bei Lady Ransome, einer älteren Witwe, aber sie haßt den Lärm und die Ungelegenheiten, die Kinder erzeugen. Der letzte Wunsch meiner Schwester war, Rebecca zu unserem Bruder William zu bringen. Er ist jedoch so knauserig, daß er ihr nicht einmal ein trockenes Stückchen Brot gönnt." Miss Jeffries machte eine kleine Pause, schaute dem Baron in die Augen und sah, daß er sie aufmerksam beobachtete. Sie holte tief Luft und bekannte ehrlich: „Ich hegte die Hoffnung, Rebecca hier bei Ihnen zu lassen, Mylord. Ich glaubte, wenn Sie Ihre Enkelin kennengelernt hätten, würde sie Ihr Herz erweichen. Natürlich war mir damals nicht bekannt, daß Sie schwer erkrankt sind."

„Das hat Ihnen einen Strich durch die Rechnung gemacht, nicht wahr?" bemerkte Lord Rowell trocken. „Und was nun?"

„Wenn ich zu Lady Ransome zurückkehre, kann ich Rebecca nicht mitnehmen. Dann müßte ich sie zu fremden Leuten geben, und falls das nicht möglich wäre, ein Haus mieten. Mit . . . mit hundert Pfund im Jahr könnte ich ihr ein Heim schaffen, aber . . .“

„Einhundert Pfund?“ wiederholte der Baron, kniff leicht die Augen zusammen und sah Miss Jeffries ungläubig an. „Mehr nicht?“

„Für den Augenblick dürfte das genügen, Sir“, antwortete sie ruhig. „Ich wäre Ihnen jedoch dankbar, wenn Sie Ihrer Enkelin ein Legat aussetzen könnten, damit sie eine vernünftige Erziehung erhalten kann.“

„Ich weiß nicht, ob mir noch die Zeit dazu bleibt, Madam“, erwiderte Lord Rowell und krampfte vor Schmerz die Finger in die Bettdecke. „Ich fürchte, die Uhr meines Lebens ist so gut wie abgelaufen.“

„Das dürfen Sie nicht denken, Sir!“

„Doch!“ entgegnete er bestimmt und runzelte die Stirn. „Nein, es geht nicht, daß eine ledige Dame die Erziehung des Kindes in die Hand nimmt. Die Sache sähe natürlich anders aus, wenn Sie verheiratet wären. Aber ich nehme nicht an, daß Sie . . .“ Er ließ den Satz unvollendet.

„Ich habe in dieser Hinsicht keine Absichten“, sagte Maria betont.

„Bedauerlich“, murmelte der Baron und sah zur Tür, als Dr. Hatch, der Kammerdiener und Rebecca das Zimmer betraten. Miss Jeffries rückte zur Seite, um Platz für den Arzt zu machen.

„Es geht nicht ohne Medizin, nicht wahr?“ Der Doktor griff nach dem Laudanumfläschchen und entstöpselte es.

„Sechs Tropfen reichen aus“, flüsterte Lord Rowell.

„Dann spüren Sie keine Erleichterung, Mylord.“

„Nun gut, dann acht. Ich möchte die letzten Stunden meines Lebens nicht verschlafen.“

Dr. Hatch ließ die gewünschte Menge in das Glas tropfen, füllte es halb mit Wasser auf und reichte es dem Baron. „Sie bleiben bei ihm, Wycliffe“, wandte er sich an den Kammerdiener. „Falls etwas ist, rufen Sie mich sofort.“

Maria hatte begriffen. Das Gespräch mit Lord Rowell war beendet, ohne jedes Ergebnis. Widerstrebend erhob sie sich und sagte: „Rebecca, wünsche deinem Großvater eine gute Nacht."

„Ich fürchte, sie wird nicht sehr angenehm werden", murmelte der Baron, hob das Glas an die Lippen und leerte es. Sich schüttelnd, gab er es dem Arzt zurück, wartete einen Moment, bis Miss Jeffries mit Rebecca gegangen war, und lehnte dann matt den Kopf auf das Kissen. Eine Weile lag er ruhig da, starrte auf den Baldachin und grübelte nach. Er merkte kaum, daß Dr. Hatch leise das Zimmer verließ, denn plötzlich hatte in seinen Gedanken ein Plan Formen angenommen, der seine schwindende Aufmerksamkeit ganz in Anspruch nahm.

„Wycliff!" sagte er in bestimmendem Ton zu seinem Kammerdiener. „Geh hinunter und richte meinen Neffen George und Edwin und Mr. Bagshot aus, daß ich sie umgehend sprechen will. George soll als erster zu mir kommen. Beeile dich! Ich muß die Herren sehen, ehe die Wirkung des Laudanum einsetzt. Du kannst dann schlafen gehen. Ich benötige dich heute abend nicht mehr."

Schweigend stand Wycliffe auf und kam dem Befehl seines Herrn nach. Lord Rowell schloß die Augen. Vielleicht hatte er den richtigen Weg gefunden, vergangenes Unrecht wiedergutzumachen.

„Gott im Himmel", flüsterte er. „Gewähre mir einen letzten Wunsch und laß mich bis Weihnachten leben. Um mehr bitte ich dich nicht."

„Mir scheint, das Gespräch gestern abend mit meinem Onkel ist nicht zu Ihrer Zufriedenheit ausgefallen", sagte Andrew, Viscount Swynford, als er Miss Jeffries' bedrückte Miene sah.

Maria setzte sich an den Frühstückstisch. „Ich bin eben ein Pechvogel", stellte sie niedergeschlagen fest. „Wahrscheinlich hätte ich nichts anderes erwarten dürfen. Auch unter besseren Umständen als den gegebenen hätte ich mich nicht darauf verlassen können, daß Seine Lordschaft einwilligen würde, Rebecca bei sich zu behalten."

„Wo ist sie?"

„Die Haushälterin hat sie in die Küche mitgenommen", antwortete Maria, griff nach einem Stück Toast und der Butterscha-

155

le. „Frischgebackene Plätzchen sind zwar kein nahrhaftes Frühstück für ein Kind, aber ich hatte den Kopf so voller anderer Dinge, daß ich einfach ja gesagt habe."

„Sie tun mir leid", erwiderte der Viscount mitfühlend. „Jetzt haben Ihre Hoffnungen sich in Rauch aufgelöst."

„Es besteht kein Grund, mich zu bemitleiden", entgegnete Maria ungehalten und bestrich den Toast mit Butter und Orangenmarmelade. „Lord Rowell störte es im übrigen, daß ich nicht verheiratet bin. Sonst hätte er mir Rebecca vermutlich anvertraut. Da ich jedoch keine Möglichkeit sehe, diesen Zustand zu ändern, weiß ich mir keinen Ausweg."

„Man soll nie die Hoffnung aufgeben!"

„Heute morgen steht mir der Sinn wirklich nicht nach ironischen Bemerkungen, Mylord!"

„Sie mißverstehen mich, Madam. Ich bewundere die Energie, mit der Sie sich in einer so mißlichen Situation für Ihre Nichte einsetzen. Ich möchte Ihnen einen Vorschlag unterbreiten."

„Bitte!"

„Was halten Sie von eintausendfünfhundert Pfund und einem hübschen Cottage in Hertfordshire?" fragte Lord Swynford lächelnd. „Es würde Ihnen an nichts fehlen, und das Wetter dort ist im allgemeinen sogar recht angenehm."

Sekundenlang glaubte Maria, sie habe nicht richtig gehört, ehe ihr die Bedeutung der Worte klar wurde. Dann errötete sie bis zu den Haarwurzeln, sah den Viscount zornig an und entgegnete entrüstet: „Sir, Sie beleidigen mich!"

„Pardon? Oh, Sie sind einem Irrtum erlegen, Madam!" versicherte er schmunzelnd. „Oder haben Sie etwa gedacht, ich sei ein solcher Flegel, Sie unverhüllt zu bitten, meine Mätresse zu werden? Noch dazu mit einem kleinen Kind unter demselben Dach? Nein, nein, Miss Jeffries, nichts liegt mir ferner als das! Sie sind nicht die Frau, der ich ein solches Arrangement anbieten würde! Fürwahr nicht!"

Sie fühlte sich durch Lord Swynfords Art, den Irrtum aufzuklären, ebenso brüskiert und erniedrigt wie durch die Vermutung, er habe ihr ein ehrenrühriges Angebot gemacht. „Und wie darf ich Ihren Vorschlag verstehen?" fragte sie argwöhnisch.

„Ich greife nur auf das zurück", antwortete der Viscount gelassen, „was Sie selbst gestern erwähnten. Wie alt ist Rebecca jetzt?"

„Acht."

„Da sie noch so jung ist, müßten Sie mit fünfzehnhundert Pfund jährlich in der Lage sein, für ihren Lebensunterhalt und die Erziehung zu sorgen und trotzdem noch eine gewisse Summe beiseite legen zu können. Vermutlich wird Ihre Nichte vermählt sein, ehe der ersparte Betrag aufgebraucht ist. Ich bin bereit, sie in eine Schule für höhere Töchter zu schicken, falls Rebecca das zum gegebenen Zeitpunkt möchte, und auch die Kosten dafür zu tragen."

Maria blickte einen Moment schweigend auf ihren Teller. „Nein, ich kann kein Geld von Ihnen annehmen, Sir", lehnte sie dann ab. „Bei Lord Rowell hatte meine Bitte ihre Berechtigung, doch Ihnen kann ich keinesfalls auf der Tasche liegen."

„Mein Portemonnaie würde es kaum merken, Madam", erklärte der Viscount lächelnd. „Ich kann es mir leisten, für die Tochter meines Cousins zu sorgen."

„Da sind Sie ja, Miss Jeffries!" George Allyn betrat das Morgenzimmer, ließ sich neben seinem Cousin auf einen Stuhl fallen und nickte knapp. „Guten Morgen, Drew. Offenbar will es überhaupt nicht aufhören zu schneien! Na ja, auf diese Weise habe ich wenigstens Gelegenheit, die kleine Rebecca und ihre bezaubernde Tante besser kennenzulernen!" Er schenkte Miss Jeffries ein strahlendes Lächeln. „Bei Tageslicht sehen Sie viel hübscher aus, Madam!"

„Nanu, du hast aber eine beachtliche Kehrtwendung gemacht", stellte Lord Swynford ironisch fest.

„Man muß den Tatsachen ins Auge blicken, mein Lieber. Ich gebe zu, gestern hat mich die Neuigkeit etwas aus der Fassung gebracht, heute morgen finde ich jedoch, daß es nicht richtig wäre, das arme Würmchen einfach im Stich zu lassen. Mach kein so erstauntes Gesicht, Drew! Schließlich ist sie doch Davids Tochter, oder nicht? Ach, wo ist sie überhaupt, Miss Jeffries?"

„In der Küche."

„Hätten Sie Spaß an einer Ausfahrt mit dem Schlitten, Madam? Natürlich mit Ihrer niedlichen Nichte!"

„Bei diesem Wetter willst du nach draußen, George?" Ungläubig schaute der Viscount seinen Cousin an. „Ich dachte, du verabscheust Kälte. Außerdem werden die Wege unpassierbar,

157

wenn es in diesem Maße weiterschneit."

„Wie kommst du auf den Gedanken, ich hätte etwas gegen Schnee einzuwenden? Ganz im Gegenteil, ich liebe ihn. Und Kälte ist so belebend, nicht wahr, Miss Jeffries? Darf ich Ihnen nachschenken?" fragte er und griff nach der Kaffeekanne.

„Nein danke. Ich trinke Tee, Sir."

George Allyn nahm einen Schluck aus seiner Tasse und erkundigte sich dann beiläufig: „Sind Sie eigentlich immer so ... schmucklos gekleidet, Madam? Man könnte meinen, Sie wollten die Männer abschrecken."

„Das gerade nicht. Aber es hat sich noch keiner für mich interessiert."

„Ach, Unsinn! In Ihrem Alter steht die Welt Ihnen doch noch offen! Ich wette, Sie sind höchstens neunzehn! Meinst du nicht auch, Drew?"

„Fünfundzwanzig, würde ich sagen."

„Ach, achten Sie nicht auf ihn, Miss Jeffries. Er ist mit Blindheit geschlagen. Nun, vielleicht doch nicht so ganz", fügte George Allyn rasch hinzu, da sein Cousin die Augenbrauen hochgezogen hatte. „Bei Frauen hat Drew einfach einen anderen Geschmack. Er bevorzugt üppige Blondinen. Mir jedoch sind ruhige und vernünftige Damen lieber."

„Ich bin tatsächlich fünfundzwanzig Jahre alt, Mr. Allyn", warf Maria ein.

„Sie belieben zu scherzen, Madam! Das sieht man Ihnen gar nicht an!" George warf einen nervösen Blick zur Tür. „Nun, was halten Sie von meiner Idee, Madam? Soll Ihnen eine der Zofen einen angewärmten Ziegelstein und eine Pelzdecke bringen? Und falls Sie glauben, für Ihre kleine Nichte sei es zu kalt, können wir auch allein ausfahren. Die Umgebung wird Ihnen gefallen. Der Park ist sehr groß und hübsch angelegt."

„Und du willst ihn Miss Jeffries ohne Begleitung einer Anstandsdame zeigen?"

„Wozu brauchen wir eine Aufpasserin? Wir sind doch Verwandte!"

„Ich werde Rebecca fragen, ob sie mitfahren möchte", äußerte Maria und erhob sich.

„Sind Sie schon mit dem Frühstück fertig?" Erstaunt schüttelte der Viscount den Kopf.

„Ja."

„Ich sagte Ihnen doch", warf George Allyn ein, „daß er dralle Damen schätzt. Ich persönlich finde schlanke, grazile Frauen viel reizvoller."

Maria verließ das Morgenzimmer. Schon in der Halle, hörte sie noch George Allyns dröhnende Stimme: „Eine rasant aussehende Frau, findest du nicht, Drew?" Die Antwort war nicht zu vernehmen. Auf dem Weg in die Küche wunderte Maria sich über den erstaunlichen Wechsel in Mr. Allyns Verhalten. Nun, mochte er sich ausmalen, was er wollte, sie war nicht mehr so unerfahren, um auf seine Schmeicheleien hereinzufallen.

Im Morgenzimmer kämpfte Andrew Carstairs gegen einen Lachanfall an.

„Was ist denn mit dir los?" knurrte sein Cousin.

„Miss Jeffries muß denken, du seist nicht mehr bei Trost. Man könnte glauben, du seist bis über die Ohren in sie verliebt. Verglichen mit deinem gestrigen Benehmen, hast du wirklich eine höchst bemerkenswerte Kehrtwende gemacht!"

„Ich will nur ... ich muß Edwin zuvorkommen, ehe mir die Felle davonschwimmen. Bestimmt hat der alte Knabe ihm das gleiche erklärt wie mir gestern nacht. Wenn einer von uns Miss Jeffries heiratet und Rebecca bei sich aufnimmt, setzt er ihn zum Haupterben ein! Und so schlecht sieht ihre Tante ja auch nicht aus. Jedenfalls ist sie keine Vogelscheuche."

„Nein, ganz und gar nicht. Mit Hilfe einer guten Kammerzofe, einer netteren Frisur und eleganterer Garderobe wäre sie eine sehr attraktive Person. Sie hat sehr schöne Augen."

„Findest du?" George Allyn grinste frech. „Nun, du mußt es ja wissen, Frauenkenner, der du bist!"

„Ich täusche mich jedenfalls selten", erwiderte Andrew, Viscount Swynford, lächelnd.

„Und du nimmst mich jetzt nicht auf den Arm?"

„Nein, überhaupt nicht."

„Gut, dann ist die Sache geregelt", sagte George Allyn erleichtert. „Wenn Miss Jeffries mir keine Schande macht, werde ich sie heiraten."

„Die Frage ist nur, ob sie dich heiraten will."

George runzelte die Stirn, überlegte einen Moment und schüttelte dann den Kopf. „Falls du damit andeuten willst, sie könnte Win den Vorzug geben, kränkst du mich, Drew. Mein Bruder ist ein Langweiler. Sieh dir doch an, wie er sich kleidet! Nein, der einzige, dessen Konkurrenz ich fürchten würde, bist du! Und vor dir bin ich sicher, weil unser Onkel dich nicht in seine Absichten einbezogen hat. Er meinte, du hättest genügend Geld und würdest dich nicht auf seinen Plan einlassen. Und ich finde, damit hat er vollkommen recht."

„Wie rücksichtsvoll von Onkel John", murmelte der Viscount.

„Es ist doch klar", fuhr sein Vetter unbeirrt fort, „daß du eines Tages nur eine Dame von Rang und Stand heiratest und nicht einen Niemand wie Miss Jeffries! Der schlaue Fuchs weiß ganz genau, was du deiner gesellschaftlichen Position schuldig bist. Bei mir und Edwin spielt das keine Rolle. Wir können es uns gar nicht leisten, wählerisch zu sein."

„Ist es nicht ziemlich peinlich, wie ihr Miss Jeffries einschätzt?"

George Allyn ignorierte die Frage, runzelte die Stirn und sagte mürrisch: „Im Moment zerbreche ich mir den Kopf, was mein Bruder Miss Jeffries über mich berichten könnte. Bestimmt stellt er mich als ungehobelten Klotz hin, nur um sie von mir abzuschrecken." George nahm einen Schluck aus einer Tasse, und plötzlich erhellte sich seine Miene. „Wozu mache ich mir Gedanken? Ich muß einfach darauf achten, daß die beiden nie allein sind, das ist alles!" Er warf die Serviette auf den Tisch und stand auf. „So, nun muß ich mich beeilen. Bevor wir ausfahren, muß ich mich erst mit dem Schlitten vertraut machen, damit ich weiß, wie das verdammte Ding gelenkt wird."

„Hast du das denn noch nie getan? Mein Lieber, dann solltest du wohl bes..."

„Unsinn!" fiel George Allyn seinem Cousin ins Wort. „Pferde sind Pferde! Ob Kutsche oder Schlitten, wo ist da der Unterschied?"

„Ich rate dir, nicht querfeldein zu fahren. Sonst bleibst du bestimmt in einer Schneewehe stecken!"

„Ich bin doch kein Trottel!" knurrte George Allyn und verließ das Morgenzimmer.

Lord Swynford blieb eine Weile am Tisch sitzen, lehnte sich zurück und nippte gedankenverloren an seiner Tasse. Irgendwie tat Miss Jeffries ihm leid. Nicht nur, daß die Hoffnungen, ihre Nichte gut unterzubringen, sich zerschlagen hatten, stellten ihr jetzt auch noch seine selbstsüchtigen Vettern nach. Und beide taten es nicht etwa, weil sie Miss Jeffries mochten, sondern nur, um durch eine Heirat mit ihr an Geld zu gelangen. Das war keine beneidenswerte Situation, nicht einmal für eine schlecht bezahlte Gesellschafterin.

Falls sie sich anders kleidete, wäre sie tatsächlich eine gutaussehende Frau. In Gedanken hüllte Andrew sie in duftige Musselingewänder, seidene Balltoiletten und große Abendroben aus schimmerndem Damast und kam zu der Erkenntnis, daß Miss Jeffries' unscheinbares Äußeres nur auf die fehlenden Mittel und nicht auf körperliche Nachteile zurückzuführen war.

Wie anders wirkte Miss Melissa Marchbanks neben Maria Jeffries. Edwin hatte recht mit der Bemerkung, daß Miss Marchbanks ein Einfaltspinsel war, ein dummer, kichernder Backfisch. Von der Frau, an die man sich ein Leben lang binden würde, sollte man eigentlich mehr als nur eine schöne Fassade erwarten dürfen.

Andrew fand es nicht sehr angenehm zu wissen, daß es, abgesehen von seinem guten Aussehen und seiner gesellschaftlichen Stellung, vor allem sein Vermögen war, das ihn zu einem der begehrtesten Junggesellen machte.

„Oh, ich dachte, Mr. Allyn sei noch hier."

Der Viscount blickte auf und sah Miss Jeffries mit ihrer Nichte in der offenen Tür stehen. Die grauen Augen des Mädchens glänzten erwartungsvoll, und das Gesicht war aus Vorfreude auf die bevorstehende Schlittenfahrt gerötet.

„Nun, Rebecca, hast du dir auch warme Handschuhe angezogen?" fragte er freundlich.

„Ja, Mylord", antwortete sie, zog die Hände unter der abgetragenen Rotonde hervor und streckte Lord Swynford die Hände in den schwarzen Fäustlingen entgegen. „Fahren Sie mit uns, Sir?"

„Nein."

Das Kind nickte und sagte altklug: „Jemand muß ja auch bei Großpapa bleiben. Sonst ist er einsam."

„Sind Sie soweit?" fragte George Allyn und steckte den Kopf durch die offene Tür.

Maria nickte, nahm ihre Nichte bei der Hand und ging in die

Halle. Der Viscount stand auf, trat zum Fenster und beobachtete, wie sein Cousin den beiden in den hochsitzigen schwarzlakkierten Schlitten half. Unversehens fühlte Andrew Carstairs sich an ein Weihnachtsfest erinnert, das er mit seinen Vettern David und Johnny in Greystone Manor verbracht hatte. Sein Vater hatte sie mit dem Schlitten zur damals noch in Betrieb befindlichen Mühle gefahren.

Sich vom Fenster abwendend, beschloß er, sobald es zu schneien aufgehört hatte, nach Chester zu reiten und der kleinen Rebecca einen Pelzmuff zu kaufen, damit sie das Fest in guter Erinnerung behielt. Langsam verließ er das Morgenzimmer und begab sich zu seinem Onkel.

★

„Verdammt, Andrew, sie müßten längst zurück sein!" sagte Edwin Allyn wütend. „Wo ist mein Bruder hingefahren?"

Lord Swynford blickte von den Briefen auf, die in der letzten Zeit für seinen Onkel eingetroffen waren. „Deine Besorgnis ehrt dich, Edwin", antwortete er lächelnd. „Möchtest du mir bei der Beantwortung der Korrespondenz behilflich sein? Das würde dich etwas ablenken."

„Verflucht, nein! Ich könnte mich gar nicht konzentrieren. Ich finde, du solltest mit dem Schreiben warten, bis Onkel John nicht mehr da ist. Dann kannst du die Leute von seinem Ableben in Kenntnis setzen."

Der Viscount hörte nicht mehr zu, da er inzwischen auf den Umschlag gestoßen war, nach dem er gesucht hatte. Er riß das Couvert auf, zog das Blatt Papier heraus und begann, Miss Jeffries' Brief an seinen Onkel zu lesen.

Mylord,
ich habe die traurige Pflicht, Ihnen mitzuteilen, daß die Gattin Ihres Sohnes David, meine Schwester Jennifer, im letzten Monat verstorben ist und eine achtjährige Tochter zurückgelassen hat. Rebecca ist ein reizendes Kind, das seinem Vater im Aussehen und Wesen sehr ähnlich ist. Ich bin sicher, Sie werden mit Freuden feststellen, daß sie hübsch und aufgeweckt, wenngleich ein wenig ernst für ihr Alter ist. In Anbetracht des frühen Verlustes der Eltern

ist das jedoch nicht verwunderlich.

Da ich außerstande bin, ihr ein vernünftiges Zuhause zu bieten, und da mein Bruder bereits fünf Kinder zu versorgen hat, werde ich Rebecca zu Ihnen bringen. Ich hoffe, wenn Sie Ihre Nichte einmal gesehen haben, werden Sie Ihrem Herzen einen Stoß geben und sie bei sich behalten wollen. Ich bitte Sie daher, Vorsorge für ihren Aufenthalt und ihr Wohlergehen zu treffen.

Ich gehe davon aus, daß Sie meinem Wunsche entsprechen werden, denn Rebecca ist Ihre Enkelin und sollte nicht darunter leiden, wie Sie zu ihren Eltern gestanden haben. Ich ersuche Sie daher, sie in Ihrer Familie und Ihrem Hause willkommen zu heißen und verspreche Ihnen, dann schweren Herzens alle Bindungen zwischen Rebecca und mir zu lösen.

Unsere Ankunft in Greystone Manor ist davon abhängig, wann Lady Ransome mir einige Zeit Urlaub gewährt, aber es wird im Dezember sein.

Mit dem Ausdruck meiner vorzüglichsten Hochachtung, zeichne ich, Mylord, Ihre sehr ergebene Dienerin
Mary Jeffries

Welche Überwindung mußte es Miss Jeffries gekostet haben, diesen Brief an den Mann zu schreiben, der ihren Schwager enterbt hatte!

„Wie in aller Welt soll ich dieser Frau den Hof machen, wenn mein Bruder sie nicht zurückbringt", unterbrach Edwin Allyn die Gedanken seines Cousins. „Die Zeit brennt mir auf den Nägeln. Ich wette, Onkel John hat seinen Anwalt bereits angewiesen, das Testament zu ändern."

„Ich wüßte gern", sagte der Viscount, ohne auf die Klagen seines Vetters einzugehen, „was du von Rebecca Grey hältst."

„Warum willst du das wissen? Es spielt doch keine Rolle, was ich über das Kind denke! Wenn ich der Haupterbe sein will, muß ich es doch in Kauf nehmen, und diese Miss Jeffries obendrein, wie der Alte es verlangt!"

„Dir könnte Schlimmeres widerfahren."

„Du hast gut reden. Du wirst weder um Miss Jeffries' Hand anhalten noch das Mädchen zu dir nehmen! Aber bei deinem Vermögen hast du es nicht nötig, einen solchen Handel einzugehen. Anders als George und ich schwimmst du ja im Geld!"

„Vergiß nicht, Edwin", erwiderte der Viscount mahnend, „die Ehe ist eine lebenslange Angelegenheit!"

„Ja, leider!" seufzte Edwin Allyn verbittert. „Ich hatte wirklich nicht vor, mich schon jetzt einfangen zu lassen, noch dazu unter diesen Umständen und von einer so farblosen Person!"

„Sitzt du so tief in der Patsche?"

„Bis zum Hals, Drew!"

„Noch schlimmer als George?"

„Nein, aber das will nicht viel heißen. Ich habe gespielt und kann die Schulden nicht begleichen." Edwin Allyn schaute wieder aus dem Fenster. „Was macht George nur so lange? Will er sie mit Gewalt bewegen, ihn zu akzeptieren?"

„Wie hoch stehst du in der Kreide?"

„Mit zwölftausend."

Lord Swynford pfiff leise durch die Zähne.

„George hat mindestens dreitausend mehr", verteidigte sich sein Bruder. Schon im Begriff, sich umzuwenden, warf er noch einen Blick nach draußen und rief verblüfft: „Nanu, da kommt George, allein und zu Fuß! Was hat das zu bedeuten?"

„Allein?" wiederholte der Viscount, stand auf und trat rasch neben seinen Cousin.

„Vielleicht hat Miss Jeffries ihn abgewiesen."

„Er hinkt!"

Ehe Edwin Allyn etwas erwidern konnte, hatte Lord Swynford sich umgedreht und war in die Halle hinausgelaufen. Hastig rannte Edwin ihm nach.

Rot vor Kälte, humpelte George Allyn ins Haus, klopfte sich den Schnee vom Carrick und warf einen finsteren Blick an sich herunter. „Jetzt habe ich mir auch noch ein Paar meiner besten Stiefel ruiniert!" bemerkte er mißmutig.

„Wo sind Miss Jeffries und Rebecca?" fragte sein Bruder aufgeregt.

„Was weiß ich!" erwiderte George verdrossen. „Ich bin halb erfroren und mußte den ganzen Weg durch kniehohe Verwehungen zurückstapfen! Du könntest mich wenigstens bedauern!"

„Wo sind die beiden?" erkundigte Edwin sich in drohendem Ton.

„Durch einen unter dem Schnee verborgenen Baumstamm ist

der Schlitten umgestürzt."

„Antworte mir endlich, George!"

„Verdammt, Win, das versuche ich ja! Wir wurden hinausgeschleudert, die Deichsel brach, und die Pferde rissen sich los."

„George!"

„Mein Gott, wenn dir soviel an Miss Jeffries und dem Kind liegt, dann hol sie doch! Ich bin ein Eisklumpen, und du hast nicht einmal ein Wort des Mitleids für mich übrig! Ich mußte Meilen zurückwandern, Win! Meilen!"

Edwin Allyn packte seinen Bruder bei den Schultern und schüttelte ihn. „Ist Miss Jeffries etwas passiert? Verflucht, rede jetzt!"

„Wo ist der Unfall geschehen, George?" warf der Viscount ruhig ein.

„Bei der alten Mühle. Ich glaube, Miss Jeffries hat sich den Knöchel verstaucht, und das Mädchen blutete im Gesicht. Ansonsten ist alles in Ordnung. Ich habe versucht, Miss Jeffries herzutragen, aber es ging nicht. Ich bin nicht so groß und kräftig wie du, Drew. Deshalb habe ich die beiden zurückgelassen und ihnen die Plaids aus dem Schlitten gebracht. Das Gör wollte ja unbedingt bei seiner Tante bleiben."

„Sie sind in der Mühle?"

„Ja, ich habe die Tür aufgebrochen. Nachdem ich Miss Jeffries und ihre Nichte versorgt hatte, hielt ich nach den Pferden Ausschau, doch sie waren längst über alle Berge. Also mußte ich laufen", stöhnte George Allyn. „Ich bin vollkommen erschöpft und muß mich hinsetzen. Ich habe kein Gefühl mehr in den Füßen. Sie sind bestimmt erfroren!"

„Edwin", wandte Lord Swynford sich an seinen Cousin, „sag der Haushälterin Bescheid, sie soll deinem Bruder ein kaltes Fußbad machen, damit die Blutzirkulation angeregt wird. Ich werde sehen, ob ich einen schweren Leiterwagen oder etwas Ähnliches auftreiben kann, denn eine Kutsche kommt bestimmt nicht mehr durch die Schneeverwehungen."

„Du willst zur Mühle?"

„Selbstverständlich!" bestätigte der Viscount zornig. „Wir können Miss Jeffries und Rebecca bei dieser Kälte doch nicht dort lassen! Du kannst mich gern begleiten, Win, wenn du möchtest."

Edwin Allyn warf einen Blick auf seine teuren Kalbslederstiefel, die er sich bei dem Abenteuer gewiß restlos ruinieren würde. Er zauderte einen Moment, befand dann, er könne sich später mit dem vielen Geld leicht ein neues Paar erstehen, und willigte schließlich widerstrebend ein.

„Das beste ist, wir nehmen Ackerpferde", sagte Lord Swynford. „Sie sind widerstandsfähig und kräftig und ermüden nicht so schnell. Ich hoffe, du schämst dich nicht, auf so etwas zu reiten, Win."

„Ich kann mit jeder Art Pferd umgehen", erwiderte Edwin Allyn in angeberischem Ton. „Nun ja, mit fast jeder Sorte", fügte er kleinlauter hinzu, nachdem er den zweifelnden Blick seines Bruders bemerkt hatte.

„Gut. Hole Decken und komm dann zu den Stallungen." Der Viscount wandte sich ab, sprang die Treppe hinauf und drehte sich auf halber Höhe kurz um. „Und vergiß nicht, eine Flasche Cognac zum Aufwärmen mitzunehmen!"

„Du Stümper!" zischte Edwin seinen Bruder an.

„Es tut mir leid", murmelte George bekümmert. „Ich mußte es wenigstens versuchen. Die Schulden zwangen mich dazu."

★

Im Inneren der Mühle war es düster, und der durch die zerbrochenen Scheiben fauchende Wind wirbelte Schneeflocken herein. Die Tür klappte in den Angeln, und bei jedem Mal drang neue Kälte in den Raum. Maria kauerte sich tiefer in den dunklen Winkel und zog das Plaid enger um sich und ihre Nichte.

„Ta... tan... te Ma... ria", sagte das Kind bibbernd, „mü... müssen wir zu Weihnachten in Grey... stone Ma... Manor bleiben?"

„Ich finde, wir sollten es. Meinst du nicht?"

„Doch."

Maria schlang die Arme fester um Rebecca und drückte sie an sich. „Mein armer Liebling", murmelte sie tröstend, „in diesem Jahr wird das kein schönes Fest für dich."

„Es... stört... mich... nicht, wi... wirklich nicht", erwiderte das Kind zähneklappernd, aber ein trauriger Ton schwang in seiner Stimme mit.

„Nun, wir können es nicht ändern", sagte Maria bekümmert.

„Es ist sehr bedauerlich, daß dein Großvater so krank ist."

„Ja, leider." Rebecca schmiegte sich an ihre Tante. „Aber wenigstens habe ich dich, Tante Mia."

Die Worte des Mädchens rührten Maria. Sie hoffte nur, daß sie nicht allzu lange in dieser Umgebung würde ausharren müssen, damit Rebecca bald wieder ins Warme kam. Um ihretwillen war sie einen Moment fast versucht, George Allyn als Gatten zu akzeptieren, falls er um sie anhalten sollte. Von einem Augenblick zum anderen hatte er sein Verhalten geändert und schien sich für sie zu interessieren. Leise seufzend, begriff sie jedoch bald, daß eine solche Ehe nicht in ihrem Sinne war. Sie wünschte sich einen anderen Mann als den leichtfertigen, aufgeblasenen Mr. Allyn. Der Arme, nach dem Unfall hatte er ein so dummes Gesicht gemacht und noch lächerlicher gewirkt, als er sich bemühte, sie nach Greystone Manor zu tragen.

„Hallo! Miss Jeffries!"

Die Stimme des Viscounts riß Maria aus den Gedanken. „Ich bin hier!" rief sie voll Erleichterung. „Wir sind in der Mühle!"

„Tante Mia, das war Lord Swynford!" Freudig schaute Rebecca sie an, warf das Plaid von den Schultern und sprang auf.

In den rostigen Scharnieren quietschend, wurde die Tür aufgestoßen, und Andrew, Viscount Swynford, betrat den dämmerigen Raum. Sein Filzhut war schneebedeckt; einzelne Flocken hingen ihm in den schwarzen Locken, die ihm unter der kurzen Krempe in die Stirn fielen, und der beißende Wind hatte sein Gesicht gerötet. Lächelnd kam er auf Maria zu.

„Tante Mia! Er kommt uns holen! Genau wie Lochinvar!" jubelte Rebecca und rannte zu ihm.

Sein Lächeln wurde breiter, und fragend zog er eine Braue hoch. „Lochinvar, Kleines? So weit ich mich an die Geschichte erinnerte, war das der Bursche, der die schöne Maid vor sich auf das Pferd hob und sie entführte", erwiderte er schmunzelnd. „Meine liebe Miss Jeffries, ich hatte ja keine Ahnung, daß Ihr literarischer Geschmack sich in so romantischen Bahnen bewegt."

Mühevoll versuchte Maria, sich zu erheben, und war dem Viscount dankbar, daß er ihr half. Ihr Knöchel war geschwollen, und der Fuß tat schrecklich weh. „Das war Sir Gawain, Becca", erklärte sie und sah Lord Swynford entschuldigend an. „Meine

Nichte liebt Sagen und Legenden." Zaghaft versuchte sie, einen Schritt zu gehen, und hielt mit schmerzverzerrter Miene inne. „Ich bin beim Umstürzen des Schlittens sehr unglücklich gefallen", sagte sie und preßte die Lippen zusammen.

„Sie können von Glück reden, wenn der Fuß nur verstaucht und nicht gebrochen ist", erwiderte Lord Swynford ernst. „Bitte bewegen Sie sich nicht." Behutsam untersuchte er den Riß, den Rebecca beim Unfall an der Stirn erlitten hatte. „Du kannst froh sein, Kind, daß es nur eine Schürfwunde ist", beruhigte er das Mädchen. „Ich habe Cognac zum Desinfizieren mitgebracht, Miss Jeffries, oder falls Sie sich aufwärmen möchten."

„Nein danke. Im übrigen hat Becca sich wohl nur an einer scharfen Eiskante geschnitten, als der Schlitten in den zugefrorenen Graben kippte. Ich habe die Wunde bereits mit Schnee ausgewaschen."

„Sehr gut. Die Haushälterin hat bestimmt eine Salbe, mit der die Verletzung behandelt werden kann."

„Ah, da sind Sie, Miss Jeffries!" sagte Edwin Allyn und stapfte in die Mühle. „Ich bedaure außerordentlich, daß mein Bruder Sie allein gelassen hat. Doch nun sind wir hier und erlösen Sie aus der mißlichen Lage. Bei diesem Wetter jagt man ja keinen Hund vor die Tür! Es schneit derart, daß ich mit dem Wagen nicht weitergekommen bin, das Gespann ausschirren und mit ihm herreiten mußte!"

„Dann wird der Rückweg sehr unbequem für Sie werden, Madam", wandte der Viscount sich an Miss Jeffries.

„Oh, das macht ihr bestimmt nicht aus", warf Rebecca ungefragt ein. „Ich weiß, daß sie oft zu Pferd gesessen hat, als sie klein war."

„Nun, ich . . ."

„Ich will mit Mr. Allyn reiten", verkündete Rebecca laut.

Edwin Allyn warf ihr einen finsteren Blick zu. „Nein, nein. Reite du lieber mit Drew, Kleine. Er hat eine bessere Hand im Umgang mit Kindern!"

Störrisch schüttelte das Kind den Kopf. „Nein, er ist größer und kräftiger. Er muß Tante Mia halten, sonst fällt sie hinunter!"

„Win, es wird Zeit, nach Hause zu kommen", sagte Lord Swynford mahnend. „Es wäre ein Wunder, wenn Miss Jeffries und

Rebecca sich bei diesem Abenteuer nur eine Erkältung zuziehen würden. Verzeihen Sie die Vertraulichkeit, Madam", fügte er rasch hinzu, ehe sein Cousin Einwände erheben konnte, und griff unter Marias Arm. „Anders geht es jedoch nicht."

„Nein", stimmte sie leise zu. „Ich hoffe nur, daß ich laufen kann." Sie biß sich auf die Unterlippe, um nicht vor Schmerz aufzuschreien, machte einige unsichere Schritte und lehnte sich dann hilflos gegen den Viscount.

„So funktioniert das nicht!" sagte er bestimmt. „Aus mißverstandener Schicklichkeit den verstauchten Fuß noch mehr zu strapazieren, ist unsinnig! Halt mir die Tür auf, Win!" Im Nu hatte Lord Swynford Miss Jeffries auf die Arme gehoben, ignorierte Marias schwachen Protest und trug sie ins Freie.

„Na, dann komm, du kleines Ungeheuer!" brummte Edwin Allyn unmutig.

„Ich heiße Rebecca!" erwiderte sie vorwurfsvoll.

„So geschneit wie dieses Jahr hat es schon lange nicht mehr", murmelte Mr. Allyn gereizt, während er seinem Vetter den Weg frei machte. „Ich verstehe nicht, warum mein Bruder den absurden Einfall hatte, mit Ihnen eine Schlittenfahrt zu unternehmen, Madam."

Mühelos hob der Viscount Miss Jeffries auf den breiten Rücken des stämmigen Gaules, reichte ihr das Plaid, das Rebecca mitgenommen hatte, und schwang sich dann in den Sattel. „Entschuldigen Sie", sagte er, während er nach den Zügeln griff. „Nein, so kann ich das Pferd nicht lenken", fügte er sofort hinzu. „Sie behindern mich, Madam. Vergessen Sie die Schicklichkeit für eine Weile und klammern Sie sich an mich."

Maria begriff, daß er recht hatte. Im Damensitz und ohne sicheren Halt war es obendrein für sie gefährlich, da sie Gefahr lief, vom Pferd herabzurutschen. Sie sagte sich, daß sie den Viscount ohnehin bald nicht mehr sehen würde, drehte sich halb zur Seite und schlang die Arme um seine Taille.

Er stopfte Miss Jeffries das Plaid fester um die Schultern, beugte sich etwas vor und schützte sie vor dem fauchenden Wind. „Geht es so?" erkundigte er sich besorgt.

Maria war sich der peinlichen Situation nur allzu bewußt und barg, um die Verlegenheit nicht zu zeigen, das Gesicht an dem Kragen des Carrick. „Ja", antwortete sie beklommen.

Edwin Allyn hatte Rebecca auf sein Pferd gesetzt, sich selbst hinaufgeschwungen und wickelte sie nun in eine andere Decke. Auf das kleine, frierende Bündel blickend, spürte er unversehens Mitleid mit dem zitternden Kind. „Auf geht es!" verkündete er betont munter. „Und falls du das Gefühl hast, gleich hinunterzufallen, mußt du es mir rechtzeitig sagen, ja?"

Der Sturm fegte über das Land, trieb den Reitern die Schneeflocken in die Augen und raubte ihnen beinahe die Sicht. Niemand sprach, und je weiter sie sich Greystone Manor näherten, desto weniger kümmerte es Maria, welchen Eindruck sie erweckte. Die Kälte kroch durch das Plaid, drang ihr unter die abgetragene Pelerine und ließ sie in dem leichten Kleid aus gerauhter Baumwolle erstarren. Sie kuschelte sich an Lord Swynford, bewußt seine Wärme suchend, und ignorierte es, daß er einen Arm um sie legte und fest an sich drückte.

„Lochinvar!" äußerte er plötzlich und lachte trocken auf. „Man hat mich mit allem möglichen verglichen, aber noch nie mit einem Ritter in silberner Rüstung!"

„Ich nehme an, Rebecca hat Sir Gawain gemeint."

„Wie dem auch sei, der Vergleich ist in jedem Fall sehr schmeichelhaft."

„Wir haben uns sehr gefreut, Sie zu sehen, Sir."

Lächelnd blickte er auf sie hinunter. Sie wirkte klein, zierlich und zerbrechlich, und unwillkürlich verglich er sie mit den anderen Frauen, die er kannte. Bei keiner hätte er sich gescheut, Nutzen aus der Situation zu ziehen, und jede wäre mit Vergnügen auf seine anzüglichen Bemerkungen oder Zärtlichkeiten eingegangen. Maria Jeffries hingegen war nicht an einem Flirt mit ihm interessiert. Sie suchte nur seine Nähe.

„Wo zum Teufel bleibt Miss Jeffries?" fragte George Allyn beim Dinner und schaute von der Suppe auf.

„Nachdem sie durch deine Ungeschicklichkeit in den Schnee gestürzt ist, hat sie sich wahrscheinlich mit einem Schnupfen ins Bett legen müssen", erwiderte Edwin und zog ein säuerliches Gesicht.

„Gib nicht so an!" entgegnete sein Bruder scharf. „Du hättest

170

das Hindernis auch nicht rechtzeitig entdeckt."

„Ich wäre eben auf der Straße geblieben! Miss Jeffries und ihre Nichte hätten erfrieren können!"

„Du meinst, ich wäre beinahe erfroren! Ganz im Gegensatz zu mir, saßen die beiden ja im Trocknen!"

„Ich glaube, Miss Jeffries ist oben bei Onkel John und liest ihm vor", warf Andrew, Viscount Swynford, ein. „Und Rebecca mußte einen Glühwein trinken und wurde ins Bett gesteckt."

„Weißt du, eigentlich ist sie gar nicht so schlimm", sagte George. „Miss Jeffries, meine ich. An sich hatte ich damit gerechnet, daß sie einen Schreikrampf bekommen oder mir eine Szene machen würde, nachdem der Schlitten umgekippt war, doch nichts dergleichen ist passiert. Ich hätte es schlechter mit ihr treffen können."

„Du meine Güte, übertreib nicht so!" erwiderte Edwin Allyn. „Du würdest sie keines zweiten Blickes würdigen, wenn du durch sie nicht die Möglichkeit hättest, an Onkel Johns Geld zu kommen."

„Ich wette fünfhundert Pfund, daß sie mich nimmt!"

„Mir scheint, Wetten sind jetzt ganz und gar unangebracht", bemerkte Lord Swynford trocken.

„Ganz deiner Meinung", stimmte George zu. „Ich habe sowieso keine fünfhundert Pfund."

„Miss Jeffries wird dich nicht heiraten, du Tolpatsch! Du hättest sie fast zum Krüppel gemacht. Erzähl ihm, Drew, wie du die Ärmste zum Pferd tragen mußtest."

„Ich möchte lieber in Ruhe speisen, wenn es euch recht ist. Meiner Ansicht nach wäre sie eine Närrin, wenn sie einen von euch zum Mann nehmen würde."

„Na, hör mal . . ."

„Sie muß!" entgegnete George gelassen. „Entweder heirate ich sie oder Win. Anders können wir nicht die Hände auf Onkel Johns Vermögen legen."

„Ich begreife nicht, warum du noch in Greystone Manor bleibst", wandte Edwin sich an seinen Cousin. „Für dich steht hier doch nichts auf dem Spiel. Ich meine, du wirst nicht um Miss Jeffries anhalten, da du nicht dazu gezwungen bist."

„Unser Onkel liegt im Sterben", erinnerte der Viscount seinen Vetter. „Außerdem ist Weihnachten."

171

„Das fällt in diesem Jahr aus!" brummte George griesgrämig.

„Wir haben ein Kind im Haus, vergeßt das nicht. Rebecca hat erst vor kurzem die Mutter verloren, und nun wird bald auch ihr Großvater sterben, den sie erst einige Tage kennt. Ich habe mir überlegt, daß wir ihr eine Freude machen sollten."

„Wie bitte?" Verblüfft starrten die beiden Brüder Andrew an.

„Wir könnten ihr eine Kleinigkeit schenken, den großen Salon schmücken und vielleicht einige Weihnachtslieder singen. Irgend etwas eben, das sie ablenkt. Ich bin im Umgang mit Kindern nicht sehr bewandert, wie ich zugeben muß."

„Verdammt, Drew! Glaubst du, ich will mich zum Narren machen?" fragte George Allyn entrüstet. „Ich bin vollkommen unmusikalisch!"

„Ich auch", erklärte Edwin, schob den Teller ein Stückchen vor und stützte die Ellbogen auf den Tisch. „Aber ich könnte mir vorstellen, daß Miss Jeffries sich über eine Gabe freuen würde. Ich werde ihr morgen ein Geschenk besorgen."

„Du bleibst hier!" widersprach George mit allem Nachdruck. „Der Schnee liegt ohnehin viel zu hoch." Er runzelte die Stirn, überlegte einen Moment und murmelte dann nachdenklich: „Vielleicht ist an dem Einfall doch etwas Gutes. Ich könnte mir denken, daß Onkel John . . ."

„Es wird sein letztes Weihnachtsfest sein", unterbrach der Viscount ruhig und widmete sich wieder dem Essen.

Nach dem Dinner suchte Andrew, Viscount Swynford, die Bibliothek auf und sah überrascht, daß Miss Jeffries beim Schein eines einzigen Leuchters lesend in einem der Fauteuils saß. Er räusperte sich, und erschrocken blickte sie vom Buch auf.

„Sie werden sich die Augen verderben, Madam!" sagte er und nahm in einem anderen Sessel vor dem Kamin Platz. „Wie sind Sie denn hier heruntergekommen?"

„Ich bin die Treppe auf einem Bein herabgehüpft", antwortete Maria Jeffries und lächelte verlegen. „Wahrscheinlich hat es unglaublich lächerlich ausgesehen."

„Warum sind Sie dann nicht zum Abendessen gekommen?"

„Mrs. Crawford war so nett und hat von der Köchin einen

kalten Imbiß richten lassen, den Ihr Onkel, Rebecca und ich gemeinsam eingenommen haben, ehe meine Nichte schlafen ging."

„Mir scheint, Sie versuchen, meinen Vettern auszuweichen."

„Ja." Maria seufzte und schaute in das schwach flackernde Kaminfeuer. „Ich benehme mich töricht, nicht wahr?"

„Unter den gegebenen Umständen ist Ihr Verhalten durchaus begreifbar. Ich hoffe nur, daß meine Gegenwart Sie nicht stört."

„Nein." Maria schaute den Viscount an. „Sie sind vernünftiger als Ihre Cousins. Sie stellen mir wenigstens nicht nach!"

„Arme Miss Jeffries!"

„Dabei habe ich keinen Ihrer Vettern in irgendeiner Form ermutigt. Wenn ich mir jedoch noch einmal anhören muß, daß ich Augen schwarz wie die Nacht oder wie glänzendes Ebenholz habe, fürchte ich, bald die Nerven zu verlieren!"

„An dieser Situation bin ich nicht ganz schuldlos, Madam", gestand Andrew Carstairs freimütig.

„Sie?"

„Nun, ich habe George und Edwin gegenüber erwähnt, Sie hätten bezaubernd schöne Augen."

„Wenn auch Sie jetzt Süßholz raspeln wollen, werde ich aufstehen und gehen. Ich bin nicht in der Stimmung, mir Schmeicheleien anzuhören, auch nicht von Ihnen. Es tut mir leid, Mylord", fügte sie seufzend hinzu. „Ich habe einen anstrengenden Tag hinter mir, und das erklärt, weshalb ich etwas gereizt bin."

„Schmerzt der Knöchel noch sehr?"

„Nur, wenn ich stehe."

Lord Swynford warf einen Blick auf das geschwollene Gelenk. „Möchten Sie etwas trinken, Madam? Ein Gläschen Fruchtlikör?"

„Nein danke. Es ist mir lieber, wenn Sie nicht hinausgehen und Ihre Vettern merken, daß ich hier bin."

„Wie wäre es dann mit einem kleinen Cognac?"

„Eigentlich sollte ich das nicht", antwortete Maria zaudernd, denn für eine Dame schickte es sich nicht, Cognac zu trinken, und noch weniger, mit einem Herrn allein im Raum zu sein. „Hoffentlich kommt niemand überraschend herein."

„Ach, machen Sie sich keine Sorgen um den Anstand, Madam", erwiderte der Viscount schmunzelnd. „Der Cognac ist doch nur Medizin gegen die Schmerzen, die Sie ertragen müssen."

„Das ist eine sehr geschickte Ausrede." Ein schwaches Lächeln zuckte um Marias Mund. „Nun gut, ich bin einverstanden."

„Nein, das ist kein Vorwand", widersprach Andrew, stand auf und schenkte aus einer geschliffenen Karaffe zwei Gläser Cognac ein. „Bei einer schweren Erkältung ist mir einmal Cognac vom Arzt als Medizin verordnet worden, und auch Ihnen kann ein Schlückchen als Vorbeugungsmaßnahme gegen einen Schnupfen nicht schaden." Er kam zurück, reichte Miss Jeffries den Schwenker und setzte sich wieder.

Sie nippte an dem geschliffenen Glas und verzog das Gesicht, als der brennende Alkohol ihr durch die Kehle rann.

Eine Weile saßen Lord Swynford und Miss Jeffries schweigend in der Bibliothek und schauten in das verlöschende Kaminfeuer. Maria hätte nicht erklären können, ob es am Cognac lag oder an der entspannten Gemütlichkeit der Situation, aber nach einiger Zeit übte der Viscount eine Wirkung auf sie aus, die nicht allein auf sein gutes Aussehen zurückzuführen war.

„Ich wüßte gern, Madam", fragte er plötzlich und beugte sich im Sessel vor, „wie Sie in diese Zwangslage geraten sind."

„Wie bitte?"

„Ich meinte, wie kam es, daß Sie und Ihre Schwester sich den Lebensunterhalt verdienen mußten? Sie stammen doch nicht aus einfachen Verhältnissen, nicht wahr?"

„Nach dem Tode unseres Vaters fühlte Mutter sich einsam und vermählte sich mit einem Mann, der nur an ihrem Vermögen interessiert war und es nach zwei Jahren restlos durchgebracht hatte. Dann ließ er sie einer jüngeren und schöneren Frau wegen sitzen. Glücklicherweise war zu diesem Zeitpunkt mein Bruder William bereits in den geistlichen Stand getreten, und Jennifer, meine Schwester, hatte Mrs. Marstons Schule für höhere Töchter absolviert. Sie lernte Ihren Cousin David kennen und heiratete ihn. Unter großen Opfern sorgten die beiden dann für meine Erziehung. Ich möchte betonen, daß mein Schwager ein herzensguter, äußerst hilfsbereiter Mensch war, der mir niemals Vorhaltungen machte, wieviel er für mich tat."

„Und später wurden Sie Gesellschafterin?"

Maria nickte. „Die Direktorin der Schule kannte in Bath eine betagte Witwe, die jemanden zur Ablenkung suchte. Ich verstand mich ausgezeichnet mit Mrs. Winston, und nach ihrem Tod stellte mir ihr Sohn ein glänzendes Empfehlungsschreiben aus, das mir half, eine Anstellung bei Lady Ransome zu bekommen. Das ist alles, was es zu erzählen gibt, Sir."

„Nicht ganz, Madam. Was gedenken Sie, in Zukunft zu tun?"

„Nun, da die Hoffnungen sich zerschlagen haben, daß Rebecca bei Ihrem Onkel bleiben kann, werde ich Mrs. Marston und Mr. Winston um Referenzen bitten müssen. Dann will ich mich bei einer Familie, die nicht, wie Lady Ransome, gegen meine Nichte eingenommen ist, um eine Stelle als Erzieherin bemühen."

„Sie könnten doch einen meiner Cousins heiraten."

„Nein."

„Einer der beiden nimmt Sie bestimmt zur Frau. Unser Onkel hat ihnen einen Handel angeboten. Sollte George, oder Edwin, Sie heiraten, wird er im Testament als Haupterbe eingesetzt und muß für Rebecca und Sie sorgen."

Sekundenlang schaute Maria den Viscount wie erstarrt an, und dann stieg ihr die Röte in die Wangen. „Das also ist die Erklärung für das veränderte Benehmen Ihrer Vettern!" flüsterte sie, zutiefst getroffen. „Wie erniedrigend! Selbstverständlich werde ich mit Seiner Lordschaft sprechen!"

Die entsetzte Reaktion bewies Andrew Carstairs, daß Miss Jeffries nichts von der Abmachung wußte. „Falls Sie in der Lage sind, Madam", fügte er gelassen hinzu, „George oder Edwin die Wettleidenschaft auszutreiben, könnte ich mir vorstellen, daß jeder der beiden einen passablen Ehemann abgibt."

„Nein! Ich weiß, daß ich töricht bin, aber ich möchte um meiner selbst willen geheiratet werden und nicht, weil mein Gatte dadurch in den Besitz eines Vermögens gelangt!"

„Und was würde dann aus Ihrer Nichte?"

Maria begriff nicht, warum der Viscount solches Interesse an ihrer Lage zeigte. „Sie leben in einer vollkommen anderen Welt als ich, Mylord", antwortete sie leise. „Deshalb fehlt Ihnen wahrscheinlich das Verständnis für meine Einstellung. In Ihren Kreisen, Sir, heiratet man aus den schäbigsten Gründen. Ich kann das nicht, auch nicht Rebecca zuliebe!"

„Warum nicht?"

„Eines Tages ist sie erwachsen, und dann bin ich an einen Mann gebunden, den ich nur aus Kalkül geheiratet habe, selbst wenn meine Motive ehrbar gewesen sein mögen. Das ist selbstsüchtig gedacht, ich weiß, aber ich möchte einen Gatten, den ich lieben kann."

„Gibt es denn jemanden, dem Sie Ihr Herz bereits geschenkt haben?"

„Sir, Ihre Fragen gehen entschieden zu weit", entgegnete Maria und spürte, daß ihr die Wangen vor Verlegenheit brannten. „Ich sehe keinen Anlaß, warum Sie das wissen wollen."

„Im Gegenteil, Miss Jeffries. Falls der Plan meines Onkels nicht erfolgreich zum Tragen kommt, bin ich es, bei dem dann vorausgesetzt wird, daß er sich um Rebecca kümmert."

„Man kann von Ihnen nur erwarten, daß Sie für ihre angemessene Erziehung sorgen."

„Und was erwarten Sie? Sind Sie auf der Suche nach einem Ritter in silberner Rüstung, der Sie entführt?"

Maria wollte widersprechen, besann sich jedoch eines anderen, wandte das Gesicht ab und schaute in die rotglimmende Glut. „Ja", antwortete sie verhalten. „Ja, ich glaube, in gewissem Sinne bin ich das. Ich bin lieber allein, statt ein Leben wie meine Mutter führen zu müssen. Gewiß halten Sie mich jetzt für sehr dumm."

Nach kurzem Zögern erwiderte Andrew: „Nein, ganz und gar nicht, Madam. Ich achte Ihren Standpunkt. In meinen Kreisen findet man tatsächlich nicht viele Menschen, die so denken wie Sie."

„Wie bedauerlich, Sir. Jeder von uns sollte einen Menschen suchen, den er lieben kann und von dem er geliebt wird."

Nachdenklich blickte Maria in ihr Glas und schaute Lord Swynford dann ernst an. „Eine Ehe ist etwas so Intimes, daß sie nur auf ehrlichen, tief empfundenen Gefühlen basieren sollte. Sonst ist sie nur ein Arrangement, das sich nicht grundlegend von dem Verhältnis zwischen einer Kurtisane und ihrem Gönner unterscheidet."

„Oftmals ist eine Ehe viel schlimmer", stimmte Andrew ruhig zu, obgleich er im stillen über Miss Jeffries' Freimut erstaunt war. „Eine bezahlte Kurtisane gibt sich wenigstens den Anschein, Liebe zu verschenken. Damen von Stand hingegen glauben oft, ihren Anteil des Eheversprechens erfüllt zu haben, wenn der gewünschte Stammhalter geboren wurde und sie nur noch mit

176

Schönheit und Charme an der Seite ihres Gatten repräsentieren."

„Sind Sie ein gebranntes Kind, Mylord?"

„Nein. Mir ist keine Frau begegnet, die ich für wert gehalten hätte, meinen Namen zu tragen und mein Leben mit mir zu teilen."

„Wir beide geben sicher ein sehr trauriges Bild ab", murmelte Maria, hob den Cognacschwenker und zwang sich zu einem Lächeln. „Wir sollten uns gegenseitig Glück für die Zukunft wünschen, nicht wahr? Ich hoffe, Sie finden eine Dame, die Sie nicht des Reichtums oder Titels wegen liebt, und mir wünsche ich den Mann meiner Träume."

Der Viscount prostete ihr lächelnd zu. „Auf den edlen Ritter!"

„Auf die Lady Ihrer Wahl!"

„Auf die Dame meines Herzens!"

Maria leerte ihr Glas und blickte Lord Swynford schweigend an. Er beobachtete sie, und in seinen nußbraunen Augen stand ein Ausdruck, der sie eigenartig beunruhigte. Sie schalt sich eine Närrin, sich so durch einen Blick aus dem inneren Gleichgewicht bringen zu lassen. Dennoch konnte sie sich nicht überwinden, aufzustehen und ins Bett zu gehen.

„Noch einen Cognac?" fragte der Viscount leise.

„Nur ein Tröpfchen. Sonst bin ich am Ende beschwipst!"

„Ach, ein Schlückchen wird Sie nicht gleich umwerfen!"

Lord Swynford schenkte ihr nach, und die Unterhaltung begann sich um die verschiedensten Themen zu drehen, nur nicht um die Einsamkeit, die jeder im Herzen verspürte.

Schließlich, nachdem die Kaminuhr zweimal geschlagen hatte, mühte Maria sich aus dem Sessel und sagte: „Bitte entschuldigen Sie mich jetzt, Sir. Es ist spät, und ich bin sehr müde."

„Soll ich Ihnen die Treppe hinaufhelfen?" fragte Andrew und stand ebenfalls auf.

„Danke, nein. Ich werde mich am Geländer hochziehen", antwortete Maria. „Gute Nacht, Sir." Humpelnd verließ sie die Bibliothek, quälte sich die Stufen hinauf in ihr Zimmer.

Nachdem sie sich ausgekleidet hatte, sah sie einen Moment in den Spiegel und betrachtete sich. Natürlich waren die Komplimente über ihre Augen reine Schmeichelei, die ihr dennoch gutgetan hatten. Und der Gedanke, Lord Swynford könne tatsächlich gemeint haben, was er gesagt hatte, hob ihre Stimmung beträchtlich. Zufrieden kuschelte Maria sich unter die Bettdecke und schloß die Augen. Das letzte, was sie mit Bewußtsein wahrnahm, war ein schwarzgelockter Ritter mit nußbraunen Augen, der sie auf seinem feurigen weißen Roß entführte.

★

Andrew, Viscount Swynford, schlief nicht sehr gut in dieser Nacht und stand zeitig auf. Nach der Morgentoilette ließ er sich von seinem Kammerdiener ankleiden, frühstückte und begab sich dann zum Zimmer seines Onkels. Die Tür war einen Spalt geöffnet, und überrascht vernahm Andrew Miss Jeffries' Stimme.

„Halten Sie mich nicht für undankbar, Mylord", sagte sie entschuldigend. „Ich bin nur nach Greystone Manor gekommen, weil ich Ihre Enkelin gut aufgehoben wissen wollte. Ich möchte, daß sie nicht so leben muß wie ich. Dafür werden Sie gewiß Verständnis haben. Jeder Gedanke, mich in Ihr Wohlwollen einzuschleichen, liegt mir fern, und ich habe es wahrhaftig nicht auf Ihr Vermögen abgesehen, Sir!"

„Ich habe Edwin und George erklärt . . ."

„Ich weiß, was Sie ihnen gesagt haben. Ihr Plan ist jedoch zum Scheitern verurteilt. Erstens will keiner der beiden mich, eine Frau von bescheidener Herkunft, freiwillig zur Gattin, und zweitens würde ich niemals einen Mann heiraten, den ich nicht liebe. Sie haben es gut gemeint, Sir, und ich versichere Ihnen, daß ich zu schätzen weiß, was Sie für mich und Rebecca zu tun beabsichtigten."

„Ich will die Kleine versorgt sehen!"

„Das ist auch Ihre Pflicht, Mylord. Mich hingegen dürfen Sie in Ihre Überlegungen nicht einbeziehen. Setzen Sie Rebecca ein Legat aus! Vielleicht kann Lord Swynford überzeugt werden, es für sie zu verwalten. Er scheint mir der Vernünftigste unter Ihren Neffen zu sein."

Andrew hörte seinen Onkel seufzen. „Ich wollte noch etwas Gutes tun, ehe ich diese Welt verlassen muß", erwiderte er. „Ich hätte nicht gedacht, daß Sie so stolz sind. David . . . mein Junge . . ."

„Bei mir können Sie nicht wiedergutmachen, was Sie an Ihrem

Sohn gesündigt haben, Sir. Mir ist kein Unrecht widerfahren. Und meine Schwester ist tot."

„Sie benötigen doch Geld, um meine Enkelin aufzuziehen!"

„Ja. Setzen Sie uns eine Apanage von hundert Pfund im Jahr aus. Mehr ist nicht nötig. Ich verspreche Ihnen, dann aus Rebecca eine junge Dame zu machen, die ganz nach Ihrem Herzen ist. Und wenn der Zeitpunkt kommt, sie in die Gesellschaft einzuführen, kann vielleicht die Gattin eines Ihrer Neffen sie unter die Fittiche nehmen und ihr ein standesgemäßes Entrée im ‚ton' ermöglichen."

Lord Swynford hielt es für geraten, das Gespräch jetzt zu unterbrechen. Er klopfte laut an, drückte die Tür auf und betrat das Krankenzimmer. Miss Jeffries saß am Bett und hielt die Hand seines Onkels.

Überrascht schaute sie auf und sagte erstaunt: „Sie sind früh auf den Beinen, Mylord. Ich dachte, Sie würden bis mittags schlafen."

„Nach nur zwei Gläsern Cognac, Miss Jeffries? Mir scheint, Sie halten mich für einen Schwächling, Faulpelz und Nichtstuer!"

„Nein, ganz und gar nicht. Ich nehme an", fügte Maria in verständnisvollem Ton hinzu und wollte sich erheben, „daß Sie sich jetzt ungestört mit Ihrem Onkel unterhalten wollen."

„Nein, bleiben Sie einen Moment, Madam", wehrte der Viscount ab. „Ich möchte etwas mit Ihnen besprechen, das Weihnachten betrifft."

„Oh, geht es um Rebecca?"

„Nein, um uns alle. Ich dachte mir, wir sollten das Fest feiern und ihr einige Kleinigkeiten schenken. Du hast doch nichts dagegen, nicht wahr, Onkel?"

„Nein, nein. Macht dem Kind eine Freude."

„Dann ist die Sache abgemacht. Sobald es weniger schneit, fahren wir nach Chester und kaufen ein. Und sollte das Wetter sich nicht bessern, müssen wir eben mit dem vorliebnehmen, was wir hier im Haus auftreiben können. Schlimmstenfalls besteche ich Mrs. Crawford, damit sie den Dachboden durchstöbert und wir etwas für Rebecca haben."

Unwillkürlich bekam Maria feuchte Augen. Lord Swynfords unerwartete Freundlichkeit rührte sie sehr. „Danke, Sir!" erwiderte sie bewegt, entzog dem Baron sacht ihre Hand und stand rasch auf. „So, und nun lasse ich Sie beide allein." Mit schnellen Schritten verließ sie den Raum.

„Was zum Teufel ist denn plötzlich in Miss Jeffries gefahren?" brummte Lord Rowell.

„Vermutlich will sie sich vor George und Edwin in Sicherheit bringen", antwortete der Viscount trocken.

„Sie ist ein netter Mensch. Heute bedauere ich, daß ich Ihre Schwester nie kennengelernt habe." Der Baron seufzte schwer. „Ich habe nur Unheil angerichtet, nicht wahr? Nicht einmal jetzt bin ich imstande, die Sache in Ordnung zu bringen! Doch nun darf ich keinen Fehler mehr machen! Ich habe sogar auf das verdammte Laudanum verzichtet, weil ich meine Enkelin sehen möchte und nicht will, daß sie mich halb benommen und betäubt in Erinnerung behält. Ich habe Miss Jeffries gebeten, Rebecca zu mir zu bringen, wenn ich bei klarem Verstand bin. Mir bleibt so wenig Zeit!"

„Nicht die Zeit zählt, die man jemanden kannte", warf Andrew ruhig ein, „sondern nur Gesten der Herzlichkeit oder liebevolle Worte, die eine persönliche Bedeutung für unser Leben behalten."

„Und ich dachte", fuhr Lord Rowell fort, ohne auf die Bemerkung seines Neffen einzugehen, „daß ich George und Edwin nur mit meinem Geld winken müßte, damit sie um Miss Jeffries' Hand anhalten und für Rebecca sorgen würden. Aber Miss Jeffries scheint diese Idee ganz und gar nicht zu behagen."

„Nein."

„Schade. Für jeden der beiden wäre Miss Jeffries ein Glücksfall gewesen. Sie hat Verstand, fest umrissene Vorstellungen vom Leben und unumstößliche Prinzipien. Das hat sie mir deutlich zu verstehen gegeben."

„Ja, sie ist eine bemerkenswert ungewöhnliche junge Dame!" stimmte der Viscount zu.

„Ich muß mir etwas anderes einfallen lassen. Ich wünschte nur, mir bliebe noch genügend Zeit."

Andrew zögerte einen Moment, ehe er entschlossen vorschlug: „Mach mich zu Rebeccas Vormund, Onkel John."

„Dich?"

„Das würde dich der Sorgen entheben, nicht wahr?"

180

„Was bezweckst du denn mit diesem Einfall?" erkundigte der Baron sich mißtrauisch. „Auf mein Vermögen kannst du es doch nicht abgesehen haben!"

„Ich bin mir selbst nicht im klaren. Sagen wir es so: Rebecca ist nun einmal die Tochter deines Sohnes, und ich meine, daß ich die Pflicht habe, mich deshalb um sie zu kümmern."

„Und Miss Jeffries?"

„Nun, das Kind wird sie natürlich brauchen."

„Hm, ich werde darüber nachdenken."

„Und glaube bitte nicht, daß ich mehr von dir erwarte, Onkel."

„Andrew, nun brauche ich meine Medizin. Sechs Tropfen. Es geht nicht mehr anders. Den Rest nehme ich, wenn Rebecca fort ist." Lord Rowell sah seinen Neffen an. „Du bist ein guter Kerl, Andrew. Der Beste aus dem ganzen Haufen!"

„Sollte das ein Kompliment sein?"

Schweißperlen traten dem Baron auf die Stirn. Behutsam hob Andrew ihn an und hielt ihm das Glas an die Lippen. „Ich nehme nicht an", keuchte der Kranke, nachdem er die Flüssigkeit getrunken hatte, „daß du Miss Jeffries aus Mitleid heiraten würdest."

„Nein! Sieh mich nicht so enttäuscht an. Mitleid ist die schlechteste Grundlage für eine Ehe. Ungeachtet meiner dreiunddreißig Jahre bin ich noch immer ein hoffnungslos romantischer Mensch! Und nun versuche, dich etwas auszuruhen."

Andrew drückte seinem Onkel die Hand und ging leise aus dem Raum.

Während der Baron auf den Besuch seiner Enkelin wartete, fragte er sich unwillkürlich, was sein Neffe gemeint haben konnte. Was immer Andrew hatte zum Ausdruck bringen wollen, es spielte keine Rolle, denn langsam begann ein neuer, letzter Plan in Lord Rowells Gedanken Gestalt anzunehmen.

An Edwin und George Allyns Verhalten änderte sich wenig, und mehr und mehr suchte Maria Jeffries Zuflucht bei Lord Swynford, um den Aufdringlichkeiten der beiden jungen Männer zu entgehen. Selbst Rebecca begann, die Bemühungen der Brüder, ihr Herz zu gewinnen, als lästig zu empfinden.

Die Absichten, das Fest in einem gewissen Rahmen zu begehen, nahm den Bediensteten in den Tagen vor Weihnachten etwas von der bedrückten Stimmung, die durch die lange Krankheit des Barons den gesamten Haushalt belastet hatte. Unter dem Vorwand, es geschehe alles für die kleine Rebecca, wurde die beste Tischwäsche aus den Schränken geholt und gelüftet, das Silber geputzt und blankpoliert, und überall in den Leuchtern und Kandelabern neue Wachskerzen aufgesteckt. Jeder der Dienstboten wußte jedoch, daß all die eifrigen Vorbereitungen nur dazu dienten, in gebührender Form Abschied von Seiner Lordschaft zu nehmen.

Zwei Tage vor Weihnachten hörte es zu schneien auf, und Andrew, Viscount Swynford, beschloß, die Fahrt nach Chester zu wagen.

Die Haushälterin rollte Teig auf einem großen Holzbrett aus und trug es, gefolgt von Rebecca, mit den verschiedensten Kupferförmchen in Lord Rowells Zimmer, damit das Kind beschäftigt war und seinem Großvater Gesellschaft leisten konnte.

Der Viscount, Miss Jeffries und ihre beiden unermüdlichen Verehrer fuhren in die Stadt und kehrten, mit Päckchen und Schächtelchen beladen, nach Greystone Manor zurück.

Als sie sich nach Rebecca erkundigten, erfuhren sie vom Butler, daß die kleine Dame noch im Zimmer Seiner Lordschaft sei und einer der Lakaien nach ihren Anweisungen den Raum mit bunten Girlanden schmücke.

„Ein aufmerksames kleines Ding ist sie!" bemerkte George Allyn, während er sich mit seinem Bruder in die Bibliothek begab.

„Niedlich!" pflichtete Edwin ihm bei. „Wenn ich je eine Tochter haben sollte, dann müßte sie sein wie Rebecca."

„Hat Miss Jeffries dir gegenüber eigentlich ... hm ... ein gewisses Entgegenkommen gezeigt?" erkundigte George sich.

„Verdammt wenig!" gab Edwin zu.

„Ich habe nachgedacht und fürchte, sie kann sich nicht zwischen uns entscheiden. Die Arme weiß nicht, wen von uns beiden sie nehmen soll."

„Denk lieber nicht nach, George. Es kommt nichts Gutes dabei heraus."

„Du irrst, Win. Mir ist klargeworden, daß wir uns nicht mehr ins Gehege kommen dürfen. Dabei kommt nichts heraus! Wir sollten uns etwas zurückhalten und Miss Jeffries die Entscheidung überlassen, wen sie will. Und falls sie mich wählt, teile ich gern mit dir."

„Wie bitte?"

„Nun, ich kann doch nicht mit ansehen, daß mein einziger Bruder ins Gefängnis geworfen wird! Nein, ich meine es ganz ernst, Win. Sollte Miss Jeffries Wahl auf mich fallen, lasse ich dich nicht im Stich!"

Einen Moment schaute Edwin seinen Bruder mißtrauisch an, konnte jedoch kein Zeichen von Verschlagenheit in dessen Augen entdecken. „Würdest du das wirklich für mich tun?" fragte er erstaunt.

„Sicher!" George klopfte Edwin gönnerhaft auf die Schultern. „Vergiß nicht, wir sind nur noch zwei Erben. Es ist besser, wenn wir uns bis zu Onkel Johns Tod etwas Zurückhaltung auferlegen. Vor allem wissen wir ja nicht, wie lange wir hier noch ausharren müssen."

„Hm, du hast wirklich recht!" stellte Edwin stirnrunzelnd fest. „Hör zu, falls Miss Jeffries deine Frau wird, nehme ich es dir nicht übel, und wenn sie mich heiratet, komme ich für deine Schulden auf. Einverstanden?"

„Aber, aber, Win! Das kann ich doch nicht von dir verlangen!"

„Du mußt mir jedoch versprechen, deine Spielleidenschaft sehr zu zügeln und darfst höchstens hie und da eine Partie Whist mit kleinen Einsätzen wagen."

„Wie bitte?"

„Nein, das ist meine Bedingung!"

„Ich weiß nicht, ob ich sie einhalten kann. Nun, versuchen werde ich es", erwiderte George mürrisch, doch im nächsten Moment erhellte sich seine Miene. „Weißt du was, Win? Jetzt sind wir aus dem Schneider! Ganz gleich, wen Miss Jeffries zum Gatten nimmt, der andere muß nicht darunter leiden! Das nenne ich ein gelungenes Arrangement."

Die Tür wurde ungestüm geöffnet, und Rebecca Grey stand auf der Schwelle. „Da sind Sie ja!" sagte sie erleichtert. „Tante Mia und Lord Swynford hängen im Salon Glöckchen und den Mistelzweig auf! Kommen Sie!"

„Geh du, Win", murmelte George Allyn. „Ich habe zwei linke

Hände, und seit ich von Charlotte Hemphill unter dem Mistelzweig geküßt wurde, graust es mir davor, ihn aufzuhängen."

„Ach, das ist doch nur ein alter, ganz unbedeutender Brauch!"
erwiderte Edwin kopfschüttelnd. „Nun zier dich nicht! Es ist
Weihnachten!"

Sie folgten Rebecca in den Salon. Ihr Cousin stand unter dem
Kronleuchter auf einem von Miss Jeffries gehaltenen Stuhl und
schmückte die Arme des Kristallüsters mit einem langen Seidenband, an dem silberne Glöckchen befestigt waren. Dann strich er
mit dem Handrücken an ihnen entlang und brachte sie zum
Klingen. Lächelnd sprang er vom Stuhl, schaute Miss Jeffries an
und fragte fröhlich: „Sollen wir jetzt den Mistelzweig über der
Tür anbringen?"

„Hm . . ."

„Tante Mia, es ist Weihnachten."

„Möchten Sie das übernehmen?" wandte Miss Jeffries sich an
George Allyn.

„Ich? Nein, ich besser nicht. Ich bin nicht schwindelfrei!"

„Wie wäre es mit Ihnen?" fragte sie dann Edwin Allyn.

„Ich bin nicht sehr geschickt . . ."

„Aber ich!" fiel der Viscount seinem Cousin ins Wort, nahm
den Zweig mit den weißen Beeren und forderte Rebecca auf:
„Komm, du kannst ihn befestigen."

Das Mädchen kicherte. „Muß Simpson dann Mrs. Crawford
küssen, wenn sie beide durch die Tür gehen?"

„Nur, wenn er möchte." Lord Swynford legte Rebecca die
Hände um die Taille, hob sie hoch und hielt sie, bis sie den Zweig
an einem Haken aufgehängt hatte. „Fertig?"

„Ja."

Er stellte sie direkt unter dem Mistelzweig auf die Füße, verneigte sich galant und gab Rebecca einen Kuß auf den Mund.
„So, Schätzchen, du warst die erste, aber du wirst nicht die letzte
sein!"

„Jetzt kannst du dir etwas einbilden, Kleines!" bemerkte
George Allyn schmunzelnd. „Drew küßt nicht einfach jedes Mädchen!"

„Hängt der Zweig gerade, Miss Jeffries?" fragte der Viscount.

Langsam, den Kopf in den Nacken gelegt, ging sie näher zur
Tür und begutachtete Rebeccas Werk.

184

Plötzlich hielt Lord Swynford sie bei den Händen fest und rief lachend: „Ich habe sie, George!"

„Ich soll sie küssen? Hm . . ."

„Um Himmels willen, George, stell dich nicht so an!" Edwin beugte sich vor, drückte Miss Jeffries einen flüchtigen Kuß auf die Wange und sagte: „Es ist doch nichts dabei! Ich hoffe, Sie haben ein schönes Weihnachtsfest, Miss Jeffries."

„Danke."

„Küssen Sie denn meine Tante nicht, Mylord?" Rebecca war sichtlich enttäuscht.

„Du kleiner Schelm!" erwiderte er schmunzelnd, neigte sich vor und berührte leicht Marias Lippen.

Sie spürte seine Nähe, beunruhigend und verwirrend, und ein wohliges Prickeln rann ihr über die Haut, als sein warmer Atem ihre Wange streifte. Ein spitzbübischer Ausdruck flackerte in Lord Swynfords Augen auf, und dann war die kurze Berührung auch schon vorbei.

„Frohe Weihnachten, Miss Jeffries."

„Das wünsche ich Ihnen auch", erwiderte sie scheu und senkte den Blick.

„Nun, nachdem jetzt alles hergerichtet ist, sollten wir uns bei einem Glas Punsch aufwärmen", schlug George Allyn vor. „Und dann werde ich meine Geschenke hübsch verpacken. Ich kenne eine kleine junge Dame, die am Weihnachtsmorgen große Augen machen wird!"

Am Weihnachtsvorabend begab Maria Jeffries sich nach dem Souper in Lord Rowells Zimmer und fand ihn halb aufgerichtet und sich mühsam abstützend im Bett vor.

„Geben Sie mir den Banyan, Miss Jeffries", bat er sie. „Ich bleibe nicht hier oben, während alle anderen sich unten amüsieren!"

„Sind Sie sicher, Mylord?" fragte Miss Jeffries besorgt.

„Natürlich bin ich viel zu schwach", erwiderte er barsch. „Aber das ist doch unwichtig! Sagen Sie meinen Neffen Bescheid! Und nehmen Sie die Medizin mit. Ich werde sie wohl brauchen, wenn George wieder aus der Rolle fällt!"

185

„Gewiß, Sir."

Miss Jeffries eilte in den Salon und benachrichtigte die Gentlemen. Alle drei liefen in die erste Etage, und nach einer Weile kam der Viscount, gefolgt von den beiden Brüdern, mit seinem Onkel auf den Armen zurück. Sacht bettete er ihn auf die Chaiselongue und stopfte ihm behutsam einige Seidenkissen hinter den Rücken, während Miss Jeffries den Kranken in eine wärmende Decke hüllte.

Aufgeregt tanzte Rebecca vor dem Sofa auf und ab. „Sieht es hier nicht wundervoll aus, Sir?"

Der Baron betrachtete die glitzernden Sterne, Glöckchen und Girlanden. „Ja, es ist sehr schön."

„Tante Mia, müssen wir mit den Geschenken bis morgen früh warten?"

„Erst dann ist Weihnachten", warf George Allyn ein.

„Aber Großpapa ist jetzt hier unten! Wenn er uns morgen sieht, ist schon alles vorbei!"

Lord Swynford sah seinen Onkel an und bemerkte die Sehnsucht und Zärtlichkeit, die aus dem Blick des alten Mannes sprachen, während er seine Enkelin anschaute. „Nun, ich sehe keinen Grund", sagte er ruhig, „warum wir warten sollten."

„Zunächst muß Miss Jeffries singen!" verkündete Edwin und grinste fröhlich.

„Sie sind ein Ekel!" wehrte Maria gutmütig ab. „Sie singen, und ich begleite Sie auf dem Pianoforte!"

„Erst die Musik, dann die Geschenke", erklärte George Allyn mit Nachdruck. „Irgendwie müssen wir doch das Gefühl bekommen, daß es Weihnachten ist."

Er läutete am Klingelzug und ließ den von der Haushälterin vorbereiteten Punsch, Kekse und frischgebackene Plätzchen servieren. Das Kaminfeuer verbreitete eine anheimelnde, gemütliche Atmosphäre, und bald stellte sich festliche Stimmung ein. Rebecca setzte sich vor dem Sofa auf den Teppich, und Miss Jeffries nahm auf dem Klavierstuhl Platz. Sie schlug einige Akkorde an und begann dann, mit schöner, tragender Stimme ein Weihnachtslied zu singen. Es dauerte nicht lange, bis der Viscount und Rebecca in die alte Weise einfielen, und schließlich sangen auch George und Edwin Allyn aus voller Kehle mit.

Nachdem der letzte Ton verklungen war, schien Lord Rowell

eingeschlafen zu sein. Er hatte die Lider geschlossen, öffnete sie jedoch sogleich, als seine Enkelin die Geschenke verteilte. Zu seiner Überraschung überreichte sie ihm einen verschlossenen Umschlag. Mit zitternden Fingern riß er ihn auf und las die in kindlich ungelenker Hand geschriebenen Worte: „Ich umarme Dich und küsse Dich, so oft Du möchtest, Großpapa. In Liebe, Deine Rebecca."

Er hielt die aufsteigenden Tränen zurück, schaute das Kind zärtlich an und flüsterte bewegt: „Komm und gib mir einen Kuß, den ersten von vielen, hoffe ich!"

Die meisten der Gaben waren nur kleine Aufmerksamkeiten. Miss Jeffries bekam ein Paar Glacéhandschuhe von George Allyn, von seinem Bruder feinstes Büttenpapier und einen silbernen Handspiegel von Lord Swynford. Die Herren bestaunten die feinen Taschentücher, in die sie kunstvoll die Monogramme des Beschenkten eingestickt hatte. Rebecca stieß einen Jubelschrei aus, als sie den weißen Pelzmuff aus der Schachtel nahm. Strahlend hielt sie ihn hoch, schaute den Viscount mit leuchtenden Augen an und sagte begeistert: „Das ist das herrlichste Geschenk, das ich je bekommen habe, Mylord!" Dann, um die anderen nicht zu kränken, bedankte sie sich artig bei George Allyn für das kleine bestickte Réticule und den bemalten Fächer, den sie von Edwin Allyn erhalten hatte.

„Wenn ihr mit der Verteilung der Gaben fertig seid, habe ich euch etwas mitzuteilen", ließ Lord Rowell sich plötzlich vernehmen.

Jeder wandte sich erstaunt um und schaute den Baron erwartungsvoll an.

„Ich hatte viel Zeit zum Nachdenken, besonders seit Rebecca bei mir ist", flüsterte er. „Ich kann ja nichts anderes tun, als des Endes zu harren. Und deshalb ist mir manches durch den Kopf gegangen. Es geschieht nicht häufig, daß ein Sterbender seinen Letzten Willen persönlich verkünden kann, nicht wahr?"

Wie gebannt lauschten die Anwesenden den kaum vernehmlichen Worten, und im Salon war es unversehens sehr still.

„Ich habe viele Fehler im Leben begangen", fuhr Lord Rowell leise fort. „Viel zu viele! Ich weiß auch nicht, ob ich die richtige Entscheidung getroffen habe, aber ich treffe sie nach bestem

Wissen und Gewissen." Er richtete die Augen auf George Allyn, der langsam blaß wurde. „Ich weiß, daß du seit Jahren auf mein Vermögen spekulierst, George. Nun, der Zeitpunkt naht, wo du erben wirst. Was immer du bekommst, mehr wird es nicht sein. Wenn du das Geld verschleudert hast, bleibt dir nichts mehr, das du den Gläubigern in den Rachen werfen kannst. Habe ich mich klar genug ausgedrückt?"

„Ja", antwortete George Allyn kaum hörbar.

„Wie hoch sind deine Schulden?"

„Hm ..." George lief vor Verlegenheit rot an.

„Ich rate dir, den Betrag so genau wie möglich zu beziffern, damit du dich nicht selbst betrügst!"

„Sag die Wahrheit, George!" riet ihm sein Bruder.

„Du hast gut reden, Win. Du stehst nicht so tief in der Kreide wie ich." George Allyn holte tief Luft, atmete langsam aus und schlug die Augen nieder. „Ungefähr fünfzehntausend Pfund."

„Bist du sicher?" fragte Edwin Allyn eindringlich.

„Nun, eher sechzehntausend, wenn ich die offenen Rechnungen der Händler hinzuzähle."

Lord Rowell nickte. „Ich erwarte, daß du Mr. Bagshot eine akkurate Aufstellung deiner Schulden aushändigst. Er wird sie begleichen. Außerdem vermache ich dir zweitausend Pfund und ermögliche dir so einen neuen Anfang. Nicht vielen wird eine solche Chance geboten. Du hast sie! Mach das Beste daraus!"

Das war nicht das Erbe, mit dem der jüngere Mr. Allyn gerechnet hatte. Dennoch fiel ihm eine große Last von der Seele, da er sich von einer wenig rosigen Zukunft befreit sah. Und außerdem hätte sein Erbe viel geringer sein können. „Ja, Onkel John", murmelte er. „Ich werde das Geld nicht verschwenden."

„Gut!" Der Baron sah den älteren der Brüder an. „Auch für dich, Edwin, gilt das, was ich George gesagt habe. Ich übernehme deine Schulden und gebe dir zweitausend Pfund. Komm zur Besinnung, hör mit der unseligen Leidenschaft für Glücksspiele und Wetten auf und such dir eine vernünftige Frau. Mach endlich deinem Namen Ehre!"

„Danke, Onkel John", erwiderte Edwin Allyn erleichtert.

Lord Rowells Blick wanderte zu seinem dritten Neffen. „Ich nehme an, du kannst dir denken, was ich dir vermache, nicht wahr, Andrew?"

„Ich glaube, ja."

„Moment mal . . ."

„Sei still, George!" herrschte sein Bruder ihn schroff an. „Laß Onkel John ausreden!"

„Ganz recht. Ich hinterlasse dir keinen Penny, Andrew. Nicht etwa, weil ich dich nicht mag. Im Gegenteil, du bist mein Lieblingsneffe. Aber du bist nicht auf Geld angewiesen."

„Ich habe nichts von dir erwartet, Onkel John."

„Das dachte ich mir. Du gibst sicherlich viel für deine Garderobe, rassige Pferde oder . . . hm . . . gewisse Damen aus, hast jedoch nie über deine Verhältnisse gelebt. Das gefällt mir. In der Tat, ich hoffe, daß du dich ebenso klug und vernünftig für die Tochter meines Sohnes David einsetzen wirst." Er schaute dem Viscount direkt in die Augen. „Ich ernenne dich zum Vormund meiner Enkelin Rebecca. Eines Tages wird sie, dank deiner Fürsorge, eine sehr reiche Frau sein."

Lord Swynford warf Miss Jeffries einen Blick zu. Sie saß wie erstarrt am Pianoforte, und ihre Miene spiegelte nicht die geringste Zufriedenheit, obgleich die Entscheidung des Barons in ihrem Sinne ausgefallen war.

Maria mußte sich zwingen, nicht in Tränen auszubrechen. Ihr Wunsch war ihr erfüllt worden, doch der Abschied von Rebecca würde ihr ungemein schwerfallen.

„Ich möchte, Andrew", fuhr Lord Rowell in bestimmendem Ton fort, „daß du das Erbe meiner Enkelin treuhänderisch verwaltest. Alles, das Geld, die Ländereien und Greystone Manor. In diesem Haus ist David aufgewachsen, und ich wünsche, daß auch seine Tochter hier groß wird."

„Und was wird denn jetzt aus Tante Mia, Großpapa?" rief Rebecca kläglich dazwischen. „Ich will sie wirklich nicht verlassen."

„Sssch, Schätzchen", murmelte Miss Jeffries mit halberstickter Stimme. „Es ist nur zu deinem Besten."

„Ich will aber nicht ohne . . ."

„Frag Andrew, was aus deiner Tante werden soll", unterbrach der Baron ruhig. „Ich glaube, ich ahne etwas."

„Nun, nachdem jetzt alles geregelt ist, werden wir noch ein Lied singen, und dann gehst du flugs ins Bett, mein Kleines!"

189

erwiderte der Viscount rasch.

„Aber . . ."

Miss Jeffries drehte sich um, griff in die Tasten des Pianoforte und stimmte ein Weihnachtslied an. Einer nach dem anderen fielen die Anwesenden ein, und selbst der Baron flüsterte mit zitternder Stimme die Worte mit.

„Bist du so nett und bringst mit George unseren Onkel nach oben?" wandte Lord Swynford sich dann an Edwin Allyn.

„Sicher." Edwin stand auf und stellte sich hinter Miss Jeffries. „Fast tut es mir leid, Madam, daß Sie mich nicht wollten. Dabei bin ich wirklich kein Schürzenjäger."

Irgendwie gelang es ihr zu lächeln. „Gute Nacht, Sir."

„Ich wünsche Ihnen alles Gute, Madam", brummte sein Bruder George.

„So, und nun marsch ins Bett, Rebecca", sagte der Viscount freundlich und legte, da sie keine Anstalten machte, den Salon zu verlassen, den Arm um sie und raunte ihr zu: „Das Beste kommt noch, Schätzchen."

„Geh schon, Becca", ermahnte ihre Tante sie müde. „Ich bin bald bei dir."

„Aber . . ."

„Ich verspreche dir, alles wird gut", versicherte Lord Swynford.

Widerstrebend folgte das Mädchen den beiden Gentlemen nach, die ihren Großvater in sein Zimmer trugen.

Der Viscount schloß die Tür und drehte sich zu Miss Jeffries um. Sie saß, schweigend und in sich gekehrt, auf dem Klavierstuhl.

„Nun ist wirklich alles geregelt", flüsterte sie plötzlich, schluckte und hatte Mühe, die Stimme unter Kontrolle zu halten. „Becca ist versorgt. Ich hoffe, Sie untersagen ihr nicht, mir zu schreiben."

„Auch Sie sollten in Greystone Manor bleiben, Madam", erwiderte er ruhig. „Ich wäre sogar sehr enttäuscht, wenn Sie abreisen würden."

Sie zögerte einen Moment. „Becca wird eine Gouvernante brauchen . . .", murmelte sie dann beklommen.

„Ich werde eine geeignete Erzieherin für sie einstellen." Lord Swynford näherte sich dem Pianoforte und blieb hinter Miss

190

Jeffries stehen. „Aber mehr noch als eine Gouvernante braucht sie eine Mutter, die sie liebt, Maria", fügte er rauh hinzu. „Oh, ich weiß, die leibliche Mutter könntest du ihr nicht ersetzen. Ich ihr den verlorenen Vater allerdings auch nicht. Warum sagst du nichts, Maria?" fügte er warm hinzu und legte ihr sacht die Hand auf die Schulter. „Ich bitte dich, bei mir zu bleiben."

Hoffnung regte sich in Maria, doch dann erlosch sie so schnell, wie sie aufgeflackert war. „Sie können nicht vorgeben, etwas für mich zu empfinden, Mylord", entgegnete sie tonlos. „Wir kennen uns doch erst seit einer Woche."

Langsam ließ er die Fingerspitzen über ihre schlanke weiße Schulter gleiten und sagte ruhig: „Ich will nicht behaupten, daß ich mich bereits Hals über Kopf in dich verliebt hätte, Maria. Aber ich weiß, daß ich dich sehr gern habe. Je öfter ich dich sehe, je besser ich dein Wesen kennenlerne, desto mehr wächst meine Zuneigung zu dir. Im übrigen müssen wir nach dem Tode meines Onkels ein Trauerjahr einhalten, und ich beabsichtige, Greystone Manor und Rebecca dann häufig zu besuchen. Ich bin fest davon überzeugt, daß wir uns im Laufe der Zeit sehr nahe kommen werden."

„Sie leben in einer ganz anderen Welt als ich, Sir", wandte Maria schwach ein. „Sie sind . . ."

„Der Held deiner Träume?" vollendete Andrew den Satz in hoffnungsvollem Ton. „Nun, ich will dich nicht zu einer überstürzten Antwort drängen", fügte er dann seufzend hinzu und trat einen Schritt zurück. „Schlaf eine Nacht, ehe du dich entscheidest."

„Ja", sagte Maria, erhob sich wie in Trance und humpelte zur Tür. „Gute Nacht, Mylord."

Er wartete, bis sie den Ausgang fast erreicht hatte, sprang rasch vor und stellte sich vor sie. „Ich weiß, es ist unfair", bekannte er lächelnd und schloß sie in die Arme. „Aber es ist Weihnachten, und es wäre schade, auf einen alten Brauch zu verzichten." Sacht drängte er sie unter den Mistelzweig, neigte sich vor und küßte sie voller Leidenschaft und Verlangen. „Ich bin ein ziemlich ungestümer Ritter, nicht wahr?" raunte er ihr dann zärtlich ins Ohr und schaute sie forschend an. „Was meinst du, wenn ich eine Gouvernante und eine Gesellschafterin als Anstandsdame einstelle, könntest du dich dann vielleicht bereitfinden, in Greystone

Manor zu bleiben?"

„Liebst du mich denn?"

„Ich versichere dir, daß ich dich nicht Rebecca zuliebe heirate, Maria! Vergiß nicht, wenn sie erwachsen ist, bin ich noch immer an dich gebunden. Jeder von uns sollte einen Menschen suchen, den er lieben kann und von dem er geliebt wird. Und ich habe dich gefunden!" Sein Blick fiel über Marias Schulter auf den silbernen Handspiegel. „Nimm dein Geschenk mit, Maria. Jedesmal, wenn du dich fragst, ob ich dich liebe, schau in den Spiegel und betrachte deine Augen. Dort siehst du die Antwort." Wieder schmiegte er Maria an sich und gab ihr einen glühenden, inbrünstigen Kuß. „Bleibst du?"

„Ja!" antwortete sie schlicht.

Ruhig, gefaßt und im Bewußtsein, die Schatten der Vergangenheit vertrieben zu haben, verschied John Grey, Baron Rowell, am Dreikönigstag, umgeben und betrauert von seiner Familie.

Genau ein Jahr später trat Andrew Charles Philip Carstairs, fünfter Viscount Swynford, mit Miss Maria Jeffries vor den Traualtar.

Seine Verwandten freuten sich, und die vornehme Welt staunte. Noch mehr als die Wahl der Braut verblüffte den „ton" jedoch die Tatsache, daß nach der festlichen Zeremonie ein stattlicher, rassiger Schimmel, gezäumt und gesattelt, im Hochzeitsgefolge mitgeführt wurde.

— ENDE —

SHEILA WALSH

EIN PRINZ UND GENTLEMAN

In der Sonne glitzernd, lag der gefrorene See zwischen den Brunnen, die den Park an der Westseite des prachtvollen Herrschaftshauses im Halbrund umgaben. Rauhreif schimmerte auf den Libanonzedern der Allee und den Eichen und Ulmen, die ihre kahlen Äste in bizarrem Gewirr zum blauen Himmel reckten.

Fröhliches Lachen schallte durch den Park. Vier junge Leute, einer kleiner als der andere, liefen munter über den Weg, der von einem Heer von Gärtnern gefegt und mit Sand bestreut worden war.

Philip und Jason Treadwell, die Söhne der Baronin Shenstone, der ältesten Tochter des Duke of Wyvern, und Lady Joanna, Tochter seines Sohnes Gerald, Marquess of Bute, blieben neben ihrer Cousine Louise Beresford am Ufer des Sees stehen und schauten den Schlittschuhläufern zu, die sich bereits auf dem Eis vergnügten.

Es dauerte jedoch nur einen Moment, bis die Ungeduld die Kinder packte und sie den Verlockungen, am Spaß teilzuhaben, nicht länger widerstehen konnten.

Der fünfzehn Jahre alte Philip half seinem Bruder und Lady Joanna, die Schlittschuhe anzulegen, und nur die achtzehnjährige Louise stand unbeteiligt daneben und schaute verzückt auf die Umgebung.

„Nun mach schon, Lou!" drängte Philip und zupfte sie am Ärmel. „Du sollst doch auf uns achtgeben!"

„Ach, laß nur!" wandte seine ein Jahr jüngere Schwester achselzuckend ein. „Sie träumt wieder einmal! Wir kommen doch auch ohne sie zurecht! Gib mir die Hand, Jason, sonst fällst du auf die Nase!"

„Nein, ich falle nicht!" widersprach der Siebenjährige heftig und kreischte erschrocken auf, als Joanna und Philip ihn an den Händen ergriffen und schwungvoll auf das Eis zogen. Sein Entsetzen legte sich jedoch schnell, und bald kicherte und alberte er wie die anderen.

Louise nahm nur am Rande wahr, daß sie jetzt allein war. Die Schönheit des Anblicks verschlug ihr den Atem. Von Jahr zu Jahr schien die Natur sich in ein bezaubernderes Winterkleid zu hüllen. Die weiße Pracht blitzte und schillerte an Gräsern, Ästen und vertrocknetem Laub und verwandelte die Landschaft in ein wahres Feenreich funkelnder Kristalle, eine Zauberwelt, in der alles möglich war. Louise wartete nur darauf, daß gleich ein Ritter in silberner Rüstung auf einem stattlichen weißen Roß herangeritten kam und ihr unsterbliche Liebe schwor.

Seit einigen Jahren schon war sie zu Weihnachten Gast im Hause ihrer Patentante, immer eine ganze Woche, und dieser Aufenthalt in Wyvern Hall machte ihr stets den Rest des Jahres erträglich. Die Zeiten hatten sich eben geändert, und das Leben war nicht mehr wie früher. Aber es war nicht die Schuld ihres Vaters, daß seine Geschäfte durch den Krieg gegen Napoleon so gelitten hatten und bei der Familie jetzt Schmalhans Küchenmeister war.

Diesmal war Louise jedoch nicht nur zeitweiliger Gast. In Zukunft sollte sie hier wohnen, als Gesellschafterin der Duchess of Wyvern. Das bedeutete, daß sie zumindest für eine ganze Weile ihrem Vater nicht mehr auf der Tasche liegen würde. Da sie nicht über eine Mitgift verfügte und kein ungewöhnlich attraktives Mädchen war, konnte sie auch nicht hoffen, eine hervorragende Partie zu machen. Ihre Schwester Ellie konnte der Mutter mittlerweile bei den jüngeren Geschwistern zur Hand gehen, und so war es für Louise vordringlich geworden, sich um eine bezahlte Anstellung zu bemühen. Das Angebot der Duchess war vollkommen unerwartet und Louises Mutter wie ein Zeichen des Himmels erschienen.

„Bedenke, meine Liebe", hatte sie zu der Tochter gesagt, „es ist nichts Abwertendes, bei Verwandten eine Stellung anzutreten. Sicher, Arabella hat die Frage einer Bezahlung nicht angeschnitten, aber meine Cousine war immer ein großzügiger Mensch. Ich bin sicher, dein Honorar wird ebenso groß sein wie Miss Rackhams, die wohl aus Altersgründen etwas kürzer treten muß. Als Arabellas Gesellschafterin wirst du viele Leute kennenlernen, und wer weiß, wozu das eines Tages führt!"

Diese Reaktion war typisch für Prudence Beresford. Stets gewann sie einer noch so aussichtslos erscheinenden Situation eine positive Seite ab. Louise war ganz anders veranlagt. Ungeachtet des Hanges, sich in Träume zu verlieren, stand sie mit beiden Beinen fest auf der Erde. Die Stellung einer Gesellschafterin hatte sicher vieles für sich, doch es war nicht eben schmeichelhaft, im gleichen Atemzug mit der netten, aber sehr betulichen Miss Rackham genannt zu werden. Louise fürchtete, daß die Mutter nicht die einzige bleiben würde, die sie in diesem Licht sah, mochte Arabella, Duchess of Wyvern, noch so generös sein.

Seufzend schnallte sie die Schlittschuhe an und machte sich bereit, den gefrorenen See zu betreten. Und im selben Augenblick schien ihr Herz einen Takt auszusetzen.

Denn so, wie sie sich den Märchenprinzen stets vorgestellt hatte, schwebte er nun mit meisterhaftem Schwung über das Eis heran. Er war hoch gewachsen und stattlich, gehüllt in eine engtaillierte, knielange Redingote mit pelzverbrämten Reverskragen, unter der elegante rehbraune Röhrenhosen und glänzende Stiefel hervorlugten, und der Sonnenschein fing sich in schwarzen Locken, die ihm unter dem Zylinder in die Stirn wehten. Hohe Wangenknochen prägten das markante Gesicht, und die dunklen Augen strahlten. Um die Lippen lag ein verführerisches Lächeln, und Louise hatte das Empfinden, es sei ganz allein für sie bestimmt.

Prinz Andrej Zarkow hatte die junge Dame mit den Kindern kommen sehen und beobachtet, daß sie nach einer Weile allein am Ufer des Sees stand. Vielleicht konnte sie nicht Schlittschuh laufen und wagte sich deshalb nicht weiter auf das Eis. Seine Neugier war geweckt, und er näherte sich ihr mit gemächlichen Bewegungen, lässig die Hände auf dem Rücken haltend.

Sie war älter, als er zunächst angenommen hatte, doch ihre schlanke, zierliche Gestalt, die grazile Haltung und die merkwürdig versonnene Miene verliehen ihr mädchenhafte Anmut.

„Haben Sie Schwierigkeiten, Mademoiselle?" erkundigte er sich beiläufig.

Ihr ovales Gesicht war leicht von der Kälte gerötet und nicht besonders hübsch. Aber sie hatte bemerkenswert große veilchenblaue Augen, und der eigenartig verloren wirkende Ausdruck, der aus ihnen sprach, machte alles andere vergessen.

„Falls Sie sich ängstigen, auf das Eis zu kommen, bin ich Ihnen mit dem größten Vergnügen behilflich", schlug Prinz Zarkow vor.

„Oh, nein!" wehrte Miss Beresford heftig ab, erschrak über die eigene Unhöflichkeit und schob sich verlegen eine dunkelbraune Locke unter die schlichte Schute. „Zu liebenswürdig, Sir", fügte sie ruhiger hinzu. „Ich komme jedoch sehr gut allein zurecht. Ich habe lediglich den herrlichen Anblick bewundert. Finden Sie es nicht schön, wenn alles so winterlich glänzt und schimmert?"

Prinz Zarkow lachte amüsiert auf, und sofort erlosch der freundliche Ausdruck in Miss Beresfords Augen. „Oh, verzeihen Sie, Mademoiselle. Ich wollte Sie nicht kränken. Ich mußte nur deshalb lachen, weil wir in Rußland so viel Schnee haben, daß es für uns nichts Ungewöhnliches ist."

Louises Neugier auf alles Fremde, Unbekannte, ließ sie die Scheu vergessen, und sie erwiderte lächelnd: „Ich hätte nicht gedacht, Sir, daß Sie aus Rußland sind. Sie sprechen ein vorzügliches Englisch, auch wenn ein leichter französischer Akzent nicht zu überhören ist."

„In meiner Heimat wird in gehobenen Kreisen seit langem nur Französisch gesprochen", sagte Prinz Zarkow trocken, „und lediglich das niedere Volk redet in seiner Muttersprache. Und was mein Englisch angeht . . ."

Er hielt inne, und Louise sah die jüngste Tochter des Duke auf Wyvern über das Eis auf sie zuschweben. Lady Amelia Revel war nur zwei Monate älter als sie, gab sich jedoch so blasiert und standesbewußt, daß man sie älter schätzen konnte. Die Aussicht, ihr überhebliches Benehmen in Gegenwart des faszinierenden Fremden ertragen zu müssen, mißfiel Louise, und nach einer hastig vorgebrachten Entschuldigung nahm sie Anlauf und glitt zu den Kindern hinüber.

„Prinz Andrej!" säuselte Lady Amelia. „Ich hoffe, man hat Sie nicht belästigt!"

„Ganz und gar nicht!" erwiderte er, Kavalier vom Scheitel bis zur Sohle, und setzte neugierig hinzu: „Sagen Sie, wer war dieses seltsame Mädchen?"

Aufmerksam schaute er Lady Amelia an. Sie war eine hübsche junge Dame, mit einem entzückend schmalen Gesicht, dessen Liebreiz durch die reichgefältelte Kröse am Kragen des mit kostbarem Weißfuchs besetzten Kleides und die Rüschen an der pelzverbrämten Schute noch besonders hervorgehoben wurde.

„Ach, Louise Beresford ist nur eine arme Verwandte, niemand von Bedeutung!" erwiderte Lady Amelia achtlos. „Mama ist ihre Patentante und lädt sie jedes Jahr zu Weihnachten aus Mitleid zu uns ein. Da Miss Rackham einfach zu alt geworden ist und zu nichts mehr taugt, soll Lou jetzt als Mutters Gesellschafterin bei uns bleiben." Lady Amelia lachte affektiert. „Sie bringt genau die richtigen Voraussetzungen mit, um Mama eine wertvolle Hilfe zu sein! Wyvern Hall wird ja dauernd von den Sprößlingen meiner Geschwister bevölkert, und Lou stammt selbst aus einer kinderreichen Familie." Lady Amelia bemerkte, daß Prinz Zarkow ihre Cousine nachdenklich beobachtete, die zwei der Schlittschuh laufenden Kinder an den Händen gefaßt hatte, aufmunternd auf die Kleinen einsprach und zu forscheren Bewegungen auf dem Eis ermutigte. Um ihn von Louise abzulenken, legte sie dem Prinzen leicht die Hand auf den Arm und und sagte in kokett herablassendem Ton: „Lassen Sie uns zu den anderen zurückkehren, Hoheit! Ich fürchte, sonst bekomme ich von Ihnen noch einen ganz falschen Eindruck!"

Miss Beresford bekam ihren Gesprächspartner nicht mehr zu Gesicht, aber von James, dem ersten Lakai im Haushalt des Duke of Wyvern, erfuhr sie, daß es sich um Prinz Andrej Zarkow gehandelt hatte, der sich zu einem privaten Besuch in der Nähe aufhielt. Er stand als Rittmeister der kaiserlichen Husaren in den Diensten Alexanders I., des Zaren von Rußland, dessen Cousin er war. Außerdem war er mit Fürst Wassili Djurgewitsch, dem russischen Gesandten in England, verwandt.

Neugierig geworden, erkundigte Louise sich vorsichtig bei ihrer Patentante nach dem Cousin des Zaren, während sie mit ihr den Ablauf des Geburtstagsballes besprach, den die Herzogin drei Tage nach Weihnachten für ihre Tochter Amelia zu veranstalten gedachte.

Arabella, Duchess of Wyvern, brauchte nur einen kleinen Anstoß, um begeistert auf das Thema einzugehen. „Der Prinz ist ein sehr charmanter junger Mann, nicht wahr?" sagte sie, sichtlich von ihm hingerissen. „Welch glücklicher Umstand, daß die Fürstin

199

Djurgewitsch ihn überreden konnte, das Fest bei meiner lieben Freundin Emily zu verbringen, nicht einmal fünf Meilen von hier entfernt!" Lady Wyvern dämpfte die Stimme. „Soweit ich weiß, hat der Fürst es vorgezogen, in London zu bleiben. Erstens findet er dort natürlich viel mehr Abwechslung, und zweitens ist er sicher der Affären seiner Gemahlin überdrüssig, die bekanntermaßen einen Blick für attraktive Männer hat."

Darauf konnte und wollte Louise nichts erwidern. Es stand ihr nicht zu, sich über den Lebenswandel zu äußern, den der Hochadel zu führen beliebte.

„Ich bin mir jedoch nicht sicher", plauderte die Duchess, unbeirrt von Miss Beresfords Schweigen, munter weiter, „ob Seine Hoheit die Gefühle der Fürstin erwidert. Im Gegenteil, ich konnte nicht umhin zu bemerken, daß er Amelia sehr gewogen zu sein scheint. Da unsere Hausgäste nicht vor Mittwoch eintreffen, habe ich daher beschlossen, Emily und ihre Besucher morgen abend zu einem Souper nach Wyvern Hall zu bitten. Selbstverständlich liegt es mir fern, eine Verbindung zwischen dem Prinzen und Amelia in die Wege zu leiten, aber es kann wirklich nichts schaden, wenn die beiden sich etwas besser kennenlernen. Ich will ja auch nicht ungerechterweise Partei ergreifen, meine allerdings, daß Amelia die schönste meiner Töchter ist."

Miss Beresford stimmte Lady Wyvern zu, obgleich die Mutter sie gelehrt hatte, daß wahre Schönheit aus dem Herzen käme. Und in dieser Hinsicht ließ Lady Amelias Wesen doch sehr zu wünschen übrig. Dennoch zog Louise es vor, laut zu äußern, Myladys Tochter sei tatsächlich eine entzückend aussehende junge Dame, deren Anmut und Liebreiz ganz besonders gut im weichen Licht der Kerzen zur Geltung kämen, und daß Seine Hoheit mit Blindheit geschlagen sein müsse, wenn er Lady Amelias Zauber nicht längst verfallen sei.

Arabella, Duchess of Wyvern, ordnete an, daß bei dem Diner das Beste serviert werden solle, was Küche und Keller zu bieten hätten. Diese Anweisung brachte den französischen Koch des Herzogs in eine Nervenkrise, und eine Flut erregter Worte ergoß sich über das verdutzte Küchenpersonal. Glücklicherweise waren die Mägde und Lakaien der fremden Sprache nicht mächtig, so daß viel von der Wirkung, die Monsieur Mesplé beabsichtigt hatte, bei den beeindruckt lauschenden Zuhörern verpuffte.

Miss Beresford entnahm dem mit Verve vorgetragenen Schwall an Entrüstung, Empörung und Selbstmitleid, daß der Herr über Töpfe, Tiegel und Pfannen sich über die Gedankenlosigkeit beklagte, ihm angesicht der in drei Tagen bevorstehenden Ankunft von acht Hausgästen, den Planungen für den Geburtstagsball und den laufenden Vorbereitungen für das Weihnachtsfest auch noch zuzumuten, bei einem so kurzfristig angesetzten Dinner zusätzliche Wunder zu vollbringen! Er sei inzwischen am Ende seiner Kräfte, und sein schöpferischer Genius wisse nicht mehr, was ihm unter solchen Umständen noch an Neuem und Sensationellem einfallen könne.

Es fiel Miss Beresford anheim, die Wogen zu glätten, den aufgebrachten Küchenchef zu beschwichtigen und ihm voll Taktgefühl zu verstehen zu geben, die Besonderheit des Anlasses würde gewiß seine Kreatiavität erst recht beflügeln.

„Bedenken Sie, Monsieur Jacques, die Fürstin Djurgewitsch und ein veritabler russischer Prinz Gäste bei dem von Ihnen komponierten Menu!" sagte sie einschmeichelnd. „Herrschaften, die es gewohnt sind, mit Königen und Kaisern zu speisen! Ich bin sicher, es wird Ihnen gelingen, mit Ihrem Einfallsreichtum selbst den vorzüglichsten Leibkoch aller königlichen und kaiserlichen Majestäten auszustechen!"

„Selbstverständlich!" stellte Monsieur Mesplé im Brustton tiefster Überzeugung fest. „Auch dann noch, wenn man mir eine Hand auf den Rücken binden sollte!"

„Sehen Sie, Monsieur Jacques, das wußte ich! Alle Welt wird Ihre Kochkünste in den höchsten Tönen preisen, und die Kunde Ihres einzigartigen Talentes wird sich auf dem gesamten Kontinent verbreiten! Einem ehrgeizigen Mann stünden sämtliche Tore offen, wenn seine meisterhaften Kreationen von so illustren Persönlichkeiten gelobt würden!"

Im stillen hoffte Louise, daß diese letzten Bemerkungen nicht der Duchess zu Ohren kommen würden, denn es war gewiß nicht in Myladys Sinne, ihren Chef de cuisine an jemand anderen zu verlieren. Aber die dick aufgetragenen Komplimente hatten den Zweck erreicht. Monsieur Mesplés Augen glänzten vor Feuereifer, während er bereits darüber nachdachte, welche Köstlichkeiten er auf den Tisch bringen könne. Erleichtert überließ Miss Beresford den Kochkünstler seinen schöpferischen Einfällen.

Nachdem Louise diese schwierige Aufgabe mit Bravour gemeistert hatte, fand sie kaum noch einen Moment der Ruhe. Hatte sie Lady Wyvern nicht zur Hand zu gehen, kümmerte sie sich darum, die Kinder zu beschäftigen und den Erwachsenen aus dem Wege zu halten. Die jeweiligen Gouvernanten waren ihr dankbar, denn sie mußten dann nur die Nesthäkchen betreuen und konnten sich anschließend zu einem gemütlichen Tratsch vor dem Kamin im Aufenthaltszimmer versammeln und aus dem Nähkörbchen plaudern.

Die heranwachsenden Kinder waren mit dieser Lösung sehr zufrieden, und Philip Treadwell sprach den Spielgefährten aus dem Herzen, als er mit Nachdruck feststellte: „Mit dir macht es viel mehr Spaß, Louise!"

„Das sehe ich!" erwiderte sie und schaute die Rangen besorgt an. Sie halfen den Gärtnerburschen, Tannengrün zur Dekoration des Hauses zu holen, und sahen dementsprechend aus. Ihre Kleidung war unordentlich, und da sie sich mit den verschmutzten Handschuhen oft die Haare aus der Stirn strichen, wiesen auch die Gesichter so manchen schwarzen oder grünen Flecken auf. „Ich hoffe nur", fügte Miss Beresford etwas beklommen hinzu, „daß ich mir keinen Tadel einhandele, weil ich euch nicht strenger beaufsichtige!"

Die Kinder tollten fröhlich herum und freuten sich unbändig, und Miss Beresford hatte Mühe, sie alle im Auge zu behalten. Abgelenkt durch das Treiben der Kleinen, bemerkte sie den offenen Zweispänner, der in rasanter Fahrt die Allee heraufkam, erst im letzten Moment und erschrak, als der Fahrer das Gespann knapp vor ihren Schutzbefohlenen zum Halten brachte.

Prinz Zarkow, in einem eleganten, weißen Pelzmantel, hielt die Zügel straff, lehnte sich auf dem Polstersitz zurück und betrachtete sichtlich amüsiert das Bild, das sich ihm bot. Louise hatte den Eindruck, daß er ganz besonders sie anschaute, und unwillkürlich stieg ihr die Röte in die Wangen. Hoffentlich sah er darin nur eine Folge der Anstrengungen, die das Beaufsichtigen der Kinder und das Tragen der Mistelzweige mit sich brachten, und kam nicht auf den Gedanken, seine Anwesenheit sei der Grund.

„Sie wecken alte Erinnerungen in mir, Miss Beresford", sagte er lächelnd. „Als Kind bin ich zu Weihnachten auf unserem Landsitz mit meinen Brüdern in den Wald gezogen und habe das Tannengrün besorgt. Und dann haben wir den schönen Mädchen unter dem Mistelzweig einen Kuß geraubt. Wußten Sie, daß es diese Sitte auch bei uns gibt?"

„Ich könnte mir denken, daß dieser Brauch in vielen Ländern gepflegt wird, Eure Hoheit", antwortete Miss Beresford und senkte sittsam den Blick.

„Das kann ich nicht beurteilen", erwiderte der Vetter des russischen Herrschers, und ein spitzbübisches Glitzern stand in seinen dunkelblauen Augen. „Ich würde unser kleines Gespräch gern fortsetzen und herausfinden, welche reizvollen Gemeinsamkeiten wir noch entdecken könnten, aber ich habe Lady Amelia versprochen, ihr meine Aufwartung zu machen."

Louise merkte, daß der Prinz sie zu einer leichtfertigen Äußerung herausfordern wollte, konnte sich jedoch nicht überwinden, sich Lady Amelias Verhalten zu eigen zu machen und mit hochgezogener Braue oder bewußt kokettem Augenaufschlag zu antworten. „Entschuldigen Sie, Eure Hoheit", sagte sie und knickste ehrerbietig, „ich muß auf die Kinder achtgeben."

„Selbstverständlich", stimmte er ernst zu. „Ich möchte Sie keineswegs von Ihren Pflichten abhalten." Grüßend hob er die Hand an die Krempe des Zylinders, knallte mit der Peitsche und fuhr zum Hauptportal weiter.

„Für einen Prinzen ist er ganz nett und gar nicht hochnäsig", hörte Louise hinter sich Master Philips Stimme. „Gestern beim Schlittschuhlaufen hat er sich sehr freundlich mit mir unterhalten."

„Tante Amelia ist furchtbar in ihn vernarrt!" erklärte Lady Joanna in verächtlichem Ton. „Sie seufzt und schmachtet seinetwegen und ist ganz verrückt nach ihm! Sie will unbedingt erreichen, daß er sie heiratet. Das hat Miss Trumper gesagt."

„Du solltest nicht die Gespräche anderer Leute belauschen!" ermahnte Miss Beresford das Mädchen eine Spur schärfer als beabsichtigt.

„Oh, bei Gouvernanten spielt das doch keine Rolle!" warf Philip Treadwell achtlos ein.

Louise zog es vor zu schweigen. Sie schluckte und redete sich ein, mit der Stellung einer Gesellschafterin eine etwas bessere Position denn die einer Erzieherin innezuhaben. Aber manchmal fühlte sie sich wie zwischen zwei Stühlen und wußte nicht recht, wo eigentlich ihr Platz sei. Der Herzog hatte sie stets mit Freundlichkeit behandelt, und seine Gemahlin war die Liebenswürdigkeit in Person. Doch nicht jeder befleißigte sich eines so entgegenkommenden Verhaltens, und Louise mußte sich damit abfinden, daß manche Leute eine viel herablassendere, hochmütigere Einstellung zum Personal hatten. Doch es hatte keinen Sinn, sich über ihr Los zu beklagen. „Tu alles mit einem fröhlichen Herzen!" hatte die Mutter ihr geraten. „Dann wirst du früher oder später auch dafür belohnt werden."

Sie zwang sich zu einem Lächeln und forderte die Kinder mit betont munterer Entschlossenheit auf: „So, und nun helft Jason tragen! Er schleppt viel mehr Mistelzweige als ihr!"

★

Nachmittags, unter den wachsamen Augen der Haushälterin und des Butlers, half Miss Beresford, den Tisch im Speisezimmer zu decken. Der prunkvolle große Tafelaufsatz, ein Meisterwerk der Goldschmiedekunst und eines Königs würdig, prangte in der Mitte. Silberne, sich aufbäumende Streitrosse in juwelenbesetztem Zaumzeug waren um eine bis in das kleinste Detail ausgeführte, knorrige Eiche mit weit ausladenden, dichtbelaubten Ästen gruppiert, und zwischen den Gräsern und Halmen des Sockels funkelten kostbare Edelsteinblüten. Mit großem Geschick arrangierte Miss Beresford zarte Christrosen, weiße und rote Nelken und Stechpalmreiser in den kleinen Wasserbehältern, die zwischen dem goldgetriebenen Rankenwerk verborgen waren. Die breiten Schalen der beiden schweren goldenen äußeren Tafelaufsätze, auf denen Hirsche hetzende Hunde zu sehen waren, wurden mit blankpolierten Äpfeln, Haselnüssen und Backpflaumen dekoriert, und auch hier füllte Miss Beresford die winzigen, in die reichverzierten Füße eingelassenen Vasen mit weißen Blüten, Mistelbeeren und Tannengrün.

„Das haben Sie wundervoll gemacht, Miss Louise", bemerkte Mrs. Bright und nickte anerkennend. „Finden Sie nicht auch, Mr. Melton?"

Der Butler, der seit undenklichen Zeiten in Diensten des Duke of Wyvern stand, neigte leicht das greise Haupt und sagte würdevoll: „In der Tat! Ein sehr geschmackvolles Arrangement."

„Niemand hat das bisher so vollendet und harmonisch gestaltet", fuhr die Haushälterin bewundernd fort. „Ich habe einfach nicht das Talent dafür, aber Sie, Miss Louise!"

Im stillen bedauerte Miss Beresford, daß Prinz Zarkow nicht wissen würde, wieviel Mühe sie sich gegeben hatte, den Tischschmuck seinetwegen so hübsch herzurichten.

Bis zum Eintreffen der Gäste hatte sie alle Hände voll zu tun und lief ständig zwischen dem Boudoir der Duchess of Wyvern, dem Lady Amelias und dem Zimmer Lady Shenstones hin und her. Die Baronin war ein sehr zuvorkommender Mensch, der Herzogin wie aus dem Gesicht geschnitten und ihr auch im Wesen sehr ähnlich. Maud, Marchioness of Bute hingegen, die Schwiegertochter des Herzogspaares, war bei weitem weniger angenehm im Umgang. Sie war eine hagere, mürrische Person, die sich ständig in kostbare Kaschmirschals hüllte und nie aufhörte, sich bei ihrem geduldigen Gemahl über die Unbequemlichkeiten und die zugige Kälte zu beklagen, die sie in Wyvern Hall ertragen müsse. Manchmal wunderte Louise sich, wie es möglich sein konnte, daß ausgerechnet die temperamentvolle, stets frohgemute und unternehmungslustige Lady Joanna die Tochter dieser mißmutigen, in Selbstmitleid ertrinkenden Frau war.

Die Marquise war auch die erste, die umgehend daran Anstoß nahm, daß Miss Beresford im engsten Familienkreis speiste.

„Wenn ihr allein seid, Arabella", äußerte sie spitz, „mag es ja noch angehen, aber nicht, wenn ihr Gäste habt! Miss Beresford fühlt sich in Gesellschaft sichtlich unwohl und bringt kaum ein vernünftiges Wort über die Lippen! Ich bin sicher, bei ihresgleichen ist sie viel besser aufgehoben!"

„Wir sind ihresgleichen, Maud!" wandte die Duchess of Wyvern freundlich, aber bestimmt ein. „Ihre Mutter ist nicht nur meine Cousine und eine meiner besten Freundinnen, sondern eine Deveaux, genau wie ich. Unser Stammbaum, liebste Maud, läßt sich um vieles weiter zurückverfolgen als die Herkunft der Revels of Wyvern. Und Prudences Gatte, Hugh Beresford, kommt aus altem Landadel, einer Familie, die Graham sehr schätzt. Natürlich bedauern mein Gemahl und ich es sehr, daß Mr. Beresfords Geschäfte durch den Krieg einen so gravierenden Rückschlag erlitten haben. Hugh ist jedoch nicht der einzige, dem das Schicksal derart übel mitgespielt hat. Ich weiß von anderen Leuten, die gleichermaßen ruiniert wurden. Ganz besonders traurig ist es, daß Louises Chancen, eine vorteilhafte Partie zu machen, unter diesen Umständen auf den Nullpunkt gesunken sind. Doch das kann sich alles noch ändern. Ich jedenfalls wünsche Louise, daß es ihrem Vater gelingen möge, sich finanziell wieder zu erholen. Und da Graham und ich sie ins Herz geschlossen haben, freue ich mich ganz besonders, sie jetzt unter die Fittiche nehmen zu können."

Die Marchioness of Bute versagte sich vorsichtshalber weitere Äußerungen zu diesem Thema, doch Lady Amelia war nicht so zurückhaltend. Sie machte heftige Einwände, daß Miss Beresford an dem zu Ehren des Prinzen veranstalteten Diner teilnehmen sollte, und meinte in überheblichem Ton: „Lou ist so farblos! Unsere Gäste werden sehr befremdet sein, sie an der Tafel vorzufinden!"

Die Herzogin verlor die Geduld. „Unsinn!" widersprach sie gereizt. „Sicher, Louise drängt sich nicht dauernd in den Vordergrund, aber sie weiß sich sehr wohl zu benehmen, wenn der Anlaß es erfordert!" Unbd wissend, daß die Tochter die Sache damit nicht auf sich beruhen lassen würde, fügte die Duchess of Wyvern scharf hinzu: „Nein, Amelia! Ich möchte kein Wort mehr über diese Angelegenheit verlieren!"

Miss Beresford hätte, wäre es möglich gewesen, am liebsten nicht an dem Souper teilgenommen. Allein der Gedanke, in so erlauchter Runde zu dinieren, verunsicherte sie und flößte ihr Unbehagen ein. Sie nahm sich vor, nur zu reden, wenn sie gefragt wurde, höflich zu sein und möglichst wenig Aufmerksamkeit zu erregen.

Emily, Viscountess Dewey, und ihr Gefolge trafen gut gelaunt nach kurzer Fahrt durch das Schneegestöber in Wyvern Hall ein. Der Butler verbeugte sich tief, als er die hohen Herrschaften in die Halle bat. Prinz Zarkow geleitete eine lebhafte Dame in das Haus, die vermutlich die Fürstin Djurgewitsch war. Zofen und Lakaien eilten herbei, halfen den Damen aus den pelzgefütterten Witzschouras und den Herren aus den mit kostbarem Pelz besetzten Redingotes. Im Trubel der Begrüßung durch die herzoglichen Gastgeber schien niemand Notiz von Miss Beresford zu nehmen, die still am Rande des Geschehens stand und sittsam wartete, daß die Gäste sich zum Aperitif in den großen Salon begaben.

Prinz Andrej Zarkow warf ihr jedoch immer wieder einen Blick zu, und selbst im Gespräch mit anderen schaute er kurz zu ihr hinüber. Sie unterhielt sich mit William Burridge, Lady Deweys jüngstem Sohn, einem schüchternen, linkischen jungen Mann, der obendrein das Unglück hatte, leicht zu stottern.

An der Tafel saß sie neben ihm, während der Cousin des Zaren den Platz zwischen der Dame des Hauses und Lady Amelia innehatte. Louise war froh, daß sie diesen Tischnachbarn hatte. Die Bemühungen, ihm die Nervosität zu nehmen, waren bald von Erfolg gekrönt, und es gelang ihr sogar, ihn zum Lachen zu bringen. Auf diese Weise war sie wenigstens von der eigenen inneren Unruhe abgelenkt, und das Dinner nahm einen für sie erträglichen Verlauf.

Nachdem die Gentlemen sich in das Rauchzimmer zum Portwein begeben und die Ladies sich in den Damensalon zurückgezogen hatten, kam die Viscountess Dewey zu Louise und sagte herzlich: „Ich bin Ihnen dankbar, Miss Beresford, daß Sie sich so nett um meinen Sohn gekümmert haben. Der arme William! Er war stets ein zartes Kind, das nie das Haus verließ und mit Gleichaltrigen spielte. Dieses Jahr zu Weihnachten ist er zum ersten Male in Gesellschaft, und er hat mir erklärt, er fände es äußerst anstrengend, dauernd höfliche Konversation machen zu müssen. Ich habe ihn noch nie so gelöst und entspannt gesehen wie heute abend mit Ihnen, meine Liebe!"

„Ich habe einen Bruder, Mylady, der ihm im Naturell ähnlich ist", erwiderte Louise. „Und Ihr Sohn hat eine sehr wache Auffassungsgabe und einen regen Verstand." Louise hoffte, die Viscountess möge diese Bemerkung aus dem Munde einer Gesellschafterin nicht anmaßend finden. „Meinen Sie das wirklich?" sagte Lady Dewey und strahlte über das ganze Gesicht. „Ich war auch immer dieser Ansicht, aber mein Gatte steht auf dem Standpunkt, ich sei voreingenommen. Ich muß ihm unbedingt berichten, was Sie mir eben erzählt haben! William findet kein Interesse an sportlicher Betätigung jedweder Art, und deshalb kommen Arthur und er . . ." Abrupt hielt sie inne, als ihr bewußt zu werden schien, daß sie sich beinahe negativ über ihren Mann geäußert hätte. „Nun, die Zeit wird es zeigen", fügte sie etwas zusammenhanglos hinzu, entschuldigte sich bei Miss Beresford und wandte sich ab.

Louise wartete, bis die Herren sich wieder zu den Damen gesellten, und schlüpfte dann in einem günstigen Moment unbemerkt aus dem Salon. Sie eilte den langen Korridor entlang und zog sich in einen kleineren, am äußersten Ende gelegenen Salon zurück. Im Kamin glimmte ein schwaches Feuer, und durch die Scheiben flutete das silbrige Licht des Mondes. Sie setzte sich auf die Bank in der Nische, zog die Knie an und legte das Kinn auf die gefalteten Hände.

Die Ruhe tat ihr gut. In dieser friedlichen Stille konnte sie träumen, von Prinz Zarkow und einem schönen Leben, das für sie in unerreichbaren Fernen lag. Es wunderte sie nicht, daß Lady Amelia sich in den Prinzen verliebt hatte. Nur ein Herz aus Stein hätte nichts bei dem Anblick dieses faszinierenden Mannes empfunden. Er hatte wundervoll ausgesehen in der Paradeuniform, einem Dolman aus feinstem dunkelblauem Tuch, mit himbeerroten und goldenen Tressen, Rabatten und Ärmelaufschlägen, enganliegenden weißen Hosen und schwarzen Schaftstiefeln, und dazu trug er einen feuerroten, mit weißem Pelz gefütterten Schultermantel. Nicht nur durch sein Äußeres unterschied er sich von allen anderen anwesenden Herren. Auch sein liebenswürdiges Wesen, seine Zuvorkommenheit und die natürliche Selbstsicherheit, die er ausstrahlte, nahmen Louise für ihn ein.

Miss Beresford war so in Gedanken versunken, daß sie das leise Geräusch der sich öffnenden und schließenden Tür nicht hörte und die breitschultrige Gestalt nicht bemerkte, die sich langsam näherte.

„Seht doch, wie sie die Wange lehnet an ihre Hand!" sagte Prinz Zarkow leise. „Oh, könnte ich der Handschuh sein und streicheln diese Pfirsichhaut!"

Miss Beresford erstarrte und hielt erschrocken den Atem an. Im ersten Moment wagte sie nicht, sich zu regen, doch dann straffte sie sich rasch, stellte die Füße auf den Boden und glättete den Rock des schlichten, mit schwarzen Borten verzierten perlgrauen Chemisenkleides. „Eure Hoheit sind mit Shakespeare vertraut?" fragte sie erstaunt und faltete die Hände im Schoß, um ihr Zittern zu verbergen.

„Sogar sehr, Miss Beresford", antwortete der Vetter des Zaren und setzte sich zu ihr auf die Bank. „Wir hatten als Kinder eine schottische Gouvernante, die noch vor unserem Hauslehrer für unsere Bildung Sorge trug. Das erklärt auch, warum ich die englische Sprache so gut beherrsche." Prinz Andrej lächelte belustigt. „Miss MacCall hatte allerdings nicht viel übrig für Shakespeares ‚Romeo und Julia'. Das sei romantischer Unsinn, pflegte sie zu sagen. Sein ‚Macbeth' war mehr nach ihrem literarischen Geschmack!"

Plötzlich verlor Louise die Scheu vor dem Prinzen, und sie lachte ungezwungen auf. Irgendwie wirkte er in der Dämmerung, im weichen Schein des Mondes, weitaus weniger hoheitsvoll, viel umgänglicher und menschlicher. Und die Vorstellung, daß er ihr wahrscheinlich ganz bewußt in diesen Raum gefolgt war, freute sie. Woher hätte er sonst wissen sollen, wo sie sich aufhielt? Warum er ihr allerdings nachgegangen war, konnte sie sich nicht erklären, aber sie dachte auch nicht länger darüber nach.

„Ich könnte mir denken, daß Sie es vermissen, zu Weihnachten nicht bei Ihren Angehörigen zu sein", sagte er.

„Sehr sogar", stimmte sie ihm zu und seufzte leicht. „Allerdings habe ich das Fest schon seit einigen Jahren nicht mehr zu Hause verbracht. Aber wir feiern dennoch immer im Familienkreis, und zwar am Sankt-Nikolaus-Tag."

„Tatsächlich? Der heilige Nikolaus von Myra ist der Schutzpatron Rußlands, wußten Sie das? Am Abend vor dem sechsten Dezember hängen die Kinder leere Strümpfe vor den Haustüren auf, und in den Kirchen wird zu Mitternacht ein feierlicher Gottesdienst abgehalten." Prinz Zarkow beugte sich vor und sagte schmunzelnd: „Sehen Sie, nun haben wir eine weitere Gemeinsamkeit entdeckt!"

„Ja, das stimmt", pflichtete Miss Beresford ihm lächelnd bei. „Ich fürchte nur, unser bescheidener familiärer Rahmen hat nichts gemein mit dem Glanz und Prunk der kirchlichen Zeremonien in Ihrem Lande."

„Ach, darauf kommt es doch gar nicht an!" meinte Seine Hoheit geringschätzig, richtete den Blick nach draußen und machte unversehens ein ernstes Gesicht. „Miss Beresford, ich würde Sie gern um einen Gefallen bitten. Und nach allem, was Sie mir erzählt haben, hege ich die größte Hoffnung, daß Sie mir die Gunst erweisen werden."

Louise konnte sich nicht vorstellen, was der Prinz auf dem Herzen haben mochte und warum er sie und nicht Lady Amelia darum ersuchte. Erstaunt betrachtete sie sein Profil und verspürte den

Wunsch, ihm über das schwarze Haar zu streichen. Wider Willen stieg ihr die Röte in die Wangen, und sie verschränkte die Finger noch fester im Schoß, um keine Torheit zu begehen.

„Ich frage mich", sagte der Vetter Alexanders I. gedankenverloren, „ob Sie einwilligen würden, mit mir eine Ausfahrt zu unternehmen, falls Lady Wyvern Sie morgen wohl für etwa zwei Stunden entbehren kann."

Louise glaubte, sich verhört zu haben, und war sekundenlang sprachlos. Nachdem sie sich von der Überraschung erholt hatte, stammelte sie unsicher: „Aber . . . Eure Hoheit! Ich . . . Lady Amelia . . ."

„Nein!" unterbrach er ungeduldig. „Sie ist sicher ein entzückendes Geschöpf, aber gänzlich ungeeignet. Ich lege großen Wert darauf, daß Sie mich begleiten!"

Louises Gedanken überstürzten sich. Die Phantasie malte ihr die vielfältigsten Gründe aus, warum sie dem Prinzen Gesellschaft leisten sollte, doch ein Motiv war sehr naheliegend. Sie wußte nicht, ob sie darüber lachen oder entrüstet sein sollte, daß der Verwandte des Zaren von Rußland ausgerechnet ihr ein unsittliches Angebot zu machen schien. „Ich wäre Ihnen dankbar, Eure Hoheit", erwiderte sie in bemüht ruhigem Ton, „wenn Sie sich etwas deutlicher erklären könnten."

„Das geht leider nicht, jedenfalls nicht hier und jetzt", lehnte Prinz Zarkow ab, stand auf und drehte sich zu Miss Beresford herum. „Sollten Sie meiner Bitte entsprechen, muß ich Sie auffordern, strenges Stillschweigen zu bewahren. Ich erdreiste mich nur, Sie mit diesem Ansinnen zu behelligen, weil ich den Eindruck gewonnen habe, daß Sie ein vertrauenswürdiger Mensch sind. Aber vielleicht habe ich mich geirrt."

„Nein!" entgegnete Louise hastig und erhob sich ebenfalls. „Ich bin einverstanden, und selbstverständlich können Sie sich auf meine Diskretion verlassen!" Sie begriff zwar immer noch nicht, was der Prinz eigentlich beabsichtigte, entschloß sich jedoch spontan, ihm den Wunsch zu erfüllen. Offenbar ging es um etwas sehr Wichtiges, und es war eine große Ehre, daß er sie ins Vertrauen zog.

Prinz Andrej nickte. „Gut! Ich war sicher, daß ich mich nicht in Ihnen getäuscht habe! Ich werde morgen vormittag gegen elf Uhr bei der Einfahrt zum Park auf Sie warten!"

Louise Beresford fürchtete schon, nicht rechtzeitig zu der Verabredung mit Prinz Andrej Zarkow zu kommen. Arabella, Duchess of Wyvern, geruhte am nächsten Morgen erst sehr spät, das Bett zu verlassen, und dann drängte es sie, bei einer Tasse heißer Schokolade mit ihrer Gesellschafterin den Erfolg des Soupers zu besprechen.

„Alles war wunderbar!" schwärmte sie. „Prinz Andrej konnte kaum die Augen von Amelia lassen! Nun, wen wundert es? In der blauen Seidenrobe sah sie ja auch hinreißend aus! Sogar ihr Vater hat das festgestellt, und Graham hat sonst nie einen Blick für solche Dinge! Und Jacques hat sich wirklich übertroffen. Die Fürstin Djurgewitsch war ungemein beeindruckt. Ich hoffe, Melton hat es ihm inzwischen erzählt."

„Monsieur Mesplé hat tatsächlich keine Mühe gescheut, den Abend zu einem großen Erfolg für Sie zu machen, Mylady", warf Miss Beresford ein.

„Ich werde mich in die Küche begeben und ihm höchstpersönlich meine Anerkennung aussprechen", erklärte die Duchess of Wyvern befriedigt.

„Darüber wird er sich gewiß sehr freuen. Gestatten Sie?" Sie schenkte der Herzogin nach und erkundigte sich dabei in beiläufigem Ton: „Könnten Sie im Verlaufe des Vormittags meine Dienste entbehren, Madam? Ich habe etwas Wichtiges zu erledigen."

„Selbstverständlich, mein Kind!" willigte Lady Wyvern sofort ein. „Du mußt mir doch nicht ständig zur Verfügung stehen! Außerdem sind wir zum Lunch nach Charlcombe eingeladen. Habe ich vergessen, das zu erwähnen?" Seufzend lehnte die Duchess sich in die Kissen zurück und nippte an ihrem Porzellantäßchen. „Natürlich gibt es bis zur Ankunft unserer Gäste morgen noch viel zu tun, aber ich nehme ja auch nicht an, daß du den ganzen Tag beschäftigt sein wirst."

Da Louise nicht wußte, wieviel Zeit sie benötigen würde, enthielt sie sich einer verbindlichen Antwort und nutzte die erste Gelegenheit, sich diskret entfernen zu können.

Sie lief in ihr Zimmer, setzte rach eine Capote auf und schlüpfte in eine wollene Rotonde. Dann hastete sie durch den Gang zum rückwärtigen Teil des Mittelflügels, lief die Treppe zum Parterre hinunter und huschte den Seitenkorridor entlang, um das Haus durch den Dienstboteneingang zu verlassen.

211

„Wohin so eilig?"

Erschrocken drehte sie sich um und sah den Herzog mit einer langläufigen Flinte in der Tür des Waffenzimmers stehen. Er war ein hochgewachsener, stattlicher Mann, dessen buschige Brauen ihm ein leicht finsteres Aussehen verliehen. Louise wußte jedoch aus Erfahrung, daß er ein liebenswerter, freundlicher Mensch war. Von allen Mitgliedern der Familie mochte sie ihn am liebsten. „Ich habe vor, ein Weilchen zu verschwinden, Mylord", antwortete sie in verschwörerischem Ton. „Bitte, verraten Sie niemandem, daß wir uns begegnet sind!"

„So, so!" brummte der Duke of Wyvern gutmütig. „Du bist wohl unterwegs zu einem heimlichen Rendezvous?" Als Miss Beresford nichts sagte und eine zarte Röte ihre Wangen überzog, fügte er schmunzelnd hinzu: „Na, dann kannst du von Glück reden, daß du nur mir über den Weg gelaufen bist! Verlaß dich darauf, ich werde jeden in die Irre führen, falls jemand nach dir suchen sollte. Und nun lauf und amüsiere dich. Aber gib gut auf dich acht!"

Miss Beresford knickste kurz und stahl sich aus dem Haus.

Die Sonne schien, und die Morgenluft war klar und kühl. Der Schnee lag nicht sehr hoch, aber Louise spürte schnell, daß sie in den dünnen Stiefeletten kalte Füße bekam. Sie schob die Hände unter den Umhang und strebte eilends dem verabredeten Treffpunkt zu. Sie bedauerte, daß der Prinz sie nicht in aller Form mit seiner Kutsche abholen konnte, wie es selbstverständlich bei Lady Amelia der Fall gewesen wäre, und es störte sie, sich auf so verstohlene Art und Weise mit ihm treffen zu müssen. Doch anders war es leider nicht möglich.

Nach fast einer Meile sah sie den Phaeton in der Nähe des Tores halten. Ein älterer, verhutzelter Mann hielt die Rosse, und Prinz Zarkow ging unruhig neben dem offenen Wagen auf und ab.

„Guten Morgen, Miss Beresford", begrüßte er sie lächelnd. „Sie sind sehr pünktlich. Kommen Sie, ich helfe Ihnen beim Einsteigen. Sie müssen ja halb erfroren sein!"

Ehe Louise wußte, wie ihr geschah, umfaßte er sie an der Taille und hob sie in das Gefährt. Sie setzte sich in die weichen Polster, und hilfreich breitete er eine mitgebrachte, kuschelige Felldecke über ihrem Schoß aus. Dann nahm er neben ihr Platz, griff nach den Zügeln und rief dem Diener etwas auf Russisch zu.

„Meine arme kleine Duschka", sagte er mitfühlend. „Ich mute Ihnen eine Menge zu! Nun, wenigstens haben wir es nicht sehr weit."

„Oh, es macht mir nichts aus!" versicherte Miss Beresford eifrig. Sie hatte keine Ahnung, was Duschka bedeutete. Es klang jedoch wie ein Kosewort, und ihr wurde wohl um das Herz.

Der Lakai hatte das Gespann losgelassen und den Dienertritt an der Rückseite der Kutsche erklommen. Prinz Zarkow knallte mit der Peitsche, und die Schimmel trabten an. Nach einiger Zeit erkundigte er sich besorgt: „Ist Ihnen warm genug, Miss Beresford?"

„Ja, danke", bestätigte sie lächelnd, obgleich sich ein unangenehmes Prickeln in den Füßen bemerkbar machte.

„Sie sind eine ungewöhnliche junge Dame!" stellte der Cousin des Zaren bewundernd fest. „Ein Ihnen gänzlich fremder Mann bittet Sie um einen Gefallen, ohne Ihnen ein Wort der Erklärung zu geben, und Sie willigen praktisch auf der Stelle ein!"

„Ich hatte den Eindruck, die Sache sei Ihnen wichtig, Hoheit", erwiderte Miss Beresford schlicht.

„Und das hat Ihnen genügt?" Er warf ihr einen erstaunten Blick zu. „Hat Sie nicht doch ein wenig die Neugier geplagt?"

Louise fragte sich, ob sie zu schnell ja gesagt und sich nun in ein falsches Licht gebracht habe. „Nein, eigentlich nicht", antwortete sie leichthin. „Ich nahm nicht an, daß Sie Arges im Sinn hätten, da ich mich nicht zu den außerordentlich hübschen Frauen zähle."

Prinz Andrej lachte laut auf. „Sie gefallen mir, Mademoiselle! Ich finde allerdings, daß Sie sich nicht unterschätzen sollten. Ihr Charme ist eben nicht, wie bei vielen anderen Damen, nur oberflächlicher Natur. Sie sind herzerfrischend offen und ehrlich, und das ist eine Tugend, die ich bewundere. Oh, nun habe ich Sie in Verlegenheit gebracht", sagte er reumütig, als Miss Beresford den Kopf senkte. „Vergeben Sie mir! Ich werde Ihnen jetzt eine Geschichte erzählen. Sie ist ein wenig traurig, gibt Ihnen jedoch die Erklärung, warum ich mich Ihrer Mithilfe versichern wollte."

Sofort war Miss Beresfords Interesse geweckt, und aufmerksam schaute sie den Prinzen an.

„Bestimmte Familien meines Landes sind dem Zaren seit vielen Generationen eng verbunden", sagte Prinz Andrej Zarkow. „Meine ebenso wie beispielsweise die der Melinkows, deren Ländereien an unsere grenzen. Die Beziehungen zwischen den Zarkows und Melinkows waren stets sehr gut, und deshalb sind meine Geschwister auch mit den Nachbarskindern, drei Söhnen und einer Tochter, aufgewachsen. Wir waren fast wie eine große Familie. Seit ich mich erinnern kann, war ich in Komtesse Irina Melinkow verliebt. Sie ist einige Jahre jünger als wir anderen, und mir erschien sie so zauberhaft und schön wie ein Engel."

Unwillkürlich empfand Louise einen leichten Stich der Eifersucht bei diesen in gefühlvollem Ton vorgetragenen Worten. Doch gleich schalt sie sich eine Närrin, da den Prinzen ja nichts mit ihr verband.

„Mit sechzehn Jahren hatte Irina sich zu einem ausnehmend hübschen Mädchen entwickelt", fuhr er fort, „und es war längst beschlossene Sache, daß ich mich an ihrem siebzehnten Geburtstage mit ihr verloben sollte. Graf Melinkow hat es jedoch nicht dazu kommen lassen. Er war immer ein haltloser Spieler. Zu jener Zeit hat er viel zuviel auf eine Karte gesetzt und buchstäblich alles, das ihm gehörte, an einen berüchtigten Roué verloren. Und dann, als er dem Ruin ins Auge sah, tat er etwas Unverzeihliches. Er schloß einen Handel mit dem sittenlosen Fürsten Wladimir Maslennikow ab, der keinen Hehl daraus gemacht hatte, daß Irina ihm gefiel. Er versprach Maslennikow die Hand seiner Tochter, falls der Fürst einwilligte, Großmut walten zu lassen und ihm die verlorenen Besitztümer nicht abzunehmen. Ich war damals bei meinem Husarenregiment in St. Petersburg. Nachdem die Kunde mich erreicht hatte, war es jedoch zu spät, um noch etwas zu unternehmen. Irina und Fürst Maslennikow waren bereits verheiratet."

„Wie schrecklich!" flüsterte Miss Beresford betroffen. „Nicht nur für Sie, Hoheit! Auch für die Komtesse Melinkow!"

Prinz Zarkow lächelte wehmütig. „Nicht wahr? Ich berichte Ihnen das jedoch nicht, um Ihr Mitgefühl zu wecken, Mademoiselle, sosehr ich es auch zu schätzen weiß. Die Geschichte ist noch nicht zu Ende. Da ich ein sehr impulsiver Mensch bin, verließ ich unverzüglich St. Petersburg und reiste nach Moskau. Dort drang ich uneingeladen bei einem Ball ein, den mein Cousin Alexander im Kreml veranstaltete, und zu dem auch Fürst Maslennikow und seine Gattin geladen waren. Ich hatte nur den einen Gedanken, mich an ihm zu rächen! Bereits der geringste Vorwand hätte mir genügt, um ihn gleich an Ort und Stelle zu töten. Irina flehte mich jedoch an, keinen Skandal zu erzeugen, nicht nur, weil ich mir den Zorn des Zaren zugezogen hätte, sondern auch, weil sie schließlich diejenige sein würde, die unter dem zu erwartenden Zornesausbruch ihres Mannes leiden mußte. Und er hätte sie seine Wut fühlen lassen, sobald er mit ihr allein gewesen wäre. Die Angst, die aus ihren Augen sprach, machte mir deutlich, daß Irina die Wahrheit sagte. Ich verließ den Ball, aber mein Herz war voller Mordgelüste."

Prinz Zarkow schwieg und preßte die Lippen zusammen. Miss Beresford konnte sich gut in seine Lage versetzen und sah ihn teilnahmsvoll an.

„Ehe ich jedoch eine Unbesonnenheit begehen konnte", sagte er ruhig, „wurde ich nach St. Petersburg zurückkommandiert, und kurze Zeit später begaben die Maslennikows sich auf eine ausgedehnte Hochzeitsreise in den Westen Europas. Ich hörte nichts mehr von ihnen, bis ich vor zwei Monaten plötzlich von Irina einen etwas verworrenen Brief aus Paris erhielt. Sie schrieb mir, sie wolle ihren Mann verlassen, und bat mich, ihr dabei behilflich zu sein. Sie hatte vor, nach England zu kommen. Ihre frühere Gouvernante, eine Miss Jane Enderby, lebt seit vielen Jahren in einem Dorf hier ganz in der Nähe."

„Jetzt verstehe ich", murmelte Miss Beresford und schaute den Prinzen mit großen Augen an.

Der Phaeton näherte sich den ersten Gehöften, die das Dorf Wyvernborough bildeten, und der Zustand der Straße ließ es Prinz Andrej Zarkow geraten erscheinen, das Tempo zu verlangsamen.

„Gehe ich recht in der Annahme, daß es kein Zufall ist, wenn Sie sich im Moment bei Viscount Dewey aufhalten?" fragte Louise nachdenklich.

„Wie scharfsinnig Sie sind, Miss Beresford!" antwortete Prinz Zarkow trocken. „Ja, es stimmt. Ich habe die Fürstin Djurgewitsch ins Vertrauen gezogen, und sie sorgte dafür, daß Lady Dewey mich nach Charlcombe eingeladen hat. Viele Leute halten die Fürstin für eine Intrigantin, und vielleicht ist sie das auch, aber ich kenne niemanden, der ein Geheimnis so gut zu bewahren versteht wie sie. Außerdem ist sie Fürst Maslennikow ganz und gar nicht wohlgesonnen."

Das war die aufregendste Geschichte, die Louise je vernommen hatte. Ihr Herz flog dem Prinzen zu, doch da er unerreichbar für sie war, konnte sie ihm zuhören, ohne sich verletzt oder zurückgesetzt zu fühlen. „Und haben Sie Ihre Jugendliebe wiedergesehen?" erkundigte sie sich bewegt.

„Ja", bestätigte er leise. „Die Sache ist jedoch nicht so einfach, wie zu wünschen wäre. Vor zwei Wochen hat Irina einem Knaben das Leben geschenkt, und nun ängstigt sie sich halb zu Tode bei dem Gedanken, Fürst Maslennikow könne sie und das Kind aufspüren, ehe sie beide reisefähig sind. Sie weiß zu gut, was ihr Gatte ihr aus Wut darüber antun würde, daß sie ihn verlassen und vor seinen Pariser Freunden lächerlich gemacht hat. Außerdem enthält sie ihm den ersehnten Erben. Miss Enderby ist eine sehr verläßliche Frau, und George, ihr Faktotum, ein sehr wachsamer Mann. Er hat versprochen, mich sofort zu benachrichtigen, sobald ein Fremder im Dorf erscheint und neugierige Fragen stellt. Irina hat einen Diener mitgebracht, Mischka, einen ihr treu ergebenen, kräftigen Mann, auf den sie sich ebenfalls voll und ganz verlassen kann. Aber sie ist einsam, und so bin ich auf den Gedanken gekommen, die Gesellschaft einer jungen, vertrauenswürdigen Frau wie Sie, Miss Beresford, könne ihr das Alleinsein etwas erleichtern."

Louise war zutiefst gerührt. Spontan zog sie die Hand unter der Pelzdecke hervor und legte sie dem Prinzen auf den Arm. „Es ehrt mich, Hoheit, daß Sie sich mir anvertraut haben", sagte sie ergriffen. „Ich helfe gern, soweit es in meinen Kräften steht."

Prinz Andrej legte kurz die Hand auf ihre. „Vielen Dank, Miss Beresford. Irina spricht ausgezeichnet Englisch. Also werden Sie keine Verständigungsschwierigkeiten haben."

Die Kutsche umrundete den Marktplatz und fuhr auf ein kleines Cottage zu, daß etwas abseits von den anderen lag. Kaum hatte der Wagen gehalten, eilte eine ältere Frau in immer noch strafferer, aufrechter Haltung aus dem Haus und knickste ehrerbietig. Der Cousin des Zaren half Miss Beresford beim Aussteigen und machte die Damen miteinander bekannt.

Während er dem Reitknecht noch einige Anweisungen erteilte, bat Jane Enderby die Besucherin in das kleine, nett eingerichtete Vestibül, half ihr aus der Rotonde und forderte sie dann höflich auf, im Salon Platz zu nehmen.

Louise entging nicht, daß die ehemalige Gouvernante sie prüfend musterte. „Finde ich Gnade vor Ihren Augen, Madam?" fragte sie und lächelte befangen.

Jane Enderby nickte. „Entschuldigen Sie, Miss Beresford. Ich war nicht sicher, wen ich zu erwarten hatte. Auf das Urteil eines Mannes ist nicht immer Verlaß."

„Nein", stimmte Louise Beresford errötend zu. „Um ehrlich zu sein, Miss Enderby, weiß ich nicht recht, wie ich helfen kann. Meine freie Zeit ist sehr beschränkt. Wenn Sie jedoch der Ansicht sind, meine Unterstützung sei sinnvoll, will ich sie Ihnen gerne geben."

„Die arme Irina braucht jemanden, der in ihrem Alter ist und mit dem sie sich aussprechen kann", erwiderte Jane Enderby und setzte sich zu der Besucherin an das flackernde Kaminfeuer. „Bei jeder Kleinigkeit bricht sie in Tränen aus. Natürlich können das noch die Folgen der anstrengenden Geburt sein, denn schließlich sind erst zwei Wochen vergangen, seit ihr Sohn das Licht der Welt erblickte. Ich kann jedoch für mich in Anspruch nehmen, die Fürstin Maslennikow besser als jeder andere zu kennen, und ich bin sicher, daß sie etwas verschweigt. Versuchen Sie, Ihr Vertrauen zu gewinnen. Vielleicht erzählt sie Ihnen, welcher Kummer sie bedrückt."

Louise bezweifelte, daß die Fürstin sich einer vollkommen Fremden mitteilen würde. „Seine Hoheit hat mich ein wenig über die Ereignisse der Vergangenheit in Kenntnis gesetzt", erklärte sie. „Könnte es also nicht sein, daß die Fürstin mehr und mehr Angst davor hat, ihr Gatte würde sie hier in Wyvernborough aufspüren?"

„Nein", widersprach Jane Enderby. „Irinas Unruhe hat einen anderen Grund, und ich gestehe, daß ich mir große Sorgen mache."

Die Tür wurde geöffnet, und Prinz Zarkow betrat das Wohnzimmer. Den Pelzmantel hatte er bereits abgelegt, rieb sich jetzt in der Wärme die Hände und fragte lebhaft: „Wie geht es Irina heute, Miss Enderby?"

„So wie immer, Eure Hoheit", antwortete sie. „Bitte, überzeugen Sie sich selbst. Sie kennen ja den Weg."

„Kommen Sie, Miss Beresford", forderte der Prinz sie auf und ging ihr über eine schmale, steile Treppe ins Obergeschoß des

Hauses voran. Er mußte den Kopf einziehen, als er durch eine Tür ein ebenso niedriges, weißgetünchtes Zimmer mit schweren Dekkenbalken und schrägem Dach betrat. Bunte Vorhänge schmückten die Fenster des sparsam möblierten Raumes, an dessen gegenüberliegender Seite ein massives, holzgeschnitztes Bett und eine bemalte Wiege standen.

Und in dieser einfachen Umgebung sah Louise die schönste Frau, die ihr je vor die Augen gekommen war.

Sie ruhte, klein, zierlich und zerbrechlich, in den geblümten Kissen, und ihr Haar, herrliche weißblonde Locken, war zu einem dicken Zopf geflochten, der ihr über eine Schulter fiel. Das ebenmäßig geformte Gesicht war von Harmonie und Ausgeglichenheit, und die Haut, weiß wie die Wand, hatte einen zarten, durchscheinenden Schimmer, der die Augen — unglaublich dunkelgetönte grüne Augen —, besonders groß und faszinierend wirken ließ. Beim Anblick des Prinzen leuchteten sie auf, und strahlend streckte die Fürstin Maslennikow ihm die Hände entgegen.

„Andrej!" begrüßte sie ihn erfreut.

Behutsam setzte er sich auf das Bett, nahm sie in die Arme und erkundigte sich in zärtlichem Ton: „Und wie fühlst du dich heute, ma chère?" Schmollend verzog sie die Lippen, und rasch fügte er hinzu: „Deine Stimmung wird sich bald bessern. Wie versprochen, habe ich dir jemanden mitgebracht. Erlaube, daß ich dir Miss Beresford vorstelle. Madam, das ist Irina, meine liebe, kleine Irina."

Louise knickste, und die Fürstin schaute sie mit verhaltener Neugier an. „Andrej hat mir bereits viel von Ihnen erzählt, Mademoiselle", gestand sie lächelnd. „Es ist reizend, daß Sie gekommen sind."

„Ich freue mich, Sie kennenzulernen, Fürstin Maslennikow", erwiderte Miss Beresford.

„Oh nein!" wehrte die Fürstin heftig ab. „Nennen Sie mich nicht bei diesem abscheulichen Namen! Ich kann ihn nicht hören! Sagen Sie einfach Irina zu mir!"

„Wie Sie wünschen, Euer Gnaden", willigte Louise ein.

„Setzen Sie sich zu mir, Miss Beresford", bat die junge Frau.

„Ein ausgezeichneter Gedanke!" warf Prinz Zarkow ein und rückte seiner Begleiterin einen Stuhl an das Bett. „Ich werde inzwischen Miss Enderby Gesellschaft leisten. Wenn ich Glück habe, bietet sie mir vielleicht ein Glas ihres vorzüglichen Glühweines an." Wieder duckte er sich, verneigte sich knapp und meinte mit einem schiefen Lächeln: „Dieser Raum ist viel zu klein für uns alle."

Nachdem der Vetter des Zaren gegangen war, wußte Miss Beresford einen Moment nicht, wie sie ein Gespräch mit der Dame beginnen solle, deren Leben so ganz anders verlaufen war als das ihre.

„Andrej erwähnte", sagte die Fürstin Maslennikow plötzlich, „daß auch Sie genötigt waren, von zu Hause fortzugehen. Vermissen Sie Ihre Familie?"

„Ja, sehr!" bestätigte Louise. „Ich werde lange Briefe schreiben und freue mich schon jetzt auf die Antworten. Auf diese Weise wird die Trennung erträglicher. Außerdem hoffe ich, daß ich von Zeit zu Zeit Gelegenheit habe, in mein Elternhaus zurückzukehren."

„Mein Elternhaus", flüsterte die Fürstin sehnsüchtig, und die Augen wurden ihr feucht. „Ich weiß nicht mehr, wo mein Heim ist!"

Louise ärgerte sich über ihre Unachtsamkeit. „Verzeihen Sie, Euer Gnaden. Ich hätte daran denken sollen . . ."

„Sie müssen sich nicht entschuldigen", unterbrach die Fürstin, ergriff Miss Beresfords Hand und drückte sie sanft. „Und außerdem lege ich keinen Wert darauf, daß Sie mich so förmlich ansprechen. Wenn wir Freundinnen sein wollen, kommt es nicht auf Rang und Titel an, nicht wahr? Und außerdem sollten wir offen zueinander sein, auch wenn es uns manchmal traurig stimmen mag. Dann trösten wir uns eben gegenseitig, meinen Sie nicht?"

„Gewiß, . . . Madam", stimmte Miss Beresford zu.

„Andrej hat Ihnen erzählt, daß er und ich . . . nun, daß wir einmal von einer gemeinsamen Zukunft träumten?"

„Ja. Es muß eine schwere Zeit für Sie gewesen sein. Schlimmer, als man sich wahrscheinlich vorstellen kann."

„Viel schrecklicher!" sagte die Fürstin leise, entzog Miss Beresford die Hand und strich sich müde über die Stirn. „Ich habe Andrej längst nicht alles berichtet. Hätte er auch nur die Hälfte der Grausamkeiten gewußt, die ich durch Wladimirs Willkür zu ertragen hatte, wäre es bestimmt zu einem Duell gekommen! Und dann hätte Andrej meinen Gatten ganz sicher erschossen. Ich mußte mir ständig vor Augen halten, daß es meine Pflicht sei, an der Seite des Fürsten auszuharren, aber irgendwann ist die Grenze des Erträglichen erreicht. Wenn man einmal die große Liebe erlebt hat, kann man nicht mehr alles widerspruchslos hinnehmen!"

„Es muß dennoch sehr viel Mut gekostet haben, den Fürsten zu verlassen", sagte Miss Beresford mitfühlend. „Noch dazu im Zustande guter Hoffnung!"

„Das war doch der Grund, weshalb ich nicht länger bei Wladimir bleiben konnte!" erwiderte die Fürstin Maslennikow erregt. „Er ist nicht der Mann, dem ich ein Kind anvertrauen würde, ganz besonders nicht, wenn . . ." Abrupt hielt sie inne und preßte die Lippen zusammen.

Louise überlegte, ob es nicht besser sei, das Thema zu wechseln, um die Fürstin nicht noch mehr aus der Fassung zu bringen, doch sie sprach bereits weiter.

„Lange Zeit war ich zu feige, mich zu einer Entscheidung durchzuringen", bekannte sie und schüttelte leicht den Kopf. „Dann wurde mir jedoch klar, daß ich meinen Gatten verlassen mußte, ehe das Kind zur Welt kam. Der Plan war nicht sehr leicht in die Tat umzusetzen. Ich konnte mich nur auf einen nicht mehr jungen Diener verlassen, für den ich einmal eingetreten war, als Wladimir ihn ungerecht behandelt hatte. Mischka hat dann alles in die Wege geleitet und mich nach England zu Miss Enderby gebracht. Er steht mir treu zur Seite und gibt acht, daß mir kein neues Unheil widerfährt."

Louise bemerkte, daß die Fürstin Zeichen von Ermüdung zeigte, lächelte aufmunternd und warf einen Blick auf die Wiege. „Jetzt sind Sie ja in Sicherheit, Madam", sagte sie besänftigend. „Und Sie haben einen wunderschönen Sohn bekommen. Er ist unter einem guten Stern geboren worden, denn er hat ja fast zu Weihnachten das Licht der Welt erblickt."

„Ich hoffe, daß Victor es einmal gut haben wird", flüsterte die Fürstin, und zwei Tränen rannen ihr über die Wangen. „Ihm darf kein Leid geschehen! Ich habe keine Ruhe, bis ich genau weiß, daß er außerhalb jeder Gefahr ist! Bestimmt läßt Wladimir längst nach mir suchen. Früher oder später erfährt er, daß ich noch Verbindung zu Miss Enderby habe, und dann wird er mich finden."

Miss Beresford erhob sich und beugte sich leicht über die Fürstin. „Bitte, beunruhigen Sie sich nicht, Madam!" sagte sie beschwichtigend. „Prinz Zarkow wird alles tun, damit Ihnen und Ihrem Sohn nichts passiert. Vertrauen Sie ihm!"

„Oh, das tue ich, aber . . ." Fürstin Maslennikow schien noch etwas hinzufügen zu wollen, besann sich dann aber eines anderen. „Versprechen Sie mir, daß Sie bald wiederkommen?" fragte sie eindringlich.

„Ja", willigte Louise Beresford ein. „Sobald es mir möglich ist." Sie wünschte der Fürstin alles Gute und ging in den kleinen Salon im Erdgeschoß zurück. „Ich bezweifele, daß Ihre Gnaden mir etwas berichtet hat, das Ihnen nicht bereits bekannt ist", sagte sie zu Jane Enderby und Prinz Zarkow. „Aber auch ich hatte das Empfinden, daß ihr etwas auf der Seele brennt, worüber sie nicht sprechen kann. Wir haben uns gut verstanden, ein Besuch genügt jedoch nicht, um ihr die Hemmungen zu nehmen. Sie muß erst vollkommenes Vertrauen zu mir haben. Vielleicht läßt es sich einrichten, daß ich bald wiederkomme."

„Meine liebe Miss Beresford, Sie können uns besuchen, wann immer Sie wollen", erklärte Jane Enderby herzlich. „Angesichts des bevorstehenden Weihnachtsfestes wird das allerdings wohl nicht so schnell der Fall sein."

„Ich glaube, unter irgendeinem Vorwand werde ich es ermöglichen können", meinte Louise zuversichtlich. „Lord Wyvern könnte sich als Verbündeter erweisen. Er glaubt, ich hätte einen Verehrer. Außerdem kann ich den Einspänner nehmen, den ich schon hin und wieder hatte, wenn etwas im Dorf besorgt werden mußte."

Miss Enderby nickte, und der Prinz entschuldigte sich einen Moment, ging zur Fürstin und kam wenige Augenblicke später in das Wohnzimmer zurück. Nach einigen Minuten verabschiedeten sich die Besucher und begaben sich zur Kutsche.

Auf der Rückfahrt nach Wyvern Hall war Prinz Zarkow ungewöhnlich schweigsam, und Louise fragte sich, ob sie ihn verstimmt habe. Ohne anzuhalten, fuhr er durch das Parktor und bog in die zum Herrenhaus führende Allee ein.

„Ist das klug, Eure Hoheit?" bemerkte Miss Beresford verwundert.

„Ich denke nicht daran, Sie hier abzusetzen und zu Fuß nach

221

Haus zurückkehren zu lassen, nachdem Sie mir diesen großen Gefallen getan haben."

„Ich fürchte, viel habe ich nicht erreicht", sagte Louise, schaute den Prinzen an und fragte spontan: „Ist die Fürstin tatsächlich in so großer Gefahr, wie sie annimmt?"

„Ja!" bestätigte er hart. „Ich kenne Maslennikow! Er ist ein unnachgiebiger, grausamer Mann, der nicht eher Ruhe geben wird, bis er seine Gattin und das Kind aufgespürt hat. Ich hoffe nur, daß ich ihn aufhalten kann, ehe sie erneut unter seiner Rachsucht zu leiden hat."

Miss Beresford fröstelte und verkrampfte die Hände im Schoß.

„Wir dürfen eben nicht unvorsichtig werden", fuhr Prinz Andrej fort. „Mischka habe ich gewarnt, sich in Wyvernborough blicken zu lassen, und Irina ist gut aufgehoben. Wenn wir alle zusammenhalten, wird ihr bei Miss Enderby nichts geschehen."

Nach einer angezogenen Kurve kam Wyvern Hall in Sicht, und Miss Beresford ersuchte den Prinzen, sie jetzt aussteigen zu lassen. „Wenn man uns zusammen sieht, kann es Gerede geben", wandte sie ein.

„Das glaube ich nicht", widersprach er. „Die Erklärung ist ganz einfach. Ich habe Sie unterwegs frierend angetroffen und höflicherweise nach Hause gebracht."

„Das entspricht nicht ganz der Wahrheit, und ich bin keine gute Lügnerin!"

„Welch uncharmantes Wort!" äußerte der Prinz und verzog belustigt die Lippen. „Außerdem trifft es in Ihrem Falle gar nicht zu. Ich habe Sie doch tatsächlich im Park gesehen und mitgenommen. Es geht niemanden etwas an, daß es schon am späten Vormittag war und nicht erst jetzt!"

„Sie Schelm!" erwiderte Miss Beresford und lachte. Da sie jedoch nicht den Wunsch hatte, eher als nötig von seiner Seite zu weichen und außerdem zu gern einmal das Vergnügen genießen wollte, in großem Stil vor dem Portal von Wyvern Hall vorzufahren, verzichtete sie auf weitere Einwände und gab sich ganz dem herrlichen Gefühl des Augenblickes hin. Weniger begeistert war sie allerdings über den mit Nachdruck vorgebrachten Vorschlag des Prinzen, sie des guten Rufes wegen in den Damensalon zu begleiten, um persönlich der Duchess of Wyvern die notwendig gewordene Erklärung zu geben.

„Ah, da bist du ja endlich, Louise!" sagte die Herzogin, als Miss Beresford den Salon betrat.

„Wir haben überall nach dir gesucht!" warf Lady Amelia spitz ein, sprang zornig auf und bemerkte im selben Moment den Prinzen, der hinter Miss Beresford auf der Schwelle erschien. „Eure Hoheit!" fügte sie verwirrt hinzu. „Wir haben nicht damit gerechnet..."

„Welch angenehme Überraschung!" unterbrach sie ihre Mutter. „Bitte, treten Sie doch näher und setzen Sie sich zu uns an den Kamin."

„Zu gütig, Madam", erwiderte Prinz Zarkow und verneigte sich galant. „Ich bin nur hier, weil ich diese junge Dame sicher nach Hause geleiten wollte." Mit den blumigsten Worten schilderte er nun, wie er Miss Beresford im Park angetroffen habe, und er umging die Wahrheit mit so großem Geschick, daß Louise im stillen über seine Beredsamkeit staunte. Dennoch entgingen ihr die finsteren Blicke nicht, die Lady Amelia ihr zuwarf, und sie wußte, daß sie sich später neugierigen Fragen ausgesetzt sehen würde.

„Eure Hoheit waren zu liebenswürdig, sich der armen Louise zu erbarmen", bemerkte die Duchess of Wyvern schließlich. „Gestatten Sie mir, Ihnen eine Erfrischung servieren zu lassen ehe sie weiterfahren."

„Vielen Dank, Madam", lehnte er höflich ab. „Wenn ich nicht bald nach Charlcombe zurückkehre, wird Lady Dewey womöglich aus Sorge, ich könnte mich verfahren haben, einen Suchtrupp nach mir ausschicken. Ich werde mir die Freiheit erlauben, Ihnen bald wieder meine Aufwartung zu machen." Er verneigte sich vor den Damen, doch sein Blick galt, wie es Louise schien, nur Lady Amelia.

Die Tochter der Herzogin senkte sittsam die Lider.

„Sie sind uns ein stets willkommener Gast", erwiderte die Duchess.

„Ich darf Sie doch zu meinem Geburtstagsball erwarten, nicht wahr, Eure Hoheit?" säuselte Lady Amelia. „Es wird ein Maskenfest."

„Ach, ja? Ich sehe ihm mit Freuden entgegen." Der Prinz hob Lady Amelias Hand zum Kuß an die Lippen und wandte sich dann zum Gehen. Beim Verlassen des Salons raunte er Louise, die

223

neben der Tür stehengeblieben war, leise zu: „Sehen Sie, wie einfach das war? Gewußt, wie!"

Unwillkürlich zuckten Miss Beresfords Mundwinkel, und da der Prinz nicht mehr anwesend war, richtete sich Lady Amelias Mißmut über den ohne seine Anwesenheit so langweiligen Besuch in Charlcombe gegen die Gesellschafterin ihrer Mutter.

„Was hatte das zu bedeuten?" fauchte sie Miss Beresford an. „Wie kannst du dich so in den Vordergrund drängen! Als ob der Prinz dir auch nur einen zweiten Blick gönnen würde!"

Louise schwieg errötend.

„Reg dich nicht auf, Amelia!" sagte Maud, Marchioness of Bute, mahnend. „Sonst bekommst du frühzeitig Falten!"

„Ach, Amelia hat es sicher nicht böse gemeint", warf die Baronin Shenstone ein. „Sie ist es einfach gewohnt, ihren Willen zu bekommen. Schließlich ist sie ja die jüngste und schönste von uns Schwestern."

„Das gibt ihr noch lange nicht das Recht, ihre Manieren zu vergessen!" bemerkte die Duchess of Wyvern mit ungewohnter Schärfe. „Prinz Zarkow ist viel in der Welt herumgekommen und kann beurteilen, was ein hübsches Gesicht wert ist und was nicht!"

„Aber Mama!"

„Sei still, Amelia! Keine Widerworte! Louise, geh und kleide dich um. Der Saum deines Kleides ist ganz naß vom Schnee, und wir wollen doch nicht, daß du dir eine Erkältung zuziehst, ausgerechnet jetzt, wo uns eine so geschäftige Zeit bevorsteht."

Louise Beresford wußte bald nicht mehr, wo ihr der Kopf stand. Die Damen des Hauses hatten tausend Wünsche, und außerdem mußten die Räumlichkeiten weihnachtlich hergerichtet werden. In den letzten Jahren war diese Aufgabe ihr anheimgefallen, dank ihrer besonderen Begabung, Blumen und Grün dekorativ zu arrangieren. Unterstützt von einem Heer an Dienstboten und den jüngeren Kindern, verbrachte sie Stunden damit, die Gesellschaftsräume mit Tannengrün, Misteln und Stechpalmzweigen zu schmücken, Seidenbänder, Kugeln und glitzernde Sterne anzubringen und das Geländer der breiten Marmortreppe mit Efeugirlanden zu umwinden. Sie mußte sich beeilen, da die ersten Hausgäste einen Tag später erwartet wurden.

In Gedanken weilte sie viel bei der Fürstin Maslennikow und dem Prinzen Zarkow. In der Hoffnung, ihn wiederzusehen, ging sie mit den Kindern zum Schlittschuhlaufen, doch ihre Enttäuschung war groß, als sie den See verlassen vorfand.

Die Zeit bis zum Weihnachtsabend verging wie im Fluge, und Louise fand erst im letzten Moment, nachdem bereits alle Besucher eingetroffen waren, unerwartet Gelegenheit zu einer kurzen Visite bei Miss Enderby. An dem Kleid, das die Marquise zu tragen gedachte, wurde ein Riß im kostbaren Spitzenbesatz des Saumes festgestellt, und Miss Beresford erklärte, sie müsse ins Dorf fahren, um beim Kurzwarenhändler die in der Farbe zum Farbton der Robe passende Nähseide zu besorgen.

„Ist denn gar nichts Geeignetes im Haus vorhanden?" fragte die Duchess of Wyvern irritiert. „Ich verstehe nicht, warum Maud unbedingt dieses Kleid tragen will. Sie hat dutzendweise andere, die ihr ebensogut stehen!"

„Wenn ich das Gig nehme, bin ich bald zurück", erwiderte Miss Beresford. „Die Straße ist gut passierbar, denn es hat nicht sehr geschneit."

„Nun, wenn du meinst", willigte Lady Wyvern widerstrebend ein und erteilte den Auftrag, das Pferd zu schirren und das Gig vorfahren zu lassen.

Louise zog sich rasch für die Ausfahrt um und lenkte den Einspänner in die Ortschaft. Mr. Potter hatte seinen Laden am Marktplatz und wußte über alles bestens Bescheid, das sich in der Umgebung ereignete. Louise beschloß, ihn ein wenig auszuhorchen, während er nach einem malvenfarbenen Seidenröllchen suchte.

„Wir haben das Haus voller Gäste", bemerkte sie beiläufig. „Aber das dürfte hier im Dorf nicht anders sein."

„Nun, so viele fremde Gesichter sind mir in Wyvernborough nicht aufgefallen", erwiderte Mr. Potter. „Natürlich bin ich kein neugieriger Mensch, aber ich weiß, daß Miss Enderby eine arme Verwandte zu Besuch hat. Die Frau ist noch jung und hat schon ein Kind! Wo ihr Mann ist, kann ich nicht sagen. In den letzten Tagen war jedoch mehrmals ein Herr bei ihr, ein sehr vornehmer Gentleman . . ." Mr. Potter machte eine kleine, bedeutungsvolle Pause, schaute Miss Beresford vielsagend an und fügte dann achselzuckend hinzu: „Mehr ist mir nicht bekannt. Miss Enderby ist eine sehr zurückhaltende, um nicht zu sagen seltsame Person. Stellen Sie sich vor, sie hat viele Jahre im Ausland verbracht! Kein Wunder, daß die fremden Sitten und Gebräuche bei ihr Spuren hinterlassen haben. Oh, ich glaube, das ist die Farbe, die Sie benötigen, Madam."

„Ja, Mr. Potter", pflichtete Miss Beresford ihm bei, beglich den geforderten Betrag und verabschiedete sich. Anscheinend war ihr Besuch in Jane Enderbys Cottage nicht aufgefallen, und Fremde schienen sich auch nicht nach der Fürstin erkundigt zu haben. Das hätte der Händler wahrscheinlich gewußt und bestimmt auch erwähnt.

Louise fand ihre Annahme bestätigt, als sie bei Miss Enderby die Sprache darauf brachte.

„Nein, es wurde niemand beobachtet, der nach Irina oder mir gefragt hätte", bestätigte sie. „Ich hätte jedoch viel mehr Ruhe, wenn der Prinz Irina an einen Ort bringen könnte, wo sie sicherer ist. Seit zwei Tagen hat sie leichtes Fieber, da sie dem Kind selbst die Brust geben muß. Dr. Waters hat leider keine Amme finden können. Er hat mir aber versichert, das Fieber sei vorübergehend und keine ernsthafte Gefährdung der Gesundheit. Dennoch sähe ich es lieber, wenn Irina in einer Umgebung wäre, wo man sich besser zum sie kümmern könnte."

Miss Beresford wagte nicht, sich lange bei Jane Enderby aufzuhalten, und blieb nur wenige Minuten bei der Fürstin Maslennikow, deren Wangen tatsächlich unnatürlich gerötet waren. Sie gab ihrer Freude über Miss Beresfords Besuch nur schwach lächelnd Ausdruck und wälzte sich dann rastlos im Bett hin und her, leise darüber klagend, daß der Prinz seit dem vergangenen Vormittag nicht mehr bei ihr gewesen sei.

„Ich nehme an, Seine Hoheit wird nicht die Zeit gefunden haben, da er Lady Dewey gegenüber Verpflichtungen hat. Er kann sich doch nicht jedesmal unter irgendeinem Vorwand entschuldigen", erwiderte Miss Beresford beschwichtigend.

Die Fürstin wollte sich jedoch nicht trösten lassen, und schweren Herzens verabschiedete Louise sich und fuhr nach Wyvern Hall zurück. Ein unbestimmbares Gefühl des Unbehagens erfüllte sie und ließ sich auch nicht vertreiben. Sogar den Kindern, die sie baten, ihnen beim Einwickeln der Geschenke behilflich zu sein, gelang es nicht, sie auf andere Gedanken zu bringen.

„Fühlst du dich nicht wohl, Louise?" fragte Lady Joanna und stupste sie in die Seite. „Du machst schon den ganzen Nachmittag ein finsteres Gesicht!"

Miss Beresford zuckte zusammen und merkte, daß sie wieder einmal geistesabwesend in das Kaminfeuer gestarrt hatte. Hastig erklärte sie der Tochter der Marchioness of Bute, sie sei nur ein wenig müde und abgespannt.

„Wahrscheinlich hast du dich erkältet", sagte Philip Treadwell und grinste breit. „Wenn du stirbst, kann ich dann deinen Pudding essen?"

Sofort brach Jason Treadwell in Tränen aus, und der Lärm, der danach folgte, rief die beiden Gouvernanten der Kinder auf den Plan.

„Ich muß mich doch sehr wundern, Miss Louise!" äußerte Miss Trumper vorwurfsvoll. „Wie können Sie es zulassen, daß Ihre Schützlinge so außer Rand und Band geraten!"

„Wenn Sie Musterbeispiele an Gehorsam, Friedlichkeit und Duckmäusertum haben wollen, Miss Trumper, sollten Sie besser auf Ihre Schutzbefohlenen achtgeben!" entgegnete Louise mit ungewohnter Schärfe, und den beiden Frauen blieb vor Verblüffung der Mund offenstehen. „Der Aufruhr hatte nichts zu besagen! Wenn Kinder sich nicht einmal zu Weihnachten etwas austoben dürfen, wann denn dann?"

Sie wußte selbst, daß sie einen äußerst ungehörigen Ton angeschlagen hatte. Bestimmt würde eine der Erzieherinnen es ihrer Herrin erzählen, die es dann zweifellos der Duchess of Wyvern zutragen würde. Doch das war Louise ausnahmsweise gleich. Sie war wirklich sehr erschöpft, ließ sich beim Dinner mit Kopfschmerzen entschuldigen und widmete sich in ihrem Zimmer lustlos der Aufgabe, die Robe der Marquise zu reparieren. Sie saß bis spät in die Nacht beim Schein der Kerzen und nähte den abgerissenen Spitzensaum an. Als sie endlich zu Bett gehen konnte, sank sie in unruhigen, immer wieder von Alpträumen unterbrochenen Schlaf. Sie sah in Miss Enderbys kleinem Salon eine schattenhafte Gestalt mit Prinz Zarkow auf Leben und Tod fechten, und die Fürstin Maslennikow drückte angsterfüllt ihren Sohn an die Brust.

Schweißgebadet wachte sie am nächsten Morgen auf, seufzte tief und hoffte, keines der schrecklichen Ereignisse, die ihr nachts die Ruhe geraubt hatten, möge Wahrheit werden.

★

Der Weihnachtstag begann mit einem kurzen Gottesdienst in der Kapelle von Wyvern Hall. Die Gäste und die Familie des Duke of Wyvern nahmen an der Zeremonie teil und lauschten der Stimme des Vikars, der die Geschichte von der Geburt des Herrn vortrug. Dann stimmte die kleine Gemeinde einen Weihnachtschoral an und bewunderte zum Schluß die alten Krippenfiguren, die vor dem Altar in einer künstlichen Felsengrotte aufgestellt waren. Trompeteblasende Engel schwebten an seidenen Bändern durch die Luft oder knieten mit ausgebreiteten Flügeln neben dem als Höhle gestalteten Stall. Ochsen, Schafe, Hunde und ein Esel bevölkerten den Vordergrund, Hirten in bunten Gewändern scharten sich um die Tiere und in der Ferne sah man den prächtig ausstaffierten Zug der drei Weisen aus dem Morgenlande nahen, die mit hochbeladenen Kamelen dem Neugeborenen ihre Geschenke brachten. Die Kästchen, Turbane und Jacken der Könige waren mit echten Juwelen besetzt, und die kostbaren Stoffe schimmerten im Kerzenlicht. Maria, in einem herrlichen roten Kleid, mit blauem Mantel und zarten Schleiern auf dem Kopf, beugte sich über eine holzgeschnitzte, mit echtem Stroh gefüllte Wiege, während Joseph, in braunem Reisemantel, den Rock mit weißer Kordel gegürtet und den Wanderstab in der Hand, mit stolzem Lächeln auf das Jesuskind blickte.

Nach dem Gottesdienst liefen die Kinder in das Frühstückszimmer, damit sie so schnell wie möglich die Gaben auspacken konnten, die das Christkind ihnen gebracht hatte. Beim Anblick der großen Familie, die um die Tafel versammelt war, fühlte Louise sich sehr einsam. Sie kannte nur einige Gäste, die in Wyvern Hall zu Besuch weilten, und unwillkürlich fragte sie sich, wie es Prinz Zarkow in Charlcombe und der Fürstin Maslennikow ergehen mochte.

Hoffentlich fand er trotz des weihnachtlichen Trubels Zeit, seine Jugendliebe bei Miss Enderby aufzusuchen. Die Ärmste mußte sich sehr verlassen vorkommen in einem für sie fremden Lande, stets daran gewöhnt, daß andere über ihr Leben bestimmten, und im Moment auch nicht in der Lage, ihr Schicksal in die eigenen

Hände zu nehmen. Louise konnte sich vorstellen, wie schwierig es für die Fürstin sein mußte, unter solchen Umständen, ständig der Gefahr der Entdeckung ausgesetzt, die Verantwortung für ein kleines Kind zu tragen. Wieder empfand sie dieses unbestimmbare Gefühl des Unbehagens. Miss Enderby war sicher eine sehr vernünftige und beherzte Frau, andererseits aber auch nicht mehr die Jüngste und vielleicht einer Bedrohung durch Irinas rachsüchtigen Ehemann nicht gewachsen. Louise nahm sich vor, komme, was da wolle, am nächsten Tag zur Fürstin Maslennikow zu fahren.

Im Anschluß an das Frühstück, als die Geschenke verteilt wurden, übergab die Duchess of Wyvern ihr eine längliche Schachtel. Mit zitternden Finger entfernte Louise das Papier und hob den Deckel des Kartons ab. Eine wundervolle Balltoilette aus lavendelblauem Moiré, über und über mit winzigen Perlen bestickt, mit kurzen Ärmeln und tiefem Dekolleté, kam zum Vorschein, und obenauf lag eine dazu passende Halbmaske.

„Graham bestand darauf, daß du für Amelias Geburtstagsball ein neues Kleid bekommst", erklärte die Duchess of Wyvern lächelnd. „Und ich war ganz seiner Meinung! Wir haben die Robe nach deinen Maßen anfertigen lassen. Meine Zofe hat sie heimlich von einem deiner Kleider genommen. Ich hoffe also, die Überraschung ist uns gelungen und die kleine Gabe wird dir Freude machen."

Im ersten Moment fehlten Louise die Worte, und dann stammelte sie vor Rührung, als sie sich bei ihrer Patentante bedankte. Sie konnte es kaum erwarten, in ihr Zimmer zu kommen und das Kleid anzuprobieren. Es war einmalig schön und saß wie angegossen, und bewundernd drehte sie sich vor dem Pilasterspiegel hin und her. Die Farbe betonte ihre Augen, und im stillen hoffte sie, daß Prinz Zarkow es ebenfalls bemerken möge. Natürlich würde Lady Amelia Revel die Königin des Festes sein, aber vielleicht entging dem Prinzen nicht, daß auch Louise Beresford nett anzuschauen war.

Es gab viel zu tun an diesem Tage, und sie fand kaum einen Moment der Entspannung, bis es Zeit zum Umkleiden für das Dinner war. An der Tafel saß sie neben Sir Roger Beamish, einem gutmütigen älteren Herrn, den sie aus früheren Jahren kannte und in dessen Gesellschaft sie sich wohl fühlte. Es machte ihm Spaß, mit ihr zu flirten, doch sie nahm es ihm nicht übel, da sie wußte, daß seine Absichten harmloser Natur waren.

„Oh, ein neues Kleid?" sagte er augenzwinkernd. „Es steht Ihnen ausgezeichnet, meine Liebe!"

„Vielen Dank, Sir, für das reizende Kompliment", erwiderte Louise lächelnd.

„Das war keine Schmeichelei, Miss Louise! Das war die lautere Wahrheit!"

Louise fand selbst, daß sie in dem Kleid aus moosgrüner Tobinseide sehr elegant aussah. Kurz nach der Ankunft in Wyvern Hall hatte die Herzogin sie zu sich rufen lassen und ihr den kostbaren Stoff mit der Bemerkung geschenkt: „Ich habe ihn für Amelia gekauft, aber sie mag die Farbe nicht. Ich hingegen finde dieses Grün sehr apart. Bei deinem Geschick mit Nadel und Faden wirst du sicher etwas Hübsches aus dem Stoff machen können."

In einer seltenen Anwandlung von Stolz hatte Louise sich versucht gefühlt, die Gabe zurückzuweisen, doch ihr praktisches Denken gewann die Oberhand. Sie besaß nur wenige wirklich attraktive Kleider, und außerdem hatte die Herzogin es nur gut gemeint.

Das Dinner zog sich in die Länge, und es dauerte bis weit in die Nacht, ehe die Familie und die Gäste sich zurückzogen.

★

Am nächsten Morgen sah es nach Schnee aus, ein Umstand, der von den Herren in aller Ausführlichkeit diskutiert wurde, während die Damen geruhten, den Vormittag im Bett zu verbringen. Graham, Duke of Wyvern, hatte zur Jagd geladen, und unter den Gentlemen, die sich dem Vergnügen hingeben wollten, war auch Prinz Zarkow. Miss Beresford sah ihn mit Lady Deweys Gästen ankommen, fand jedoch keine Gelegenheit, einige Worte mit ihm zu wechseln.

Bevor die Gesellschaft aufbrach, kam er jedoch auf sie zu, sah sie eindringlich an und sagte im Vorbeigehen: „Nach der Rückkehr möchte ich mich gern mit Ihnen unterhalten, Madam."

Im Laufe des Vormittags suchte und fand Miss Beresford immer wieder eine Entschuldigung, sich in der Nähe des Hintereinganges aufzuhalten. Plötzlich sah sie eine alte Kalesche mit geschlossenem Verdeck um die Hausecke biegen, und auf dem Kutschbock saß George Watson, Jane Enderbys Diener, den sie beim zweiten

Besuch im Cottage kurz kennengelernt hatte. Sofort lief Louise, ungeachtet des Schneegestöbers, ins Freie und wartete, bis der Wagen vor ihr hielt.

„Wie gut, Miss Beresford, daß ich Sie antreffe", sagte Mr. Watson erleichtert und beugte sich zu ihr herunter. „Ich bin auf der Suche nach Seiner Hoheit und war bereits in Charlcombe, nur um feststellen zu müssen, daß er hierhergeritten ist."

„Ist etwas passiert?" Erschrocken riß Louise die Augen auf. „Geht es Ihrer Gnaden schlechter?"

Der Bedienstete schüttelte den Kopf. „Nein, Madam. Aber im Dorf war ein Mann, der viele neugierige Fragen stellte."

Jetzt war eingetreten, was alle befürchtet hatten. Louises Gefühl des Ungehagens wurde stärker, und bestürzt erkundigte sie sich: „Was war das für ein Mann?"

„So ein Kerl mit einem Wieselblick", antwortete George Watson. „Er hatte die Augen überall und nirgends. Er wollte wissen, ob vor kurzem in unserer Gegend eine fremde junge Dame gesehen worden sei. Als Miss Enderby das erfuhr, hat sie mich sofort losgeschickt, damit ich Seine Hoheit informiere. Könnten Sie ihm ausrichten, daß ich hier bin? Die Zeit drängt, Madam! Wir wissen ja nicht, was man diesem Kerl berichtet hat."

„Ich kann Prinz Zarkow jetzt nicht erreichen", entgegnete Miss Beresford bedrückt. „Er ist mit den anderen Herren auf der Jagd. Sie sind schon eine ganze Weile fort. Bei dem Wetter ist es jedoch möglich, daß sie noch nicht weit gekommen sind. Ich könnte dem Prinzen höchstens eine Nachricht schreiben und einen der Stallburschen bitten, ihm nachzureiten."

„Ja, bitte, tun Sie das, Miss Beresford. Ich fahre nach Haus zurück. Mir ist nicht wohl bei dem Gedanken, daß Miss Enderby und Ihre Gnaden jetzt allein im Cottage sind."

„Nein, Mr. Watson, warten Sie auf mich!" sagte Louise schnell. „Es dauert nur einen Moment, bis ich die Botschaft verfaßt habe, und dann komme ich mit Ihnen."

Sie raffte den Rock, lief in das Haus zurück und hastete in die Bibliothek. Am Schreibtisch griff sie zur Feder und schrieb: „Eure Hoheit, die Situation ist kritisch geworden. Bin ihm Cottage. Bitte, kommen Sie umgehend!" Sie unterzeichnete die Zeilen, faltete das Papier und versiegelte es rasch.

Dann hetzte sie in ihr Zimmer, holte ihren Mantel und schlüpfte hinein, während sie bereits wieder die Treppe hinunter und zur Kalesche rannte. Sie kletterte auf den Kutschbock und keuchte: „Fahren Sie los, Mr. Watson! Geradeaus und dann links zum Stall!"

Freddy, ein junger Stallbursche, war nicht wenig über den Auftrag erstaunt, den Miss Beresford ihm in eindringlichem Ton erteilte. Sie wartete nicht erst ab, bis er ein Pferd gesattelt hatte, setzte sich wieder in die Chaise und drängte Jane Enderbys Diener, jetzt keine Zeit mehr zu verlieren.

Er knallte mit der Peitsche und trieb das Pferd zu schnellem Trab an.

★

Nach rascher Fahrt traf die Kalesche vor dem Cottage ein. Beim Aussteigen bemerkte Louise Beresford, daß die Vorhänge an einem der Fenster schwankten, und vermutete, Jane Enderby habe dort gestanden und aufgepaßt, wer sich dem Haus näherte. Die Tür wurde geöffnet, und Miss Enderby warf einen hastigen Blick auf die Kutsche.

„Seine Hoheit wird bald hier sein", sagte Miss Beresford zuversichtlich, klopfte sich den Schnee von den Schultern und betrat das kleine Vestibül. „Ist inzwischen etwas geschehen?" Sie zog die Rotonde aus, hängte sie an den Kleiderständer und schaute die andere Frau ängstlich an. Sie sah, daß die sonst so gefaßte Jane Enderby nervös und unruhig war.

„Bis jetzt nicht", antwortete die frühere Gouvernante und schloß die Tür. „Hat George hat Ihnen erzählt, daß ein Fremder in Wyvernborough aufgetaucht ist?"

„Ja, deswegen bin ich hier."

„Das ist reizend von Ihnen, Miss Beresford", erwiderte Jane Enderby beklommen und bat sie in den kleinen Salon. „Verzeihen Sie, wenn ich das sage, aber ich würde mich wohler fühlen, wenn Seine Hoheit hier wäre. Er weiß am besten, wie wir uns verhalten müssen, falls der Mann Fürst Maslennikow sein sollte."

„Prinz Zarkow ist zur Jagd geritten", erklärte Louise. „Ich habe ihm eine Nachricht überbringen lassen und bin sicher, wenn er sie gelesen hat, wird er sofort herkommen. Und falls er nicht rechtzeitig eintreffen sollte, müssen wir eben allein versuchen, mit der veränderten Lage fertig zu werden."

Miss Enderby seufzte. „Wie couragiert Sie sind, meine Liebe", bemerkte sie, und ein kleines Lächeln erschien auf ihren Lippen. „Ich bin froh, daß Sie bei mir sind, auch wenn der Gedanke mich bedrückt, daß Sie unseretwegen in Schwierigkeiten geraten könnten."

„Machen Sie sich um mich keine Sorgen, Miss Enderby", versuchte Louise die ältere Frau zu beruhigen, obgleich sie in Anbetracht der drohenden Gefahr innerlich alles andere als gelassen war. „Gut, überlegen wir, was wir tun können. Wie geht es der Fürstin?"

„Das Fieber hat nachgelassen, aber sie ist noch immer sehr schwach. Selbstverständlich habe ich nichts davon erwähnt, daß dieser Mann im Ort gesehen wurde."

„Natürlich nicht! Wir dürfen sie nicht unnötig aufregen. Sollte es tatsächlich ihr Gatte sein, dann müssen wir ihn, falls er herkommt, unbedingt irgendwie ablenken. Gibt es außer den Dienern noch jemanden, der uns helfen könnte?"

„Nein, leider nicht."

„Schade, aber nicht zu ändern", murmelte Louise. „Nun gut, es wird uns bestimmt etwas einfallen." Sie trat vor das Fenster, schaute nachdenklich hinaus und grübelte darüber nach, wie sie sich am besten auf die veränderte Situation einstellen könnten. Plötzlich kreuzte ein Gedanke ihren Sinn, und ein Schauer der Erregung rann ihr über den Rücken. Die Sache konnte gefährlich werden, doch in einer solchen Notlage mußte man auch den Mut zum Risiko haben. „Sagen Sie, Miss Enderby", begann sie und drehte sich langsam um, „gibt es hier im Haus eine Möglichkeit, die Fürstin zu verstecken, falls das notwendig würde?"

Jane Enderby schüttelte den Kopf. „Nein, das Cottage ist zu klein", antwortete sie bedauernd. „Und selbst wenn wir Irina irgendwo verbergen könnten, würde ein wutentbrannter, zu allem entschlossener Ehemann sie schnell entdecken."

„Trotzdem bitte ich Sie, einen Ort zu finden, an dem die Fürstin wenigstens für kurze Zeit nicht aufgespürt werden kann", entgegnete Louise fest. „Ich habe eine Idee, und wenn wir sie durchführen können, wird Fürst Malennikow kaum auf den Einfall kommen, sämtliche Räumlichkeiten des Cottage zu durchsuchen. Es muß nur gewährleistet sein, daß er seine Gattin nicht auf den ersten Blick sieht. Ich gehe jetzt zu ihr und schlage vor, daß Sie hier unten bleiben und die Straße im Auge behalten." Ehe Jane Enderby etwas erwidern konnte, hatte Louise den Salon verlassen.

Irina, Fürstin Maslennikow, saß aufgerichtet im Bett, beugte sich über die Wiege und schaukelte sie sanft, als Louise das Zimmer betrat.

„Mein armer kleine Liebling ist endlich eingeschlafen", sagte sie leise und reichte Miss Beresford die freie Hand zum Gruß. „Jedenfalls hoffe ich es! In den letzten Tagen konnte ich mich wenig um ihn kümmern."

„Fühlen Sie sich jetzt besser, Madam?" erkundigte sich Louise, zog einen Stuhl an das Bett und setzte sich.

„Oh, ja! Sehr sogar! Möchten Sie Victor ein wenig schaukeln?" Miss Beresford nickte, betrachtete den kleinen Knaben einen Moment zärtlich und begann dann, die Wiege sacht hin und her zu bewegen.

„Andrej ist nicht mitgekommen?" fragte die Fürstin, und es klang sehr enttäuscht.

„Nein, aber er wird sicher bald hier sein", erwiderte Louise eine Spur zu hastig.

Die Fürstin blickte sie überrascht an. „Ist etwas nicht in Ordnung? Nein, schwindeln Sie nicht, Miss Beresford! Ich fühle es! Ich habe es den ganzen Morgen geahnt, daß ein Unheil bevorsteht. Ist . . . ist mein Mann im Ort?"

„Nein. Das heißt, . . . ja, vermutlich", bestätigte Louise zögernd. Es war besser, der Fürstin reinen Wein einzuschenken, damit sie sich innerlich auf die Gegebenheiten einstellen konnte. „Bitte, Madam, regen Sie sich nicht auf! Noch ist nicht sicher, ob es tatsächlich Ihr Gatte ist, der in Wyvernborough beobachtet wurde. Falls er . . ."

„Wladimir darf mich nicht finden!" fiel die Fürstin ihr ins Wort. „Mich nicht, und Victor erst recht nicht! Oh, Gott! Was soll ich jetzt tun?"

„Ruhe bewahren, Madam!" sagte Miss Beresford eindringlich. „Niemandem ist geholfen, wenn Sie die Nerven verlieren."

„Andrej soll kommen!" jammerte die Fürstin und brach in Tränen aus. „Ich brauche ihn! Er wird Wladimir daran hindern, zu mir vorzudringen!" Von einem Weinkrampf geschüttelt, barg sie das Gesicht zwischen den Händen.

Louise stand auf, ergriff die Fürstin Maslennikow bei den Schultern und schüttelte sie. „Hören Sie auf, Madam!" befahl sie scharf. „Nehmen Sie sich zusammen! Sie müssen einen klaren Kopf bewahren! Wir haben vielleicht nicht mehr viel Zeit, um Vorsichtsmaßnahmen zu ergreifen!"

„Sie begreifen nicht, Miss Beresford!" schluchzte die Fürstin. „Wladimir darf Victor auf gar keinen Fall zu Gesicht bekommen!"

„Ich fürchte, ich verstehe wirklich nicht ganz", murmelte Louise verwirrt.

„Victor ist nicht das Kind meines Gatten", bekannte die Fürstin kaum hörbar.

Das Geständnis kam für Louise so unerwartet, daß es ihr die Sprache verschlug. Wer mochte der Vater des Jungen sein? Prinz Zarkow? Eine unerklärliche Betroffenheit erfüllte Louises Herz.

Das betretene Schweigen, das Irinas Worten folgte, wurde unversehens durch den lauten Schrei ihres Sohnes unterbrochen. Mechanisch streckte Louise die Hand aus und schaukelte die Wiege, bis das Baby ruhig war.

„Weiß jemand um Ihr Geheimnis?" fragte sie und staunte, wie sachlich ihre Stimme klang.

„Nein!"

„Nun, dann hat Ihr Gatte doch keinen Grund zum Mißtrauen", sagte Louise erleichtert.

„Die Maslennikows haben alle rote Haare", entgegnete die Fürstin bedrückt. „Sehen Sie doch selbst, Miss Beresford. Victor ist schwarzhaarig!"

„Und . . . und wer ist der Vater?"

„Miss Beresford!" hörte sie in diesem Augenblick Jane Enderby im Flur rufen. „Kommen Sie schnell!"

„Entschuldigen Sie, Madam!" Rasch sprang Louise auf und eilte aus dem Zimmer.

„Soeben ist eine Kutsche auf den Dorfplatz eingebogen und wird jeden Moment hier sein", erklärte die frühere Gouvernante. „Prinz Zarkow ist es bestimmt nicht. Er würde zu Pferd kommen."

Nun war es besonders wichtig, Ruhe zu bewahren. „Haben Sie ein Versteck für die Fürstin gefunden?" erkundigte Miss Beresford sich leise.

„Unter der Treppe ist ein Verschlag, nicht sehr groß und sehr beengt, und Irina ist so schwach . . ."

„Mischka kann sie nach unten tragen", unterbrach Louise hastig. „Wahrscheinlich muß sie nicht sehr lange dort ausharren. Wir benötigen Decken."

Das laute Geschrei des Kindes drang aus dem Zimmer der Fürstin in den Gang. Nach einem verzweifelten Blick auf die Tür lief Miss Enderby in ihr Schlafzimmer und kam gleich darauf mit zwei Wolldecken zurück.

„Sehr gut!" sagte Miss Beresford, nahm sie entgegen und lächelte Jane Enderby aufmunternd an. „Es wird alles gut werden, glauben Sie mir. Bitte, holen Sie jetzt Mischka. Ich kümmere mich um die Fürstin."

Beim Betreten des Raumes sah Louise, daß die junge Mutter im Begriff war, das Bett zu verlassen. Mit einer Hand klammerte sie sich an die Wiege und sah Miss Beresford aus angstvoll geweiteten Augen an. „Ich weiß, daß Wladimir hier ist!" flüsterte sie verzweifelt.

„Madam, jetzt kommt alles darauf an, daß Sie die Nerven behalten und tun, was ich Ihnen sage", erwiderte Louise in bestimmendem Ton. „Ich habe keine Zeit für lange Erklärungen! Mischka wird Sie jetzt nach unten bringen", fuhr sie fort und hüllte die Fürstin in eines der Plaids. „Wir verstecken Sie an einem Ort, wo Ihr Gatte sie niemals finden wird!"

„Und Victor! Mein Kind! Ich gehe nicht ohne meinen Sohn!"

„Ich verspreche Ihnen, es wird ihm nichts geschehen", versicherte Louise und drückte beschwichtigend die Hand der Fürstin. „Er muß hier im Zimmer bleiben. Haben Sie Vertrauen zu mir. Und vor allem müssen Sie sich ganz still verhalten. Niemand darf merken, wo Sie sind! Vergessen Sie das nicht!"

Miss Enderby betrat den Raum, und Mischka, ein breitschultriger, kräftiger Mann, folgte ihr auf dem Fuße. Die Fürstin warf einen hilflosen Blick auf die Wiege und schluchzte, als der Diener sie auf die Arme hob und die Treppe hinuntertrug.

Kaum eine Minuter später wurde der Türklopfer betätigt, und Jane Enderby zuckte erschrocken zusammen. „Mein Gott! Da ist der Mann ja schon!" flüsterte sie entsetzt.

„Geben Sie mir ein Nachthemd!" sagte Miss Beresford drängend und begann, sich die Nadeln aus dem Lockenknoten zu ziehen. „Wo ist die Nachtwäsche der Fürstin?"

236

Unversehens leuchteten Miss Enderbys Augen auf, und wachsendes Begreifen spiegelte sich in ihrem Blick. Sie zog eine Schublade der Kommode auf, die vor dem Fenster stand, und entnahm ihr ein Smock aus feinstem Linnen. „Sind Sie sicher, daß Sie das Risiko auf sich nehmen wollen, Miss Beresford?" fragte sie ängstlich. „Glauben Sie, daß Sie den Mann täuschen können?"

Louise nickte, und im selben Moment ertönte das laute, ungeduldig klingende Pochen wieder.

„Es muß gelingen!" antwortete sie fest und streifte sich hastig das Nachthemd über das Kleid. „Wir behaupten einfach, ich sei Ihre Nichte und von einem Gentleman entehrt worden. Gehen Sie jetzt bitte die Haustür öffnen." Louise setzte sich auf das Bett, beugte sich über die Wiege und hob behutsam den weinenden Knaben heraus. Er riß die dunkelbraunen Augen auf, starrte Louise an und verstummte. „So, kleiner Mann", flüsterte sie, „nun liegt es an uns beiden, wie gut die Sache verläuft."

Die Eingangstür fiel ins Schloß, und die barsche, harte Stimme eines Fremden drang aus dem Vestibül herauf. Rasch schlüpfte Louise ins Bett, drückte das Kind an sich und zog die Decke bis zur Nasenspitze hoch. Schritte polterten die Treppe herauf, und dann war Jane Enderbys ärgerliche Stimme zu vernehmen: „Sir, was fällt Ihnen ein? Meiner Nichte geht es nicht gut!"

„Ihre Nichte! Halten Sie mich für einen Trottel?" Harte Tritte dröhnten durch den Korridor, die Tür zum Schlafzimmer der Fürstin wurde aufgestoßen und ein Mann stürmte herein. „Irina!" rief er wütend, und sofort begann das Baby wieder zu weinen.

Langsam schob Louise die Decke ein Stückchen herunter, strich sich eine lange dunkelbraune Locke aus der Stirn und schaute den Fremden furchtsam an. Er machte ein so dummes, verblüfftes Gesicht, daß sie Mühe hatte, nicht laut aufzulachen. In gekonnt erschrockenem Ton rief sie: „Tante Jane! Hilfe!"

Miss Enderby stand bereits auf der Schwelle. „Sehen Sie, was Sie angerichtet haben, Sir? Wie können Sie es wagen, mit Gewalt in mein Haus einzudringen und meine Nichte zu Tode zu ängstigen! Als ob sie nicht schon genug durchgemacht hätte! Ganz zu schweigen davon, daß Sie den kleinen Victor verstören! Und was sollen die Nachbarn denken? Mein Gott, diese Schande! Ich werde den Leuten nie wieder in die Augen sehen können!"

Louise bewunderte Jane Enderby, ihre Kaltblütigkeit und Selbstsicherheit. Fürst Maslennikow hingegen schien nicht zu wissen, wie er sich verhalten solle. Er war ein recht gut aussehender Mann, und sein Haar, das unter dem Zylinder hervorlugte, hatte tatsächlich eine feuerrote Farbe.

Langsam verzerrte sich seine Miene vor Wut. „Was soll diese Komödie?" schrie er unbeherrscht. „Man hat mir gesagt, meine Gattin sei in diesem Haus!"

„Ihre Gattin?" wiederholte Jane Enderby kühl, ließ die Frage einen Moment in der Luft hängen und fügte dann trocken hinzu: „Ich wünschte, sie wäre es! Offenbar gibt es zwei Männer im Leben meiner Nichte, die als Vater des Kindes in Betracht kommen! Das ist ja noch schöner! Louise!" wandte sie sich an Miss Beresford und rang dramatisch die Hände. „Ich will die Wahrheit wissen! Ist dieser Herr der Unmensch, der dich geschändet hat, oder war es der andere?"

Louise schluckte, blinzelte heftig und zerdrückte mit gespieltem Schluchzen eine Träne. „Nein, es war der andere!" gestand sie kleinlaut.

„Man hat mir gesagt, meine Gattin sei in diesem Haus!" widerholte Fürst Maslennikow störrisch, drehte sich zu Miss Enderby um und stemmte zornbebend die Arme in die Seiten. „Die Fürstin Maslennikow! Die ehemalige Komtesse Melinkow! Wo ist sie? Sie stand kurz vor der Niederkunft, als sie mich verließ!" Er schaute Miss Enderby herausfordernd an. „Sie sind doch die frühere Gouvernante meiner Gattin, nicht wahr?"

„Ja, ich war die Erzieherin der jungen Irina Melinkow", bestätigte Jane Enderby. „Ich mochte und mag sie immer noch sehr gern. Wir stehen sogar bis zum heutigen Tage in losem Briefwechsel. Aber daß sie hier sein soll, bei mir . . ?"

„Ich finde, es sind recht eigenartige Zufälle, Madam", unterbrach der Fürst grob, „daß Ihre Nichte angeblich mit einem illegitimen Kind niedergekommen sein soll und gleichzeitig Prinz Zarkow, der einstige Liebhaber meiner Gattin, beim Betreten Ihres Hauses beobachtet wurde!"

„Sie überschreiten Ihre Grenzen, Eure Gnaden", erwiderte Jane Enderby frostig. „Ich bin nicht gewillt, mir Ihre Beleidigungen noch länger anzuhören! Ich muß Sie daher ersuchen, unverzüglich mein Haus zu verlassen."

„Ich gehe nicht eher, bis ich das Kind gesehen habe!"

Plötzlich drang ein kurzer Wortwechsel aus dem Vestibül herauf, und dann näherten sich eilige Schritte auf der Treppe. Einen Moment später flog die Tür des Zimmers auf, und Prinz Zarkow blieb wie erstarrt auf der Schwelle stehen.

„Maslennikow! Was, zum Teufel, wollen . . ."

„Andrej!" rief Louise schnell, ehe der Prinz alles verderben konnte. „Oh, wie schön dich zu sehen! Dieser Mensch dort will Tante Jane einreden, er sei der Vater unseres Kindes!"

„Das ist Ihr Bastard?" wandte der Fürst sich verblüfft an den Prinzen.

Sekundenlang herrschte Schweigen. Ohne auf Fürst Maslennikow zu achten, betrat Prinz Zarkow den Raum, ging zu Miss Beresford und kniete sich vor das Bett. Vorsichtig, um den Jungen nicht zu stören, der inzwischen eingeschlummert war, ergriff er Louises Hand und drückte sie sacht gegen seine Wange. „Dir wird kein Leid geschehen, Duschinka", sagte er zärtlich. „Dir nicht, und unserem Sohn auch nicht! Hat man dich belästigt?"

„Nein." Louise lächelte zaghaft. Jetzt mußte sie nicht mehr in eine Rolle schlüpfen, denn die Nähe des Prinzen, seine männliche Ausstrahlung und der sanfte Druck seiner Finger verwirrten sie tatsächlich. „Ich . . . ich hatte solche Angst, du würdest nicht kommen!" flüsterte sie bewegt.

Ihre Augen verrieten dem Prinzen allzu deutlich, was sie empfand. Impulsiv neigte er sich vor und drückte ihr einen leichten Kuß auf die Lippen, ehe er aufstand, sich umdrehte und in gefährlich leisem Ton sagte: „Maslennikow! Folgen Sie mir in den Salon! Dort werden Sie mir Rede und Antwort stehen, was dieser unglaubliche Auftritt zu bedeuten hat!"

„Mit Vergnügen!" erwiderte der Fürst. „Sobald ich das Kind gesehen habe!"

Wieder trat eine lastende Stille ein, bis Louise ruhig sagte: „Bitte, Euer Gnaden, dem steht nichts im Wege!"

Sie hob den Knaben leicht an, schob eine Seite des Steckkissens vom Gesicht fort und beobachtete den Fürsten, während er das Baby aufmerksam anschaute. Sein Blick verweilte noch auf dem schwarzen Haarflaum, als der Junge plötzlich die Augen aufschlug, den Mann vor sich ansah und die Lider wieder schloß. Fürst Malennikow preßte die Lippen zusammen, und Louise meinte, sein Zähneknirschen zu hören.

„Der liebe Victor!" hauchte sie hingebungsvoll, um den Fürsten noch weiter zu ärgern. „Ganz der Papa!"

Fürst Maslennikow starrte sie an, und sie mußte sich sehr beherrschen, um unter der Kälte seines Blickes nicht zu erschauern. Wortlos drehte er sich um, verneigte sich knapp vor Miss Enderby und verließ mit energischen Schritten den Raum.

„Ich komme später zurück", sagte Prinz Zarkow leise, ehe er dem Fürsten folgte.

Miss Beresford blieb reglos im Bett liegen, und keine der beiden Frauen sprach, bis sie sicher sein konnten, daß niemand sie hören würde. Nach der Anspannung der letzten Minuten fühlte Louise sich erschöpft, und außerdem ängstigte sie sich um den Prinzen.

„Glauben Sie, daß es zu einem Duell kommt?" wisperte sie schließlich.

Jane Enderby warf ihr einen scharfen Blick zu. „Wer weiß, wozu Männer fähig sind!" erwiderte sie achselzuckend. „Manchmal sind sie wie große, dumme Kinder!"

Louise fürchtete tatsächlich um das Wohl Seiner Hoheit. Wenn sie Fürst Malennikows Zweifel nicht restlos ausgeräumt hatte, konnte es wirklich zu einer Auseinandersetzung kommen, deren Folgen unabsehbar waren. Außerdem hatte der Prinz Louise beim Verlassen des Zimmers einen seltsamen Blick zugeworfen, und nun fragte sie sich, ob sie die Farce nicht etwas übertrieben habe.

„Ach, lassen Sie das Grübeln, Miss Beresford!" sagte Jane Enderby beinahe unwirsch. „Was geschehen ist, läßt sich nicht mehr ändern! Wenigstens ist Irina für einige Zeit vor ihrem Mann sicher."

„Ja, gewiß", murmelte Miss Beresford, und plötzlich kam ihr die ganze Tragweite ihres Handelns zu Bewußtsein. Es war ihr gelungen, den Fürsten an der Nase herumzuführen, dank Miss Enderbys Geistesgegenwart und Mithilfe. „Sie waren wundervoll!" meinte sie lächelnd, und ein zufriedener Glanz strahlte aus ihren Augen.

„Oh, ich habe nur Ihre Stichworte aufgegriffen", wehrte Jane Enderby das Kompliment bescheiden ab. „Um ehrlich zu sein, hat die Sache mir trotz der heiklen Umstände viel Spaß gemacht. Aber Sie sind ein großes Risiko eingegangen! Mich fröstelt bei der Vorstellung, was hätte passieren können, wäre etwas schiefgegangen!"

„Mich jetzt auch", gestand Louise. „Vorhin habe ich mit keinem Gedanken an die Konsequenzen gedacht. Die arme Fürstin Maslennikow! Sie tut mir leid. Wie furchtbar, mit diesem schrecklichen Menschen verheiratet zu sein! Es wundert mich nicht, daß sie ihm davongelaufen ist."

„Aber mich!" gab Miss Enderby zu. „Sie war eigentlich immer ein sehr zurückhaltendes, duldsames Kind. Ich hätte nie erwartet, daß sie zu einem solchen Schritt fähig ist."

Louise dachte an das Geständnis, das die Fürstin ihr gemacht hatte, und merkte, daß die frühere Gouvernante ihren Zögling doch nicht so gut kannte, wie sie offenbar annahm. Aber es war nicht ihre Aufgabe, Miss Enderby eines anderen zu belehren.

„War da nicht eben ein Geräusch?" sagte Jane Enderby und lauschte. „Ja, die Haustür ist zugefallen. Oh, Seine Hoheit kommt zurück."

Einen Moment später betrat Prinz Zarkow den Raum, und seine Miene war so ernst, daß Louise das Herz sank.

„Was ist passiert?" erkundigte sie sich eifrig.

„Am liebsten hätte ich Maslennikow zum Duell gefordert. Leider sah ich mir die Hände ein zweites Mal gebunden. Doch ich habe ihn gewarnt, daß ich ein drittes Mal nicht so großzügig über sein Benehmen hinwegsehen würde. Es wird Sie freuen zu hören, meine Damen, daß die Komödie den Zweck voll und ganz erfüllt hat. Maslennikow hat geäußert, daß er die Suche nach Irina nicht aufgeben, aber an anderer Stelle fortsetzen wird." Prinz Andrej schüttelte den Kopf, schaute die Damen abwechselnd an und bemerkte dann in vorwurfsvollem Ton: „Sind Sie beide des Lebens eigentlich so überdrüssig, daß Sie sich eine derart gefährliche Sache ausdenken konnten?"

Jane Enderby wurde ein wenig rot.

Miss Beresford beeilte sich, dem Prinzen zu erklären, sie sei auf diesen Einfall gekommen und Miss Enderby träfe keine Schuld. „Wenn ich mich nicht bald bewegen kann", sagte sie zum Schluß, „schläft mir der Arm ein. Bitte, nehmen Sie mir das Baby ab und legen Sie es in Wiege." Jane Enderby kam dem Wunsche nach, und erleichtert schlug Louise die Decke zurück, stand auf und zog sich das Nachthemd aus. „Ich hoffe, Sie nehmen es mir nicht übel, Eure Hoheit", äußerte sie etwas verlegen, „daß ich diesen intimen Ton

241

angeschlagen habe. Aber als Sie in das Zimmer stürmten, fürchtete ich, Sie könnten unseren Plan zunichte machen, und eine andere Lösung fiel mir in der Eile nicht ein. Ich mußte doch dafür sorgen, daß die Fürstin Maslennikow in Sicherheit ist!"

„Du meine Güte! Die arme Irina! Wir haben sie ganz vergessen!" rief Miss Enderby erschrocken, drehte sich um und verließ eilends den Raum.

„Was haben Sie mit Irina gemacht?" fragte Prinz Zarkow und hob eine Augenbraue. „Ich habe mich bereits gewundert, wo sie geblieben ist."

„Sie ist in einem Verschlag unter der Treppe verborgen", antwortete Miss Beresford und wich dem Blick des Prinzen aus. „Wäre es nicht besser, Sie gingen zu ihr? In der Zwischenzeit mache ich mich wieder präsentabel."

„Müssen Sie das? Wie bedauerlich! Ich finde Sie so, wie Sie jetzt aussehen, ausgesprochen reizvoll", entgegnete Prinz Andrej lächelnd, verneigte sich jedoch und folgte Miss Enderby in das Vestibül. Louise steckte sich die Locken auf und richtete sich das Kleid, ehe sie sich ebenfalls in den Salon begab.

★

Prinz Andrej Zarkow saß neben der weinenden Fürstin Maslennikow auf dem Sofa neben dem Kamin und hatte tröstend den Arm um sie gelegt. Sie schmiegte den Kopf an seine Schulter, und man merkte ihr an, daß sie die Angst vor ihrem Gatten noch nicht überwunden hatte. Ihr Gesicht war blaß, und die Lippen zitterten.

Louise kam sich überflüssig vor und ging zur Küche, aus der ihr das köstliche Aroma frischen Glühweines entgegenströmte. Miss Enderby stellte soeben Gläser und eine gefüllte Karaffe auf ein Tablett. „Kann ich Ihnen zur Hand gehen?" fragte Louise hilfsbereit.

„Ja, tragen Sie bitte diese Schale mit Anisplätzchen herein", antwortete Jane Enderby, kehrte ins Wohnzimmer zurück und begann, den Wein einzuschenken. Die Fürstin schüttelte ablehnend den Kopf, doch ihre frühere Gouvernante befahl streng: „Sie werden jeden Tropfen trinken, Eure Gnaden! Ich bestehe darauf!"

Louise verdrängte den Gedanken, daß der trauliche Anblick, den Prinz Andrej und die Fürstin Maslennikow boten, sie empfindlich störte, nahm in einem Sessel Platz und sagte entschuldigend: „Es tut mir leid, Madam, daß Sie die Unbequemlichkeit des engen Versteckes auf sich nehmen mußten."

„Oh, machen Sie sich deswegen keine Sorgen, Miss Beresford!" erwiderte die Fürstin unter Tränen. „Ich stehe tief in Ihrer Schuld! Hätte ich nicht diese Torheit begangen..." Sie trank einen Schluck Wein, atmete dann tief durch und fügte in bedrücktem Ton hinzu: „Ich glaube, ich bin Ihnen allen eine Erklärung schuldig." Stockend, immer wieder nach den richtigen Worten suchend, begann sie, über den Vater ihres Sohnes zu sprechen, einen jungen amerikanischen Attaché, den sie bei einem Ball in der Gesandtschaft seines Landes kennengelernt und in den sie sich auf den ersten Blick verliebt hatte.

Miss Enderby war zunächst sichtlich entsetzt, schien sich dann jedoch zu fangen und hörte dem Bericht stirnrunzelnd zu. Prinz Zarkow lauschte mit regloser Miene, und Louise fragte sich, was in ihm vorgehen mochte.

„Es war nicht so, wie Sie vielleicht glauben", sagte die Fürstin errötend. „Paul Weston war alles das, was Wladimir nicht ist. Er ist charmant, liebenswert und aufmerksam, ein ehrenhafter, anständiger und achtbarer Mann! Nur weil ich ihn dazu ermutigt habe, hat er mir seine Liebe gestanden! Ich war so unglücklich in meiner Ehe, und Paul erschien mir wie ein rettender Engel. Maslennikow war so von sich selbst überzeugt, daß er gar nicht auf den Gedanken kam, ich könnte anderweitige Neigungen verfolgen. Er hat nie Verdacht geschöpft."

„Wenn Mr. Weston Sie wirklich geliebt hätte...", warf Miss Beresford zögernd ein.

„Oh, das hat er! Er liebt mich noch immer!" Die Fürstin machte eine kleine Pause, schluckte und setzte dann bekümmert hinzu: „Zum Schluß überstürzten sich die Ereignisse. Paul wurde nach Amerika zurückbeordert und mußte von einem Tage zum anderen abreisen. Er flehte mich an, mit ihm zu fahren, doch das war ausgeschlossen. Zu dem Zeitpunkt war ich bereits guter Hoffnung. Maslennikow war so stolz auf seinen zukünftigen Erben, daß er mich nicht mehr aus den Augen ließ. Paul versprach mir, so schnell wie möglich nach Paris zu kommen, doch ich hatte Angst, dort auf ihn zu warten. Ich war mir nicht sicher, ob ich das Kind von ihm empfangen hatte. Deshalb schrieb ich ihm einen Brief, in dem ich ihm mitteilte, wo ich zu finden sei, und schickte ihn durch Mischka in die Gesandtschaft mit der Bitte, Mr. Weston nach der Rückkehr das Schreiben auszuhändigen. Den Rest der Geschichte kennen Sie. Ich weiß, es war unrecht, nicht gleich zu sagen, wie die Dinge lagen. Ich war jedoch zu verzweifelt und wußte nicht, wie ich die Wahrheit gestehen sollte."

Die Fürstin schwieg, und drückende Stille legte sich über den kleinen Raum. Nach einer Weile zog Prinz Zarkow Irina an sich und murmelte tröstend: „Nun ist ja alles gut, chérie. Mach dir keine Sorgen."

Irina Maslennikow barg das Gesicht an seiner Brust und begann, still vor sich hinzuweinen.

Jane Enderby erhob sich und bedeutete Miss Beresford mit höflicher Geste, ihr zu folgen. Die beiden Frauen begaben sich in die Küche, und Miss Enderby äußerte kopfschüttelnd: „Wer hätte das gedacht! Hätte ich es nicht aus Irinas Munde vernommen, würde ich nie glauben, daß sie zu so etwas fähig ist! Wußten Sie, daß der kleine Victor nicht das Kind des Fürsten ist?"

„Ja", bestätigte Louise. „Seine Gattin hatte es mir im letzten Moment gestanden, bevor Mischka sie hier unten versteckte. Ich hatte gar nicht mehr die Zeit, mich Ihnen anzuvertrauen, aber das Wissen hat es mir erleichtert, meine Rolle mit größerer Überzeugungskraft zu spielen."

„Wenn ich an die Mühe denke", erwiderte Jane Enderby und krauste die Stirn, „die ich mir gegeben habe, um Irina den Unterschied zwischen Recht und Unrecht zu lehren! Du lieber Himmel, welches Ende mag das alles nehmen! Selbstverständlich werde ich darauf bestehen, daß Irina bei mir bleibt, bis Mr. Weston sie holt. Und falls er nicht kommen sollte, sieht sie einer düsteren Zukunft entgegen. Ein Kind zur linken Hand und ein Ehemann, der sie am liebsten umbringen würde!"

Schritte waren aus dem Vestibül zu hören, und die Damen sahen, daß Prinz Zarkow die erschöpfte Fürstin nach oben in das Zimmer trug. Jane Enderby eilte ihr nach, half ihr, nachdem der Prinz den Raum verlassen hatte, in ein sauberes Nachthemd und tupfte ihr das verweinte Gesicht mit einem feuchten Tuch ab.

Miss Beresford hatte wieder im Salon Platz genommen, als der Prinz hereinkam. Das Herz tat ihr weh, wenn sie an das vertraute

Verhältnis zwischen Prinz Andrej und der Fürstin dachte, aber sie empfand auch tiefes Mitgefühl für ihn. Dennoch wunderte es sie, daß sie keine Freude darüber fühlen konnte, welch gute Wende die Dinge genommen hatten. Eine seltsame Leere erfüllte sie, und ein tiefer, schwerer Seufzer entschlüpfte ihren Lippen.

„Arme Miss Beresford!" sagte Prinz Andrej teilnahmsvoll. „Es ist anstrengend, die Heldin in diesem Drama spielen zu müssen, nicht wahr?"

Sein Mitgefühl verärgerte sie. „Was soll die törichte Bemerkung?" fragte sie schärfer als beabsichtigt. „Ich bin nichts Außergewöhnliches und habe nur getan, wozu jede andere sich unter solchen Umständen bereit gefunden hätte!"

Der Prinz zeigte nicht, ob die mißmutige Antwort ihn verstimmt hatte. Er kam näher und beugte sich zu Miss Beresford herunter. Ihr sacht die Hand unter das Kinn legend, zwang er sie, ihn anzuschauen. „Sie sind eine außergewöhnliche Frau!" widersprach er leise. „Ich bin überzeugt, auf der ganzen Welt gibt es keine andere, die Ihnen gleich käme!"

Louise biß sich auf die Unterlippe, aber es war bereits zu spät, Wider Willen rannen ihr die Tränen über die Wangen. Sofort zog der Prinz die Hand zurück, und Louise schluchzte, entsetzt über sich selbst: „Wie dumm von mir! Verzeihen Sie, Hoheit, daß ich mich nicht besser beherrschen kann."

„Das ist die Reaktion auf die Anspannung der letzten Stunde", sagte Prinz Andrej besänftigend, straffte sich und schenkte Glühwein in sein und Miss Beresfords Glas. „Lächeln Sie, Madam", forderte er sie freundlich auf, „und lassen Sie uns auf den Erfolg Ihres beherzten Eingreifens trinken! Sind Sie denn nicht froh, daß alles so gut gegangen ist?"

„Doch! Ja! Natürlich", stammelte Louise lustlos und ermahnte sich, Prinz Zarkows Verhalten als das zu nehmen, was es war. Reine Höflichkeit, bestenfalls verständnisvolles Entgegenkommen.

Irritiert runzelte der Prinz die Stirn. „Ich werde Sie jetzt nach Wyvern Hall bringen, Madam", schlug er ruhig vor. „Sie sind müde und brauchen Ruhe. Außerdem . . ." Er hielt inne und wandte sich überrascht um, als ungestüm die Salontür geöffnet wurde.

„Um Vergebung, Hoheit!" sagte Mr. Watson sichtlich aufgeregt. „Haben Sie Mischka irgendwo gesehen?"

„Mischka?" wiederholte Prinz Zarkow erstaunt. „Nein. Er sollte sich verborgen halten, müßte jedoch irgendwo im Haus sein."

„Das war er", bestätigte Jane Enderbys Diener. „Aber jetzt ist er nirgendwo zu finden! Und da draußen . . . Hoheit, ich wäre Ihnen dankbar, wenn Sie mich begleiten und sich das ansehen könnten."

Verdutzt folgte der Prinz der Bitte, und die beiden Männer hielten sich geraume Zeit im Freien auf. Inzwischen kam Jane Enderby in den Salon und fragte verwundert, warum Miss Beresford allein sei.

Louise erklärte ihr, warum der Prinz nicht anwesend sei, und erkundigte sich dann nach dem Befinden der Fürstin.

„Sie ist eingeschlummert", antwortete Miss Enderby und fügte trocken hinzu: „Ein schlechtes Gewissen raubt ihr jedenfalls nicht den Schlaf!"

„Sie ist noch sehr jung", gab Louise lächelnd zu bedenken.

„Bestimmt nicht jünger als Sie", wandte Jane Enderby ein.

„Mag sein", räumte Miss Beresford ein. „Aber um nichts in der Welt möchte ich in ihren Schuhen stecken!"

„Sie sind ein guter Mensch!" bemerkte Jane Enderby nach einem langen Blick auf ihren Gast. „So, und nun werde ich uns einen belebenden, kräftigenden Tee machen."

Mit ungewöhnlich ernsten Mienen kehrten Prinz Zarkow und Mr. Watson zurück, als die Damen bereits bei der zweiten Tasse Tee waren.

„Was ist denn geschehen?" erkundigte sich Miss Enderby besorgt. „Noch mehr Aufregungen kann ich heute nicht vertragen!"

„Es tut mir leid, Madam", erwiderte der Prinz, „aber ich fürchte, ich bringe schlechte Nachrichten."

„Ach, du meine Güte!" seufzte Jane Enderby. „Hoffentlich ist dieser gräßliche Mensch nicht zurückgekommen!"

Der Prinz machte eine kurze Pause und schien nach den passenden Worten zu suchen. „Nein, das nicht", sagte er ruhig. „Und ich halte es für unwahrscheinlich, daß er je wieder hier erscheinen wird."

Louise ahnte, was passsiert war. „Oh, nein!" flüsterte sie erschrocken.

„Bedauerlichweise muß ich Ihnen mitteilen", fuhr Prinz Zarkow in sachlichem Ton fort, „daß Mischka nirgendwo zu finden ist. Ihr

Diener, Miss Enderby, hat im Gebüsch neben dem Cottage die Leiche eines Mannes entdeckt, offenbar Maslennikows Kutscher. Hut und Mantel des Toten sind verschwunden . . ."

„Hoheit!" rief Jane Enderby entsetzt aus. „Heißt das, Mischka hat den Mann umgebracht und seinen Platz eingenommen?"

„Es sieht ganz danach aus. Mein Kutscher hat nichts Ungewöhnliches beobachtet, aber der Mord kann natürlich schon vor meinem Eintreffen geschehen sein."

„Die logische Schlußfolgerung ist", murmelte Miss Enderby betroffen, „daß Mischka die Absicht hat, jetzt Fürst Maslennikow umzubringen."

Prinz Zarkow nickte. „Ja, das nehme ich auch an."

„Gibt es denn keine Möglichkeit, ihn davon abzuhalten?" fragte Miss Beresford verstört und fügte, da Jane Enderby sie überrascht und der Prinz sie mit einem unergründlichen Ausdruck anschauten, rasch hinzu: „Ja, ich weiß, Fürst Maslennikow ist ein schrecklicher Mensch, und für seine Gattin wäre es sicher eine große Erleichterung, wenn er nicht mehr lebte, aber was wird dann aus dem armen Mischka?"

„Mischka dürfte sehr genau gewußt haben, was er tut", erwiderte Prinz Zarkow gelassen. „Sein Haß auf den Fürsten ist so groß wie die Anhänglichkeit, die er für Irina empfindet. Ich bin überzeugt, er wird keine Sekunde zögern, das eigene Leben zu opfern, nur um seine Herrin vor weiterem Schaden zu bewahren. Und die Gelegenheit, mit Maslennikow abzurechnen, muß ihm wie gerufen vorgekommen sein. Es wundert mich nicht, daß er sie beim Schopfe ergriffen hat. Selbst wenn ich die Chance hätte, ihn noch aufzuhalten, würde ich es nicht tun."

Louise fand die Einstellung des Prinzen reichlich hartherzig und kaltblütig, doch es war nicht ihre Aufgabe, ihm Vorschriften zu machen. Aber Prinz Andrej war für sie nicht irgendein beliebiger Mann, der so dachte, und sie fühlte sich eigenartig enttäuscht, ihn in diesem Ton sprechen zu hören.

★

Auf der Fahrt nach Wyvern Hall hatte Louise Beresford das merkwürdige Empfinden, wie eine Fremde zurückzukehren. In den vergangenen Stunden war zu viel geschehen, und alles kam ihr jetzt wie ein böser Traum vor. Zwischendurch war sie eine Weile vor Erschöpfung eingenickt und dem Prinzen nun dankbar, daß er sie nicht gestört hatte.

Er warf ihr hin und wieder schweigend einen Blick zu, bis die Kutsche vor dem Portal hielt, und dann strich er ihr unvermutet sehr sanft über die Wange. „Wir sind da, Duschinka", sagte er weich. „Machen Sie sich keine Sorgen. Ich begleite Sie hinein und werde dem Duke of Wyvern alles erklären." Prinz Zarkow sprang aus dem Wagen ging zur anderen Seite und hob Miss Beresford mit kräftigen Armen aus dem Gefährt. Er trug sie die beschneite Freitreppe hinauf und setzte sie erst kurz vor der Tür im Schutz des Portikus ab.

Melton öffnete, äußerte sich erleichtert, Miss Beresford zu sehen, und schickte umgehend einen Lakai, der Seine Gnaden von der Ankunft der jungen Dame zu benachrichtigen hatte.

Louise bedauerte, daß es nur Sekunden waren, die der Prinz sie so an die Brust gedrückt gehalten hatte, und schalt sich im gleichen Moment eine Törin.

„Ist alles in Ordnung?" Prinz Zarkow sah sie besorgt an, während sie den Mantel ablegte.

Das Erscheinen des Duke of Wyvern enthob sie der Antwort. Er wirkte ebenfalls erleichtert, doch seine Miene war strenger als sonst, und ein finsterer Blick traf den Prinzen. „Wir wußten nicht, was wir von deinem Verschwinden denken sollten, Louise", begrüßte er sie in vorwurfsvollem Ton. „Arabella meinte, du seist vielleicht zu deinen Eltern gefahren. Das konnte ich mir nicht vorstellen, denn deine Abreise hättest du uns doch bestimmt vorher angekündigt."

Louise wollte etwas erwidern, aber Prinz Zarkow kam ihr zuvor. „Sir, wenn Sie gestatten, würde ich gern ein Wort unter vier Augen mit Ihnen sprechen", sagte er schnell. „Ich bin sicher, ich kann Ihnen alles zu Ihrer Zufriedenheit erläutern."

„Darum würde ich auch sehr bitten! Ich gestehe, ich weiß wirklich nicht, was ich von der Sache zu halten habe. Bitte, folgen Sie mir in die Bibliothek."

„Hoffentlich habe ich Ihrer Ladyschaft durch meine lange Abwesenheit nicht zu großen Kummer gemacht", warf Louise rasch ein. „Leider hatte ich keine Zeit, eine Nachricht zu hinterlassen."

„Natürlich hat meine Gemahlin sich um dich gesorgt", entgegnete der Herzog. „Schließlich sieht es dir ja ähnlich, einfach kommentarlos zu verschwinden! Und dann erkundigen sich auch noch zwei Leute, wo sie dich finden könnten! Das hat meine Frau in beträchtliche Verlegenheit versetzt. Sie hat sich nur damit zu helfen gewußt, indem sie behauptete, du lägest mit einer Erkältung zu Bett."

„Ach herrje!"

„Arabella weiß noch nicht, daß du zurück bist. Ich rate dir also, dich ganz schnell und möglichst ungesehen in dein Zimmer zu begeben und es mir zu überlassen, sie über die Umstände deines Verschwindens aufzuklären."

„Aber . . ." Hilflos blickte Louise zwischen dem Duke of Wyvern und Seiner Hoheit hin und her.

„Gehen Sie ruhig, Miss Beresford", sagte Prinz Zarkow freundlich. „Ich werde die erforderliche Erklärung abgeben."

Am folgenden Tag ging Miss Beresford wieder ihren üblichen Pflichten nach. Sie wirkte jedoch sehr in sich gekehrt, und das ließ die Behauptung, sie habe sich unwohl gefühlt, glaubhafter erscheinen. Natürlich hatte Arabella, Duchess of Wyvern, ihrem Patenkind heftige Vorwürfe gemacht, sich aber schließlich mit Louises reumütigen Entschuldigungen und der Erklärung des Prinzen zufriedengegeben.

„Ich begreife noch immer nicht", sagte sie verständnislos, „wie du in die Sache hineingezogen werden konntest! Ich finde es höchst ungewöhnlich, daß Prinz Zarkow sich ausgerechnet an dich um Hilfe gewandt hat!"

„Mir ist es ebenso unklar wie Ihnen, Mylady", erwiderte Louise und ärgerte sich über die Abwertung, die mit den Worten der Herzogin verbunden war.

„Wie dem auch sei, du bist ja wieder heil und unbeschadet bei uns", stellte die Duchess aufatmend fest. „Und nur das ist von Bedeutung. Glücklicherweise wissen nur mein Gatte und ich um diese Geschichte. Ich empfehle dir jedoch dringend, in Zukunft weniger impulsiv zu handeln. Prinz Zarkow ist sicher eine sehr integre Persönlichkeit, aber es schickt sich wahrhaftig nicht, sich so zu benehmen, wie du es getan hast. Falls jemand davon erfährt, wird man gleich das Schlimmste annehmen, und es kommt zu den übelsten Gerüchten!"

Lady Amelia war nicht in die Umstände von Miss Beresfords langer Abwesenheit eingeweiht worden, doch es entging ihr verständlicherweise nicht, daß Prinz Zarkow die Gesellschafterin ihrer Mutter schon zum zweiten Male innerhalb von Tagen nach Wyvern Hall zurückbegleitet hatte. Sie warf Louise vor, sich Seiner Hoheit absichtlich aufzudrängen, und meinte überheblich: „Wäre dein Verhalten nicht so peinlich, könnte ich darüber lachen!"

★

Der Morgen von Lady Amelias Geburtstag brach mit einem klaren, sonnigen Himmel an. Nachts hatte es leichten Frost gegeben, doch es stand nicht zu befürchten, daß die Straßen unpassierbar waren. Die Duchess of Wyvern atmete dennoch erleichtert auf, als die aus Bath kommenden Musiker pünktlich eintrafen.

In den vergangenen zwei Tagen hatte hektische Betriebsamkeit in Wyvern Hall geherrscht. Heerscharen von Dienstboten hatten den Ballsaal in ein Meer von Farnen, Palmen und aus Nizza angelieferten Nelken verwandelt. Die Schonbezüge von den Kristallleuchtern waren entfernt und die blinkenden Lüster gewaschen und poliert worden. Fleißige Lakaien hatten das Silber geputzt, und auch das letzte Staubkörnchen war von emsigen Zofen von den Marmorstatuen, Balustraden und Pilasterspiegeln entfernt worden. Alles, was glänzen konnte, erstrahlte in neuer Herrlichkeit, bereit, den passenden Rahmen für Lady Amelias Fest abzugeben.

In der Küche hantierte Monsieur Mesplé mit Tiegeln, Töpfen und Pfannen, um den über einhundert geladenen Gästen ein Souper zu servieren, über das man noch in Jahren voll Lob und Anerkennung sprechen würde. Bei so viel Betriebsamkeit fand auch Louise Beresford keine Zeit, an etwas anderes als die Vorbereitungen zu denken.

Lady Amelia war die Freundlichkeit in Person, selbst zu ihrer armen Anverwandten, da sie mit Geschenken und Glückwünschen überhäuft wurde. Ihre Freude kannte keine Grenzen, als der Vater ihr morgens eine kostbare Parüre aus Diamanten und Saphiren verehrte. „Oh, Mama!" hauchte sie hingerissen, während sie wohl

250

zum zehnten Male das Kollier, das Diadem, die Ohrringe und Armbänder anlegte und sich bewundernd vor dem deckenhohen Spiegel hin und her drehte. „Das sind die herrlichsten Juwelen, die ich je gesehen habe! Ich kann es kaum erwarten, sie heute abend zu tragen. Ich wette, Miss Datchett wird krank vor Neid, denn dieser Schmuck stellt selbst ihre schwarzen Perlen in den Schatten!"

„Ich hoffe nicht, daß Maria krank wird, wenn sie dich zu Gesicht bekommt", meinte die Duchess of Wyvern schmunzelnd. „Ihre Mutter ist eine meiner guten Freundinnen. Wie könnte ich da ihrer einzigen Tochter Übles wollen?" Die Damen lachten, und Louise fühlte sich einen Moment aus ihrem Kreis ausgeschlossen und sehr allein.

Sie sah dem Ereignis mit gemischten Gefühlen entgegen. Nachdem Prinz Zarkow sie vor zwei Tagen aus Miss Enderbys Cottage nach Hause begleitet hatte, war sie Seiner Hoheit nicht mehr begegnet, und nun wußte sie nicht, wie sie sich verhalten solle. Ihre Stimmung besserte sich jedoch beträchtlich, als sie, zusammen mit einem kleinen Päckchen, ein Billett der Fürstin Maslennikow erhielt, in dem sie Miss Beresford ihre grenzenlose Dankbarkeit und die Hoffnung ausdrückte, Louise mit dem beigefügten Angebinde eine Freude zu bereiten. Die Gabe erwies sich als exquisit gestaltete Brosche, ein großer, von Perlen umgebener Amethyst. „Ich konnte nur wenige Schmuckstücke nach England mitnehmen", schrieb die Fürstin. „Ich möchte, daß Sie diese Anstecknadel, ein Geschenk meiner Mutter, das ich in jungen Jahren von ihr bekam zur Erinnerung an mich behalten. Bitte, kommen Sie mich besuchen, wann immer Sie einen Moment Ihrer Zeit für mich erübrigen können."

Louise fand die Nadel hundertmal schöner als Lady Amelias Geschmeide und entschied sich sofort, den Schmuck abends an ihr Kleid zu stecken. Wie üblich, mußte sie sich beim Umkleiden sehr beeilen, doch nachdem sie sich im Spiegel betrachtet hatte, war sie mit ihrer Erscheinung vollauf zufrieden. Die über und über mit winzigen Perlen bestickte Balltoilette aus lavendelblauem Moiré stand ihr ausgezeichnet, und die dunkelbraunen Locken wurden von einem zur Robe passenden Seidenband gehalten. Das tiefe Dekolleté brachte ihre weiße Haut vorzüglich zur Geltung, und die kurzen Ärmel betonten die schlanken Arme.

Plötzlich war Louise mit sich und der Welt zufrieden. Sicher, Lady Amelia würde der Mittelpunkt des Festes sein. Dies war jedoch der erste Ball, an dem Louise teilnahm, und sie beschloß, ihn in vollen Zügen zu genießen.

★

„Du siehst wie eine Prinzessin aus, Lou!" rief Jason Treadwell Miss Beresford entgegen, als sie vor dem großen Ereignis noch einmal kurz bei den Kindern in das Zimmer schaute. „Und deine Augen glänzen wie die Perlen auf dem Kleid!"

„Danke, Jason", erwiderte Louise gerührt und mußte über seinen vor Staunen offenstehenden Mund und die Kulleraugen lachen. „Aber Lady Amelia wird viel schöner sein."

„Hm", äußerte Lady Joanna, hielt den Kopf schräg und betrachtete Miss Beresford prüfend. „Ich bin Jasons Meinung", erklärte sie mit Nachdruck. „Amelia mag ja hübsch ein, du jedoch bist sehr elegant! Findest du nicht auch, Philip?"

„Na ja, ganz nett!" meinte Jasons älterer Bruder und grinste.

„Puuh, Jungen haben ja keine Ahnung!" erwiderte die Tochter der Marchiness of Brute schnippisch und sehr verächtlich.

Die Bewunderung der Kinder freute Louise, und beim Betreten des Salons lächelte sie noch immer. Auch die Erwachsenen zollten ihr Anerkennung, ganz besonders Seine Gnaden, der lobend äußerte: „Du hast nie hinreißender ausgesehen, Louise! Du solltest diese Farbe öfter tragen. Sie steht dir vorzüglich!"

Louise dankte ihm und machte Lady Amelia ein ehrliches Kompliment über deren bezauberndes Kleid. Über einem Unterkleid aus weißer Seide trug sie eine Tunika aus weich fließendem Flor, und das schleierartige, duftige Seidengewebe war mit silbernen Ranken und Blüten durchwirkt. Die goldblonden Locken umrahmten in kurzen Wellen das Gesicht, und die Juwelen der Parüre gleißten, funkelten und blitzten im Schein der Kerzen. Jeder Mann, der Augen im Kopf und seine Sinne beieinander hatte, mußte Lady Amelia unwiderstehlich finden.

Gegen zehn Uhr abends fanden die ersten Gäste sich zum Diner dansant ein, und bald kündigte der Butler auch Viscount Dewey und sein Gefolge an. Louise hatte gehofft, keine Gefühlsregungen zu haben, sobald sie Prinz Zarkow wiedersah, doch als er Lady

Amelias Hand zum Kuß an die Lippen hob und viel zu lange festhielt, empfand sie einen heftigen Stich im Herzen.

„Miss Beresford?"

Die Stimme schien wie durch einen Nebel zu ihr zu dringen, und nur langsam nahm sie den jungen Gentleman wahr, der sich vor ihr verneigte.

„Verzeihen Sie, Madam, falls ich Sie gestört habe", sagte der Ehrenwerte William Burridge. „Würden Sie mir die Ehre erweisen, die erste Anglaise mit mir zu tanzen? Ich fürchte allerdings, daß ich kein sehr geschickter Tänzer bin."

Louise verdrängte den Kummer, den sie beim Anblick des galant mit Lady Amelia plaudernden Prinzen fühlte, lächelte gezwungen und erwiderte höflich: „Ja, gern, Sir. Ich warne Sie jedoch lieber gleich. Auch ich kann nicht sehr gut tanzen."

Der Sohn des Viscount seufzte erleichtert, reichte ihr den Arm und führte sie auf das Parkett.

Die Paare nahmen Aufstellung, und der Duke of Wyvern eröffnete mit seiner Tochter Amelia den Ball. Es ließ sich nicht übersehen, wie stolz der Herzog war, und hoheitsvoll, den Kopf hoch aufgerichtet, schwebte sie an seiner Hand über die Tanzfläche. Den vielen Kavalieren nach zu urteilen, die Lady Amelia umringt hatten, noch bevor der erste Akkord erklang, würde sie im Laufe des Abends keinen Tanz auslassen müssen.

Louise war deshalb auch nicht überrascht, daß Lady Amelia von Prinz Zarkow zum anschließenden Cotillion geleitet wurde. Seine Hoheit trug einen mitternachtsblauen Abendfrack mit juwelenbesetzten Knöpfen, ein silberdurchwirktes Gilet, ein perfekt geschlungenes Cachenez und tadellos sitzende Culottes mit weißen Seidenstrümpfen zu glänzend polierten schwarzen Lackschuhen. Neben ihm wirkte Lady Amelia in der weißen, duftigen Tunika wie eine Fee aus einer Märchenwelt. Louise mußte sich zwingen, sich nicht anmerken zu lassen, daß der Anblick des harmonisch tanzenden Paares sie zutiefst bedrückte.

Es war eine angenehme Überraschung für sie, daß es ihr nicht an Tanzpartnern mangelte. Die Maske verlieh ihr ein Gefühl der Sicherheit, und hin und wieder kokettierte sie sogar mit einem der ihr kaum bekannten Kavaliere. Gelegentlich fiel ihr auf, daß der Prinz zu ihr hinüberschaute, doch sie verstand es, ihm beim Tanzen nicht in die Nähe zu kommen. Irgendwann würde sie einer

Begegnung nicht mehr ausweichen können, doch sie hielt es für geraten, den Zeitpunkt so lange wie möglich hinauszuschieben.

Vor dem Souper erklang die Introduktion eines Walzers. Unter viel Gelächter hatte Louise mit ihrer Schwester Ellie die Schritte dieses populären, skandalumwitterten Tanzes erlernt, doch selbst am heutigen Abend noch keine Gelegenheit gefunden, ihr Können unter Beweis zu stellen. William Burridge hatte sich ebenso verlegen aus der Affäre gezogen wie Sir Roger Beamish, der trokken erklärte: „Nein, meine Liebe! Meine alten Knochen taugen nicht mehr für so neumodische Sachen!"

Louise hatte sich in ihr Los geschickt, doch es ärgerte sie, den eleganten Paaren zuzuschauen, und enttäuscht begab sie sich zum Speisezimmer, um einen letzten, prüfenden Blick auf die Tafel zu werfen. Plötzlich fühlte sie sich beim Arm ergriffen und sacht festgehalten.

„Aber, aber, meine Schöne!" sagte der Prinz, und seine Augen lächelten sie hinter der silbernen Halbmaske an. „Sie können sich mir doch jetzt nicht entziehen! Die Gunst dieses Walzers müssen Sie mir gewähren!"

Eine Flut von Gefühlen verwirrte Louise: Bestürzung, Erstaunen, Freude und Erschrecken. „Eure Hoheit, ich weiß nicht ... ich kann nicht ... bestimmt wollen Sie nicht ...", stammelte sie zusammenhanglos.

„Doch, ich will!" erwiderte er fest. „Sehr sogar! Den ganzen Abend habe ich nichts anderes gewollt! Darf ich bitten?"

Seine Stimme hatte einen verführerischen Klang, und widerstandslos ließ Louise sich auf die Tanzfläche führen. Halb benommen vor Seligkeit, lag sie in seinem Arm, schwebte wie auf Wolken über das Parkett, berauscht von der Musik, dem Glitzern der Kerzen und der Nähe dieses Mannes, der ihr so viel bedeutete. Es entging ihr nicht, daß er sie viel enger an sich zog, als die Schicklichkeit es erlaubte, doch sie fand es herrlich und genoß den besitzergreifenden Druck seiner starken Hand. Diesen Moment würde sie nie vergessen, diesen Tanz, bei dem Prinz Andrej nur ihr gehörte, ihr ganz allein. Glücklich schloß sie die Augen und gab sich ganz dem wundervollen Augenblick hin.

Unversehens klang die Musik sehr viel leiser, und erstaunt schlug Louise die Lider auf. Erst jetzt merkte sie, daß der Prinz und sie nicht mehr im Ballsaal waren. Sie befanden sich in einem angrenzenden Antechambre, und Prinz Zarkow schloß soeben die Tür.

„Eure Hoheit!" sagte Louise betroffen. „Ich weiß nicht . . ."

„Warum gehen Sie mir heute abend so bewußt aus dem Weg?" unterbrach er sie und runzelte leicht die Stirn.

„Ich weiche Ihnen nicht aus!" schwindelte Louise.

„Noch vor kurzem haben Sie geäußert, welch schlechte Lügnerin Sie seien, Madam", entgegnete Prinz Andrej und lachte leise. „Das finde ich jetzt bestätigt!" Behutsam löste er die Seidenbänder von Louises Maske, zog dann die eigene vom Kopf und warf beide achtlos auf ein Tischchen. „Die Maske stand dir gut, aber ich ziehe es vor, dich von Angesicht zu Angesicht zu sehen! Du Ärmste!" fügte er schmunzelnd hinzu, als ihr die Röte in die Wangen stieg und sie einen Einwand machen wollte. „Habe ich dich überrumpelt?"

„Ja! Das heißt, . . . nein!" Louise wußte nicht, wie ihr geschah. „Ich . . . ich begreife nicht, was . . . das soll. Was wollen Sie von mir, Hoheit?"

Er ergriff Louises Hände, preßte sie an sein Herz und sagte ruhig: „Die Frage ist schnell beantwortet. Ich liebe dich, Louise! Ich liebe deine Ehrlichkeit und dein umkompliziertes Wesen, deinen Mut und deine Hilfsbereitschaft, deinen Charme und deine bezaubernde Ausstrahlung. Ich will dich bei mir haben, ein Leben lang. Ich möchte dich sehen, morgens, wenn ich erwache, und abends, bevor ich die Augen schließe."

Louise war zu bewegt, um etwas zu äußern. Das waren schöne Worte, die zu Herzen gingen und sie mit Glückseligkeit erfüllten. Aber bei aller Freude über diese Liebeserklärung hörte sie eine mahnende innere Stimme, die sie daran erinnerte, daß Prinz Andrej nicht von Heirat gesprochen hatte und bis vor kurzem noch der einstigen Komtesse Melonkow in Liebe verbunden gewesen war. Unbewußt hob sie die Hand und legte sie auf die Amethystbrosche, das Geschenk der heutigen Fürstin Maslennikow.

„Irina hat dieses Andenken an ihre Mutter immer sehr in Ehren gehalten", sagte Prinz Andrej, trat einen Schritt vor und legte Louise die Hände auf die Schultern. „Sie muß dich sehr schätzen, wenn sie sich von dieser Brosche trennen konnte." Zärtlich schaute er Louise in die weit geöffneten Augen.

Sie schwieg und senkte die Lider.

„Oh, Louise!" Prinz Andrej schüttelte leicht den Kopf. „Mach kein so bedrücktes Gesicht! Du hast nichts zu befürchten. Irina war der Traum meiner Jugend. Du hingegen bist meine geliebte Wirklichkeit!"

Er neigte sich vor, und sein Mund fand Louises Lippen. Er küßte sie, weich, zart und einfühlsam, doch die verhaltene Leidenschaft entfachte ihre schwelende Glut, und Louise verlor sich im überwältigenden Ansturm der Wonnen, die Andrej ihr schenkte. Er schlang die Arme fester um sie, und das Feuer des Kusses drohte sie zu verzehren. Sie war nur des einen Gedankens fähig, sich Andrej zu schenken, auch ohne den Segen der Kirche, und ihm zu folgen, und sei es bis an das Ende der Welt. Es entsetzte sie nicht einmal zu wissen, daß sie Andrej verfallen und ihre moralischen Wertvorstellungen von einem Augenblick zum anderen zu verleugnen bereit war.

„Nun?" fragte Andrej und schaute sie liebevoll an. „Fühlst du nicht auch, daß wir zusammengehören?"

Sie lächelte zaghaft und schmiegte die Wange an seine Brust. „Ja, Andrej", flüsterte sie versonnen. „Aber alles kommt so überraschend! Ich fühle mich wie in einem Traum!"

„Er wird wahr, das darfst du mir glauben!" versicherte der Prinz und gab ihr einen weiteren, langen und sehr stürmischen Kuß. „Liebste", sagte er dann zärtlich, „du hast mir einen Blick in das Paradies gewährt, und nun führt kein Weg mehr zurück! Leider hatte ich keine Zeit, dir noch einen Verlobungsring zu kaufen", fügte er entschuldigend hinzu, während er in die Innentasche des Frackjacketts griff und eine längliche Schatulle hervorzog. „Ich hoffe, dieses kleine Angebinde erfüllt den Zweck."

Was hatte Andrej soeben gesagt? Louise war nicht sicher, ob sie richtig gehört hatte. Als die volle Bedeutung der Worte ihr zu Bewußtsein kam, schien der Raum sich um sie zu drehen, und die Welt versank in rosarot schimmerndem Licht. Mit zitternden Fingern nahm sie das Kästchen entgegen, öffnete es und erblickte ein Geschmeide, das ihr den Atem verschlug. Ein prachtvolles Schmuckstück lag auf blauen Samt gebettet, ein Kollier aus Aquamarinen, Feueropalen und bläulich schimmernden Turmalinen, gefaßt in funkelnde Diamanten. „Oh!"hauchte Louise hingerissen. „Das ist wunderschön!"

Andrej nahm das Gemeide aus der Schatulle und legte es Louise um den Hals. „Es ist wirklich nur eine kleine Aufmerksamkeit, ein verspätetes Weihnachtsgeschenk."

„Und ich habe nichts für dich", stellte Louise bekümmert fest.

„Deine Liebe ist das schönste Geschenk, das du mir machen kannst", erwiderte Andrej, hob Louises Hand an die Lippen und küßte ihr die Fingerspitzen. „So, und nun soll alle Welt erfahren, daß du meine Braut bist. Dein Patenonkel weiß bereits, daß ich dich bitten wollte, meine Frau zu werden. Aber seine Gattin ist noch nicht informiert, und ich meine, wir sollten ihr die gute Nachricht nicht vorenthalten. Morgen reisen wir dann zu deinen Eltern, und ich werde in aller Form um deine Hand anhalten."

Unwillkürlich empfand Louise Mitleid mit Ihrer Ladyschaft. Die Duchess of Wyvern hatte die größten Hoffnungen auf eine Heirat ihrer Tochter Amelia mit Andrej gesetzt! Aus dem Bewußtsein, daß die Verbindung zustande kommen würde, hatte sie ihren Freundinnen gegenüber keinen Hehl daraus gemacht, wie zufrieden sie über die exzellente Partie sei. Die Neuigkeit, daß Seine Hoheit die arme Verwandte und nicht die bezaubernde Lady Amelia zur Gemahlin erkoren hatte, mußte Lady Wyvern wie ein Schlag treffen. Um Lady Amelia Revel machte Louise sich keine Gedanken. Sicher, Lady Amelias Stolz und Eitelkeit würden gekränkt sein, aber es dauerte gewiß nicht lange, bis sie sich mit einem anderen Kavalier tröstete.

„Hättest du etwas dagegen, Andrej", bat Louise zögernd, „wenn wir unsere Verlobung heute abend noch nicht bekanntgeben? Es ist Lady Amelias Geburtstag, und ich möchte ihr das Fest nicht vergällen."

Andrej runzelte die Stirn, und eine kleine Falte erschien zwischen seinen Brauen.

Ehe er sprechen konnte, fuhr Louise in drängendem Ton fort: „Wir könnten das Kollier in die Schatulle legen und unser Geheimnis noch ein Weilchen für uns bewahren. So wäre es mir lieber. Ich . . . ich brauche noch etwas Zeit, bis ich richtig begriffen habe, daß du mich liebst und ich deine Gemahlin werden soll."

Andrej schloß Louise wieder in die Arme. „Meinst du, mich täuschen zu können?" fragte er warm. „Ich weiß genau, warum und für wen du das tust. Aber wie könnte ich dir die Bitte abschlagen? Deine Gutherzigkeit ist ja eine der Eigenschaften, um deretwillen ich dich so liebe!"

Louise kuschelte sich fest an Andrej, befreite sich schließlich widerstrebend aus seinen Armen und erwiderte: „Wir sollten uns in den Ballsaal begeben, Liebster! Sonst wundert man sich, wo wir geblieben sind."

Andrej nickte, drückte ihr einen Kuß auf die Stirn und löste das Kollier von Louises Hals. Er ließ es in die Schatulle gleiten, steckte sie ein und reichte seiner Braut den Arm.

Zufällig fiel ihr Blick durch das Fenster auf den monderhellten Himmel, und im selben Moment sprühte eine Sternschnuppe durch die Nacht.

„Hast du sie gesehen?" flüsterte Louise und streichelte Andrejs Wange. „Ich habe mir etwas gewünscht, und eines Tages wird die Erfüllung dieses Wunsches mein Geschenk an dich sein!"

— ENDE —

MARY JO PUTNEY

DIE REISE NACH NEAPEL

Es regnete schon wieder, wie gestern und vorgestern auch. Die Hände auf dem Rücken verschränkt, schaute Lord Randolph Lennox mißmutig aus dem Fenster seines Schlafgemaches auf die nassen Straßen Mayfairs.

„Burns, weißt du, wie lange es schon vom Himmel schüttet?" fragte er mürrisch.

Der Kammerdiener, damit beschäftigt, säuberlich gefaltete Krawattentücher in das Ankleidezimmer zu tragen, blieb stehen und sah den jüngeren Sohn des Marquess of Kinross erstaunt an.

„Nein, Mylord", antwortete er etwas verwundert.

„Seit vierunddreißig Tagen!" stellte Lord Randolph verstimmt fest. „Es ist fast wie in der Bibel, meinst du nicht auch? Vielleicht wird es höchste Zeit, sich ebenfalls eine Arche zu besorgen!"

„Sicher, wir hatten einen sehr feuchten Herbst, Sir", stimmte Burns zu, „aber Tag und Nacht hat es bisher nicht geregnet. Wenn ich mich der biblischen Ereignisse richtig erinnere, finde ich es reichlich verfrüht, sich eine neue Arche bauen zu lassen."

Etwas belustigt dachte Lord Randolph über das Problem nach, wie man heutzutage wohl an eine zweite Arche Noah gelangen könne. Vielleicht gab es, irgendwo in der Bond Street, halb versteckt zwischen eleganten Schneiderateliers, Juwelieren und Schuhmachern, ein Geschäft, das sich imstande sah, ein Hausboot zu liefern, das einem Mann von Welt wie ihm angemessen war.

Erheitert verzog Lord Randolph die Mundwinkel. Was würde ein solches Schiff ihm nützen? Eine Arche war zum Transport von Paaren gedacht, und er war allein. Abgesehen von einer kurzen Unterbrechung, war er das seit vierunddreißig Jahren und würde es zweifellos bis zum Rest seines Lebens bleiben.

Überrascht merkte er, daß der verdammte Regen ihm auf das Gemüt zu schlagen begann. Dabei hatte er wahrlich keinen Grund, sich zu bemitleiden. Er war ein gesunder, sehr begüterter Mann in den besten Jahren, aus exzellenter Familie, vielseitig interessiert und allseits beliebt. Warum also war er in diese bedrückte Stimmung verfallen? Im Prinzip hätte er sogar dankbar dafür sein müssen, daß die herabrauschenden Fluten Albions Reich zu beinahe paradiesischer Schönheit verhalfen. Es gab wirklich keinen Anlaß, sich über das Dasein zu beklagen. Und dennoch, selbst die Erkenntnis, daß der Dauerregen auch sein Gutes hatte, half Lord Randolph nicht, die Verdrossenheit und innere Leere zu überwinden.

Es wäre wundervoll gewesen, hätte es geschneit. Schnee war etwas Sauberes, Reines, das alles Häßliche zudeckte, doch leider fiel er in Südengland nur sehr selten. Weiter oben im Norden, in Northumbria oder Schottland, rieselte er um diese Jahreszeit in weichen, zarten Flocken zur Erde, aber in London blieb das Wetter stets grau und trüb und verhangen.

In wenigen Wochen würde es Weihnachten sein, mit Sicherheit wieder eines dieser naßkalten, nebligen Feste, wie schon in all den Jahren zuvor. Lord Randolph wußte nicht, was ihn mehr deprimierte, die Aussicht auf die Feiertage oder der bestimmt vorauszusehende Regen.

Als Junge, auf dem ausgedehnten Besitz in Dunbar, war er voller gespannter Erwartung gewesen und hatte sich auf Weihnachten gefreut, auf den einmaligen Zauber, der diese Tage umgab. Sein älterer Bruder Edward und er pflegten in die Küche von Kinross Manor zu stürmen, Kekse und Kuchen zu stiebitzen, den süßen Teig mit den Fingern aus den Schüsseln zu lecken und sich mit frisch gebackenen Plätzchen zu versorgen, bis die Köchin sie aus ihrem Reich vertrieb. Im allgemeinen hatte Mrs. Wister ein Faible für Kinder, das sie jedoch stets dann verließ, wenn Festlichkeiten ins Haus standen.

Damals wie heute herrschte in Kinross Manor eine wunderbar gelöste und anheimelnde Atmosphäre. Lord Randolphs Eltern, der Marquess of Kinross und seine Gemahlin, erfreuten sich der besten Gesundheit und genossen es, die Mitglieder der Familie um sich zu scharen. Das große, herrliche Gebäude würde wie immer erfüllt sein von Musik, fröhlichem Lachen und ausgelassenen Scherzen. Edward, Earl of Westkirk, seine Gattin und die drei Kinder fanden sich gewiß auch dieses Jahr ein, und die zahlreiche engere Verwandtschaft ebenfalls. Natürlich rechnete der Marquis damit, daß sein geliebter jüngerer Sohn gleichfalls nach Kinross Manor kommen würde.

Doch diesen Gedanken konnte Lord Randolph einfach nicht ertragen.

Mißvergnügt betrachtete er sein Spiegelbild, das sich vor dem düsteren, zunehmend dunkler werdenden Hintergrund im Fenster abzeichnete. Er war mit seinem Äußeren, dem mittelgroßen Wuchs, der kräftigen Statur und dem regelmäßig geschnittenen, beinahe klassischen Gesicht, sehr zufrieden. Seine frühere Gattin hatte einmal behauptet, er sähe wie ein griechischer Gott aus. Nun, hellenistische Gottheiten besaßen im allgemeinen keine dunkelblonden Locken und graublauen Augen wie Lord Randolph, aber er hatte den Vergleich als sehr schmeichelhaft empfunden. Chloe war es, die dann zutiefst enttäuscht feststellte, daß er eben doch kein göttliches Idol war, sondern ein Mensch wie alle anderen, und obendrein ein recht normaler.

Er war nicht gezwungen, nach Dunbar zu fahren. Es bestand auch die Möglichkeit, Freunde oder entferntere Angehörige zu besuchen, die sich freuen würden, ihn in ihrem Kreis willkommen zu heißen. Doch diese Alternative behagte Lord Randolph ebensowenig wie ein Aufenthalt in Kinross Manor. Es widerstrebte ihm, irgendwo das fünfte Rad am Wagen einer glücklichen Familie sein und sich wie ein Außenseiter fühlen zu müssen. Und noch weniger goutierte er die Vorstellung, anläßlich eines solchen Besuches zum Objekt zielstrebiger Heiratsvermittlungen zu werden, und mochten sie auch noch so gut gemeint sein.

Unwillkürlich fragte er sich, wonach ihm eigentlich der Sinn stand. Die Antwort war einfach — nach Wärme, Sonnenschein und strahlend blauem Himmel, nach einem Ort, wo er keinen Menschen kannte und niemand sich darum scherte, wer er war.

Es war ein absonderlicher Einfall. Er konnte doch nicht einfach seine Siebensachen packen und spontan in die Ferne ziehen!

Warum eigentlich nicht? Nachdenklich runzelte er die Stirn. Was hielt ihn davon ab, England für eine Weile den Rücken zu kehren? Mit wachsender Begeisterung erwärmte er sich für den Gedanken. Im Winter bestand keine Notwendigkeit, sich persönlich um die Verwaltung der Güter zu kümmern. Da kein Krieg mehr auf dem Kontinent tobte, stand der Erkundung fremdländischer Sitten und Gebräuche und deren dekadenten Reizen durch einen seriösen englischen Reisenden nichts mehr im Wege. Lord Randolph war überzeugt, seine Familie würde ihn zwar vermissen, falls er der Versuchung nachgab, seine Abwesenheit jedoch schnell verwinden.

Impulsiv, ehe er sich eines anderen besinnen würde, wandte er sich vom Fenster ab und sagte: „Burns, richte unverzüglich alles für eine Reise her! Morgen begeben wir uns auf ein Schiff, das uns an die Gestade des Mittelmeeres bringt."

Der Kammerdiener, sonst die Ruhe selbst, vergaß vor Schreck die Manieren und starrte seinen Herrn mit offenem Munde verdutzt an. „Sie belieben zu scherzen, Mylord", murmelte er nach einem Moment.

„Nicht im mindesten, Burns", erwiderte Lord Randolph und sah den Diener belustigt an. „Gleich morgen früh begebe ich mich in die Stadt und buche uns eine Passage."

„Aber . . . es ist unmöglich, Sir, eine derartige Reise so kurzfristig vorzubereiten!"

Lord Randolph dachte über den Einwand nach und nickte lächelnd. Seit Monaten hatte er sich nicht so unternehmungslustig und unbeschwert gefühlt. „Du hast recht, Burns. Wir werden übermorgen abfahren! Zu Weihnachten sitzen wir in der Sonne!'"

★

Nachdem Lord Randolph Lennox den Entschluß gefaßt hatte, London zu verlassen, fuhr er am nächsten Morgen unverzüglich zum nächsten Schiffskontor im Hafen und buchte auf einer Dreimastschonerbark, die Kurs nach Italien segeln sollte, für sich und den Kammerdiener eine Passage nach Neapel.

Die Überfahrt verlief ruhig. Die Kabine war bequem, die Küche des Schoners vorzüglich und der Service ausgezeichnet. Nicht nur die Seefahrt schien unter einem guten Stern zu stehen. Auch nach dem Anlegen in Neapel hatte Lord Randolph Glück und fand Unterkunft im „Carlo d'Anjou", dem besten Hotel der Stadt. Es lag in der Via Partenope, im malerischen Viertel Santa Lucia, gleich gegenüber dem auf einer Felseninsel erbauten Castel dell'Ovo, und von allen Fenstern der elegant und geschmackvoll eingerichteten Räumlichkeiten bot sich ein berückender Anblick auf das Tyrrhenische Meer. Schon am Abend der Ankunft ging Lord Randolph mit dem sicheren Gefühl zu Bett, daß der Zauber dieser wundervollen Stadt sich selbst dem steifsten, blasiertesten und überheblichsten Engländer mitteilen mußte.

Und dann, als er am nächsten Morgen die Lider öffnete, regnete es, und das aus den himmlischen Gefilden tröpfelnde Naß sah in Italien genauso deprimierend aus wie in der Heimat. Signor Reggioli, der Manager des Hotels, teilte dem erlauchten Gast sichtlich geknickt mit, daß es im Dezember meistens regne, und fügte dann eilends und betont zuversichtlich hinzu, das Wetter könne jedoch von einem Augenblick zum anderen umschlagen, vielleicht sogar schon morgen!

Ob die Sonne nun durch die dichte Wolkendecke brechen würde oder nicht, ein Unterschied zum in England üblichen feuchten, diesigen und ungemütlichen Novemberwetter war bislang nicht festzustellen. Und genau dieser tristen Stimmung hatte Lord Randolph eigentlich entfliehen wollen! Der schwache Funke Hoffnung, in strahlendem Sonnenschein lustwandeln zu können, erlosch so schnell, wie er aufgeflackert war, und nur schicksalsergebene Resignation blieb zurück. Es war ein törichter Einfall gewesen zu glauben, es sei nur eine Sache der Entfernung, dem Dauerregen und der inneren Einsamkeit entfliehen zu können.

Lord Randolph ließ sich jedoch nicht entmutigen, heuerte kurz entschlossen einen Führer an und suchte mit ihm in den folgenden drei Tagen Neapels Sehenswürdigkeiten auf. Er bewunderte das Castel Nuovo, den Dom und den Palazzo Cuomo, bestaunte die prachtvollen Kirchen in der Via Monteoliveto und die Funde aus römischer Zeit im Museo Nazionale. In den eleganten Geschäften der Via Toledo erstand er verschiedene antike Kostbarkeiten, und in einem der vielen pittoresken Geschäfte des Hafenviertels kaufte er für seine Nichte eine hübsch bemalte Porzellanpuppe in neapolitanischem Kleid.

Und selbstverständlich hatte er nicht nur Augen für die leblosen Schönheiten der Stadt. Die drallen, temperamentvollen und glutäugigen Mädchen und Frauen gefielen ihm nicht minder, und hin und wieder fühlte er sich geneigt, eine dieser sehr lebhaften Schönheiten näher kennenzulernen. Er widerstand der Versuchung jedoch, aus Sorge, Ärger mit den gutaussehenden schwarzhaarigen Männern zu bekommen, denen man nachsagte, daß sie sehr heißblütig waren.

Am vergangenen Abend hatte er eine Einladung des britischen Gesandten in dessen Residenz angenommen. Bei dem zwanglosen Empfang machte er die Bekanntschaft eines ausgewählten Teiles der recht zahlreichen englischen Gesellschaft, die in der Stadt lebte, und alle Anwesenden schienen hocherfreut, einen Peer des Königsreiches in ihrer Mitte willkommen heißen zu können. Er wurde mit Einladungen überschüttet, sich am Weihnachtstage zum Souper einzufinden und an einem richtigen Plumpudding zu laben, da er unmöglich mit den undefinierbaren Speisen vorliebnehmen könne, die in Italien auf den Tisch kamen.

Lord Randolph stand der Sinn jedoch nicht unbedingt nach einem guten englischen Plumpudding. Alle diesbezüglichen Angebote lehnte er auf die liebenswürdigste Weise ab und behauptete mit charmanter Heuchelei, einer Kunst, die er meisterhaft beherrschte, unabkömmlich zu sein. Innerlich zutiefst niedergeschlagen, kehrte er nach der Soirée in das „Carlo d'Anjou" zurück.

★

Lord Randolphs Stimmung besserte sich leicht, als er am nächsten Morgen sah, daß der Himmel zwar noch bezogen war, es jedoch nicht mehr regnete. Hie und da rissen die Wolken auf, und es hatte ganz den Anschein, die Sonne könne doch noch auf Neapel herablächeln.

Beschwingt von dieser Aussicht, erklärte er Aldo, dem jungen Stadtführer, er bedürfe seiner Dienste heute nicht, und unternahm auf eigene Faust einen Spaziergang.

In Neapel schien es keinen Fleck zu geben, an dem nicht fröhlich schwatzende Frauen um einen Brunnen standen, Kinder durch die winkeligen Gassen tollten und Männer träge vor den Haustüren saßen. Wo immer Lord Randolph ihnen begegnete, bewunderte er die sorglose Natürlichkeit und Nonchalance, mit der sie das Leben zu genießen schienen. Kummer und Freude, Schmerz und Leid, jede Regung spiegelte sich in ihren Mienen, und niemand hielt es für geboten, seinen Gefühlen einen Zwang aufzuerlegen. Noch mehr erstaunte Lord Randolph das selbstverständliche Nebeneinander von großem Reichtum und bitterer Armut, das er überall auf seinem Rundgang beobachten konnte. Seine elegante Erscheinung und die unübersehbare Tatsache, daß er ein

Fremder war, erweckten große Aufmerksamkeit, und die Einheimischen starrten ihn unverhohlen neugierig an. Die an jeder Ecke herumlungernden Straßenjungen verfolgten ihn auf Schritt und Tritt, und er hatte große Mühe, sich der Betteleien zu erwehren.

Nach einer ausgedehnten Promenade über die Via Carácciolo in den auch im Winter beeindruckenden Park der Villa Nazionale, vorbei am prächtigen Wohnsitz des Fürsten Diego Aragona Pignatelli Cortes, gelangte Lord Randolph kurz vor dem Mittag zu der Kartause auf dem Vomero, der sich im Nordwesten der Stadt erhob. Eine kleine, an drei Seiten von hübschen, gepflegten Häusern umgebene Piazza lag vor der Certosa di San Martino, und eine hohe Stützmauer begrenzte die vierte Seite des Platzes.

Mit beklagenswerter Sorglosigkeit, ohne Rücksicht auf die vom besten Londoner stammende, aus feinstem Tuch gefertigte Redingote à la chevalière zu nehmen, verschränkte Lord Randolph die Arme auf der rauhen, verwitterten Mauer und bewunderte den Anblick, der sich seinen Augen bot.

Hingestreckt an der großen, von Schiffen übersäten Bucht, ein bizarrer Wirrwarr enger Gassen, großer Rondelle und prächtiger Esplanaden, beherrscht von den Kuppeln und Türmen der Kirchen, Kastelle und Klöster, lag Neapel ihm zu Füßen. Zur Linken des Golfes erhob sich, ein dräuend dunkler, gefährlicher Schatten, der riesige, von Wolken umhangene Kegel des Vesuvs. Und weit in der Ferne, nur eine schwache Kontur am Horizont, war die Silhouette der Insel Capri zu erkennen.

Lord Randolph atmete tief durch und fand, daß die Luft ganz anders roch als in seiner Heimat, viel würziger, kräftiger, erfüllt von den vielfältigsten Düften der Zypressen, Pinien und Myrten und vor allem der italienischen Küche.

Die Wolken begannen sich zu lichten, und ein erster Sonnenstrahl traf die Bucht. Strahlendes, goldenes Licht flutete auf das bleigraue Wasser und verwandelte es in ein türkisblaues, irisierendes Glitzern.

Langsam wandte Lord Randolph sich um und ließ den Blick über die Piazza schweifen ließ. Am anderen Ende saß eine bebrillte junge Dame auf einer Steinbank, hielt einen Skizzenblock auf den Knien und zeichnete offensichlich die herrliche barocke Fassade des Klosters. Der Kleidung und blassen Gesichtsfarbe nach zu urteilen, war die Frau eine Ausländerin. Lord Randolph fand es ziemlich wagemutig von ihr, sich ohne männliche Begleitung in die Stadt zu wagen und dann auch noch allein in der Öffentlichkeit aufzuhalten. Er schüttelte den Kopf und schaute den Hühnern zu, die erschrocken auseinanderstoben, als eine gelbweiß gefleckte Katze über den Platz mitten unter sie sprang. Tauben flatterten auf und flogen auf die Gesimse der Kartause. Das war der friedlichste Winkel, den Lord Randolph bisher in der Stadt entdeckt hatte, und zufrieden schloß er die Augen, stützte die Unterarme auf die Umfassungsmauer und reckte genüßlich das Gesicht in den warmen Sonnenschein.

Als Lord Randolph die Lider wieder öffnete, sah er ein junges Mädchen, das mit einer Leiter und einem Eimer aus einem der gegenüberliegenden Häuser kam. Ohne den Fremden zu beachten, lehnte sie die Leiter an die Hauswand, stieg die Sprossen hinauf und begann, mit einem Lappen ein Fenster zu putzen.

Das Mädchen war hübsch. Es hatte einen dunklen Teint, mit einem roten Band zusammengeraffte schwarze Locken und schlanke Fesseln, wie sich auch auf die Distanz unschwer erkennen ließ. Müßig beobachtete Lord Randolph, wie es sich weiter nach rechts beugte, um die andere Scheibe zu reinigen. Die Leiter neigte sich bedrohlich mit, und in Gedanken sah er sie bereits samt der entzückenden Last umfallen. Das Mädchen schien sich jedoch nicht zu beunruhigen. Wahrscheinlich war sie es gewohnt, die Arbeit auf diese furchterregende Weise zu verrichten.

Lord Randolph beschloß, den Spaziergang fortzusetzen und überquerte gemächlich den vor dem Kloster San Martino gelegenen Platz. Kaum in der Mitte angekommen, sah er den Eimer dem Mädchen aus der Hand rutschen und sie selbst, die Hände Halt suchend ausgestreckt, mitsamt der Leiter zu Boden stürzen. Mit einem schrillen Schmerzensschrei schlug sie auf dem Kopfsteinpflaster auf.

Lord Randolph verwünschte sich, daß er die Schöne nicht rechtzeitig gewarnt hatte, da er das Malheur hatte kommen sehen, war mit wenigen Schritten beim Haus und kniete sich neben die Verunglückte.

„Signorina?" sagte er erschrocken und berührte sacht ihre Schulter.

Zaghaft schlug sie die langen schwarzen Wimpern auf, blickte ihn aus dunkelbraunen Augen verwirrt an und setzte sich, etwas Unverständliches murmelnd, langsam auf. Ein zittriges Lächeln huschte über ihr Gesicht, ein atemberaubend schönes Gesicht, das ihn an die vielen Madonnenstatuen erinnerte, die er in Neapels Kirchen bewundert hatte.

„Ich bin froh, daß Sie sich nicht den Hals gebrochen haben, Signorina", meinte Lord Randolph, obgleich er genau wußte, daß sie ihn nicht verstand. Er wollte sich aufrichten, um sie vorsichtig auf die Füße zu ziehen, doch ehe er sich versah, sank sie nach vorn und fiel ihm in die rasch ausgebreiteten Arme. Mutter Natur hatte sie mit sehr üppigen Reizen ausgestattet, und wieder einmal stellte er fest, daß südländische Frauen eindeutig schneller zu voller Reife erblühten als ihre kühlen Geschlechtsgenossinnen im Norden.

Benommen hob sie eine Sekunde später den Kopf. So aus allernächster Nähe betrachtet merkte Lord Randolph, das sie volle rote Lippen besaß, die wie zum Küssen geschaffen waren. Unwillkürlich schlang er die Arme fester um sie. Schließlich war er ein Mann, noch dazu einer, der viel zu lange keine Frau mehr an die Brust gedrückt hatte. Aber er war auch ein Gentleman, und ein Kavalier zog keinen Nutzen aus der Hilflosigkeit eines weiblichen Wesens, mochte es noch so verführerisch sein!

Das Beste war wohl, sie flach auf dem Boden auszustrecken und dann jemanden aus dem Haus zu Hilfe zu holen. Bevor Lord Randolph jedoch aufstehen konnte, hörte er hinter sich wüstes Gebrüll aus Männerkehlen und laute, sich eilends nähernde Schritte.

Ein Blick genügte, um ihm zu zeigen, daß er Schwierigkeiten bekommen würde. Ein unglaublich gut aussehender jüngerer und ein entschieden weniger schlanker und stattlicher älterer Mann rannten von der anderen Seite der Piazza auf ihn zu. Dem Anschein nach handelte es sich wohl um Bruder und Vater, zumindest jedoch um höchst erregte Verwandte des Mädchens. Lord Randolph hoffte, einer der beiden möge einiger Brocken Englisch oder Französisch fähig sein, um jedem Mißverständnis von vornherein vorbeugen zu können.

Bevor Lord Randolph den ersten Laut über die Lippen bringen konnte, spürte er einen harten Hieb am Kinn, der ihm ohnehin sekundenlang das Sprechen unmöglich machte. Der dickleibige Fettwanst riß ihm, nicht ohne ihn vorher wütend angeschrien zu haben, das schlaffe, vollbusige Mädchen aus den Armen, während der vermutliche Bruder zum nächsten Schlag ausholte.

„Was, zum Teufel, soll das?" rief Lord Randolph zornig und duckte sich rechtzeitig, dank seiner in Jackson's Boxsalon auf das vortrefflichste geschulten Reflexe. Der Hieb ging daneben und traf nur den glänzenden schwarzen Zylinder, der in hohem Bogen durch die Luft segelte und auf das Kopfsteinpflaster kullerte. Im Nu war Lord Randolph auf den Beinen und krümmte sich im selben Moment schmerzhaft zusammen, da er den Treffer, der ihn in der Magengrube erwischt hatte, nicht vorherahnen konnte.

Die beiden aufgebrachten Wüteriche glaubten doch wohl nicht, er habe sich so weit vergessen und das arme, unschuldige Wesen ungebührlich belästigt?

Mit einem geschmeidigen Sprung war er neben der Leiter, ergriff sie an zwei Sprossen und hielt sie abwehrbereit vor sich hin. Die Situation war so absurd, daß er fast in Lachen ausgebrochen wäre. Der Wunsch verging ihm jedoch auf der Stelle, als er ein langes, spitzes Stilett in den Händen des jüngeren Mannes aufblitzen sah. Nun war das alles kein schlechter Scherz mehr. Jetzt wurde die Sache wirklich brenzlig. Er lief Gefahr, eines dummen Mißverständnisses wegen getötet zu werden. Es war nur ein schwacher Trost zu wissen, daß dann das Königreich Neapel dem britischen Gesandten sein tiefstes Bedauern über den Tod eines englischen Staatsbürgers ausdrücken würde!

Unflätige Verwünschungen brüllend, die denen des Älteren in nichts nachstanden, fuchtelte der junge Mann drohend mit dem Dolch herum und sprang unversehens vor. Lord Randolph fing den Stoß mit der Leiter ab und wich bis zum Haus zurück, um nicht hinterrücks angefallen zu werden. Er fand es äußerst erstaunlich, welchen Krach zwei rachsüchtige Neapolitaner zu erzeugen vermochten.

Nein, inzwischen kam das Geschrei aus drei Kehlen. Der Anlaß des Streites, das Mädchen, hatte das Bewußtsein wiedererlangt und klammerte sich, aus Leibeskräften kreischend, an den beleibten Signore, vermutlich, um ihn davon abzuhalten, sich gleichfalls in das Getümmel zu stürzen.

In dem Moment, da Lord Randolph die nur flüchtig abgelenkte

Aufmerksamkeit erneut seinem Widersacher zuwandte, glaubte er, den Augen nicht trauen zu könne. Die künstlerisch begabte junge Dame war auf der Szene erschienen, schlug dem wutschäumenden Jüngling durch einen gezielten Hieb mit dem Regenschirm das Stilett aus der Hand und stellte sich todesmutig zwischen die Streithähne. Ein Schwall in schnellem Staccato hervorgebrachter italienischer Worte ergoß sich über den verdutzten Burschen, dem es nun seinerseits die Sprache verschlug. Doch nur für eine kurze Weile. Dann standen drei wild gestikulierende und heftig aufeinander einredende Leute auf der Piazza San Martino.

Mißtrauisch beäugte Lord Randolph das Geschehen. Den leidenschaftlichen Gebärden des gutgenährten, entrüsteten Signore war unschwer zu entnehmen, daß er angesichts des Umstandes, sein heißgeliebtes Töchterchen reglos in den Armen eines lüsternen Fremdlings zu sehen, fast einem Herzschlag erlegen wäre. Im stillen schüttelte Lord Randolph den Kopf. Ganz so reglos war das schöne Kind nicht gewesen, aber das tat jetzt auch nichts mehr zur Sache. Die Rolle, die der schwarzgelockte Adonis im Leben des Mädchens spielte, war nicht so leicht zu bestimmen, aber er zeigte sich nicht minder ergrimmt über den seiner Ansicht nach höchst unschicklichen zwischenmenschlichen Kontakt. Der Mittelpunkt des Dramas hingegen versuchte mit beeindruckend wechselhaftem Mienenspiel zu erklären, daß alles nur ein schreckliches Mißverständnis sei.

Da es endlich so aussah, daß die Gefahr vorüber war und eher Komik die Situation beherrschte, legte Lord Randolph die Leiter wieder zu Boden und betrachtete die Dame, die sich als sein rettender Engel erwiesen hatte. Sie war ungefähr dreißig Jahre alt, hochgewachsen und von schlanker Statur. Es faszinierte ihn zu sehen, daß sie trotz ihrer gouvernantenhaften Ausstrahlung imstande war, ein Temperament zu entwickeln, das dem der Italiener gleichkam. Vielleicht war sie keine Engländerin?

Mit Stentorstimme gelang es dem neapolitanischen Apoll schließlich, die beiden anderen Teilnehmer der erhitzten Diskussion niederzuschreien. Die Arme durch die Luft rudernd, die Miene haßverzerrt, spie er eine längere Schmährede aus und spuckte dem Sohn des Marquess of Kinross schließlich verächtlich vor die Füße.

Die fremde Dame schaute erst verblüfft den Italiener, dann Lord Randolph an und hielt sogleich mit wohlklingender, warm timbrierter Stimme einen Monolog, der damit endete, daß sie auf Seine Lordschaft zeigte, die Finger vor der Brust verschränkte und hingebungsvoll die Augen hinter der goldgerandeten Brille schloß.

Ob es nun an ihren Worten oder der effektvollen Mimik lag, jedenfalls blickten die beiden itanienischen Hitzköpfe sich achselzuckend an, ehe der Herr Papa des gefallenen Mädchens einen gefühlvollen Seufzer ausstieß, im Brustton tiefster Überzeugung „Bellissima!" sagte und die Hand der fremden Dame zu einem überschwenglichen Kuß an die Lippen hob.

Auch der Zorn des schwarzgelockten, glutäugigen Beau war mittlerweile verraucht. Der junge Mann nickte Lord Randolph knapp zu, und dann erhellte überraschenderweise ein sonniges Lächeln seine bisher so finstere Miene.

Die Dame drehte sich um und befand in allerbestem Englisch und sehr bestimmendem Ton: „Verhalten Sie sich so, Sir, als würden wir uns kennen! Lächeln Sie nett, verneigen Sie sich vor der Signorina und folgen Sie mir!"

Lord Randolph sammelte den davongerollten Zylinder ein und tat, wie ihm geheißen. Die Signorina, die sich offenkundig von ihrem Fenstersturz wieder erholt hatte, bedachte den mißhandelten Retter aus der Not mit einem verführerisch verlockenden Lächeln, während ihr Erzeuger wohlwollend in die Runde blickte. Begleitet von einem Terzett guter Wünsche, schlenderten Opfer und Retterin über den Platz, an dessen anderer Seite sie einen Leinenbeutel mit den Malutensilien an sich nahm, den Schirm durch zwei an der Tasche aufgenähte Lederschlaufen steckte und dann, ihren Begleiter beim Arm ergreifend, zielsicher auf die bergabwärts führende Gasse zustrebte.

Sobald Lord Randolph und seine Begleiterin außer Sicht und Hörweite der Piazza waren, fragte er höflich: „Würden Sie die Güte haben, mir zu erklären, Madam, was das alles zu bedeuten hatte?"

Die Dame schmunzelte und ließ seinen Arm los. Während sie die ausgetretenen Steinstufen hinunterstiegen, erwiderte sie fröhlich:

„Das Mädchen, das Ihnen praktisch vor die Füße gefallen ist, Sir, heißt Luisa, und die beiden Signori waren Nando Bartolini, ihr Vater, und Dino, der Verlobte. Sie sind Steinmetze und kehrten zum Mittagessen nach Hause zurück. Zu ihrer größten Überraschung sahen sie Luisa in Ihren Armen liegen, und da sie als Neapolitaner mit einem aufbrausenden Naturell gesegnet sind und selbstverständlich die Tugend des Mädchens verteidigen zu müssen glaubten, haben sie sich blindlings auf Sie gestürzt."

„Ich hatte nicht im mindesten die Absicht...", begann Lord Randolph, hielt jedoch verlegen inne, da er sehr wohl wußte, welche Gedanken ihm durch den Kopf gegangen waren.

Die unbekannte Dame krauste die Nase. „Die Lage war reichlich prekär. Hätte es sich nur um Signor Bartolini gehandelt, wäre alles nicht so schlimm gewesen. Vermutlich hätte er Luisa ihres ungehörigen Benehmens wegen eine Moralpredigt gehalten und sie ins Haus geschickt. Da jedoch Dino bei ihm war, konnte er nicht gut zugeben, daß sein Töchterchen ein kleines, gerissenes Luder ist. Deshalb blieb ihm gar nichts anderes übrig, als Ihnen für alles die Schuld in die Schuhe zu schieben." Die Fremde lachte hellauf. „Das Ganze hätte gewiß nicht diese chaotischen Formen angenommen, wären Sie nicht ein so attraktiver Mann, Sir."

Wider Willen errötete Lord Randolph. „Hm, dieser Dino war doch ein sehr gut aussehender junger Bursche", entgegnete er verlegen.

„Sicher!" stimmte seine Landsmännin in einem Ton zu, aus dem nicht sehr damenhafte, aber unverhüllte Bewunderung klang. „So wie Dino sehen hier jedoch tausende anderer junger Männer aus. Sie hingegen umwehte für Luisa der Reiz des Fremdartigen und Ungewöhnlichen! Tsss, tsss", fügte sie schmunzelnd hinzu und schüttelte den Kopf. „Es besteht kein Grund, Sir, deswegen gleich rot zu werden!"

Unweigerlich vertiefte sich Lord Randolphs Röte. „Sie müssen sich täuschen, Madam", entgegnete er so gelassen wie möglich. „Wahrscheinlich ist es die Sonne des Südens, die mir einen Anflug von Sonnenbräune verleiht!"

Die fremde Dame verkniff sich ein Lächeln. „Ach, übrigens", sagte sie beiläufig, „ich bin Miss Elizabeth Walker."

„Sehr erfreut, Madam. Gestatten Sie, Randolph Lennox", stellte er sich vor. „Ich stehe tief in Ihrer Schuld. Ich gebe zu, daß ich die

Schlagzeile der ‚Times‘ ‚Englischer Reisender versehentlich in Neapel ermordet!‘ schon vor Augen gesehen habe.“

„Nun, das klingt doch besser als ‚Englischer Reisender bei versuchter Notzucht an italienischem Mädchen ermordet!“

„Das muß ich allerdings auch sagen“, pflichtete Lord Randolph Miss Walker lächelnd bei und schaute sie dann neugierig an. „Wie haben Sie Signor Bartolini eigentlich davon überzeugen können, daß ich ein vollkommen harmloser Zeitgenosse bin?“

Ein Hauch von Rot überzog ihre Wangen. „Da weder er noch Dino mir glauben mochten, daß rein selbstlose Hilfsbereitschaft der Grund war, Luisa in den Armen zu halten, habe ich den beiden schließlich erklärt, Sie seien mein Gatte und wir würden uns in den Flitterwochen befinden. Es sei doch ein Unding anzunehmen, ein Gentleman wie Sie könne sich so weit vergessen, unter solchen Umständen einem jungen Mädchen vor meiner Nase Avancen zu machen! Welch ein Glück, daß die Herren nicht darauf geachtet haben, ob ich einen Trauring trage oder nicht. Da das nicht der Fall ist, hätte die Sache eine höchst unangenehme Wende für Sie nehmen können! Es tut mir leid, Sir, daß ich zu solchen Mitteln greifen mußte, aber sachlichen Argumenten waren diese Hitzköpfe nicht mehr zugänglich.“

„Ich bewundere Ihre Geistesgegenwart“, erwiderte er ehrlich überzeugt.

Behutsam half Lord Randolph Miss Walker einige steile Stufen hinunter und erkundigte sich dann verwundert: „Warum haben Sie Luisa vorhin ein gerissenes Luder genannt?“

„Weil sie es ist! Ich bin Gouvernante und kenne die Tricks, die junge Mädchen anwenden, zur Genüge! Luisa hatte Sie bereits eine Weile vom Fenster aus beobachtet, bis ihr endlich ein geeigneter Weg eingefallen war, um Ihre Aufmerksamkeit auf sich zu lenken. Sie hätten ihre Miene sehen sollen! Wie eine Katze, die sprungbereit vor einem Vogel auf der Lauer liegt!“

„Ach, ein so unerfahrenes Ding wie Luisa würde sich kaum solch dreister und nicht ungefährlicher Mittel bedienen!“ wandte Lord Randolph ein.

„So würden Sie nie reden, wären Ihnen so viele Backfische bekannt wie mir!“ entgegnete Elizabeth Walker, und er merkte, daß sie aus leidvoller Erfahrung sprach. „Ich bezweifele allerdings, daß Luisa mehr als einen schüchternen Flirt im Sinn hatte. Ich fühlte mich durch sie an meinen letzten Schützling erinnert, und glauben Sie mir, Alessandra dazu anzuhalten, rein und unbefleckt vor den Traualtar zu treten, war eine kräfteverzehrende Anstrengung, die Hannibals Überquerung der Alpen zum reinen Kinderspiel degradiert!"

Lord Randolph war noch sehr gegenwärtig, wie Luisa gekonnt in seinen Armen das Bewußtsein verloren und vor allem, wie schnell sie es beim Nahen der Männer wiedererlangt hatte. „Ich dachte immer, italienische Mädchen würden besonders sittsam und züchtig erzogen", murmelte er verblüfft.

„Das werden sie", räumte Elizabeth Walker ein. „Doch gegen die menschliche Natur läßt sich nicht viel ausrichten. Manche der jungen Damen lassen eben trotzdem ihrem koketten, flatterhaften Wesen freien Lauf. Oh, habe ich Sie schockiert, Sir?" fügte sie hinzu, schaute ihn prüfend an und lächelte verschmitzt. „Da ich schon lange in Italien lebe, ist mir die gute englische Zurückhaltung wohl etwas abhanden gekommen. Ich könnte Ihnen einen langen und farbigen Vortrag über italienische Verhaltensweisen halten, aber ich fürchte, ich würde Sie entweder langweilen oder Ihr Interesse derart wecken, daß ich keine Ruhe mehr vor Ihnen haben werde."

Lord Randolph lachte laut auf und stellte im selben Moment fest, daß er schon seit . . . ja, seit September nicht mehr so herzlich gelacht hatte. „Ich würde mich gern von Ihnen in dieser Hinsicht bilden lassen", sagte er schmunzelnd. „Ich weiß, wir sind uns nicht formell vorgestellt worden, doch wenn Sie diesen Lapsus großmütig zu übersehen bereit sind, kann ich Sie vielleicht dazu bewegen, mir als Gegenleistung für die Errettung aus höchster Not beim Lunch Gesellschaft zu leisten. Und dann dürfen Sie mir gern den Vortrag über italienische Sitten und Gebräuche halten."

Elizabeth Walker zögerte mit der Antwort. Eine kluge Frau nahm nicht so mir nichts, dir nichts die Einladung eines Fremden an. Mißtrauisch schaute sie ihn an und suchte hinter seiner Fassade respekteinflößender Eleganz nach einem Anzeichen moralischer Verwerflichkeit.

„Ich bin ein vollkommen harmloser Bursche", versicherte er ihr eilig. „Außerdem könnte es lebensrettend für mich sein, wenn ich mich mit örtlichen Gepflogenheiten auskenne. Sie selbst haben ja miterlebt, welches Malheur mir fast widerfahren wäre!"

„Wie könnte ich Ihnen dann unter solchen Voraussetzungen den Wunsch abschlagen?" erwiderte Elizabeth Walker heiter. „Ja, ich nehme Ihre Einladung gern an. Hatten Sie ein bestimmtes Restaurant im Auge? Falls nicht, gibt es hier ganz in der Nähe eine sehr gemütliche Trattoria, wo man ausgezeichnet ißt." Miss Walker musterte Lord Randolphs modische Redingote und sagte etwas kleinlaut: „Das heißt, falls Sie gewillt sind, sich mit einheimischer Küche zu begnügen."

Lord Randolph wußte, was Miss Walker dachte. In den vergangenen Tagen hatte Aldo stets darauf bestanden, ihn nur in Restaurants zu bringen, die eine Speisekarte französischer Gerichte führten. „Sehe ich so blasiert aus, daß Sie mir nicht zutrauen, Madam, Geschmack an anderer als englischer Kost zu finden?" fragte er erstaunt, streckte die Hand aus und nahm seiner Begleiterin den Leinensack ab. „Jede Erweiterung meines kulinarischen Horizontes ist mir recht."

Nach einem kaum zehnminütigen Spaziergang gelangten Lord Randolph Lennox und Miss Elizabeth Walker zur „Casa Selvino". Die Trattoria lag an einem sehr belebten Marktplatz, und beim Eintreten kam sogleich der Wirt auf Miss Walker zu. Er begrüßte sie überschwenglich, küßte ihr galant die Hand sagte strahlend: „Wie reizend, Sie wiederzusehen, Signorina Walker! Mit Ihnen tritt die Sonne in mein Haus!"

„Danke, Pasquale!" wehrte sie das Kompliment lächelnd ab. „Haben Sie einen netten Tisch für uns?"

„Sí, Signorina, selbstverständlich!" antwortete der Besitzer des kleinen Restaurants und richtete ihnen einen Tisch am Rande des Platzes her.

Nachdem er geschäftig davongeeilt war, wandte sie sich an Lord Randolph: „Pasquale scheint zu glauben, daß wir Ausländer das Wetter als warm empfinden. Bei solchen Temperaturen würden die Einheimischen sich nie im Freien zum Essen hinsetzen. Im übrigen möchte er natürlich allen Leuten demonstrieren, wie gut seine Trattoria besucht ist, selbst von Fremden."

„Nun, so unrecht hat er nicht. Ich komme mir vor, als säße ich an

276

einem schönen Sommertag in Schottland unter freiem Himmel!"

Signor Selvino kam mit einer Karaffe Wein und zwei Gläsern zurück und schenkte den Gästen ein. Dann betete er eine lange Liste von Speisen herunter, die er heute besonders empfehlen könne.

Miss Walker lachte, sah Lord Randolph an und fragte schmunzelnd: „Wie risikofreudig sind Sie, Mr. Lennox?"

Er zögerte mit der Antwort. Er war nie ein sonderlich wagemutiger Mensch gewesen, schon gar nicht, was das Essen anbetraf. „Ich überlasse die Wahl Ihnen, Miss Walker", erwiderte er. „Ich hoffe nicht, daß Sie oder der Wirt mich vergiften wollen!"

„Das steht von keiner Seite zu befürchten", sagte sie und kräuselte belustigt die Lippen. Sie gab die Bestellung auf, und der Wirt dienerte und eilte beflissen in die Küche.

Eine Weile saßen sie schweigend beim Wein und beobachteten das Treiben auf der Piazza. Verkaufsstände waren aufgebaut, und die Fischhändler priesen ihren Fang mit der gleichen Lautstärke an wie die Verkäufer von Orangen, Blumen, Obst und Gemüse. Hausfrauen mit strohgeflochtenen Körben gingen von Bude zu Bude, begutachteten die ausgelegten Waren und feilschten lauthals um die Preise. Und von irgendwoher klang die Weise eines fröhlichen neapolitanischen Volksliedes herüber.

Zufrieden lehnte Lord Randolph sich zurück. Durch eine Stadt zu bummeln, die voll prallen, pittoresken Lebens war, interessante Ausflüge zu bemerkenswerten Sehenswürdigkeiten zu machen, bei einem Glas Wein an der Luft zu sitzen und den Sonnenschein zu genießen, angenehme Gesellschaft zu finden — genau so hatte er sich den Aufenthalt vorgestellt.

Sein Blick schweifte zu Miss Walker, die nachdenklich das Gewirr aus fülligen Frauen, schwarzgekleideten Priestern, flanierenden Männern, bellenden Hunden und flüchtenden Katzen betrachtete. Sie war keine sehr hübsche, aber eine nett anzusehende Frau mit nußbraunem Haar, sehr ausdrucksvollen hellbraunen Augen, deren Ausdruck auch die goldgeränderte Brille nichts anhaben konnte, und einem Anflug von Sommersprossen auf den Wangen. Sie strahlte Tüchtigkeit, Entschlossenheit und Energie aus, wie eine Gouvernante oder die Gattin eines Vikars, die sich tatkräftig um die Pflege der Kranken oder die verwaisten Kinder des Dorfes kümmerte. Was hatte sie veranlaßt, England den Rükken zu kehren und hier zu leben?

„Sie sagten, Sie hielten sich schon einige Zeit in Italien auf, Miss Walker?" fragte Lord Randolph, um etwas mehr über sie in Erfahrung zu bringen.

„Ja, seit mehr als sechs Jahren", antwortete sie und schaute ihn an. „Zunächst habe ich in der Campania gelebt, in den letzten beiden Jahren jedoch in Rom. Dort war ich Alessandras Erzieherin . . ., nein, Tugendwächterin wäre wohl das richtigere Wort!"

„Was hat Sie überhaupt in den Süden verschlagen? Ich hoffe, Miss Walker, Sie nehmen es mir nicht übel, wenn ich neugierig bin."

„Nein, gar nicht", entgegnete sie ruhig. „Nach dem Tode meiner Eltern sah ich keinen Grund, in England zu bleiben und nahm deshalb gern die Möglichkeit wahr, die Familie eines britischen Diplomaten als Gouvernante nach Italien zu begleiten. Statt mit ihm in die Heimat zuückzufahren, beschloß ich zu bleiben, da die beruflichen Aussichten für mich hier sehr gut sind. Die adeligen Familien stellen vorzugsweise englische Erzieherinnen ein, sei es, um den eigenen Status zu unterstreichen, sei es in der Hoffnung, dem heißblütigen Temperament der Tochter des Hauses durch das unterkühlte englische Wesen einen Dämpfer aufzusetzen."

„Vermissen Sie England denn nicht?"

Elizabeth Walker blickte zu Boden. „Ein wenig", gestand sie leise, nahm die Brille ab und putzte die Gläser. „Je mehr man von der Welt sieht, desto weniger fühlt man sich an einem Ort heimisch, und auch ich sehne mich, besonders im Frühjahr und Sommer, nach der Heimat zurück. Aber ich weiß, wäre ich dort, würde ich lieber in Italien sein. Hier scheint wenigstens die Sonne und außerdem erhalte ich ein entschieden höheres Gehalt als in Großbritannien." Fast unhörbar fügte Miss Walker hinzu: „Und hier gibt es nicht so viele Erinnerungen."

Das waren Motive, für die Lord Randolph Verständnis aufbringen konnte. Das Thema wechselnd, bemerkte er: „Ich bewundere Ihre Italienischkenntnisse, Madam. Ich wünschte, ich würde diese Sprache so fließend beherrschen wie Sie. Es ist lästig, wenn man sich nicht richtig verständigen kann. Wenn ich angesprochen werde, antworte ich zumeist in Französisch."

Elizabeth Walker setzte die Brille auf und sah Lord Randolph jetzt wieder gefaßt an. „Es würde Ihnen nicht viel helfen, hätten Sie

Italienisch in England gelernt, Mr. Lennox. Die Neapolitaner haben einen ganz eigenen Dialekt, der sich vom klassischen Italienisch sehr unterscheidet."

„Die Leute reden, wie man sieht, ja nicht nur mit der Zunge, sondern auch mit Händen und Füßen! Der ganze Körper ist in Bewegung, und das Minenspiel allein spricht Bände!"

„Das stimmt. Die Italiener sind ein sehr gefühlsbetontes, temperamentvolles Volk. Wahrscheinlich ist das der Grund, warum wir Engländer so von ihnen fasziniert sind."

„Das mag sein", räumte Lord Randolph ein. „Einerseits beneide ich sie um die Fähigkeit, sich so ungezwungen geben zu könne, ich selbst jedoch könnte mich nie überwinden, meinen Empfindungen derart hemmungslos Ausdruck zu verleihen."

„Liegt das daran, weil Sie es nicht können oder nicht wollen, Sir?"

„Ich könnte es nicht." Näheren Erklärungen sah er sich glücklicherweise enthoben, da Signor Selvinos Frau die Vorspeisen servierte. Nachdem sie gegangen war, blickte er verdutzt auf den Teller. „Was ist das?" fragte er befremdet.

„Ein Antipasto misto", antwortete Miss Walker heiter. „Parmaschinken, gebackene Auberginen, Capocollo . . ., das ist eine ziemlich stark geräucherte Salami, . . . dann Mortadella mit Pistazien und Knoblauch, Oliven und in Öl eingelegte Artischocken."

Lord Randolph kostete, verdrehte genüßlich die Augen und stellte anerkennend fest: „Hmmm, das ist das Beste, was ich seit der Ankunft vorgesetzt bekomme!"

„Dann sind Sie entweder eben erst eingetroffen, oder Sie hatten eine sehr unglückliche Hand bei der Auswahl der Restaurants", erwiderte Miss Walker. „Für Italiener und Franzosen ist das Essen ein Zeremoniell, das sie sehr ernst nehmen. Sie lassen sich Zeit und genießen es in aller Ruhe."

„Ich bin seit vier Tagen in der Stadt", erklärte Lord Randolph. „Es war ein spontaner Entschluß, in den Süden zu reisen. Ich suchte Sonne, und Sie können sich denken, wie betrogen ich mich fühlte, als ich im Regen ankam! Nun, wenigstens hat das Wetter sich inzwischen ja etwas gebessert!"

Nachdem die Wirtin die Teller abgeräumt hatte, beugte Lord Randolph sich vor, schaute auf den Leinenbeutel und fragte lächelnd: „Darf ich einen Blick auf die Skizzen werfen oder wäre Ihnen das nicht recht?"

„Ich weiß nicht, ob meine Arbeiten Sie interessieren werden", antwortete Miss Walker in zweifelndem Ton.

„Wenn es Bilder von Neapel sind, ganz bestimmt!" versicherte Lord Randolph.

„Also gut", willigte sie ein, zog den Skizzenblock aus dem Beutel und reichte ihn über den Tisch. „Aber ich habe Sie gewarnt, Mr. Lennox!"

Er lächelte, schlug das Deckblatt auf und blätterte langsam die Seiten um. Miss Walker verfügte über eine gute Beobachtungsgabe. Die Zeichnungen waren technisch hervorragend, und Lord Randolph staunte, wie viel sie mit wenigen gekonnten Strichen auszudrücken vermochte. Das bemerkenswerteste an den Arbeiten war jedoch, mit welch romantischen Augen sie die Welt sah. Die Skizze wunderbar ornamentierter, zum Teil umgestürzter römischer Säulen hatte beispielsweise einen knorrigen, windschiefen Olivenbaum als Blickfang, und den Blick auf die Fischerboote im Hafen hatte Miss Walker durch ein Gewirr von Netzen im Vordergrund eingefangen. Das Grabmal Konradins von Hohenstaufen war im Gegenlicht gezeichnet, und das fünftürmige mittelalterliche Castel Nuovo der neapolitanischen Könige sah man durch den prächtigen marmornen Triumphbogen des Hauptportales. Den Vesuv hatte sie aus der Vogelperspektive wiedergegeben, den rauchenden Krater eingehüllt in vorüberziehende Wolken. Zum Schluß kam die unvollendete Zeichnung des Kartäuserklosters San Martino mit dem Golf und dem Vulkan im Hintergrund, atmosphärisch duftig gestaltet durch wabernde Dunstschleier und zarte Schattierungen.

„Sie sind äußerst talentiert, Miss Walker", sagte Lord Randolph anerkennend und klappte den Skizzenblock zu. „Ihre Kunst, einen einzigartigen Blickwinkel zu wählen, ist sehr ungewöhnlich und fesselnd."

Eine leichte Röte überzog die Wangen seiner Begleiterin. „Dinge sehen und abbilden zu lernen, ist ebenso leicht wie das Sticken zu beherrschen oder ein Musikinstrument", entgegnete sie.

„Künstlerische Begabung kann man nicht erlernen", widersprach Lord Randolph. „Man hat sie oder man hat sie nicht. Und Ihnen ist sie in die Wiege gelegt worden, wie ich sehe."

Elizabeth Walker wollte etwas einwenden, besann sich dann aber eines anderen. Sie schwieg einen Moment und äußerte lächelnd: „Eigentlich wollte ich Ihre Bemerkung als Schmeichelei abwehren, aber in Wirklichkeit habe ich mich sehr über das Kompliment gefreut, Vielen Dank, Mr. Lennox."

„Malen Sie auch in Öl oder Aquarelle?" erkundigte er sich, während er den Skizzenblock zurückgab.

„Letzteres hin und wieder", bekannte Miss Walker. „Für Öl bleibt mir zu wenig Zeit. Nein, es wäre ehrlicher zuzugeben", fügte sie hinzu und verzog bedauernd den Mund, „daß ich, begänne ich ernsthaft zu malen, mich erst in die Arbeit und später mit Sicherheit die Stellung verlieren würde."

Lord Randolph fand es schade, daß Miss Walker ihrem Talent nicht freien Raum gewähren konnte. In seiner finanziell gefestigten Lage hätte er sich jeder Mußebeschäftigug widmen können, aber er war künstlerisch leider vollkommen unbegabt. Vielleicht war es kein schlechter Gedanke, Miss Walkers Mäzen zu werden und sich dann in ihrem Ruhme zu sonnen? Doch nein, bei dieser Konstellation würden die Leute gleich argwöhnen, daß er Miss Walker ganz anderer Qualitäten wegen patronisiere, obgleich sie als Mätresse ganz und gar nicht in Frage kam.

Signora Selvino brachte zwei dampfende Teller mit undefinierbarem Inhalt. „Was ist denn das?" fragte Lord Randolph verdutzt. „Eine moderne Form, Gift zu servieren?"

„Nein", antwortete Elizabeth Walker lachend. „Das sind Cannelloni ripieni estivi, mit Schafskäse, Tomaten und Rübenblättern gefüllte Teigröllchen. Dazu gehören frische Kräuter, Pfeffer und vor allem Basilikum. Ich glaube, es wird Ihnen schmecken."

Mißtrauisch kostete Lord Randolph und mußte ihr dann Recht geben. Es schmeckte vorzüglich. Danach wurden am Holzkohlenfeuer gebratene, in Butter und Salbei gedünstete Lammkoteletts serviert, und auch sie waren ganz ausgezeichnet. Er hatte kaum mit dem größten Appetit den letzten Bissen zu sich genommen, als eine weibliche Stimme in der Nähe rief: „Lord Randolph Lennox! Nein, welche Überraschung!"

Er blickte auf und sah, daß eine Dame, eine gewisse Mrs. Bertram, die er beim Empfang des Gesandten kennengelernt hatte, sich aus einer Gruppe löste und auf ihn zu eilte. Sie war eine Witwe mittleren Alters, üppig gerundet und strohblond, und lebte bei ihrem im Handel tätigen Bruder.

Ohne Miss Walker eines Blickes zu würdigen, säuselte sie: „Wie reizend, Sie widerzusehen, Eure Lordschaft! Genießen Sie den Aufenthalt in Neapel?"

Er stand auf und verneigte sich. „Ja, heute ganz besonders! Darf ich die Damen bekannt machen? Mrs. Bertram, das ist Miss Elizabeth Walker. Oder kennen Sie sich bereits?"

Die Witwe musterte Miss Walker abschätzig und sehr herablassend und schien dann zu der Erkenntnis gelangt zu sein, daß von dieser Seite keine Gefahr drohte. Unwillkürlich ärgerte Lord Randolph sich über ihr Benehmen. Genauso hatte seine Gattin sich verhalten, wenn eine andere Frau ihr begegnete. „Miss Walker und ich sind alte Freunde, Madam", fügte er nonchalant hinzu. „Sie war so liebenswürdig, mir einige Sehenswürdigkeiten der Stadt zu zeigen."

Mrs. Bertram kniff leicht die Augen zusammen. „Ich wäre wirklich entzückt gewesen, Mylord, Ihnen als Fremdenführerin zu dienen! Ich wohne schon sehr lange in Neapel und weiß sehr genau, wen oder was zu kennen sich lohnt. Man kann gar nicht vorsichtig genug in der Wahl seines Umganges sein. Das Leben hier entbehrt doch in vielem des Stiles, den unsereiner gewohnt ist, nicht wahr, Sir?"

Er antwortete nicht, aber seine Miene ließ deutlich erkennen, daß Mrs. Bertrams spitze Bemerkungen nicht auf fruchtbaren Boden fielen.

„Ich hoffe, Sie werden uns die Ehre erweisen", plapperte sie unbeirrt weiter, „und zum Weihnachtsdiner zu uns kommen. Nichts ist schrecklicher, als an einem solchen Tage allein sein! Und Sie sind doch so weit von der Heimat entfernt. Uns wird es ein Vergnügen sein, Ihnen den fehlenden familiären Rahmen zu bieten!"

„Zu liebenswürdig, Madam", erwiderte Lord Randolph. „Machen Sie sich meinetwegen jedoch keine Sorgen. Ich bin anderweitig engagiert. Bitte, richten Sie Ihrem Herrn Bruder meine Empfehlungen aus."

Das war deutlich, und Mrs. Bertram begriff, daß sie zu gehen hatte. Nach einem giftigen Blick auf Miss Walker begab sie sich zu ihren Begleitern zurück, die auf dem Platz gewartet hatten.

„Lord Randolph Lennox?" fragte Elizabeth Walker erstaunt, nachdem er wieder am Tisch Platz genommen hatte.

„Ja", antwortete er. „Mein Vater ist Charles, Marquess of Kinross." Hoffentlich versank Miss Walker jetzt nicht vor Ehrfurcht oder war restlos eingeschüchtert. Im allgemeinen waren das die Reaktionen, wenn er den Namen seines Vaters nannte.

Sie stützte den Ellbogen auf und das Kinn in die flache Hand, schaute ihn belustigt an und meinte lächelnd: „Ich vermute, Sie haben sich mir vorhin deshalb nicht mit dem Titel vorgestellt, weil Sie es leid sind, hofiert zu werden. Das muß arg lästig sein, nicht wahr?"

„Allerdings!" stimmte Lord Randolph nachdrücklich zu. „Dabei ist mein Rang lediglich eine Förmlichkeit! Mein Bruder, der Earl of Westkirk, und mein Vater haben in dieser Hinsicht viel mehr zu ertragen."

„Ich könnte mir vorstellen, daß Mrs. Bertram nicht nur an Ihrer gesellschaftlichen Stellung Gefallen findet", sagte Elizabeth Walker amüsiert. „Ach, übrigens, worauf bezog sich das Wort ‚alt'? Auf mein vorgeschrittenes Alter oder die Tatsache, daß wir uns jetzt seit gut zwei Stunden kennen?"

Ostentativ zog Lord Randolph die Taschenuhr aus der quergestreiften seidenen Weste, schaute auf das Zifferblatt und antwortete trocken: „Seit fast vier Stunden, wenn ich Sie korrigieren darf, Madam."

„Du meine Güte!" entgegnete sie erschrocken und nahm den Leinenbeutel an sich. „Wie die Zeit vergeht! Ich muß mich sputen! Lord Randolph, es war mir ein großes Vergnügen, Ihre Bekanntschaft zu machen. Ich wünsche Ihnen einen angenehmen Aufenthalt in Neapel."

Verblüfft starrte er sie an. Sie konnte doch nicht einfach so aus seinem Leben verschwinden! Sie war der sympathischste Mensch, dem er hier begegnet war. Nein, nicht nur in Neapel! Hastig stand er auf. „Mir widerstrebt der Gedanke, ich könnte Sie durch meine Einladung bei Ihrem Arbeitgeber in Schwierigkeiten gebracht haben. Erlauben Sie mir, Sie zu begleiten, damit ich notfalls erklären kann, daß Sie mich aus einer lebensgefährlichen Situation gerettet haben."

„Lord Randolph", wandte sie lachend ein, „können Sie sich etwas Disreputierlicheres für den Ruf einer Gouvernante vorstellen als die Erklärung, der Grund für ihre Verspätung sei ein gutaussehender Mann?"

„Hm, da haben Sie wahrscheinlich nicht ganz unrecht", murmelte er betreten.

„Keine Angst, Sir. Mein Lebensunterhalt ist nicht gefährdet! Im Moment bin ich nicht in Stellung. Ich genieße meine Freiheit, denn ich trete erst nach dem sechsten Januar eine neue Position an." Miss Walker rümpfte die Nase. „Zwillinge! Die niedlichsten kleinen Ungeheuer auf Gottes weiter Erde! Ich weiß nicht, wie ich die beiden zähmen soll!"

„Oh, für Sie dürfte das doch kein Problem sein."

Lord Randolph winkte den Wirt herbei und beglich die Rechnung. Er gab ihm ein so großzügig bemessenes Trinkgeld, daß Signor Selvino vor Freude strahlte. Unter vielen ehrerbietigen Dienern wünschte er den Herrschaften einen schönen Tag und zog sich zurück.

Nachdem er gegangen war, wandte Lord Randolph sich wieder an Miss Walker. „Da es Sie nicht die Stellung kosten wird, Madam, gestatten Sie mir also, Sie heimzubegleiten?"

Sie zauderte, und unwillkürlich empfand er einen unangenehmen Druck im Magen. Er schwand jedoch im Nu, als Elizabeth Walker lächelnd zustimmte: „Ja, gern. Ich möchte in meine Pension, und sie befindet sich nicht im allerbesten Teil der Stadt."

Lord Randolph nahm den Beutel mit den Malutensilien an sich, reichte Miss Walker galant den Arm und schlenderte mit ihr über den Platz.

„Ich wohne bei einer Freundin", erklärte sie, „und gebe ihr Zeichenstunden. Licia hat nur am Spätnachmittag Zeit, und wenn ich nicht rechtzeitig eintreffe, muß der Unterricht ausfallen."

Im stillen staunte Lord Randolph. Mrs. Bertram zum Beispiel hätte gewiß nicht auf die Gesellschaft eines Gentleman verzichtet, nur um ein der Pensionswirtin gegenüber gegebenes Versprechen einzuhalten!

Die Sträßchen und Gassen wurden immer winkeliger, enger und düsterer, je weiter Lord Randolph und Miss Walker sich der Pension näherten, und für seinen Geschmack waren sie viel zu schnell am Ziel. Elizabeth Walker blieb vor dem Portal eines schäbigen Hauses in einer lauten, bevölkerten Straße stehen und sagte herzlich: „Ich danke Ihnen für den Lunch und die Begleitung, Lord

Randolph. Verzeihen Sie, wenn ich Ihnen einen guten Rat gebe. Solange Sie sich in Italien aufhalten, empfehle ich Ihnen, gerissenen kleinen Ludern weit aus dem Wege zu gehen, ganz gleich, in welch desolater Notlage die Damen sich auch befinden mögen!"

„Ich wüßte gern", erwiderte er spontan, „ob Sie sich überwinden könnten, Madam, als eine Art Anstandsdame für mich zu fungieren, da Sie im Moment ja nicht beruflich gebunden sind. Dann könnten Sie mich von vornherein vor kleinen gerissenen Ludern bewahren! Selbstverständlich würde ich Sie für Ihre Dienste honorieren. Ich würde Ihnen sogar das Doppelte dessen zahlen, das ich dem langweiligen Burschen gegeben habe, der mich immer nur in Restaurants mit französischer Küche führte!"

„Es ist keine Frage des Geldes", antwortete Elizabeth Walker langsam und unsicher, was sie von dem Angebot zu halten habe. „Warum möchten Sie ausgerechnet mich zur Stadtführerin?"

„Weil ich mich in Ihrer Gesellschaft wohl fühle", antwortete er schlicht.

Sekundenlang erschien ein Ausdruck der Verletzbarkeit in Miss Walkers Augen. Dann lächelte sie, und dieses Lächeln schien aus dem Herzen zu kommen. Es verwandelte ihr nicht sehr hübsches Gesicht, beseelte es und machte es reizvoll und schön. „Wenn dem so ist, Lord Randolph", sagte sie leise, „führe ich Sie gern durch Neapel."

Eine eigenartige Vorfreude erfüllte Elizabeth Walker, als sie am nächsten Morgen die Augen aufschlug, und im ersten Moment wußte sie nicht, was der Grund dafür war. Nachdenklich richtete sie den Blick auf die Zimmerdecke. Die Fresken waren, wie sie wußte, kein Meisterwerk, doch ohne Brille sahen die elysische Landschaft, die tanzenden Nymphen und leichtgeschürzten Knaben einfach wundervoll aus. Einer von ihnen, ein goldblonder Jüngling, schien das perfekte Abbild eines achtzehnjährigen Lord Randolph Lennox' zu sein.

Elizabeth verschränkte die Hände unter dem Kopf und staunte über des Schicksals merkwürdige, herrliche Wege, die sie mit Seiner Lordschaft zusammengeführt hatten. Vielleicht hatte der Himmel beschlossen, ihr die unsäglichen Mühen, Alessandra als unberührtes, unschuldiges Geschöpf in den Hafen der Ehe zu entlassen, durch ein besonderes Geschenk zu vergelten? Der Gedanke ließ sie lächeln. Je länger sie in Italien lebte, desto abergläubischer wurde sie.

Unternehmungslustig schwang sie die Beine aus dem Bett, schlüpfte in die Hausschuhe und setzte sich vor die Frisierkommode. Langsam und bedächtig begann sie, die langen, vollen Locken zu bürsten, die ihr morgens stets in ungeordneter Fülle fast auf die Schultern fielen. Jede Woche nahm sie sich vor, die seidige Pracht kürzen zu lassen, doch stets blieb es bei der Absicht.

Lord Randolph hatte behauptet, er sei ein vollkommen harmloser Bursche, aber das traf in Elizabeths Augen nur bedingt zu. Sicher, er war ein Gentleman und sie nicht die Frau, die bei einem Manne Interesse erweckte, ganz zu schweigen von stürmischen Lustgefühlen! Also bestand auch keine Bedrohung für Elizabeths Tugend. Doch das hieß noch lange nicht, daß Lord Randolph Lennox nicht in sich selbst eine Gefahr für sie darstellte. Sie ahnte schon jetzt, daß sie sich in ihn verlieben würde. Jede alte Jungfer, die noch ein wenig Feuer im Leibe hatte, würde sich in einen so charmanten, sympathischen, intelligenten und gutaussehenden Mann verlieben. Und er würde es nicht einmal merken! Nun ja, das war eben der Lauf der Welt!

Bestimmt war er es nach zwei oder drei Tagen leid, Neapels Baudenkmäler, Museen und Kirchen zu besichtigen und entschloß sich, entweder am glänzenden gesellschaftlichen Leben des königlichen Hofes teilzunehmen oder gleich in eine andere, nicht minder sehenswerte Stadt weiterzureisen. Und dann stand Elizabeth die Aufgabe bevor, die schrecklichen Zwillinge zu bändigen und die Erinnerung an Lord Randolph Lennox ebenso ins Herz zu verbannen wie die an William.

Falls Isabella und Arabella sie nicht zu sehr in Anspruch nahmen, würde sie vermutlich einige wehmütige Tränen um Lord Randolph Lennox vergießen, es jedoch nie bereuen, ihm begegnet zu sein. Verliebtsein ging oft Hand in Hand mit Kummer und Schmerz, doch das war immer noch besser als nie diese seelische Verzauberung zu fühlen. Eines Tages, wenn Elizabeth alt und grau und verknöchert war, konnte sie Lord Randolphs Bild in sich wachrufen und sich wunderschönen Träumen hingeben. Und falls es jemand merken sollte, daß sie in Gedanken in der Ferne weilte, würde er sich gewiß wundern, warum die betagte Dame ein so seltsam glückliches Lächeln auf den Lippen hatte.

Sie blickte prüfend in den angelaufenen Spiegel und fand dann, daß sie ohne Brille und mit den ungebändigten braunen Locken eher einer Wassernymphe denn einer züchtigen Gouvernante ähnelte.

Einen Moment gestattete sie sich, Luftschlösser zu bauen. Lord Randolph Lennox würde sich in ihren Intellekt und ihr warmherziges Wesen verlieben und sie vom Fleck weg heiraten. Natürlich würden sie in England residieren, aber lange Reisen nach Italien unternehmen. Mit dreißig Jahren war sie zwar nicht mehr die Jüngste, doch gesund und kräftig, und so sah sie in Zukunft mindestens drei Kinder durch das Haus tollen. Und sie würde malen, ausdrucksstarke, ungewöhnliche Ölbilder, die den einen gefielen und auf andere abscheulich wirkten. Die hochwohlgeborene Familie ihres Gatten würde entzückt sein, daß Lord Randolph eine so vielseitig begabte, charaktervolle und ehrbare Gemahlin gefunden hatte.

Unversehens erschien ein bitterer Zug um ihren Mund. Rasch setzte sie die Brille auf und ordnete sich die Frisur. Von Minute zu Minute wurde aus der losen Nymphe wieder die gesittete Erzieherin, in die Lord Randolph sich ganz gewiß nicht verlieben würde. Und selbst, wenn es wider Erwarten doch der Fall sein sollte, konnte sie sich nicht mit ihm vermählen. Nicht einmal in ihren kühnsten Träumen konnte sie die Erkenntnis verdrängen, daß für sie eine gute Partie außerhalb jeder Reichweite war.

Dennoch war sie gewillt, das kurze, flüchtige Zusammensein mit Lord Randolph zu genießen.

Irgend jemand hatte einmal in Rom zu Elizabeth Walker gesagt, das Wichtigste am Reisen sei, daß man von sich behaupten könne, alle Sehenswürdigkeiten zumindest von außen betrachtet zu haben. Konsequenterweise hatte der Gentleman sich eine Kutsche gemietet und sich zwei Tage lang im Eiltempo durch die Heilige Stadt chauffieren lassen, um dann den Rest des Aufenthaltes ganz nach Belieben verbringen zu können.

In der nächsten Zeit war Elizabeth froh, daß Lord Randolph Lennox nicht zu dieser Sorte oberflächlicher Kunstliebhaber zählte. Im Gegenteil, er zeigte Interesse an allem und jedem und nahm sich die Zeit, die historischen Kostbarkeiten Neapels in Ruhe zu bewundern.

Elizabeth führte ihn zum berühmten Teatro San Carlo, einem der größten Opernhäuser Europas, in das Castell dell'Ovo, das Kaiser Friedrich II. auf der vor dem Hafen gelegenen Felseninsel hatte erbauen lassen, und in die Kirche Santa Chiara, wo es die Grabmäler derer von Anjou zu bestaunen galt. Eine Woche lang stieg sie mit ihm über Treppen und Podeste, schlenderte über die Promenaden und zwängte sich durch übervölkerte enge Gassen. Unterwegs labten sie sich an frischen Früchten, tranken Limonensaft und Wein und lauschten den Canzonen, die oft aus weitgeöffneten Fenstern, auf Straßen und Plätzen erklangen.

Hin und wieder regnete es, und dann flüchteten sie sich in die Kirchen, betrachteten mit staunenden Augen die prunkvolle barocke Ausschmückung in San Gregorio Armeno, die einzigartig ausgestattete Kapelle des heiligen Januarius, des Schutzpatrones der Stadt, und die dunklen Gänge und Grabkammern der Katakomben von San Gennaro mit den vorzüglich erhaltenen Fresken. Die in den Kirchen neben den Betstöcken aufgestellten Schilder „Spende für einen vollkommenen Ablaß der Sünden. Für Lebende und Tote. Jederzeit erlangbar" entlockten Elizabeth und Lord Randolph ein nachsichtiges Lächeln und ihm die trockene Bemerkung, ein Londoner Marktschreier könne es nicht prägnanter formulieren.

Er war taktvoll genug, die Sprache nicht noch einmal auf ein Honorar zu bringen und beglich statt dessen alle Ausgaben. Bei schönem Wetter mietete er eine Droschke und ließ sich und Elizabeth auf das Land kutschieren. Sie machten Ausflüge zu den guterhaltenen Thermen von Baia, einem hübsch an der Westseite des Golfes gelegenen Städtchen, das im Altertum das große Luxusbad des kaiserlichen Roms gewesen war. Sie besuchten Herculaneum und waren sprachlos über die ästhetische Perfektion der bronzenen Damhirschgruppe, die in einer der ausgegrabenen römischen Villen bewundert werden konnte. Stets nahm Elizabeth den Skizzenblock mit und fertigte Zeichnungen vom Schlangenbrunnen in der Palestra von Herculaneum, den mächtigen Säulen des Forum in Pompei und des Serapitempels in Pozzuoli.

Lord Randolph hatte ihr vorgeschlagen, diese Gelegenheiten zum Festhalten abwechslungsreicher Motive zu nutzen. Während sie mit den Radierungen beschäftigt war, saß er pfeiferauchend in der Nähe und schaute ihr zu. Er hatte die Gabe, still zu beobachten, welche Fortschritte ihre Arbeiten machten. Da es nichts Ungewöhnliches war, daß ein reicher Weltenbummler sich der Dienste eines Künstlers versicherte, um für ihn die örtlichen Sehenswürdigkeiten im Bilde festzuhalten, beschloß Elizabeth, Lord Randolph diese Blätter zum Abschied zu schenken. Und wenn er dann in England die Skizzen betrachtete, würde er sich vielleicht auch an Miss Elizabeth Walker erinnern.

Unbemerkt von ihm, beobachtete sie ihn aufmerksam und war bemüht, sich sein Gesicht einzuprägen. Sobald sie abends in ihrem Zimmer war, versuchte sie, es aus dem Gedächtnis zu zeichnen, doch die Ergebnisse fielen nie zu ihrer Zufriedenheit aus. In Wirklichkeit sah er viel besser aus. Sein Gesicht hatte einen ebenmäßigeren, klassischeren Schnitt, und es gelang ihr auch nicht, den leisen Humor in seinem Blick einzufangen oder den erstaunlich sehnsüchtigen Ausdruck, der gelegentlich aus den blaugrauen Augen sprach.

Lord Randolph Lennox war ein sehr rücksichtsvoller, ungemein höflicher und tadellos erzogener Gesellschafter, und Elizabeth genoß die gemeinsamen Stunden. Aber sie war sich darüber im klaren, daß sie für ihn als Frau keine Rolle spielte. Oft fragte sie sich, ob er aus Liebeskummer England den Rücken gekehrt habe. Sie konnte sich jedoch nicht vorstellen, daß es eine Frau gab, die einen Mann wie ihn abzuweisen vermochte. Nun, die Beweggründe, die ihn nach Italien geführt hatten, würde sie nie erfahren, denn er ließ sie nie in sein Herz blicken. Auch Elizabeth fand es ratsamer, sich nicht mit ihm über ihr Privatleben zu unterhalten.

In den ersten fünf Tagen war sie noch fähig, die wachsende Zuneigung für ihn aus einer gewissen Distanz zu sich selbst zu betrachten. Am sechsten jedoch, bei einem Besuch der Campi Flegrei, gestand sie sich ein, daß sie heftig und unrettbar in ihn verliebt war.

Im Anschluß an den Ausflug nach Pozzuoli waren sie nach La Solfatara weitergefahren, einem östlich von Neapel liegenden, halberloschenen Vulkan. Aus der von Tuffhügeln umschlossenen runden Fläche stiegen aus zahlreichen Ritzen Dämpfe und Schwefelgase auf, und der Boden klang eigentümlich hohl.

Von Tommaso, einem einheimischen Führer, begleitet, begaben die Besucher sich in den Krater. Um ihnen die Aktivitäten der Solfatara zu demonstrieren, zündete der junge Mann eine Pechfackel an und hielt sie über eine der kleineren Fumarolen. Sofort vermehrten sich die siedend heißen, dem Schlund entweichenden Dämpfe. Obgleich Elizabeth das Schauspiel nicht zum ersten Male miterlebte, wich sie erneut erschrocken zurück.

„Vorsicht, Madam!" warnte Lord Randolph sie und hielt sie rasch am Arm fest. „Ich möchte nicht, daß Sie in einen dieser kochenden Krater stürzen!"

„Der unerwartete Ausstoß gewaltiger Dampfwolken wirkt auf mich, als würde der Gott des Feuers uns kleinen Sterblichen ein Zeichen geben wollen, seine Ruhe nicht durch freche Spielereien zu stören", erwiderte sie und lächelte schwach.

Tommaso wiederholte die Vorführung noch einige Male unter den vielen beeindruckten Ausrufen der Fremden, löschte dann die Fackel und sprang mehrmals mit aller Kraft auf den weißverkrusteten Boden. Ein unheimlich dumpfes, hallendes Geräusch folgte jedem Aufsprung und bewies, daß die Erde von großen Hohlräumen durchzogen war.

„Welch interessanter Ort!" sagte Lord Randolph, reichte Miss Walker den Arm und löste sich aus der Gruppe der Neugierigen. Langsam durch das Feld der beißende Schwefeldämpfe ausstoßenden Ritzen und Spalten schlendernd, fügte er trocken hinzu: „So male ich mir den Vorhof zur Hölle aus!"

„Ja, einsamer, bedrückender und trister kann es dort auch nicht sein", stimmte Elizabeth zu.

„Sie irren, Miss Walker", widersprach er. „Noch einsamer und verlassener fühlt man sich in einer unglücklichen Ehe!"

In diesem Moment brach Elizabeths schwindender Widerstand, sich innerlich nicht zu sehr an Lord Randolph zu binden, vollends in sich zusammen, und sie verlor restlos das Herz an ihn. Denn nun begriff sie, wie es um ihn stand.

Die Erkenntnis, daß er verheiratet war, traf sie nicht unvorbereitet. Sie hatte sich nicht vorstellen können, daß ein so attraktiver und liebenswerter Mann nicht gebunden sein sollte. Sie fühlte sich auch nicht enttäuscht, daß er seine Gattin bisher noch nie erwähnt hatte. Von Anfang an war ihr klargewesen, daß es zwischen ihr und ihm nur eine flüchtige Freundschaft geben konnte.

Ein unfaßbares Gefühl verständnisvoller Liebe erfüllte sie. Wie tragisch, daß ein Mann wie Lord Randolph Lennox derart unglücklich war, um Vergessen so fern der Heimat suchen zu müssen.

Grenzenlose Zärtlichkeit wallte in ihr auf, da sie selbst zu gut wußte, wie es in ihm aussehen mußte. „Sie dürfen ihm nicht nachgeben", sagte sie impulsiv.

„Wem darf ich nicht nachgeben?" fragte er und schaute sie verdutzt an.

„Dem Gefühl der Einsamkeit", antwortete sie leise. „Verschließen Sie sich nicht dem Leben, denn sonst bleibt Ihnen nichts als innere Leere!"

Sie errötete unter seinem erstaunten Blick und bereute, daß sie die Grenzen der Freundschaft durch ungebührliche Einmischung in seine persönlichen Angelegenheiten überschritten hatte.

„Hat man das Gefühl der Einsamkeit erst einmal kennen- und verarbeiten gelernt", erwiderte er ruhig, „ist man um vieles reifer und klüger geworden."

Erleichtert, daß er ihren Fauxpas ritterlich überging, atmete Elizabeth tief durch und sagte schnell: „Ich glaube, Tommaso hat gerufen. Es ist Zeit, daß wir zu den anderen zurückkehren."

Lord Randolph Lennox achtete nicht auf die vielen fröhlichen Menschen, die durch die nächtliche Via Toledo strömten. In Gedanken weilte er bei Miss Elizabeth Walker, die ihn auf einen äußerst reizvollen, wenngleich etwas überraschenden Gedanken gebracht hatte.

Seit jenem ersten Moment, als er sie nach dem Zwischenfall mit der jungen Luisa kennengelernt hatte, genoß er ihre Gesellschaft, war jedoch stets der Meinung gewesen, sie führe ein für sie zufriedenstellendes, angenehmes Leben. Diese Annahme hatte sich während des nachmittäglichen Aufenthaltes in La Solfatara allerdings von einem Augenblick zum anderen geändert. Gänzlich unbedacht, hatte Randolph ihr zu erkennen gegeben, wie er dachte. Statt befremdet zu reagieren, hatte sie auch ihm einen Einblick in ihr Herz gewährt und dadurch gezeigt, daß sie ebenso einsam war wie er. Die Warmherzigkeit und Verletzbarkeit ihrer Ausstrahlung hätten ihn fast zu der Bemerkung verleitet, wenn sie ihren

Kummer gemeinsam trügen, würden sie die Lebensfreude gewiß schneller zuückgewinnen.

Selbstverständlich hatte er es sich versagt, diese Worte zu äußern. Er war ein viel zu nüchtern denkender, skeptischer Mensch, um spontan um die Hand einer Dame anzuhalten. Der Gedanke hatte sich jedoch festgesetzt, und nun grübelte Randolph darüber nach, wie es sein mochte, mit Elizabeth Walker verheiratet zu sein. Je länger er nachdachte, desto mehr fand er seinen ersten Eindruck von ihr bestätigt. Sie würde eine ausgezeichnete Gemahlin abgeben.

Ein Zitat fiel ihm ein, und unwillkürlich huschte ein Lächeln über sein Gesicht. Samuel Johnson hatte einmal geschrieben, eine zweite Ehe sei der Triumph der Hoffnung über die Erfahrungen. Bisher war Randolph der Überzeugung gewesen, die erste Ehe habe ihn von dem Wunsch kuriert, eine weitere einzugehen, und er hatte sich damit abgefunden, den Rest des Lebens allein zu sein. Und nun überlegte er, wie hübsch es wäre, Elizabeth morgens beim Frühstück gegenüberzusitzen. Chloe war selten vor dem Mittag aufgestanden, und falls es doch einmal geschah, benahm sie sich mürrisch und reizbar.

Elizabeth Walker war keine überwältigende Schönheit, doch eine schöne Gattin genügte ihm vollauf. Durch Erfahrung schlau geworden, hatte er begriffen, daß es in einer ehelichen Partnerschaft auf mehr ankam als nur ein berückendes Äußeres. Elizabeth war ehrlich, verständnisvoll und aufgeschlossen und außerdem keine häßliche Frau. Ihr Gesicht mochte des verführerischen Reizes entbehren, aber es war ausdrucksvoll und anziehend. Und die Grazie ihrer vollendet gestalteten Figur faszinierte ihn. Selbst ihre Waden, die ein hilfreicher Windstoß ihm enthüllt hatte, waren schlank und wohlgeformt.

Plötzlich merkte Randolph, daß er hungrig war, und kehrte in einer kleinen Locanda ein. Glücklicherweise verstand der Wirt so viel Französisch, daß er imstande war, die Bestellung entgegenzunehmen, aber wiederum nicht genug, um Randolph in ein längeres Gespräch zu verwickeln. Bei einem vorzüglichen Tornedo alla rossini hatte er also Zeit und Muße, den Gedanken weiter nachzuhängen.

Er liebte Elizabeth nicht, dessen war er sich bewußt. Natürlich war er nicht so eingebildet anzunehmen, daß sie in ihn verliebt war. Doch das war auch unwesentlich, denn er vertrat den Standpunkt, daß Liebe nicht unbedingt die einzige Grundlage für eine Ehe sei.

Es kam auf gegenseitige Sympathie an, und in den wenigen Tagen waren sie gute Freunde geworden. Es ließ sich nicht leugnen, daß die meisten Leute ihn für verrückt halten würden, einer Dame, die er erst eine Woche kannte, einen Heiratsantrag zu machen. Die gemeinsam verbrachte Zeit genügte ihm jedoch, ihm das Gefühl zu vermitteln, sie bereits besser zu kennen als die vielen anderen Frauen in seinem Leben, die ihm wichtig gewesen waren.

Er war überzeugt, nicht mit einer Ablehnung seiner Werbung rechnen zu müssen. Elizabeth schien seine Nähe zu genießen. Zudem war er kein schlecht aussehender Mann, der obendrein gesellschaftlich eine gewisse Stellung bekleidete, und sein nicht unbeträchtliches Vermögen würde es Elizabeth ermöglichen, Zeit zum Malen zu haben. Sie waren beide alt genug, um zu wissen, was sie vom Leben erwarteten, und wenn Elizabeth seinen Heiratsantrag nicht ablehnte, bestand auch kein Grund, erst nach einer längeren Verlobungszeit vor den Traualtar zu treten. Ja, die Verbindung mit ihr versprach, zu einer sehr zufriedenstellenden Ehe zu werden.

Nun mußte Randolph nur noch den Mut aufbringen, um Miss Elizabeth Walkers Hand anzuhalten.

★

Die Morgenluft war frisch, doch ein klarer blauer Himmel spannte sich über dem Golf. Der vierundzwanzigste Dezember schien seit Lord Randolphs Ankunft der wärmste Tag in Neapel zu werden.

Die Droschke kam für italienische Verhältnisse geradezu pünktlich nur eine Viertelstunde zu spät, doch der Kutscher, dessen Englisch mindestens ebenso schlecht war wie Lord Randolphs Italienisch, wußte inzwischen, welchen Weg er zu Miss Walkers Pension zu nehmen hatte.

Elizabeth Walker ließ nicht auf sich warten, nachdem der Landauer vor dem Haus eingetroffen war. In ihrem Fall war Pünktlichkeit jedoch keine Überrraschung und ein Wesenszug, den Lord Randolph ganz besonders zu schätzen wußte.

„Guten Morgen, Lord Randolph", begrüßte sie ihn fröhlich.

293

„Sind Sie gelaunt, einen Ausflug auf das Land zu unternehmen? Meine Freundin hat mich um einen Gefallen gebeten. Die Olivenernte geht zu Ende, und Licia möchte gern, daß ich ihr einige Krüge frisch gepreßten Öles besorge. Eine Köchin, die auf sich hält, weiß gern, woher die Zutaten stammen, und Licia behauptet, bei ihrer Cousine Gina bekäme sie das beste kaltgepreßte Olivenöl in ganz Kampanien."

„Was bedeutet, daß es das beste der ganzen Welt ist, nicht wahr?" fragte Lord Randolph lächelnd.

„Ganz recht! Mir scheint, Sie beginnen langsam, das Temperament der Neapolitaner zu verstehen." Elizabeth reichte Lord Randolph einen bis zum Rand gefüllten, mit einem weißen Tuch zugedeckten Weidenkorb. „Das ist als Belohnung für unsere Mühen gedacht. Licia hat uns einen reichhaltigen kalten Imbiß gerichtet."

Lord Randolph half Miss Elizabeth in den Landauer, während der Fahrer den Korb und etliche dickbauchige Tonkrüge auf dem gegenüberliegenden Sitz unterbrachte. Nach einer raschen Verständigung, wohin die Reise gehe, sprang Roberto auf den Kutschbock, schnalzte mit der Zunge und knallte mit der Peitsche. Der Wagen rollte in östlicher Richtung durch die Stadt und schlug die Richtung nach Pórtici ein.

Die Fahrt durch die fruchtbare Gegend war angenehm, und den Ausflug in Elizabeths Gesellschaft genießen zu können, machte ihn noch reizvoller. Ausgedehnte Olivenhaine, hin und wieder unterbrochen von Weinfeldern, säumten den Weg, und in der Ferne lag der Kegel des Vesuvs im Sonnenlicht.

Nach zwei Stunden verließ der Landauer die Hauptstraße und bog in eine von hohen, schlanken Zypressen gesäumte Allee, die zu einem aus roten Ziegeln errichteten Anwesen führte. Kläffende Hunde umsprangen den Wagen, und eine freundliche Frau eilte zur Begrüßung aus dem Haus. Sie lud die Gäste ein, sich ein wenig auf dem Besitz umzusehen, und führte ihnen die hölzerne Handpresse vor, mit der das Olivenöl gewonnen wurde.

Die Tonkrüge wurden gefüllt und den Besuchern Scheiben frisch gebackenen, mit Öl beträufelten Weizenbrotes, Käse, kräftiger Landwein und klares Quellwasser gereicht. Etwas mißtrauisch kostete Lord Randolph das Brot, mußte sich jedoch eingestehen, daß es ganz vorzüglich schmeckte. Er ließ sich nicht lange bitten und griff immer wieder zu, zur sichtlichen Zufriedenheit der Gastgeberin und ihres Mannes.

Im stillen fragte er sich, wie viele der in Neapel ansässigen Engländer sich wohl überwinden konnten, mit einem einfachen, bäuerlichen Mahl vorliebzunehmen. Mit Sicherheit nicht sehr viele. Es war abwegig, sich Mrs. Bertram und ihresgleichen in einer solchen Umgebung vorzustellen. So etwas hatte eben nicht den Stil, den solche Leute voraussetzen. Wäre Elizabeth Walker nicht gewesen, hätte auch Randolph diese Seite des Lebens nie kennengelernt, und ebensowenig die vielen verborgenen historischen Winkel, die nur den Einheimischen geläufig waren. Er hätte in den Kreisen der vornehmen Gesellschaft verkehrt und niemals gewußt, was ihm entgangen war.

Fürs erste von dem nicht vorgesehenen Imbiß gesättigt, beschlossen Elizabeth und Lord Randolph, das geplante Picknick zu verschieben und zunächst nach Balzano zu fahren, einer mittelalterlichen, auf einem Hügel gelegenen Stadt.

Nach kurzer Zeit trafen sie im Ort ein und begaben sich in die schmucke, der Malereien wegen berühmte kleine Kirche. Der Wachsgeruch brennender Kerzen erfüllte das dämmrige Innere, und nach dem strahlenden Sonnenschein blieben sie einen Moment am Taufbecken stehen, um die Augen an das Halbdunkel zu gewöhnen.

„Sehen Sie, man hat die Krippe aufgestellt", flüsterte Miss Elizabeth und ging durch das Kirchenschiff.

Lord Randolph folgte ihr und blickte überrascht auf lebensgroße, hübsch bemalte und sehr alte Holzstatuen, die in prachtvolle Gewänder gehüllt waren.

„Wissen Sie", fuhr Miss Elizabeth leise fort, „warum das Christkind noch nicht in der Krippe liegt?"

Verneinend schüttelte er den Kopf.

„Weil die Stunde der Geburt noch nicht da ist", erklärte sie. „Heute nacht, während der Mitternachtsmesse, wird das Jesuskind in die Krippe gelegt."

„Das muß eine sehr eindrucksvolle Zeremonie sein", meinte Lord Randolph.

„Ja, es ist wunderschön", stimmte Miss Elizabeth zu.

Sie betrachteten die herrlich geschnitzten Figuren noch eine Weile, schauten sich dann die mittelalterlichen Fresken an und schlenderten anschließnd gemächlich durch die engen, hügeligen Gassen des Städtchens.

Auf dem belebten Marktplatz drängte sich unversehens ein eifriger Händler an sie heran und bot Miss Elizabeth kleine, aus eigenartigem Material gefertigte Statuetten an.

„Das sind Krippenfigürchen", erläuterte sie, nahm eines in die Hand und drehte es hin und her. „Sie werden aus Sonnenstein gemacht. Er hält das Licht und strahlt es im Dunkeln stundenlang ab. Dieses Material wurde von einem Alchemisten erfunden, der den Stein des Weisen suchte. Natürlich hat er ihn nie gefunden, aber Lapis solaris wurde ein sehr beliebter Werkstoff für Rosenkränze, Madonnenstatuen und Kruzifixe."

„Ich weiß nicht recht, was ich davon halten soll", murmelte Lord Randolph und warf einen zweifelnden Blick auf die Figur. „Ich finde es irgendwie geschmacklos!"

„Ich auch!" stimmte Miss Elizabeth lächelnd zu. „Der gute Mann glaubt, er könne uns gleich eine komplette Krippe mit Hirten, Tieren, Engeln und den drei Weisen aus dem Morgenlande verkaufen. Selbstverständlich zu einem überhöhten Preis, weil wir unverkennbar Ausländer sind! Und wenn wir dann fort sind . . ."

Abrupt hielt sie inne, als unversehens die Erde erbebte. Es war ein eigentümliches Gefühl, den Boden unter sich schwanken zu fühlen, und Lord Randolph erstarrte vor Schreck. Auch die anderen Besucher des Marktes schauten sich verblüfft und ängstlich an.

Sekunden später hatte das Zittern aufgehört. Triumphierend hielt der Händler eine der Figurinen hoch und überschüttete Miss Elizabeth mit einem Wortschwall.

„Er sagt", wandte sie sich lachend an Lord Randolph, „der Preis für die gesamte Krippe sei so niedrig, daß selbst Gottvater im Himmel erschrocken ist und deshalb die Erde gebebt hat."

„Welch gerissener Spitzbube!" erwiderte Lord Randolph und lachte ebenfalls. „Er verdient es, ein Geschäft zu machen. Aber ich werde handeln!"

Eine Viertelstunde lang feilschte Land Randolph mit dem gewitzten Händler um den Preis, und schließlich einigte man sich. Der Mann wickelte die Statuetten in ein Leinentuch ein und überreichte seinem Kunden das Bündel mit schwungvoller Gebärde.

„Gut gemacht!" sagte Miss Eliazbeth anerkennend, während sie weiterschlenderten. „Sie haben ja nur die Hälfte des ursprünglich verlangten Betrages gezahlt."

„Damit sind diese Dinger immer noch um das Doppelte überbezahlt", vermutete Lord Randolph belustigt, schlug einen Zipfel des Tuches zurück und zeigte auf die oberste Figur. „Sehen Sie sich an, wie grob und ungelenk das gemacht ist. Ich werde das Gefühl nicht los, das könnte aus einer Manufaktur in Birmingham stammen!"

„Zyniker!" entgegnete Miss Elizabeth und kicherte. „Ganz sicher wurden die Krippenfigürchen hier irgendwo in der Nähe angefertigt. Devotionalien sind nicht gerade eine englische Spezialität!"

Vor einem Stand mit Marzipanfrüchten blieb sie stehen, und Lord Randolph kaufte eine Anzahl der bunten Süßigkeiten, da er wußte, daß die Kinder seiner Angehörigen sich darüber freuen würden. Während das Naschwerk eingepackt wurde, zuckte Miss Elizabeth plötzlich zusammen und unterdrückte einen Aufschrei.

„Was haben Sie denn?" erkundigte Lord Randolph sich besorgt.

„Jemand hat mich gekniffen!" antwortete sie schmunzelnd. „Ein wenig fester als sonst, sonst hätte ich es wohl nicht gemerkt."

„Jemand hat Sie . . ? Das ist ja unerhört!" Entrüstet blickte er sich nach dem Übeltäter um.

„Ach, regen Sie sich nicht auf, Sir", sagte Miss Elizabeth beschwichtigend und hielt ihn am Arm fest. „Das liebe ich so an Italien! Ich entspreche zwar ganz und gar nicht dem üppigen Frauentyp, den die Männer hier lieben, aber wenigstens einmal am Tag bekomme ich von einem glutäugigen Kavalier ein nettes Kompliment zu hören. Ich glaube, auf der ganzen Welt gibt es keinen anderen Ort, wo eine alte Jungfer wie ich sich so umworben fühlen kann!"

Lord Randolph nahm das Leinenbeutelchen mit seinem Einkauf entgegen, reichte ihr den Arm und drängte sie sacht durch die Menge. „Sie stellen Ihr Licht unter den Scheffel, Madam!" widersprach er ernst. „Sie sind nicht alt, und was ein Neapolitaner als dünn empfindet, würde ein Engländer als schlank und grazil bezeichnen."

„War das ein Kompliment?" fragte sie überrascht.

„Ja, das sollte es sein!" bestätigte Lord Randolph lächelnd und fand, daß Miss Walker in diesem Momemt ganz entzückend aussah. Wären sie nicht von den vielen Menschen umgeben gewesen, hätte er ihr auf der Stelle den Heiratsantrag gemacht. So aber mußte er sich nach einer Örtlichkeit umschauen, die besser geeignet war. „Was halten Sie davon, wenn wir Roberto bitten, uns zum Picknick in eine hübsche Umgebung zu kutschieren? Ich vermute, Ihre Freundin wäre uns gram, wenn wir den Korb unangetastet zurückbringen."

„Hm, was meinen Sie zu einem halbverfallenen römischen Tempel, hoch auf einem Berge gelegen", fragte Miss Elizabeth, nachdem sie beim Landauer angekommen waren. „Dort wären wir sicherlich ganz ungestört und hätten eine herrliche Sicht auf den Vesuv."

„Wunderbar!" stimmte Lord Randolph begeistert zu, half Miss Walker in den Wagen und nahm neben ihr Platz. Eine leichte Beklommenheit überkam ihn, und das verwunderte ihn. Schließlich hatte er bereits zweimal um die Hand einer Dame angehalten. Beim drittenmal sollte ich eigentlich so etwas wie Routine in der Sache haben. Das Gegenteil war der Fall! Er verdrängte das Gefühl der Unsicherheit, denn im Grunde genommen war er fest davon überzeugt, daß Miss Elizabeth Walker ihn nicht abweisen würde.

★

Der Weg in die Berge war eng und schwierig. Der Kutscher war gezwungen, das Gespann zu langsamem Schritt anzuhalten, um die Passagiere nicht unnötig durchzurütteln. Nach einer Weile drehte er sich zu Miss Walker um und redete in erregtem Ton auf sie ein.

„Näher können wir nicht heran", erklärte sie. „Roberto meint, bis zum Tempel sind es etwa fünfzehn Minuten zu Fuß."

Lord Randolph nickte zustimmend, half ihr aus dem Landauer und nahm den Picknickkorb. Dann reicht er ihr den Arm, und gemächlich stiegen sie den Hügel hinauf. Der Weg war eher ein steiniger, sich in die Höhe windender Ziegenpfad, den die Regenfälle ausgewaschen und unbefahrbar gemacht hatten. Zur Rechten ragte die Bergwand auf, während linker Hand das Gelände in eine tiefe Schlucht abstürzte. Lord Randolph sah sich bald veranlaßt, Miss Elizabeths Arm loszulassen und hinter ihr herzugehen.

Nach einer langgezogenen Kurve blieb sie plötzlich stehen und sagte in bewunderndem Ton: „Nun, gefällt es Ihnen hier, Sir?"

Es war ein herrlicher Anblick. Eingebettet in hohes Gras, umrankt von wilden Blumen und Schlingpflanzen, im Hintergrund geschützt durch die steile Wand des Berges, nach vorn zum Portal hin ein Stück vor der tief abfallenden Kante errichtet, lag auf dem Plateau ein wunderbar erhaltener griechischer Tempel. Die Dachkränze, die mit verwitterten Friesen geschmückten Metopen über den zweireihig angeordneten weißen Marmorsäulen, die breiten Steinstufen, alles war in hervorragendem Zustand und wirkte fast so, als hätten die Erbauer ihr Werk nur für kurze Zeit verlassen. Eine eigenartig feierliche Stimmung ging von dem klassischen Bauwerk aus, die ganz der Friedlichkeit des Ortes entsprach. Und in der Ferne erhob sich, hoheitsvoll und doch unheimlich zugleich, der Kegel des Vulkanes.

„Bemerkenswert schön!" sagte Lord Randolph zutiefst beeindruckt. „All diejenigen, die im letzten Jahrhundert bei uns in England die Parks mit künstlichen Ruinen verschönern zu müssen glaubten, würden mindestens den kleinen Finger opfern, um so etwas in ihrem Vorgarten zu haben! Das Bild ist atemberaubend!"

„Ich finde, ein solches Wunderwerk der Baukunst sollte auch in der Literatur verewigt werden. Was halten Sie davon, wenn wir Lord Byron hierher einladen, damit er einige romantische Sonette verfaßt?

„Niemals!" widersprach Lord Randolph erschüttert und stellte den Weidenkorb ab. „Sobald Byron auch nur eine Zeile darüber schreibt, ergießen sich prompt Besucherströme hierherauf! Wer weiß, wie viele der Neugierigen dann vom Wege abkommen und in die Klamm stürzen würden? Und wir müßten mit dem quälenden Bewußtsein leben, daß wir die Schuld am Tode dieser Leute tragen! Nein, nein, Miss Elizabeth, lassen Sie uns das Geheimnis dieses verschwiegenen Winkels für uns bewahren!"

Sie ging über die Steinplatten durch die Cella bis zum Portal, das von einer mit Löwenköpfen geschmückten Traufleiste umrahmt wurde, setzte sich auf die Stufen und säuberte eine Stelle vom Laub und hereingewehten Reisern. Als sie aufblickte, sah sie, daß Lord Randolph sie mit einem merkwürdig prüfenden Gesichtsausdruck beobachtete. Wider Willen erschauerte sie und fragte sich, ob es an dem leichten Wind oder an der Spannung lag, die unversehens in der Luft zu hängen schien.

„Sie frösteln ja", bemerkte Lord Randolph mitfühlend und streckte ihr die Hand entgegen. „Im Schatten ist es trotz des

Sonnenscheines doch recht kühl."

Seine Hand war warm und kräftig und vermittelte Elizabeth ein Gefühl männlicher Stärke, als er sie mühelos auf die Füße zog. Sofort ließ sie ihn los und verspürte plötzlich Unbehagen, mit ihm allein zu sein, weitab von allen anderen Menschen.

Rasch wandte sie sich ab, da sie wußte, alles hing davon ab, daß sie Würde bewahrte und gefaßt blieb. Auf keinen Fall durfte Lord Randolph merken, wie aufgewühlt sie innerlich war. „Lassen Sie uns nachsehen, was Licia uns eingepackt hat", sagte sie leichthin und nahm das weiße Tuch vom Korb fort. „Ich glaube, wir werden einige Köstlichkeiten vorfinden, die sie soeben erst gebacken hat."

„In dem Korb ist genügend Proviant für eine ganze Armee, zumindest aber für ein Bataillon", erwiderte Lord Randolph schmunzelnd. „Sehen Sie doch selbst! Obst, Käse, Stangenbrot, drei verschiedene Kuchen, Oliven, Tomaten, Wein! Verhungern werden wir ganz bestimmt nicht!"

„Nein. Licia hält mir ständig vor, ich sei viel zu mager und müsse mehr essen", sagte Elizabeth, lächelte etwas befangen und begann, den Inhalt des Korbes auf das ausgebreitete Tuch zu legen.

Durch die angeregte, unverfängliche Unterhaltung beim Essen schwand ihre Nervosität, und sie überlegte, ob sie Lord Randolph fragen solle, wie lange er noch in Neapel zu bleiben gedenke. Dann verwarf sie den Gedanken jedoch, da es ihr lieber war, das nicht so genau zu wissen. Der Tag seiner Abreise würde viel zu früh kommen.

Nach dem verspäteten Lunch räumte Elizabeth die Sachen in den Korb und nahm den Skizzenblock zur Hand. Mit kräftigen, gekonnten Strichen begann sie, den Tempel zu zeichnen. Lord Randolph hatte sich etwas abseits auf die Stufen gesetzt, eine Pfeife angezündet und schaute gedankenverloren auf das Panorama in der Ferne.

Einige Zeit später, die Schatten wurden bereits länger, blickte Elizabeth von der Arbeit auf und bemerkte erschrocken: „Du meine Güte! Wenn ich male, verliere ich jedes Zeitgefühl! Sie hätten mich darauf hinweisen sollen, wie spät es geworden ist!" Sie klappte den Skizzenblock zu und legte die Bleistifte in den Weidenkorb. „Bei dem warmen Wetter vergißt man schnell, daß die Tage noch sehr kurz sind. Bis wir in der Stadt sind, ist es bestimmt finster."

„Miss Walker . . .", begann Lord Randolph langsam und räusperte sich. „Miss Elizabeth, . . . hm . . . ehe wir gehen, möchte ich Ihnen etwas sagen."

Überrascht blickte sie ihn an. Er machte nicht mehr den gelassenen Eindruck wie vorher, hielt die Pfeife in einer Hand und reinigte sie umständlich mit einem Stopfer. Elizabeth merkte, daß er sich ganz bewußt beschäftigte, um sie nicht ansehen zu müssen.

Schließlich klopfte er die Pfeife an einem Stein aus, machte eine hilflos wirkende Geste, als suche er nach den passenden Worten, und sagte, während er ein Aschestäubchen von den eleganten beigefarbenen Gamaschenhosen wischte: „Ich habe diese Woche mit Ihnen sehr genossen. Ich . . ." Abrupt hob er den Blick und fügte verlegen hinzu: „Ich hatte mir eine sehr passende Rede ausgedacht, aber jetzt sind mir all die schönen Worte entfallen. Es tut mir leid, Miss Elizabeth, ich kann so etwas nicht besonders gut. Ich . . . ich fühle mich in Ihrer Nähe sehr wohl und möchte Ihre Gesellschaft nicht missen. Überhaupt nicht mehr!"

Elizabeth verschlug es die Sprache. Ungläubig starrte sie ihn an, und ihre Blicke trafen sich. Unsicherheit und Hoffnung sprachen aus seinen Augen, und Elizabeth begriff, daß es ihm ernst war.

Sie spürte einen Stich im Herzen, so schmerzhaft wie damals, als sie von Williams Tod Kenntnis bekam. Lord Randolph Lennox hatte das Ansinnen an sie gerichtet, seine Mätresse zu werden! Es war ein Glücksfall für sie, ein unerwartet günstiges Angebot, das ihr kein anderer Gentleman machen würde. Doch durch die Erziehung, die sie im Pfarrhaus der Eltern erfahren hatte, verbot es sich von selbst, eine solche Möglichkeit auch nur in Erwägung zu ziehen.

Die Tränen traten ihr in die Augen, und sie blinzelte heftig. „Es tut mir leid, Sir", entgegnete sie mit bebender Stimme, „aber dazu kann ich nicht ja sagen."

Der Hoffnungsschimmer in seinen Augen erlosch. Ein verletzter Ausdruck erschien in ihnen, und dann wurde sein Blick kalt und abweisend. „Nein, natürlich nicht!" erwiderte er. „Ich bitte um Vergebung, Miss Walker. Es war ein dummer Einfall." Sein Gesicht erstarrte zu einer Maske höflicher Förmlichkeit, und auch seine Worte hatten einen kühlen Unterton.

Er schob die Pfeife und den Stopfer in ein Lederetui, steckte es in die Innentasche der Redingote und griff nach dem Weidenkorb.

„Bitte, verzeihen Sie mir, falls ich Sie in Verlegenheit gebracht haben sollte", bat er und stand auf. „Kommen Sie, Madam! Es ist Zeit zum Gehen. Die Sonne wird bald sinken."

Elizabeth wußte, daß sie Lord Randolph nach dem heutigen Tage nicht mehr begegnen würde. Sie sah es seiner Miene an. Nicht nur der schöne Nachmittag war abrupt beendet. Auch ihre Freundschaft hatte ein Ende gefunden. Sie ignorierte Lord Randolphs hilfreich dargebotene Hand und erhob sich hastig. Es war besser, mit ihm nicht mehr in Berührung zu kommen, denn sie ahnte, daß sie dann alle guten Vorsätze über Bord werfen würde.

★

Schweigend kehrte Elizabeth Walker mit Lord Randolph zur Kutsche zurück, darüber nachgrübelnd, ob die getroffene Entscheidung richtig war. Sie war überzeugt, daß sein Ansinnen nicht einer frivolen Laune entsprang, sondern der Sehnsucht, seine Einsamkeit zu überwinden. Das gleiche Angebot hätte er natürlich auch einer hübschen jungen Dame machen können, aber sein Ehrbegriff hielt ihn gewiß davon ab, die Heiratschancen eines anständigen Mädchens durch ein derartiges Verhältnis zu zerstören. Wäre er nicht gebunden, hätte er sich bestimmt dazu entschlossen, um die Hand einer geeigneten Lady anzuhalten. Elizabeth wußte, auf sie trafen solche Erwägungen nicht zu. Bei ihr, die Gefahr lief, eine alte Jungfer zu werden, bestand keine Notwendigkeit, Rücksicht nehmen zu müssen. Und dennoch schien er etwas für sie zu empfinden, denn seine Wahl hätte ebensogut auf eine andere Frau fallen können.

Sie fühlte, daß sie ihn liebte, hatte jedoch nicht gewußt, wie stark ihre Liebe zu ihm war. Erst jetzt, während sie ihre Entscheidung überdachte, wurde sie sich darüber klar. Hätte sie die gewohnten Bahnen ihres Lebens verlassen und Lord Randolph die Gesellschaft geben sollen, nach der ihn verlangte?

Wenn sie eingewilligt hätte oder sich doch noch entscheiden würde, seinem Wunsche zu entsprechen, dann waren ihre Beweggründe sicher nicht ausschließlich uneigennütziger Natur. Im gleichen Maße, wie sie bereit war, ihm das Alleinsein zu erleichtern, lag ihr daran, die Einsamkeit aus ihrem Dasein zu verbannen. Sie suchte Verständnis und seelische Wärme, und Lord Randolphs

302

freundliches Wesen, sein trockener Humor und seine interessante Persönlichkeit gefielen ihr. Sie wollte wieder zu dem Menschen werden, der sie einst gewesen war, ehe sie die Hoffnung auf ein neues Lebensglück gänzlich aufgegeben hatte.

Plötzlich schrak sie aus den Gedanken hoch, schaute sich irritiert um und stolperte im selben Moment. Sie taumelte und hätte fast das Gleichgewicht verloren.

Und dann geschah alles in Sekundenschnelle.

Eine eigenartige Stille hing in der Luft, eine Spannung, die Elizabeth mit schrecklicher Angst erfüllte. Es knirschte unter ihren Füßen, und entsetzt sah sie den Boden aufbrechen, sich in unzählige Risse spalten, auseinanderklaffen und aufreißen. Die Erde hob sich, der Grund schwankte und gab unversehens nach.

Haltsuchend griff Elizabeth ins Leere, versuchte verzweifelt, sich an etwas zu klammern, und fühlte voller Panik, daß sie fortgerissen wurde. Sie schrie gellend auf, rutschte aus, sank tiefer und streckte flehend die Hände aus.

„Elizabeth!" hörte sie Lord Randolph erschrocken schreien, fühlte sich einen Herzschlag später an den Handgelenken ergriffen und hochgezogen.

Stöhnend quälte sie sich über den Rand der Steilkante, rang keuchend um Atem und kroch zurück auf den Pfad.

Geröll polterte vom Abhang herunter, und schützend warf Lord Randolph sich über seine Begleiterin. Steine und Erdbrocken rollten zu Tal, ein grauenvolles Dröhnen, Grollen und Bersten hallte ihr betäubend in den Ohren, und der Weg hob und senkte sich in furchterregenden Schwingungen.

So fest sie konnte, schlang sie die Arme um Lord Randolph, dankbar für seine Nähe, froh, in diesem Chaos nicht allein zu sein. Todesangst erfüllte sie, und sie war nur noch des einen Gedankens mächtig, daß sie, falls dies ihr Ende sein sollte, wenigstens in Lord Randolphs Armen sterben würde.

Eine Ewigkeit schien zu verstreichen, bis das Rumpeln der Erde aufhörte, der entsetzliche Lärm verhallte und tödliche Ruhe sich über die Landschaft senkte.

Benommen richtete Lord Randolph sich auf, beugte sich über Elizabeth und fragte verstört: „Sind Sie verletzt, Miss Walker?"

Mühsam setzte sie sich aufrecht hin und rückte die Brille höher, die wie durch ein Wunder nicht zersplittert war. „Nein, ich glaube nicht, Sir", flüsterte sie mit fahlen Lippen. „Dank Ihrer beherzten Reaktion ist mir nichts geschehen!" Sie atmete tief durch und mußte in der staubigen Luft husten. „Ich dachte, mein letztes Stündlein habe geschlagen! Wie kann ich Ihnen je danken? Hoffentlich ist Ihnen nichts passiert?"

„Ein Felsbrocken hat mich an der Schulter getroffen", antwortete er, bewegte den Arm und verzog schmerzhaft das Gesicht. „Aber gebrochen habe ich mir offenbar nichts." Er stand auf und klopfte sich den Schmutz von der Redingote. „Nur mein Zylinder liegt jetzt irgendwo da unten begraben, und der Mantel hat arg gelitten. Mein Kammerdiener wird untröstlich sein!" Lord Randolph schaute sich um und sagte dann trocken: „Welch ein Glück, daß Ihre Freundin uns so viel Proviant mitgegeben hat. Es hat ganz den Anschein, daß wir hier länger als beabsichtigt ausharren müssen."

Elizabeth ließ sich auf die Beine helfen und drehte sich zaghaft um. Ein Schreckenslaut entschlüpfte ihren Lippen. Im Weg klaffte ein riesiges Loch. Dahinter war er mit Geröll überschüttet, soweit der Blick reichte. „Hoffentlich ist Roberto mit heiler Haut davongekommen", murmelte sie betroffen. „Das wäre ihm und uns zu wünschen!"

„Ich kann Ihnen nur beipflichten", erwiderte Lord Randolph. „Es wäre . . ."

„Signore! Signorina!" unterbrach ihn die Stimme des Kutschers.

„Wir sind hier, Roberto!" rief Miss Walker. „Mit uns ist alles in Ordnung! Aber der Pfad ist durch einen Riß unterbrochen und dahinter verschüttet! Allein können wir die Erdmassen nicht bewältigen."

Der Fahrer erwiderte, auf seiner Seite sei der Weg befahrbar, so daß es keine Schwierigkeiten bereiten dürfte, das Geröll fortzuschaffen. Er würde unverzüglich nach Balzano zurückkehren und Leute mit dem entsprechenden Werkzeug anheuern, die den Pfad freischaufeln und die Erdspalte mit Brettern überbrücken könnten.

„Und was ist, wenn das Städtchen ebenfalls vom Erdbeben in Mitleidenschaft gezogen wurde?" fragte Lord Randolph grimmig. „Dann haben die Einwohner dort größere Sorgen als zwei gestrandete Fremde!"

Miss Walker übersetzte dem Kutscher den Einwand, und erklärte dann: „Roberto meint, der Erdrutsch hier oben in den Bergen sei nur durch den anhaltenden Regen ausgelöst worden. Er kann sich nicht vorstellen, daß Balzano durch das leichte Beben Schaden genommen hat."

„Sein Wort in Gottes Ohr!" erwiderte Lord Randolph. „Sagen Sie Roberto, ich würde die Männer für Ihre Mühen gut entlohnen und die Summe verdoppeln, falls es ihnen gelingen sollte, uns noch vor dem Abend aus dieser mißlichen Lage zu befreien."

Miss Walker kam der Bitte nach, hörte dem Kutscher einen Moment zu und antwortete mit bedauerndem Kopfschütteln: „Roberto fürchtet, daß es unmöglich ist, heute jemanden zu bewegen, hier heraufzukommen. Es ist Heiligabend, Lord Randolph! Erst morgen vormittag wird man uns holen."

„Nun gut, wenn es nicht zu ändern ist", sagte er seufzend, wandte sich ab und nahm den Weidenkorb an sich, der zwar etwas mitgenommen aussah, glücklicherweise jedoch nicht verlorengegangen war.

Langsam kehrten sie um und stiegen den Weg zum Tempel hinauf. Neugierig trat Lord Randolph an den Rand des Steilhanges, ging abwägend das Gelände ab und meinte dann zuversichtlich: „Falls Roberto morgen nicht mit den Rettern kommen sollte . . . was der Himmel verhüten möge! . . . glaube ich, daß es uns gelingen könnte, den Abhang hinunterzuklettern. Dann sitzen wir wenigstens nicht ewig in der Falle!"

Miss Walker warf einen Blick in die Tiefe und erschauerte. „Lassen Sie uns darauf vertrauen, daß es gar nicht erst soweit kommt!" erwiderte sie fröstelnd.

„Ich rechne auch nicht damit", sagte Lord Randolph beschwichtigend. „Es ist jedoch immer besser, wenn man sich nach einem Ausweg umsieht." Er schaute zum Himmel und runzelte die Stirn. „In etwa einer Stunde wird die Sonne untergegangen sein, und dann frieren wir. Gott sei Dank habe ich einen Flint bei mir, so daß wir uns Feuer machen und warmhalten können. Das Beste ist, wir suchen so viel Holz wie möglich."

In der folgenden halben Stunde sammelten Miss Walker und Lord Randolph Reiser und Äste, trugen sie zur Bergwand und schichteten sie unter einem überhängenden Felsen auf. Die kleine Mulde, die der gewachsene Stein dort bildete, bot zumindest etwas Schutz vor dem Wind.

Elizabeth setzte sich, drückte sich tief in die Ausbuchtung und stellte den Kragen der verschmutzten Pelerine auf. Sie zog die Knie an, zupfte den Umhang weit über die Waden und schlang die Arme um die Beine.

Auch in der Dämmerung bot der klassische Tempel einen majestätischen Anblick. Die weißen Säulen leuchteten in den feurig roten Strahlen der sinkenden Sonne, und im Hintergrund ragte über dem Golf von Neapel die blaugraue Silhouette des Vulkans auf. Die Ränder der Wolken erglühten im letzten Tageslicht, und das Wasser glitzerte und funkelte wie mit Gold übergossen.

„Uns steht eine lange, ungemütliche Nacht bevor", bemerkte Miss Walker, „doch der herrliche Sonnenuntergang entschädigt uns dafür. Wie oft nimmt man sich wirklich einmal Zeit, dieses Naturschauspiel in Muße zu betrachten?"

„Selten genug", antwortete Lord Randolph, hockte sich auf die Stufen des Tempels und beobachtete die mehr und mehr verlöschende Glut des flammenden Infernos.

Langsam schweifte Elizabeths Blick zu Lord Randolph hinüber, der nur wenige Schritte von ihr entfernt saß. Ohne Hut, das zerzauste dunkelblonde Haar umflossen vom lodernden Schein der untergehenden Sonne, gab er nicht mehr das Bild des steifen, stets tadellos gekleideten englischen Gentleman ab. Nun sah Elizabeth, daß unter dem gepflegten Äußeren eine geballte, elementare Kraft verborgen war, die sie plötzlich verunsicherte. Vielleicht nutzte er jetzt doch das erzwungene Alleinsein mit ihr aus und näherte sich ihr auf ungehörige Art und Weise? Dann wäre sie ihm hilflos ausgeliefert . . .

Über sich selbst erschrocken, wurde ihr bewußt, daß sie sich nicht wehren würde, ja sogar den Wunsch verspürte, Lord Randolph möge sie verführen. Sie beruhigte ihr Gewissen mit dem Vorwand, daß sie dann nichts dazu beigetragen hätte, falls es tatsächlich soweit kommen sollte, und daß sie sich keine Vorwürfe machen müsse. Doch ihr Gewissen ließ sich nicht so leicht beschwichtigen, und sie schalt sich ein schamloses, lüsternes Geschöpf.

Andererseits war keinswegs sicher, daß Lord Randolph überhaupt diesbezügliche Absichten hegte. Er selbst hatte geäußert, sein Vorschlag sei ein dummer Einfall gewesen. Vielleicht war er inzwischen ganz zufrieden, daß sie sein Angebot nicht angenommen hatte. Und falls sie sich irrte, war er nicht der Mann, in den sie sich verliebt hatte. Dann würde sie sich zur Wehr setzen.

„Ich wußte ja", drang seine Stimme in ihre Gedanken, „daß Weihnachten in Italien nicht so sein würde wie in England. Ich hätte mir jedoch nie träumen lassen, wie anders es sein könnte!"

„Nun, wenigstens sind wir am Leben", erwiderte Miss Walker. „Wären wir auch nur einige Sekunden früher aufgebrochen..."

„Nicht auszudenken, was dann geschehen wäre!" stimmte er trocken zu. „Also hatte mein ungeschickt vorgebrachter Antrag doch etwas Gutes. Auf diese Weise sind wir erst später zurückgegangen."

„Es tut mir leid, daß Sie jetzt gezwungen sind, mit mir allein zu sein", sagte Miss Elizabeth mit kleiner Stimme. „Mir ist klar, daß es Ihnen nicht behagt."

„Sie müssen sich nicht entschuldigen", entgegnete Lord Randolph achselzuckend. „Es war meine Schuld, und ich muß mich mit dem Ergebnis abfinden. Ich hätte wissen müssen, daß man keine zweite Chance bekommt, wenn es um wahre Liebe geht."

Die Worte trafen Elizabeth wie ein Stich, und sekundenlang preßte sie die Lippen zusammen. „Sie haben recht", stimmte sie Lord Randolph zu. „Ganz gleich, aus welchem Grund, sei es mangelnde Menschenkenntnis oder fehlendes Glück, die meisten von uns haben nur einmal im Leben Gelegenheit, ihr Glück zu finden. Und dann glauben wir, es würde ewig dauern, und können es nicht begreifen, wenn es uns von einem Augenblick zum anderen verläßt."

Lord Randolph stand auf und drehte sich um. Seine Silhouette hob sich schwarz vom Flammenspiel des Himmels ab. „Wann hat es Sie verlassen, Miss Elizabeth?" fragte er ruhig. „Warum erziehen Sie die Kinder anderer Leute und nicht die Ihren?"

„Das ist keine sehr dramataische Geschichte", antwortete sie seufzend. „Ich war in einen Jugendfreund verliebt, den jüngeren Sohn eines Landedelmannes. Seine Familie und meine Eltern waren nicht begeistert von der Idee, daß wir heiraten wollten. Als Tochter eines Vikars hatte ich nicht viel in die Ehe einzubringen. Aber William und ich waren bereit, hart für unseren Unterhalt zu arbeiten, und wir sahen der Zukunft voll Optimismus entgegen.

Wir hatten bereits die schönsten Pläne gemacht. Squire Burlington kaufte seinem Sohn ein Offizierspatent, und William zog in Spanien gegen Napoleon in den Krieg. Ich unterrichtete und sparte mein Geld. Wir hatten beschlossen zu heiraten, sobald William zum Captain ernannt worden war. Es war meine Absicht, ihn danach zum Militär zu begleiten."

„Und was ist dazwischen gekommen?"

„Kaum ein Jahr später war er tot", flüsterte Elizabeth. „Er ist nicht einmal heldenhaft auf dem Schlachtfeld gefallen, sondern am Sumpffieber gestorben."

„Das tut mir leid", sagte Lord Randolph mitfühlend. „Welche Verschwendung eines mutigen jungen Lebens! Sie müssen sehr unter dem Verlust gelitten haben."

Lord Randolphs Anteilnahme brachte Elizabeth fast an den Rand der Fassung, und sie mußte sich zwingen, nicht die Beherrschung zu verlieren. „Ich bin dankbar für die wenigen gemeinsamen Stunden, die William und ich verbringen konnten", erwiderte sie und versuchte zu lächeln. „Ich empfand es als großes Glück, daß es jemanden gab, der sich mit mir vermählen wollte. Ich bin mir bewußt, keine Frau zu sein, die bei Männern stürmisches Verlangen weckt, und ohne nennenswerte Mitgift besaß ich keine Chancen. Wären William und ich nicht zusammmen aufgewachsen, hätte er mir gewiß keinen zweiten Blick gegönnt. So jedoch waren wir . . . nun, wir hatten uns aneinander gewöhnt."

„Ich wünschte, Sie würden aufhören, sich schlechter zu machen, als Sie sind, Miss Elizabeth!" sagte Lord Randolph ungehalten. „Schönheit und Reichtum haben ihren Wert, gewiß, aber sie sind nicht die ausschlaggebenden Qualifikationen für eine gute Ehefrau!"

„Sind Sie aus Erfahrung klug geworden?" fragte Elizabeth leise.

„Ja!" bestätigt Lord Randolph hart, wandte sich ab und fügte in nonchalantem Ton hinzu: „Ich werde Feuer machen, solange es noch hell ist."

Es dauerte nicht lange, bis Flammen an den trockenen Reisern emporzüngelten. Nachdem Lord Randolph einige dickere Äste nachgelegt hatte, setzte er sich auf die Hacken und meinte lächelnd: „Ein Feuer vermittelt gleich das Gefühl, nicht ganz von der Zivilisation abgeschnitten zu sein."

Elizabeth nickte, doch gerade das Fehlen anderer Menschen machte sie wagemutig. Mit einer Kühnheit, deren sie sich sonst niemals erdreistet hätte, erwiderte sie: „Sie haben geäußert, Sie seien aus Erfahrung klug geworden. Bei einem jungen Mann ist es doch ein verständlicher und verzeihbarer Irrtum, wenn er sich in ein schönes Gesicht verliebt und erst später merkt, was hinter der hübschen Fassade steckt."

Lord Randolph hatte offenbar nicht das Gefühl, daß sie ihm mit dieser Bemerkung zu nahe getreten war. „Mag sein", sagte er ruhig. „Bei mir war es jedoch etwas anderes. Wie Sie, habe ich mich sehr jung verliebt. Im Gegensatz zu Ihrer Familie hatte ich die volle Billigung meiner Eltern. Lady Alyson entstammte den gleichen gesellschaftlichen Verhältnissen wie ich. Stand und Reichtum machten mich zu einer hervorragenden Partie, so daß mir nicht der Ruch eines Mitgiftjägers anhaftete. Da ich der jüngere Sohn war, verfügte ich über genügend Zeit, den großen Besitz zu verwalten, den Lady Alyson eines Tages erben würde.'

Elizabeth konnte es sich nicht versagen, die nächste Frage zu stellen. „Ist die Ehe deshalb nicht zustande gekommen, weil Lady Alyson Sie nicht geliebt hat?"

Ein Muskel zuckte an Lord Randolphs Wange. „Doch, sie hat mich geliebt. Ich war es, der aus unbegreifbarer Feigheit einen schrecklichen Fehler begangen und damit alles zunichte gemacht hat."

Lord Randolph versank in Schweigen, und nach einer Weile sagte Elizabeth leise: „Ich weiß, es geht mich nichts an, aber ich wüßte gern, was dann geschah. Oder widerstrebt es Ihnen, darüber zu sprechen?"

„Nein. Nachdem ich mich bereits so weit geäußert habe, kann ich Ihnen auch den Rest erzählen. Eines Tages machte ich Lady Alyson mit einem meiner Freunde einen Besuch. Während wir im Salon auf ihr Erscheinen warteten, fragte John mich, warum ich sie heiraten wolle, da sie in seinen Augen keine hinreißende Schönheit sei." Lord Randolph seufzte. „Ich hätte ihn zurechtweisen sollen, doch da ich nicht über meine Gefühle für sie sprechen wollte, antwortete ich, sie des Geldes wegen zur Gattin zu nehmen. Ich wußte, das war ein Grund, den er begreifen konnte."

„Und Lady Alyson hat Ihre Bemerkung gehört und die Verbindung gelöst?"

Lord Randolph warf zwei Holzstücke ins Feuer, blickte einen Moment nachdenklich in die Flammen und sagte: „Nicht nur das. Es kam viel schlimmer. Ich habe erst sehr viel später erfahren, was damals vorgefallen ist. Lady Alyson hatte die Äußerung mit angehört und ihrem Vater sofort eröffnet, sie würde mich nie heiraten, unter keinen Umständen! Sie weigerte sich jedoch, den unvermuteten Sinneswandel zu begründen. Lord Gillson glaube, seine Tochter sei nur launisch, kehrte den strengen Vater heraus und sperrte sie in ihrem Boudoir ein. Er schwor, sie dürfe erst dann wieder den Fuß über die Türschwelle setzen, wenn sie eingewilligt habe, mich zu heiraten. Sie fühlte sich nun von zwei Seiten betrogen, von mir und ihrem Vater, und überredete eine Zofe, ihr zur Flucht zu verhelfen. Zwölf Jahre lang ist sie ihrem Zuhause ferngeblieben, bis zum vergangenen September, als sie sich endlich mit Lord Gillson versöhnte."

„Wie furchtbar!" murmelte Elizabeth. „Wie hat sie sich allein durchschlagen können?"

„Sie unterrichtete und bekam später durch Zufall die Verwaltung eines Gutes angeboten. Ich sagte ja, sie ist ein ungewöhnlicher Mensch." Lord Randolph richtete den Blick auf Elizabeth. „Sie erinnern mich an sie." Er machte eine kurze Pause und fuhr in grüblerischem Ton fort: „Nachdem Lady Alyson verschwunden war, glaubte ich, sie sei meinetwegen davongelaufen. Nach ihrer Rückkehr habe ich sie selbstverständlich gefragt, und so erfuhr ich die Einzelheiten."

Elizabeth empfand großes Mitgefühl für Lord Randolph und seine unglückliche Verlobte, die durch ein dummes Mißverständnis nicht zueinander gefunden hatten. Kein Wunder, daß er sich Vorwürfe machte. Und die Tatsache, daß Lady Alyson auf ein standesgemäßes Leben verzichtete, zeigte deutlich, wie tief verletzt sie über die schnöde Einstellung des Mannes gewesen sein mußte, dem sie vertraut und den sie geliebt hatte.

„Lady Alyson wieder vor die Augen zu treten, muß sehr viel Mut erfordert haben", bemerkte Elizabeth leise.

„Ich fand es besser, mit der Wahrheit zu leben, statt ewig im Ungewissen zu sein", sagte Lord Randolph und lächelte schwach. „Lady Alyson hat mir die Sache leicht gemacht. Ich hätte es ihr nicht verargen können, wäre sie mit einer Pistole auf mich losgegangen, aber sie meinte nur, sie und ihr Vater trügen ebensoviel Schuld an der Entwicklung der Dinge wie ich. Im übrigen sei ihr Leben dadurch keineswegs ruiniert worden."

„Ihre Lady Alyson scheint eine bemerkenswert vernünftige Frau zu sein."

„Das ist sie. Meine Lady Alyson ist sie jedoch nicht mehr. Einige Wochen nach der Rückkehr heiratete sie einen der berüchtigsten Roués ganz Londons. Aus verläßlicher Quelle erfuhr ich, daß Lord Angell bis über die Ohren in sie verliebt ist und sie ihn von seinem losen Lebenswandel kuriert und auf den Pfad der Tugend zurückgebracht hat. Sie ist glücklich, und das zu sein hat sie auch verdient! Lady Alyson gehört zu den wenigen Menschen, denen es gelungen ist, ein zweites Mal ihres Glückes Schmied zu sein." Lord Randolph verschränkte die Finger und schaute wieder in die zukkenden Flammen. „Seit September versuche ich mir einzureden, alles habe sich zum Besten gewendet. Lady Alysons innere Kraft und Charakterstärke wären an mich nur verschwendet gewesen. Ich habe keine schrecklichen Laster, von denen zu bekehren es eine reizvolle Aufgabe wäre. An meiner Seite hätte Lady Alyson sich gewiß bald gelangweilt."

„Lieben Sie Lady Alyson denn noch immer?"

„Jung, wie ich damals war, hatte ich mich in ihre jugendfrische Anmut verliebt. Doch ich bin nicht mehr wie früher, und sie ist es auch nicht."

Inzwischen fiel es Elizabeth leichter zu begreifen, warum Lord Randolph ihr angeboten hatte, seine Mätresse zu werden. Sie war der Frau ähnlich, die er einmal geliebt hatte. Aber ganz sicher hatte er nach dieser bedrückenden Erfahrung das Leben nicht allein verbracht. Wahrscheinlich hatte er geheiratet, ohne seine Gattin zu lieben. Elizabeth wagte jedoch nicht, sich nach seiner Ehe zu erkundigen. Noch aufdringlicher als bisher wollte sie nicht sein. „Vielleicht sind es nur junge Menschen, die töricht oder unbekümmert genug sind, sich vorbehaltlos zu verlieben", sagte sie etwas traurig. „Das ist wohl auch der Grund, warum man in späteren Jahren gar nicht erst mit einer zweiten Chance rechnet."

Lord Randolph schaute sie überrascht an, erwiderte jedoch nichts.

Einem spontanen Impuls folgend, entfernte sie die Nadeln im Knoten, hob sie im Korb auf, schüttelte den Kopf und kämmte sich die langen Locken mit den Fingern. Auf Lord Randolphs verwunderten Blick hin erklärte sie lachend: „Falls es hier irgendwo Bären oder Wölfe geben sollte und die Bestien auf den Gedanken kommen, uns einen nächtlichen Besuch abzustatten, werde ich ihnen wie Medusa entgegentreten und sie zu Stein verwandeln!"

Lord Randolph lachte, und unversehens herrschte eine viel gelöstere Stimmung als vorher. „Sie sollten das Haar viel öfter offen tragen. Es sieht hübsch aus."

Elizabeth verdrehte die Augen, und er fragte sich, ob sie denn nie ein Kompliment ernst nahm. Sie sah wirklich nett aus. Der Schein des Feuers reflektierte sich auf den dunkelbraunen Locken und überzog es mit rötlichem Glanz. Sie war vielleicht keine berückend schöne Frau, aber durchaus reizvoll und bezaubernd.

Rasch sah Lord Randolph in die flackernden Flammen. Es war gefährlich, über Miss Walkers Reize nachzudenken. Sie hatte ihm deutlich zu verstehen gegeben, daß sie ihn in ihre Zukunftspläne nicht einbezog. Da sie bereits einmal von Herzen geliebt hatte, wollte sie offensichtlich keine neue Verbindung eingehen, die nicht auf wahrer Liebe fußte. Sie war klüger als er, denn er hatte es einmal versucht, mit katastrophalen Folgen. Je mehr er sie jedoch beobachtete, sie besser verstand und schätzen lernte, desto mehr war er überzeugt, daß sie ein gutes Paar werden würden, vorausgesetzt, Elizabeth Walker konnte ihre hohen Ansprüche etwas zurücknehmen und seinen Heiratsantrag akzeptieren.

Die Nacht brach an, und schweigend saßen sie beisammen. Es war kein verlegenes Schweigen, das sie verband, eher eine gemütliche, verständnisvolle Stille. Der Wind hatte aufgefrischt und blies mit eisiger Kälte über das Plateau. Elizabeth und Lord Randolph drückten sich in den Schutz des Felsens und wärmten sich an dem munter knisternden Feuer.

Nach einiger Zeit regte sich der Hunger, und sie widmeten sich dem Proviant, der noch im Korb vorhanden war. „Wie fühlen Sie sich?" erkundigte Lord Randolph sich, nachdem sie gegessen und die Weinflasche geleert hatten. „Ich sehe, daß Sie frieren, und bis morgen früh wird es noch kälter werden."

„Danke, es ist erträglich", antwortete Elizabeth und lächelte schwach.

„Ich bedaure, daß wir nicht mehr Holz haben, um das Feuer

höher zu halten", sagte er, knöpfte die Redingote auf und zog sie aus. „Hier, nehmen Sie!"

„Nein", lehnte Elizabeth mit Nachdruck ab. „Mir reicht die Pelerine, und Sie würden ohne Mantel erfrieren!"

„Ach, Unsinn", widersprach er. „Sie klappern ja mit den Zähnen! Zieren Sie sich nicht und nehmen Sie den Mantel! Mir macht Kälte nicht viel aus, Sie hingegen sind solche Temperaturen nach den vielen Jahren Aufenthalt in einem warmen Klima nicht mehr gewohnt!"

Elizabeth schüttelte störrisch den Kopf. Auch in ihrem Eigensinn ähnelte sie Lady Alyson, und wieder einmal stellte Lord Randolph fest, daß Frauen, die so ungewöhnlich selbstbewußt waren, großen Reiz auf ihn ausübten.

„Nun gut, wenn Sie unbedingt Ihren Kopf durchsetzen wollen", gab er nach und zog die Redingote wieder an. „Unter diesen Umständen gibt es jedoch auch andere Möglichkeiten, Sie warm zu halten", fügte er trocken hinzu, setzte sich neben sie und nahm sie, ehe sie seine Absichten ahnen konnte, fest in die Arme.

Ein überraschter Laut entschlüpfte ihren Lippen, aber es klang nicht wie ein stürmischer Protest.

„Sie zittern ja!" bemerkte Lord Randolph, lehnte sich gegen die Felswand und drückte Elizabeth an sich. „Ich werde Sie massieren, damit Ihnen wärmer wird." Er rieb ihr den Rücken und die Arme, und ein wohliges Gefühl durchflutete sie.

„Das ist unschicklich!" murmelte sie, obgleich sie es wundervoll fand.

„Mag sein", erwiderte er, „aber wärmer für uns beide! Wenn Sie zum Eisblock werden wollen, ist das Ihre Angelegenheit. Ich kann mir jedoch nicht denken, daß Sie so hartherzig wären, mich freiwillig dem Erfrierungstod auszuliefern!"

„Sie machen Sich über mich lustig, Sir!" sagte sie und hob den Kopf und sah Lord Randolph mit gespielter Entrüstung an.

„Nein, ganz und gar nicht!" widersprach er schmunzelnd.

Elizabeth wußte, sie hätte ihm Einhalt gebieten sollen, doch sie genoß seine Nähe viel zu sehr und das wunderbare Gefühl, in seinen Armen zu liegen. Sie kuschelte sich enger an seine Brust. „Das ist der ungewöhnlichste Heiligabend, den ich je erlebt habe", meinte sie lächelnd und begann dann, eingedenk der vielen schönen Weihnachtsfeste im Pfarrhause ihrer Eltern, aus der Erinnerung zu zitieren: „In jenen Tagen geschah es, daß Caesar Augustus den Befehl erließ . . ."

Ruhig lauschte Lord Randolph der Geschichte der Geburt des Herrn und erklärte zum Schluß bewegt: „Danke, Miss Elizabeth! Das war die ergreifendste Wiedergabe der Weihnachtsgeschichte, die ich je gehört habe!"

Schweigend hielten sie sich in den Armen, und friedliche Stille umgab sie. Ein würziger, harziger Duft wehte durch die Luft, während das Feuer langsam herunterbrannte.

„Wie fühlen Sie sich, Miss Elizabeth?" fragte Lord Randolph besorgt.

„Wundervoll!" flüsterte sie und lächelte zufrieden.

Minuten später löste er die Arme von ihrem Rücken, schob sie sacht vom Schoß und stand auf. Er warf Äste auf die verlöschenden Flammen und fachte sie wieder an. „Betten Sie sich zwischen mich und das Feuer", riet er ihr. „Dann haben Sie es von zwei Seiten warm. Hoffentlich störe ich Sie nicht allzu sehr, wenn ich aufstehe und Holz nachlege."

Elizabeth nahm die Brille ab und hob sie im Weidenkorb auf. Sie hüllte sich fest in die Pelerine ein und streckte sich neben dem Feuer aus. Lord Randolph legte sich dicht neben sie und schlang den Arm um ihre Schultern.

Der Boden war kalt und hart, aber Elizabeth nahm die Unbequemlichkeit gern hin, solange sie in Lord Randolphs Armen sein konnte. Sie entspannte sich, seufzte wohlig und war glücklicher denn je im Leben. „Fröhliche Weihnachten!" flüsterte sie selig.

Nach einer etwas unruhigen Nacht, in der Lord Randolph wiederholt aufgestanden war und sich um das Feuer gekümmert hatte, löste er behutsam den Arm von Miss Walker und erhob sich leise. Er legte den vorletzten Ast in die Flammen und rieb sich in der kalten Luft die Hände. Zarte Morgenröte tönte den Horizont, und der Kegel des Vesuvs war in ein seltsam rosig leuchtendes Licht getaucht. Der Tag versprach, sonnig und warm zu werden.

Elizabeth Walker regte sich, schlug die Lider auf und reckte sich. Die dunkelbraunen Locken hingen ihr reizvoll zerzaust um den Kopf, und schläfrig blinzelte sie Lord Randolph an. „Guten Morgen, Sir!" sagte sie und lächelte.

„Guten Morgen!" erwiderte er, setzte sich neben sie und konnte plötzlich dem Wunsch nicht widerstehen, sich vorzubeugen und ihr einen Kuß auf die Lippen zu drücken. Ihr Mund war weich und zart, und der süße Reiz überwältigte ihn. Er schlang die Arme um sie, schmiegte sich fest an sie und küßte sie stürmischer und verlangender.

Sie wehrte sich nicht, erwiderte den Kuß mit gleicher zärtlicher Inbrunst und wachsender Hingabe.

Das Feuer der Leidenschaft erwachte in seinem Blut, entfachte seine Glut und berauschte seine Sinne. Eine mahnende innere Stimme riet ihm aufzuhören, ehe es zu spät sei, und das brachte ihn schließlich zur Vernunft. Abrupt hob er den Kopf, setzte sich auf und murmelte verlegen: „Entschuldigen Sie, Miss Elizabeth! Aber ich finde Sie außerordentlich faszinierend!"

Sie schaute ihn aus großen Augen an, den Blick leicht verhangen, richtete sich dann auf und setzte hastig die Brille auf. „Mir ergeht es nicht anders", flüsterte sie verhalten und fügte rasch lauter hinzu: „Das Feuer wird bald ganz verloschen sein. Was halten Sie davon, wenn wir uns einige Scheiben Brot rösten und den Rest des Käses dazu essen?"

Lord Randolph wußte nicht recht, ob er gekränkt oder erleichtert sein solle, daß Miss Walker so über den Kuß hinwegging. Die Vorstellung, sie wieder und wieder zu küssen, war viel verlockender als die Aussicht auf ein Frühstück, aber er war hungrig und durfte praktische Erwägungen nicht vollends außer acht lassen. „Ein ausgezeichneter Vorschlag" stimmte er etwas widerstrebend zu. „Eine große Kanne heißen Tees wäre mir im Moment jedoch das liebste!"

„Welch unpassende Bemerkung!" entgegnete Elizabeth in übertrieben entrüstetem Ton. „Tee in Italien! Ein schöner, starker Kaffee mit heißer Milch und viel Zucker wäre jetzt genau das richtige!"

„Was nicht geht, das geht nicht!" erwiderte Lord Randolph lachend. „Morgen können wir trinken, was und soviel wie wir wollen. Und dann wird es uns um so besser schmecken!"

Sie plünderten den noch verbliebenen Inhalt des Korbes und frühstückten in aller Ruhe. Die Sonne hatte sich über den Horizont erhoben und schickte die ersten warmen Strahlen zur Erde.

Randolph wußte, nun war der Moment gekommen, ein Thema zur Sprache zu bringen, das unvermeidlich geworden war. Er lehnte sich an die Felswand und sagte ernst: „Miss Elizabeth, wir müssen uns über etwas unterhalten."

Erstaunt blickte sie ihn an. „Und worüber?" fragte sie fröhlich.

„Ich fürchte, Ihr guter Ruf hat Schaden genommen, da wir die Nacht gemeinsam verbracht haben", erklärte er unumwunden. „Es gibt nur eine Möglichkeit, ihn zu retten, obgleich ich weiß, daß dieser Ausweg Ihnen nicht behagt."

„Unfug!" widersprach Elizabeth kopfschüttelnd. „Mein Ruf wäre erst dann ruiniert, wenn jemand erfährt, daß wir hier oben allein waren. Wahrscheinlich nicht einmal dann! Ich bin kein junges Mädchen, das vor dem gesellschaftlichen Debut steht, und wir sind nicht in England! Ich bin sicher, die meisten Italienerinnen würden mich um das Erlebnis beneiden, eine Nacht mit Ihnen verbracht zu haben, Sir!"

Er ging nicht auf Miss Walkers leichten Ton ein und entgegnete bedachtsam: „Glauben Sie, daß Ihr zukünftiger Arbeitgeber so viel Nachsicht walten lassen wird, nachdem er für seine heißblütigen Zwillingstöchter ganz bewußt eine besonders sittsame englische Gouvernante eingestellt hat, die für Zucht und Ordnung sorgen soll?"

Elizabeth dachte einen Moment über den Einwand nach und antwortete unsicher: „Ich könnte Probleme haben, falls böse Zungen anfangen sollten, mir üble Nachrede anzuhängen. Aber ich wüßte nicht, wer sich die Mühe machen würde, über mich zu klatschen. Ich verkehre nicht in den Kreisen der Engländer, die in Neapel ansässig sind."

„Sind Sie wirklich so treuherzig zu glauben, daß die Neuigkeit, zwei Ausländer hätten die Weihnachtsnacht hoch oben in den Bergen verbringen müssen, sich nicht mit Windeseile verbreitet hat? Spätestens heute dürfte die halbe Stadt wissen, was sich hier ereignet hat!" Lord Randolph runzelte die Stirn. „Gestern abend hatte ich eine Einladung in die britische Gesandtschaft, und meine Abwesenheit ist ganz bestimmt bemerkt worden. Den Klatschtanten ist bekannt, daß wir beide viel Zeit miteinander verbracht haben. Was meinen Sie, Miss Elizabeth, wie lange die Leute wohl brauchen werden, bis sie wissen, wer die beiden Engländer sind, die durch das Erdbeben festsaßen? Ihr Ruf ist im Nu ruiniert, und

Ihre beruflichen Chancen sind dahin, zumindest als Erzieherin!"

Miss Walker war blaß geworden. „Warum sollte ich gleich das Schlimmste befürchten?" fragte sie beklommen. „Wäre es nicht besser, erst abzuwarten, was geschieht?"

„Vielleicht ist meine Besorgnis verfrüht", antwortete Lord Randolph, „aber ich bezweifele es. Ich weiß, daß Sie mich nicht heiraten wollen, Miss Elizabeth. Sollte es jedoch nur die Andeutung eines Skandales geben, dann zerre ich Sie in die Gesandtschaft und lasse uns trauen. Das schwöre ich Ihnen!"

Elizabeth starrte Lord Randolph an, und er sah, daß sie zitterte.

Im stillen haderte er mit sich, daß er sie so aufgeregt hatte, und sagte in weicherem Ton: „Ich verspreche Ihnen, Sie nicht zu zwingen, mit mir leben zu müssen oder etwas von Ihnen zu verlangen, das Sie nicht tun möchten. Ich werde Ihnen eine Apanage aussetzen und Ihnen gestatten, dort zu wohnen, wo es Ihnen recht ist. Sie können Ihre Zeit ganz nach Belieben verwenden und malen, so lange und so viel Sie wollen. Ich sträube mich jedoch dagegen, daß Sie unter einer mißlichen Situation zu leiden haben, in die Sie nicht geraten wären, hätten Sie mir nicht aus Freundschaft Land und Leute gezeigt."

„Wie können Sie mich heiraten?" flüsterte Elizabeth. „Ihre Frau . . ." Bedrückt hielt sie inne.

„Meine Frau?" wiederholte er verständnislos. „Wie kommen Sie auf den Gedanken, daß ich verheiratet bin?"

„Bei unserem Aufenthalt in La Solfatara äußerten Sie, noch einsamer und verlassener als in der Hölle würde man sich in einer unglücklichen Ehe fühlen. Ich hatte den Eindruck, Sie sprächen aus Erfahrung, und war überzeugt, daß Sie verheiratet sind. Diese Bemerkung schien mir vieles zu erklären, daß ich bis dahin nicht verstanden hatte."

„Sie sind sehr scharfsinning, Miss Elizabeth", bemerkte Lord Randolph. „Es stimmt, ich sprach aus Erfahrung. Ich war jedoch nur etwas über ein Jahr verheiratet, und meine Gattin ist vor drei Jahren gestorben." Plötzlich kam Lord Randolph ein schrecklicher Gedanke, und erschrocken fügte er hinzu: „Du lieber Himmel, Miss Elizabeth! Haben Sie gestern meinen Antrag nur deshalb abgelehnt, weil Sie dachten, ich sei verheiratet und wolle Sie zu meiner Mätresse machen?"

Elizabeth war fassungslos. „Sie haben um meine Hand angehalten?"

„Selbstverständlich! Was haben Sie denn angenommen? Doch nicht etwa, daß ich Ihnen einen unsittlichen Antrag machte!"

Die Röte stieg ihr in die Wangen, und beschämt senkte sie den Blick. „Ich . . . ich habe mich nicht . . . gekränkt gefühlt", stammelte sie. „Im Gegenteil, ich war . . . geschmeichelt. Ich war nur zu feige, auf Ihr Angebot einzugehen!"

Angesichts des Mißverständnisses mußte Lord Randolph lachen. „Ich habe meinen Heiratsantrag wirklich sehr unbeholfen formuliert, nicht wahr?" Er stand auf, ging zu Miss Walker und setzte sich neben sie. Ihre Hände ergreifend, sagte er ernst: „Ich will versuchen, ihn in gebührender Form zu wiederholen. Elizabeth, willst du mich heiraten? Nicht, um deinen oder meinen Ruf nicht zu gefährden, sondern weil wir uns gern haben und als Mann und Frau zusammenbleiben möchten?"

Die Augen wurden ihr feucht, und unwillkürlich verkrampfte sie die kalten Finger. „Randolph, ich kann nicht deine Gattin werden", antwortete sie tonlos und versuchte, sich ihm zu entziehen.

Er hielt ihre Hände fest. Schon einmal hatte er sich zu schnell mit einer Ablehnung abgefunden, und diesen Fehler wollte er kein zweites Mal begehen. „Warum nicht?" fragte er verwundert. „Ist dir der Gedanke, mich zum Gatten zu haben, so zuwider?"

Bedrückt schüttelte Elizabeth den Kopf. „Nichts wäre mir lieber", erwiderte sie kaum hörbar.

Das klang schon sehr viel besser. Unwillkürlich lächelte Randolph und erkundigte sich geduldig: „Bist du gebunden?"

„Natürlich nicht!" entgegnete sie und schaute ihn irritiert an.

„Warum willigst du dann nicht ein? Ich warne dich, Elizabeth! Ich lasse dich nicht eher gehen, bis du entweder ja gesagt oder mir einen stichhaltigen Grund für deine Weigerung genannt hast!"

Ihre Röte vertiefte sich, und sie wandte das Gesicht ab. „Weil . . . weil ich . . . nicht . . . mehr jungfräulich bin", bekannte sie kleinlaut. „Ehe William zum Militär ging, waren wir . . . haben wir uns . . ."

„Ich verstehe", fiel Randolph ihr ins Wort, und ein herrliches Gefühl der Zärtlichkeit erfüllte ihn. Er schmiegte Elizabeth an die Brust und drückte ihren Kopf sanft an seine Schulter. Sacht strich er über ihr zerzaustes Haar und bemühte sich, ihr durch die Liebkosungen den Kummer zu erleichtern, den er verursacht hatte. „Du glaubst, weil du dich aus Liebe einem Mann geschenkt hast, den du heiraten wolltest, seist du jetzt nicht mehr zur Ehefrau geeignet? Ganz im Gegenteil! Willst du meine Gemahlin werden, Elizabeth? Bitte, sag ja! Bitte!"

Sie straffte sich und sah ihn aus nassen Augen an. „Meinst du das wirklich, Randolph? Wirst du es später nicht bereuen, daß du mich geheiratet hast?"

„Ja, ich meine jedes Wort!" bestätigte er ernst, erhob sich und ging einige Schritte auf und ab. Er suchte nach den richtigen Worten, um Elizabeth seine Gefühle für sie zu erklären, damit sie nie wieder im Ungewissen war.

Gedankenverloren stützte Randolph sich mit einer Hand an eine der weißen Mamorsäulen des Tempels und begann langsam und bedächtig: „Wie du zu Recht vermutet hast, war meine Ehe nicht glücklich. Ich habe Chloe nicht sehr geliebt. Da ich jede Hoffnung aufgegeben hatte, daß Lady Alyson zu mir zurückkommen würde und ich mein Leben nicht allein verbringen wollte, nahm ich Chloe zur Frau. Sie war sehr schön, entstammte einer ausgezeichneten Familie und ließ keinen Zweifel daran, daß sie es begrüßen würde, wenn ich um sie anhielte. Jeder beglückwünschte mich zu meiner Wahl. Chloe war zurückhaltend und wußte, was sich gehörte. Ich nahm an, daß sie nach der Trauung umgänglicher werden würde."

Er hielt inne und schaute auf das im Morgenlicht blinkende Wasser des Golfes. Elizabeth wagte nicht, etwas einzuwerfen, um Randolphs Gedanken nicht zu unterbrechen.

„Ich hatte mich geirrt", fuhr er ruhig fort und sah Elizabeth wieder an. „Ich war der Meinung, sie habe mich geheiratet, weil sie sich nach Liebe und Geborgenheit sehnte. Sie hingegen war es zufrieden, ein gesichertes Dasein zu haben und als Ehefrau an meiner Seite zu repräsentieren. Sie haßte es, wenn ich sie berührte, und nach dem Vollzug der Ehe verweigerte sie sich mir. Nur in der Öffentlichkeit, wenn es sich nicht vermeiden ließ, oder wenn sie demonstrieren wollte, daß sie meine Gemahlin war, überwand sie ihren Abscheu und nahm meinen Arm. Daß sie mich abwies, störte mich längst nicht so sehr wie die Tatsache, daß sie nicht fähig war,

Zuneigung und Zärtlichkeit zu geben oder zu empfangen. Ich glaube, das Bedürfnis nach menschlicher Wärme ist mir wichtiger als körperliche Erfüllung." Randolph runzelte die Stirn. „Noch auf dem Sterbebett wehrte Chloe sich dagegen, daß ich ihre Hand hielt. Alles, was sie je von mir gewollt hatte, waren mein Name, mein Vermögen und der gesellschaftliche Rang."

Vögel zwitscherten in den Bäumen, und weit draußen über dem Meer kreisten hungrige Möwen.

Randolph atmete tief in der frischen, kühlen Luft durch. „Begreifst du jetzt, Elizabeth, warum ich dich so schätze? Du hast ein warmherziges, anschmiegsames Wesen, und wenn du mir nur die Hälfte der Zuneigung schenken könntest, die du für William übrig hattest, wäre ich der glücklichste Mann auf Erden!"

Elizabeth sprang auf, lief zu ihm und kuschelte sich an seine Brust. „Es muß schrecklich sein, wenn man so viel Zärtlichkeit zu geben hat und niemanden findet, der sie haben möchte!" flüsterte sie bewegt.

Er schloß sie leidenschaftlich in die Arme. „Ich habe mich geirrt", bekannte er leise. „Im Leben gibt es doch die Chance auf ein neues Glück! Ich glaubte, deine Freundschaft sei mir genug, Elizabeth. Aber nun weiß ich, daß ich dich liebe! Mein Herz hat es gewußt, lange bevor ich selbst mir darüber im klaren war. Ich bin nach Italien gereist, weil ich die Sonne suchte. Als ich dir begegnete, habe ich sie gefunden, denn dein Lächeln erhellt mir das Leben."

„Wirklich?" Sie legte den Kopf in den Nacken und schaute Randolph erstaunt an. „Du kennst mich doch kaum!"

„Irrtum!" Er schmiegte die Wange an Elizabeths Locken. „Wir haben sicher nicht sehr viel Zeit miteinander verbracht, aber ich kenne dich besser als Lady Alyson oder sogar meine verstorbene Frau." Lieevoll streichelte er Elizabeths Wange. „Ist dein schamloses Benehmen so zu verstehen, daß du einwilligst, meine Gattin zu werden?"

„Ja! Du hattest recht, Randolph. Ich bin so unrettbar, heftig und stürmisch in dich verliebt, daß mein Ruf tatsächlich ruiniert wäre, wenn du mich nicht heiratest." Sie schenkte Randolph ein bezauberndes Lächeln, das ihr Gesicht erstrahlen ließ und unvergleichlich schön machte. „Lady Alyson ist Vergangenheit, und so ist William. Ich liebte ihn, und in mir ist etwas erloschen, als er starb.

Doch die Frau, die ich heute bin, die häßliche Jungfer mittleren Alters, gehört dir, mit Leib und Seele! Meinst du, daß dir das genügt?"

„Nein!" antwortete er streng. „Du wirst aufhören müssen, dauernd dein Licht unter den Scheffel zu stellen! Wie alt bist du eigentlich?"

„Dreißig!"

„Ein wunderbares Alter!" Randolph küßte sie voller Verlangen, Eifer und Hingabe.

Elizabeth rang nach Atem und hatte unversehens das Empfinden, die ganze Welt würde sich um sie drehen.

„Glaubst du tatsächlich, ich würde mich so nach dir sehnen, fände ich dich alt und häßlich?" raunte er ihr ins Ohr.

Sie merkte allzu deutlich, wie sehr ihm nach ihr verlangte. „Ich finde, du brauchst eine Brille viel mehr als ich!" antwortete sie und lächelte spitzbübisch. „Da jeder die Schönheit jedoch mit eigenen Augen betrachtet, will ich deiner Meinung nicht widersprechen!"

„Gut! Es gibt auch Wichtigeres und Reizvolleres zu tun als zu streiten!" Randolph neigte sich vor und wollte Elizabeth küssen, doch laute Rufe vom Wege her ließen ihn innehalten.

Sie lauschte angestrengt, rief dann etwas zurück und wartete auf die Antwort. Schließlich erklärte sie Randolph: „Roberto hat mir soeben mitgeteilt, daß man uns in zwei Stunden befreit haben wird. Zum Dinner sind wir wieder in der Stadt."

„Sag den Leuten, sie müßten sich nicht beeilen", erwiderte Randolph und zwinkerte Elizabeth verschmitzt zu. Behutsam nahm er ihr die Brille ab und steckte sie vorsichtig in die Manteltasche. „Wir wollen doch nicht, daß du in den nächsten zwei Stunden die Welt dauernd durch beschlagene Gläser siehst, nicht wahr?" sagte er schmunzelnd.

Das Herz zum Bersten voll des Glücks, bot Elizabeth ihm die Lippen zum Kuß.

Die Sonne wanderte weiter auf ihrem Weg zum Zenit, und kein Wölkchen trübte das strahlend blaue Firmament. Festumschlungen, sich Koseworte zuflüsternd und zärtliche Küsse tauschend, feierten Elizabeth und Randolph das Fest der Liebe auf ihre Art.

Bitte beachten Sie
die folgenden Seiten

ULLSTEIN WEIHNACHTS-AKTION

Frohes Fest
Weihnachten per Postkarte
24 Postkarten
Ullstein Buch 20288

Annemarie Gregor-Dellin (Hrsg.)
Ein Stern in der Nacht
Weihnachtsgeschichten
für unsere Zeit
Ullstein Buch 20490

Brigitte Sinhuber (Hrsg.)
Wenn der Christbaum brennt und andere heitere Weihnachtskatastrophen
Ullstein Buch 22992

Charles Dickens
Weihnachtsgeschichten
Ullstein Buch 22995

Peter Rosegger
Als ich Christtagsfreude holen ging
Weihnachtsgeschichten
Ullstein Buch 23261

Adalbert Stifter
Weihnachtszauber
Ullstein Buch 23262

Selma Lagerlöf
Die heilige Nacht und andere Erzählungen
Ullstein Buch 23263

Weihnacht im Lichterglanz der Stadt
Wilhelm Raabe, Heinrich Heine, Gottfried Keller, E.T.A. Hoffmann u. a.
Ullstein Buch 23264

J.R.R. Tolkien
Die Briefe vom Weihnachtsmann
Ullstein Buch 39024

Frostfeuer
Weihnachtliche
Liebesgeschichten
Ullstein Buch 23265

Fröhliche Weihnachten Geschichten zum Fest der Liebe
Ullstein Buch 23548

Das Geheimnis der Christbaumkugel
Weihnachtliche Kriminalgeschichten
Ullstein Buch 23549

Kurt Gerdau
Weihnachten an Bord
Ullstein Buch 23552

Was kann es Schöneres geben …
Weihnachtliche Liebesgeschichten
Ullstein Buch 23553

Das neue Adventsbuch
Ullstein Buch 23554

Ludwig Thoma
Heilige Nacht
Eine Weihnachtslegende
Ullstein Buch 23559

Konradin Ferrarri d'Occhieppo
Der Stern von Bethlehem
Ullstein Buch 23550

CORA

Die neue
Romantik.
Zärtlich.
Sinnlich. Mit
soviel Gefühl.
Und Happy
End. In den
Liebesromanen
von Cora.

Liebe ist Cora.